Opération séduction

*

Offensive de charme

*

Coup de foudre & cie

LIZ FIELDING

Opération séduction

SAGA
MAISON CLAIBOURNE & FARRADAY

Traduction française de
FRANÇOISE BALLARIN

♦ SAGAS ♦

HARLEQUIN

Collection : SAGAS

Titre original :
THE CORPORATE BRIDEGROOM

Ce roman a déjà été publié en 2003.

HARPERCOLLINS FRANCE
83-85, boulevard Vincent-Auriol, 75646 PARIS CEDEX 13
Service Lectrices — Tél. : 01 45 82 47 47

www.harlequin.fr

ISBN 978-2-2803-7686-0 — ISSN 2426-993X

Prologue

Communiqué de presse :

Les magasins Claibourne & Farraday sont heureux d'annoncer la nomination de Mlle India Claibourne au poste de P-DG de l'entreprise. Mlles Romana et Flora Claibourne ont été nommées membres à part entière du conseil d'administration.

Chronique du London Evening Post :

L'égalité des sexes aurait-t-elle enfin franchi les murs de cette vénérable institution que représente Claibourne & Farraday, le grand magasin parmi les plus anciens et les plus chics de Londres ?

Avec l'annonce, aujourd'hui, qu'India Claibourne prend à vingt-neuf ans la succession de son père comme P-DG de C&F, c'est une ère qui s'achève dans l'un des derniers bastions de la domination masculine.

Il semblerait que les ravissantes demoiselles Claibourne, qui participent à la vie du magasin depuis l'âge où elles se déguisaient en lutins pour prêter main-forte au Père Noël, aient décrété qu'il était temps de mettre un terme à l'impérialisme mâle imposé par les fondateurs au XIXe siècle. En effet, depuis 1832, époque où Charles Claibourne et

William Farraday ont institué une règle de succession qui octroie des « actions préférentielles » permettant à l'héritier mâle le plus âgé de l'une ou l'autre famille d'exercer un contrôle intégral sur le magasin, leur décision n'a jamais été contestée.

Les héritiers masculins de la famille Farraday vont-ils relever le défi ou se retirer ? Si vous voulez en savoir plus sur cette affaire, ne manquez pas notre prochaine chronique.

NOTE : de Jordan Farraday à l'attention de Glenn Farraday Macaulay et Bram Farraday Gifford.

Je suppose que vous avez déjà pris connaissance de la coupure de presse ci-jointe que je vous envoie néanmoins par précaution. Pour parer aux questions que vous ne manquerez pas de vous poser, sachez que j'ai immédiatement contesté la nomination d'India Claibourne à la tête de C&F par le biais de mes avocats. La réponse des sœurs Claibourne ne s'est pas fait attendre et ne manque pas d'intérêt. Contrairement à ce que je prévoyais, elles ne brandissent pas la bannière féministe et ne font aucune mention de la nouvelle législation concernant l'égalité des sexes dans l'entreprise. En revanche, elles expriment leur surprise que des hommes aussi occupés que nous puissent trouver le temps de prendre en charge la gestion au jour le jour d'un « commerce de détail ».

Il est possible, voire probable, qu'elles aient deviné notre projet de liquider la marque et de vendre l'espace immobilier qui l'abrite — ce à quoi elles ne pourront s'opposer une fois que nous aurons obtenu le contrôle du conseil d'administration. Il est donc impératif de les convaincre que nous n'avons nulle intention de vendre. C'est dans cette perspective que j'ai accepté la proposition que chacun de nous observe, au quotidien, le management de chacune d'entre elles au cours des trois prochains mois. Nous ferons donc office, à tour de rôle, de « doublon » des Claibourne.

Manifestement, les sœurs Claibourne espèrent nous démontrer que leur expérience du terrain est un meilleur atout pour C&F que nos années passées dans la City. Un délai de trois mois sous couvert de coopération ne nous coûtera pas grand-chose si l'affaire se termine au tribunal, comme je le pressens. La connaissance que nous aurons acquise de l'intérieur nous sera même d'une grande utilité si nous devons les évincer du conseil par voie de justice.

J'ai établi l'emploi du temps suivant : Glenn sera le doublon de Romana en avril, Bram celui de Flora en mai et je travaillerai avec India en juin. Vous trouverez, ci-joint, un dossier sur chacune de vos partenaires que je vous demande d'étudier en détail. Consacrez un maximum de temps à votre rôle sans qu'il paraisse empiéter sur vos activités professionnelles habituelles.

Je me rends bien compte que je vous impose une corvée, mais en tant que coactionnaire, je vous rappelle que la récompense sera le contrôle d'un bien commercial et d'une surface immobilière considérable en plein cœur de Londres.

MESSAGE ÉLECTRONIQUE d'India Claibourne à Romana@Claibourne.com avec copie à Flora@Claibourne.com.

Objet : Glenn Farraday Macaulay

Romana,

les avocats ont demandé un délai de trois mois afin d'étayer leur dossier pour débouter la prétention des Farraday à prendre le contrôle de C&F. Afin de gagner du temps, j'ai fait semblant de montrer patte blanche et proposé à chacun d'eux de suivre l'une de nous pendant un mois pour leur permettre de juger de nos méthodes.

Glenn Farraday Macaulay prendra contact avec toi d'ici peu pour que vous conveniez ensemble d'un emploi du

temps qui lui permette de te suivre au cours de tes activités prévues en avril. Il dirige une banque d'affaires et rêve sans aucun doute de faire main basse sur le capital et les biens de C&F. Je compte sur toi pour le persuader qu'il vaut mieux nous les confier.
Il est évident que les Farraday ont accepté cette proposition parce qu'ils voient là un moyen d'accumuler des renseignements qu'ils comptent certainement utiliser contre nous, alors méfie-toi !
Je t'embrasse,
India

1

Les bras chargés de sacs provenant de chez les plus grands couturiers, Romana Claibourne, debout devant un taxi, cherchait son portefeuille avec une panique croissante en s'efforçant de ne pas renverser le gobelet de café qu'elle tenait à la main.

En dépit des apparences, cet état de fébrilité ne devait rien au portefeuille introuvable ou à la brusque décision de Glenn Farraday Macaulay de lui imposer sa présence aujourd'hui. Hélas, d'ici à quelques heures à peine, elle devrait affronter une épreuve bien pire…

Cela dit, la situation présente n'avait rien de réjouissant. En dépit des mises en garde d'India, elle était en retard. Sa sœur avait pourtant insisté sur la nécessité d'être ponctuelle : Glenn Macaulay voulait discuter avec elle de son emploi du temps à 12 heures précises et il fallait tout laisser en plan pour être au rendez-vous. Rien — pas même l'inauguration de la semaine caritative de C&F — n'était plus important. En bref, il y avait crise.

Elle jeta un regard navré au chauffeur de taxi.

— Mon portefeuille est sûrement quelque part. Je suis sûre que je l'avais tout à l'heure.

— Ne vous inquiétez pas, mademoiselle, j'ai tout mon temps.

— Vraiment ?

Comprenant un peu tard qu'il s'agissait d'un trait ironique, Romana redoubla d'efforts pour retrouver son bien. Elle l'avait en passant prendre sa robe puisqu'elle s'était servie de sa carte bancaire. Ensuite, après avoir reçu le message d'India, un café s'était imposé d'urgence et elle avait réglé avec de la monnaie. Ensuite… Ensuite, elle avait fourré le portefeuille dans la poche de son imperméable et…

Son visage s'illumina tandis qu'elle plongeait la main dans sa poche. Hélas, les sacs glissèrent le long de son bras et le gobelet lui échappa quand elle voulut les redresser. Il s'écrasa sur le trottoir, éclaboussant d'un jet noir une paire de chaussures masculines rutilantes ainsi qu'un pantalon de flanelle au pli irréprochable.

Les chaussures comme le pantalon pilèrent net. La pointe d'un parapluie de soie noire souleva adroitement le gobelet. Les yeux écarquillés, Romana suivit son ascension jusqu'à ce qu'il s'arrête à quelques centimètres de son nez.

— C'est à vous, je présume, déclara le propriétaire du pantalon.

Confuse, Romana saisit le gobelet. Première erreur : il était gluant et trempé, aussi les excuses qu'elle s'apprêtait à prononcer se muèrent-elles en une exclamation de dégoût. L'erreur numéro deux fut de lever les yeux. Elle faillit lâcher de nouveau le gobelet en découvrant un individu qui incarnait le rêve de toute femme : beau, brun et ténébreux à souhait. Stupéfaite, elle demeura paralysée, incapable de proférer un son. Pourtant, il fallait qu'elle lui présente ses excuses et, surtout, qu'elle lui demande son nom.

Sur le point de passer à l'acte, elle se ravisa. Si elle se fiait à la moue dédaigneuse du personnage, il n'était pas le moins du monde impressionné par sa rencontre avec l'une des femmes les plus courtisées de la capitale. Son expression était même suffisamment éloquente pour qu'elle devine son opinion sans qu'il ait besoin de prononcer les mots « blonde » et « stupide », et les excuses qu'elle voulait lui présenter moururent sur ses lèvres.

De toute façon, ce qu'elle aurait pu dire n'aurait servi à rien, car il avait déjà tourné les talons et franchissait la porte de C&F sans plus se préoccuper d'elle.

***

Glenn s'étant annoncé, on le guida avec empressement à l'étage supérieur où il tendit son imperméable et son parapluie à une réceptionniste avant de se retirer au vestiaire pour essuyer son pantalon et ses chaussures. Après avoir jeté le mouchoir en papier dans une corbeille, il consulta sa montre avec irritation. Il avait eu les plus grandes peines du monde à se libérer pour ce rendez-vous et voilà qu'à cause de cette idiote, il était en retard !

Que fabriquait-elle donc sur le trottoir avec un gobelet de café à la main et assez de sacs de grands couturiers pour régler la dette d'un pays du tiers-monde ? Même ses cheveux semblaient échapper à son contrôle, songea-t-il en se rappelant l'incroyable chevelure blonde qui lui auréolait la tête.

Encore une chance que Romana Claibourne soit en retard, elle aussi.

Déclinant l'offre de la secrétaire qui lui proposait un café, il accepta son invitation à attendre dans le luxueux bureau de la jeune femme et se campa devant la fenêtre en s'efforçant de chasser de son esprit la douzaine d'affaires urgentes auxquelles il devrait se consacrer à cet instant précis.

Romana fulminait sans trouver de mots assez sévères pour qualifier le goujat qui venait de lui tourner le dos.

— Ce n'est pas votre jour, on dirait, remarqua le chauffeur de taxi. Je vous prépare un reçu ?

— Pardon ? Oh, oui… Tenez, prenez ce billet et gardez la monnaie.

Comme il n'y avait pas de poubelles dans la rue, elle gagna son bureau en tenant le gobelet répugnant à bout de bras.

Pendant que sa secrétaire l'en débarrassait, elle déclara :

— M. Macaulay devrait arriver d'un instant à l'autre. Je ne peux pas lui accorder plus de cinq minutes, alors je compte sur toi pour venir à mon secours et me débarrasser de lui.

La secrétaire roula des yeux en direction du bureau.

— M. Macaulay est arrivé il y a deux minutes, chuchota-t-elle.

Romana se retourna comme si une guêpe la piquait. En effet, un homme se tenait devant la fenêtre de son bureau et, même s'il lui tournait le dos, il l'avait sûrement entendue ! Voilà qui augurait mal de leur entrevue.

S'essuyant les mains en toute hâte, elle lissa sa jupe, rajusta sa veste et pénétra dans le bureau.

De dos, Glenn Macaulay paraissait très impressionnant : grand, des cheveux sombres sans la moindre boucle rebelle et des épaules athlétiques que mettait en valeur une veste sûrement coupée par le meilleur tailleur de la capitale.

S'armant de courage, elle traversa la pièce en direction de son hôte.

— Monsieur Macaulay ? Je suis navrée de vous avoir fait attendre, mais il m'est arrivé un petit acc…

Quand le visiteur se retourna pour serrer la main qu'elle lui tendait, elle s'arrêta net, les yeux écarquillés.

Evidemment ! songea-t-elle, consternée. Glenn Macaulay et l'odieux personnage qu'elle avait aspergé de café ne pouvaient faire qu'un puisqu'on était le 1er avril !

— Ma secrétaire vous a-t-elle proposé du…

— Café ? acheva-t-il comme Romana hésitait au moment de prononcer le mot fatal.

Il s'exprimait d'une voix basse et mesurée dont elle sut aussitôt qu'elle ne s'élevait jamais quelle que soit la circonstance ou la provocation. N'avait-elle pas eu déjà un exemple de son exceptionnelle maîtrise de lui ?

— Je vous remercie, mais je crois que j'ai eu ma dose de café pour aujourd'hui.

Il lui lâcha la main et, à sa grande honte, Romana eut l'impression que la sienne collait affreusement.

A cet instant, les termes « situation de crise » prirent un sens nouveau.

Cet homme était un des trois associés Farraday — des associés dont ses sœurs et elle n'entendaient jamais parler car ils ne se manifestaient pas. Jusqu'à récemment, il n'était jamais venu à l'esprit de Romana de s'étonner de leur silence alors que leur nom s'étalait en toutes lettres au fronton du magasin. Lorsqu'il lui arrivait par hasard de penser à eux, elle se disait qu'ils étaient trop âgés ou trop paresseux pour se donner la peine de suivre leurs affaires puisque les dividendes du labeur fourni par la famille Claibourne leur rapportaient des millions sans qu'ils aient besoin de lever le petit doigt.

Ce n'est qu'après la grave crise cardiaque qui avait affaibli leur père que ses sœurs et elle avaient découvert la vérité. Loin de se complaire dans l'oisiveté, leurs associés — un financier spécialiste en capital-risque, un banquier et un juriste — étaient trop occupés à bâtir chacun leur propre empire pour s'occuper du grand magasin centenaire.

Mais cela ne semblait plus leur suffire puisque, aujourd'hui, ils voulaient faire main basse sur l'empire Claibourne.

Glenn était le banquier, un individu dont elle savait déjà qu'il était froid comme un glaçon. Et c'était cet homme-là qu'elle devait convaincre qu'elle était une directrice des relations publiques de choc !

Malgré leur premier contact catastrophique, l'optimisme naturel de Romana reprit le dessus. Il l'avait surprise dans un mauvais jour, voilà tout. Demain, elle rattraperait le terrain perdu et lui montrerait ce qu'elle valait. D'ailleurs, avant qu'elle prenne en main les relations publiques, le magasin était à peu près aussi attirant qu'une duchesse douairière. Puisqu'elle avait réussi à changer son image et à retourner l'opinion de la population londonienne, elle ne doutait pas de réussir avec Glenn Farraday Macaulay.

En attendant, cette première rencontre tombait fort mal alors qu'elle s'apprêtait à vivre un des pires moments de son existence.

Pour faire bonne mesure, elle s'efforça d'imiter son visiteur en affichant un sourire aussi réfrigérant que le sien.

— Je suis désolée pour le café. Je vous aurais présenté mes excuses si vous m'en aviez laissé le temps.

Elle marqua une légère pause dans l'attente d'un hochement de tête ou d'un murmure d'assentiment, mais il demeura de marbre.

— Vous n'aurez qu'à m'envoyer la note du teinturier.

Pas un muscle ne bougea sur le visage de son interlocuteur.

— A moins que vous préfériez que quelqu'un du service de nettoyage donne un coup d'éponge et de fer sur votre pantalon ?

A peine eut-elle prononcé ces paroles que la vision incongrue de Glenn Macaulay déambulant en caleçon dans son bureau surgit devant ses yeux. Elle s'empourpra violemment, comme chaque fois qu'elle disait quelque chose de stupide.

Le regard qui la dévisagea aurait éteint un volcan en éruption. Renonçant à combattre Glenn Macaulay sur le terrain de la froideur, elle repoussa son opulente crinière en arrière. En général, les hommes adoraient ce geste typiquement féminin dont elle usait sans vergogne. Cette fois, pourtant, son intuition lui soufflait que M. Macaulay allait détester, d'où son recours à ce stratagème. Elle préférait une réaction, même négative, à ce néant, aussi recommença-t-elle son geste en aggravant son cas par un sourire enjôleur. D'ordinaire, ce genre de sourire jetait les hommes à ses pieds, mais, comme elle le pressentait, celui-ci échappait à la règle.

La mine grave, il se campa face à elle.

— Mon cousin m'a demandé d'être votre doublon pendant que vous travaillez, mademoiselle Claibourne. A supposer qu'il vous reste assez de temps en dehors du shopping pour vous consacrer à votre activité professionnelle.

Romana suivit le regard polaire qui détaillait les sacs entassés sur le canapé.

— Ne dites pas de mal du shopping, monsieur Macaulay. C'est grâce à lui que nos ancêtres respectifs ont fait fortune et c'est également grâce à lui que vous touchez des dividendes non négligeables.

— Peut-être plus pour longtemps, si vous-même achetez auprès de la concurrence.

— Vous avez beaucoup à apprendre si vous croyez que les

couturiers sont prêts à vendre autre chose que leur prêt-à-porter dans un grand magasin, fût-il un établissement aussi stylé que celui-ci.

Enchantée de sa repartie, elle ouvrit son agenda.

— A présent, si vous avez quelques minutes à consacrer à ces futilités, je vous propose de comparer nos emplois du temps.

Le haussement d'épaules résigné qui lui répondit prouvait que cette perspective n'enchantait guère son visiteur et qu'il s'y pliait parce qu'il n'avait pas le choix.

— J'avoue que j'ai du mal à vous imaginer en train de jouer à la marchande, vos cousins et vous.

— A la marchande ? Dois-je comprendre que vous servez au comptoir ?

Consciente d'avoir parlé trop vite, Romana se mordit la lèvre. India lui avait recommandé de se méfier. Malheureusement, sa langue trop bien pendue et sa spontanéité naturelle avaient tendance à échapper à son contrôle et ses propos devançaient souvent la réflexion.

— Est-ce le cas ? insista-t-il.

— Plus maintenant, mais j'ai été vendeuse, en effet. Avez-vous seulement idée de ce que représente la gestion d'un grand magasin ? Ce n'est pas une affaire d'amateurs.

Un imperceptible sourire effleura les lèvres de son visiteur, comme si la question l'amusait. A moins qu'il ne la classe, elle, dans la catégorie des amateurs, auquel cas, il avait beaucoup à apprendre.

— Vraiment ?

— Vraiment ! Vous êtes peut-être un génie dans votre domaine, mais vous ignorez le nombre d'articles de lingerie de soie qu'il faut commander à l'époque de Noël.

— Parce que vous le savez, vous ?

Et comment ! La question figurait sur le questionnaire de jeu du site Internet du magasin qu'elle avait lancé en février. Avant qu'elle ait la satisfaction de lui citer le chiffre, il poursuivit :

— J'imagine qu'il revient à chaque chef de rayon ou de département de prendre ce genre de décisions, non ?

— La responsabilité commence ici, monsieur Macaulay. Par ailleurs, je me contentais de vous signaler que j'ai travaillé dans chaque département, que j'ai effectué des livraisons et que…

— Et que vous aidiez le Père Noël si j'en crois le *London Evening Post*. Votre expérience du terrain vous a-t-elle vraiment appris quelque chose, dites-moi ?

— De ne jamais y retourner, avoua-t-elle.

Le sourire qui accompagna cette réplique était censé désarmer l'adversaire. S'ils mettaient un terme à cette passe d'armes, ils pourraient repartir sur un bon pied. Malheureusement, Glenn Macaulay ne l'entendit pas de cette oreille.

— Vous ignoriez que vous devriez rendre le magasin quand votre père prendrait sa retraite, je suppose ?

Pendant que Romana cherchait encore ses mots pour nier sans avoir à mentir, il enchaîna :

— Je m'en doutais. Votre père aurait dû vous mettre au courant, le coup aurait été moins rude.

Il ignorait que son père avait toujours pratiqué la politique de l'autruche, refusant de voir et surtout de prévoir.

— Quoi qu'il en soit, mes cousins et moi n'avons pas l'intention de nous occuper des détails. Nous engagerons une équipe de talent pour diriger le magasin et…

— Il n'y a pas de meilleure équipe que celle que nous formons, mes sœurs et moi !

Parce qu'elles appartenaient à la même famille, tout simplement. Même s'ils payaient à prix d'or un directeur de haut niveau, il ne mettrait jamais son âme dans la balance.

— Si vous nous laissez les rênes, vous continuerez à engranger des profits substantiels comme vous le faites depuis des années sans avoir à lever le petit doigt.

— Et sans avoir notre mot à dire, or, il se trouve que les bénéfices n'ont pas augmenté depuis trois ans. Les affaires stagnent, il est temps que la situation évolue.

Romana réprima une grimace. En bon banquier, Glenn Macaulay avait effectué de sérieuses recherches. Elle était prête à parier qu'il savait au penny près où en étaient les comptes.

— Les affaires ont été difficiles pour tout le monde ces derniers temps.

— Peut-être, mais C&F se repose un peu trop sur son image de marque.

— A juste titre ! Le magasin a un style très personnel que nous tenons absolument à conserver.

— Par personnel vous entendez démodé, ennuyeux et sans aucune idée nouvelle ?

Romana tiqua. Même exagérée, cette description ne manquait pas de vérité. Cependant, il était hors de question d'avouer à cet homme qu'elles s'étaient toutes lamentées devant le refus catégorique de leur père de moderniser l'image du magasin et qu'elles rêvaient de faire disparaître le décor vieillot pour apporter de l'espace et de la lumière.

Comme il était trop tard pour adopter le profil bas recommandé par sa sœur, elle s'enquit d'un air insolent :

— Vous avez des idées neuves à proposer, peut-être ?

— Bien sûr. Nous avons de nombreux projets.

Elle examina son interlocuteur sans cacher son scepticisme. Ce banquier au regard gris et froid, habillé d'un costume trois-pièces à pleurer d'ennui, s'imaginait-il pouvoir révolutionner C&F ?

— Je n'ai pas parlé de projets mais d'idées, fit-elle remarquer. Les projets relèvent d'un autre sujet. Vous pourriez envisager de vendre à une autre chaîne pour vous débarrasser des soucis de gestion et récupérer une somme rondelette à investir dans votre banque, par exemple. Si vous possédiez la part d'« action préférentielle », bien sûr, nous…

La voix de la secrétaire s'éleva à cet instant dans l'Interphone.

— Pardonnez-moi de vous interrompre, Romana, mais si vous ne partez pas tout de suite…

Glenn Macaulay regarda sa montre.

— Cinq minutes à la seconde près, énonça-t-il.

Le visage de Romana s'allongea. Comme elle le redoutait, il avait entendu.

— Aussi passionnant que soit cet échange, je dois vous quitter, monsieur Macaulay. Je vous laisse régler les détails d'emploi du temps avec ma secrétaire. Faites-lui part de vos disponibilités, je m'arrangerai pour vous inclure dans mon programme.

Sans attendre sa réponse, elle s'empara des sacs et, ignorant l'ascenseur, se dirigea droit vers l'escalier.

« Ses disponibilités » ? Glenn n'avait pas l'intention de laisser cette péronnelle le planter là. D'un geste vif, il saisit imperméable et parapluie et lui emboîta le pas.

— Mademoiselle Claibourne !

En entendant cette voix, Romana s'engouffra en toute hâte dans le taxi. Non seulement elle était pressée, mais une dose de Glenn Macaulay lui avait suffi pour la journée.

Une fois installée, elle leva vers son « doublon » un regard innocent.

— Cela n'a pas été long, dites-moi.

Dans un louable effort de politesse, elle ajouta :

— Puis-je vous déposer quelque part ?

— Non.

Le soulagement de Romana fut de courte durée car il la rejoignit à l'intérieur du taxi.

— Je vous accompagne. Il n'est pas question que je joue les doublons uniquement quand cela vous convient. Mon rôle commence dès maintenant.

Persuadée qu'il s'agissait d'une plaisanterie, Romana émit un petit rire qui manquait de conviction.

— Je pensais que vous étiez débordé. Et puis, il vaudrait peut-être mieux que vous ne participiez pas à toutes mes activités.

Pour sa part, elle aurait préféré ne pas prendre part à toutes les prérogatives de sa fonction.

— Nous perdons du temps. Puisque nous sommes là tous les deux, allons-y.

Romana comprit ce qui motivait la décision de son compagnon. Il s'imaginait qu'elle essayait de lui cacher quelque chose.

— Je vous assure que ce ne sera pas une partie de plaisir d'être mon doublon aujourd'hui.

— Et moi, je vous assure que ça m'est égal. Si je ne vous suis pas comme votre ombre, comment pourrai-je apprendre quoi que ce soit ?

— Vous ne comprenez pas, je ne…

— Vous ne travaillez pas aujourd'hui ? fit-il en balayant du regard les sacs qui s'amoncelaient à ses pieds.

— Bien sûr que si, mais…

— Dans ce cas, vous feriez bien d'indiquer votre destination au chauffeur.

— Il serait plus raisonnable que je vous faxe mon emploi du temps pour le reste du mois.

— La lecture en sera certainement édifiante, mais j'ai très envie de découvrir ce que vous avez programmé pour aujourd'hui.

Romana masqua sa peur derrière un autre petit rire.

— C'est tout à votre honneur de prendre votre rôle si sérieusement.

— Je prends tout au sérieux. Je ne suis pas homme à m'imaginer que je n'ai plus rien à apprendre, même de votre part.

— Merci du compliment.

Ce genre de sarcasme ne ressemblait pas à Romana mais ce fut plus fort qu'elle. Il fallait croire que la pratique de l'ironie à froid était contagieuse.

— Vous êtes payée à plein temps, je crois ?

Le sous-entendu était clair : il l'accusait à mots couverts de ne pas mériter l'argent qu'elle gagnait. Pourtant, aujourd'hui, elle allait le mériter plus que jamais, songea-t-elle en donnant l'adresse au chauffeur.

India avait été surprise que les Farraday acceptent si facilement sa manœuvre dilatoire, mais, apparemment, ils ne jouaient pas aussi franc-jeu qu'ils voulaient le laisser croire. Sinon, pourquoi trois hommes aux responsabilités importantes consacreraient-ils autant de temps à « doubler » des femmes dont ils contestaient les méthodes ?

Glenn avait déjà reconnu qu'ils comptaient engager une autre équipe de direction. Pour ce faire, ils devaient prouver l'incompétence des sœurs Claibourne afin de les exclure du conseil d'administration. Mais, comme elles n'étaient pas incompétentes, la question n'avait pas lieu d'être et tout allait pour le mieux.

— Vous voulez savoir comment je gagne mon salaire ?

— Certes ! Vous m'avez servi un tel boniment sur votre ardeur au travail et l'impossibilité de vous remplacer que cela m'intéresse de vous voir à l'œuvre.

— Nul n'est irremplaçable, mais je ne pense pas qu'un banquier d'affaires puisse prendre facilement ma place.

Pas celui-ci, en tout cas. Les relations publiques nécessitaient une nature chaleureuse et communicative… dont il n'était définitivement pas doté.

— Eh bien, vous avez un mois pour m'en convaincre, lança-t-il.

— Vous ne voulez vraiment pas changer d'avis pour aujourd'hui ?

Il ignorait qu'elle lui offrait là une dernière chance d'échapper à une expérience qu'elle n'aurait pas souhaitée à son pire ennemi.

— Au contraire, je suis très curieux de découvrir ce que vous faites pour mériter un salaire aussi important que le vôtre en plus de votre part des bénéfices du magasin. Cela vous pose un problème ?

Cette réponse scella définitivement le sort de Glenn Macaulay.

— Aucun !

Là-dessus, Romana prit son téléphone portable et composa un numéro.

— Molly ? Assure-toi qu'il y a encore un sweat-shirt C&F disponible.

Tout en continuant à parler, elle détailla les épaules de son voisin.

— Du 44, je pense. Prévois également une place supplémentaire ce soir pour Glenn Macaulay. Et inscris-le à tout ce qui est prévu ce mois-ci. Je t'expliquerai tout à l'heure.

Glenn la dévisagea avec méfiance.

— Que se passe-t-il, ce soir ?

— Un gala. Aujourd'hui, nous lançons la semaine de la Joie. Voilà pourquoi votre arrivée tombe assez mal.

— La semaine de la Joie ?

— C'est le nom de l'organisme caritatif que C&F a fondé il y a deux ans.

— Je me souviens. On le mentionne dans le rapport annuel.

— Cela nous permet de récolter des fonds importants pour les enfants défavorisés.

— En vous offrant de la publicité gratuite par la même occasion.

— Pas vraiment gratuite, en fait. Les ballons et les sweat-shirts coûtent extrêmement cher, mais cela vaut le coup pour les enfants. Heureusement que notre département de relations publiques est très performant.

Elle s'interrompit, le temps d'adresser un sourire étourdissant à son partenaire et poursuivit :

— Je n'ai pas un emploi du temps de banquier, malheureusement. Mais je suppose que vous n'imaginiez pas qu'il s'agissait d'un travail avec des horaires réguliers ?

Enchantée de se découvrir un réel talent dans le maniement de l'ironie, elle ajouta avec une pointe de malice :

— Votre femme ne va sans doute pas apprécier d'être seule tous les soirs.

— Je ne suis pas marié. Plus depuis un certain temps, en tout cas.

Cette dernière précision ne surprit pas du tout Romana. A moins d'être masochiste, quelle femme supporterait de rester l'épouse de cet ours mal léché ?

2

A l'instar de Romana, Glenn appela sa secrétaire sur son portable pour réorganiser sa journée et régler plusieurs questions urgentes. Se libérer pour la soirée ne posait aucun problème. Le rapport qu'il avait prévu d'étudier sur l'industrie de l'acier attendrait.

Romana enchaînait appel sur appel, vérifiant d'innombrables détails concernant la soirée de gala, s'assurant que les fleurs seraient livrées à temps, les programmes prêts et les places attribuées.

Soit elle essayait de l'impressionner, soit elle cherchait à éviter d'entretenir une conversation. Dans ce dernier cas, elle avait droit à son entière gratitude.

Tandis que le taxi se frayait difficilement un chemin dans les encombrements, il eut tout le loisir de regretter son impulsion. Il ne tenait pas à passer une minute de plus que nécessaire avec Romana Claibourne pour la bonne raison qu'il avait peu de temps à consacrer aux blondes évaporées en général, et aucun à celles qui jouaient les P-DG entre deux crises d'achats compulsifs, en particulier.

Son regard se posa de nouveau avec dédain sur les sacs déposés aux pieds de sa compagne. Des pieds menus chaussés d'escarpins dont la couleur orange annonçait un prix extravagant. En dépit de ses préventions, toutefois, il ne put s'empêcher d'apprécier la délicatesse des chevilles ainsi que le galbe exquis des jambes qui les prolongeaient et que leur propriétaire ne cherchait pas à soustraire à son admiration. Romana Claibourne ne semblait pas femme à dissimuler ses atouts, bien au contraire.

Elle repoussait en arrière la masse de boucles indisciplinées de sa chevelure lorsqu'elle s'aperçut qu'il la contemplait. Aussitôt, elle suspendit son geste et le fixa à son tour. Poussé par le démon de la provocation, il haussa un sourcil ennuyé puis se détourna avec indifférence pour reprendre son observation de la circulation.

Un gala de charité, même pour la bonne cause, représentait pour lui le summum de l'ennui. Il détestait ce type de manifestation et préférait envoyer un chèque plutôt que de se mêler au strass et aux paillettes des amateurs du genre.

Pour une fois, il ne pouvait s'en prendre qu'à lui. Il avait stupidement repoussé l'échappatoire que Romana lui proposait, persuadé qu'il s'agissait d'une manœuvre pour se débarrasser de lui et il s'en mordait amèrement les doigts. Il était trop tard pour reculer, maintenant. Et puis, la façon dont elle le dévisageait de ses grands yeux bleus, comme si elle était habituée à ce que les hommes fassent ses quatre volontés, lui donnait furieusement envie de lui démontrer qu'il était d'une trempe autrement plus rigide que ses proies habituelles.

Le taxi s'arrêta à Tower Bridge. Une nuée de ballons recouverts de la livrée rouge et or de C&F décoraient le pont et une foule surexcitée s'agglutinait devant des caméras de télévision.

— Nous sommes arrivés, monsieur Macaulay, annonça-t-elle.

— Glenn, s'il vous plaît.

Un certain formalisme ne lui déplaisait pas, mais un mois entier à se faire appeler M. Macaulay sur ce ton insolent finirait par lui donner des envies de meurtre.

Un peu inquiet sur la nature de ce qui l'attendait, Glenn fut fixé en sortant du taxi. Une immense grue drapée aux couleurs de C& F se dressait au bord du pont et un gigantesque panneau invitait ceux qui le désiraient à payer leur écot pour sauter afin de participer à la semaine de la Joie.

Il découvrit brusquement que les galas de charité n'étaient

pas ce qu'il détestait le plus. Le saut à l'élastique figurait juste avant sur sa liste.

Romana se tourna vers lui avec un grand sourire.

— Ce n'est pas tous les jours comme ça, rassurez-vous. Certaines journées sont très ennuyeuses, mais je fais en sorte qu'il y en ait le moins possible.

— Vous allez sauter ?

Question stupide. Elle était payée pour s'amuser et devait adorer ce genre d'exploits.

— Vous regrettez de ne pas avoir regagné votre bureau quand vous en aviez la possibilité ?

Une pointe de défi brillait dans les yeux de Romana. La belle semblait croire qu'il allait sauter, lui aussi, mais elle se trompait.

— Pas du tout. Je trouve même l'expérience pleine d'enseignements, mais ce n'était pas la peine de faire mettre un sweat-shirt de côté pour moi. Mon rôle se borne à vous observer, pas à vous imiter.

— Auriez-vous peur ?

Glenn éluda la question. Il n'avait rien à prouver à personne. Autrefois, il était même un véritable casse-cou, mais il avait appris que certains passe-temps paisibles pouvaient être plus dangereux que le saut à l'élastique.

— Avez-vous déjà sauté ? demanda-t-il.

— Jamais ! J'ai bien trop peur du vide. Et puis, je suis sujette au vertige.

Il la crut jusqu'à ce qu'elle lui décoche un autre sourire en ajoutant :

— Comment croyez-vous que j'aie réussi à rassembler autant de monde ?

— Vous auriez pu attacher vos victimes en les menaçant de les asperger de café jusqu'à ce qu'elles promettent de sauter.

— Excellente suggestion. Je m'en souviendrai pour l'année prochaine.

— Il n'y aura pas d'année prochaine.

— Oh, peut-être pas de saut à l'élastique, mais…

Elle prit soudain conscience qu'il faisait allusion à l'éviction des Claibourne et redressa le menton.

— Mais je trouverai quelque chose de tout aussi attrayant, acheva-t-elle. Si vous changez d'avis, il n'est pas trop tard pour téléphoner à votre bureau et battre le rappel de vos troupes. Je suis certaine que de nombreuses personnes sont prêtes à verser de l'argent pour vous voir sauter. Comme l'émission est retransmise sur Internet, elles pourront suivre vos exploits en direct.

Glenn secoua la tête.

— Je préfère m'en tenir à notre arrangement : vous agissez, j'observe. Au cas où vous sauteriez vraiment, bien sûr.

— L'une de nous devait se dévouer pour le premier saut et comme India et Flora se sont découvert des engagements pressants ailleurs, je n'ai pas eu le choix. Je regrette de ne pas avoir su que vous seriez là. J'aurais annoncé un saut groupé avec vous. *Celebrity* nous a déjà réservé sa page de couverture, mais vous auriez pu vendre des clichés aux pages financières des quotidiens.

— Quelle somme avez-vous récoltée pour votre saut ?

Romana examina la grue d'un air dubitatif.

— Cinquante-trois mille livres. Cela vaut la peine de risquer de me rompre le cou pour une somme pareille, vous ne trouvez pas ?

L'importance du montant impressionna Glenn, mais il se garda bien de le montrer.

— Je ne pensais pas qu'autant de personnes souhaiteraient vous voir morte de peur.

— Comment ça, morte de peur ?

— C'est le but, non ? Vous faites semblant d'être terrifiée et vos sponsors paient pour vous entendre hurler.

— Il faut leur en donner pour leur argent, que voulez-vous !

A cet instant, une jeune femme affublée d'un sweat-shirt rouge et or entraîna Romana à l'écart dans une caravane.

— Qui est ce play-boy ? s'enquit-elle.

Romana n'eut pas besoin de suivre le regard brillant de son assistante. Il ne pouvait s'agir que de Glenn.

— Ce n'est pas un play-boy.

En effet, le terme était trop mièvre pour s'appliquer à Glenn Macaulay. Non content d'être beau, il dégageait une autorité naturelle qui forçait l'admiration. C'était le genre d'homme pour lequel une femme lâcherait non seulement son gobelet de café, mais tout ce qu'elle tenait en main, pour peu qu'il lui adresse un sourire. Peut-être était-ce pour cette raison qu'il ne souriait pas : parce que ses sourires étaient trop dangereux et risquaient de déclencher des émeutes.

— Va consulter un ophtalmologiste, Romana. Il est rare de voir un homme qui réunit toutes les perfections physiques à lui seul.

Ces quelques mots résumaient à merveille Glenn Macaulay. Et le frisson qui parcourut Romana en entendant cette description n'eut rien à voir avec le saut qu'elle s'apprêtait à faire.

— Une femme mariée ne devrait pas avoir ce genre de pensées à l'égard d'un autre homme que son époux légitime.

— Je suis mariée, Romana, pas morte.

— Eh bien, débarrasse-toi de tes illusions. Il est peut-être superbe, mais il a autant de charme qu'un mérou. Une vraie douche froide. De plus, c'est un Farraday.

— J'ignorais qu'il y en avait encore en vie.

— Hélas, c'est le cas, et celui-là doit me suivre comme mon ombre pendant un mois.

— C'est celui qui sera dans ta loge, ce soir ? Tu as toutes les chances, décidément. J'ai bien envie de lui offrir un café.

— Si tu tiens à conserver une bonne image de lui, je ne te le conseille pas... Quant à moi, je ne donne pas cher de ma peau, conclut Romana en considérant la grue avec terreur.

— Tout se passera comme sur des roulettes, ne t'inquiète pas. Surtout, n'oublie pas de sourire devant la caméra et assure-toi que le sigle du magasin est bien en évidence sur ton sweat-shirt. Je resterais bien pour t'aider, mais je dois filer au théâtre pour faire le point avec le traiteur.

Saisie d'angoisse, Romana n'écouta que d'une oreille. Comment allait-elle pouvoir sourire devant les caméras ?

Elle fit un essai devant le miroir en retouchant son rouge à lèvres et ne parvint qu'à esquisser une pitoyable grimace. Comment faire pour donner le change devant la caméra de télévision qui suivrait ses moindres mouvements dès qu'elle émergerait de la caravane ? Et puis, terrifiée comme elle l'était, elle aurait sûrement mangé tout son rouge à lèvres avant d'avoir atteint la plate-forme en haut de la grue. Par précaution, elle glissa le tube et un miroir dans sa poche pour une retouche de dernière minute en espérant que sa main serait assez ferme pour y parvenir.

Juste avant de quitter la caravane, elle se surprit à ébouriffer ses cheveux. Ce geste machinal trahissait son anxiété, elle ne le savait que trop. Baissant les bras, elle serra les poings et sortit pour rejoindre le directeur de la chaîne de télévision qui attendait au pied des marches.

Pendant qu'ils vérifiaient ensemble le programme des événements, elle observa Glenn Macaulay qui se tenait à quelques mètres de là, le visage impénétrable.

— Vous êtes sûr de ne pas vouloir sauter, Glenn ? lança-t-elle tout à trac. La participation d'un Farraday serait un plus certain.

Le directeur de la chaîne renchérit.

— Ce serait formidable ! Changez-vous vite, monsieur Farraday.

— Macaulay, rectifia Glenn.

Devant la confusion manifeste du directeur, il précisa :

— Glenn Farraday Macaulay. Merci de votre proposition, mais il y a ici suffisamment de personnes impatientes de se jeter dans le vide pour la bonne cause. Je m'en voudrais de vous retarder pour un caprice.

D'un coup d'œil appuyé, Romana lui fit comprendre qu'elle n'était pas dupe de cette subite poussée d'altruisme.

— Je vais m'ajouter au nombre des sponsors de Mlle Claibourne, ajouta-t-il.

Romana resta sans voix pour la deuxième fois de la journée, ce qui lui déplut au plus haut point. Lorsqu'elle retrouva l'usage de ses cordes vocales, elle s'enquit d'un ton ironique :

— On vous appelle vraiment Glenn Farraday Macaulay ?

— C'est une tradition dans la famille pour ne pas oublier que notre heure viendra.

— Pas si je peux l'en empêcher !

Sur ces entrefaites, elle prit la carte qu'elle devait remettre à l'équipe chargée de surveiller les sauts. C'est à peine si elle la sentit tant ses doigts étaient gourds. Seule sa bouche semblait en état de fonctionner. Un flot de paroles s'en échappa tandis qu'elle décrivait au cameraman comment le vertige s'emparait d'elle quand elle montait sur un tabouret. Parler était le seul moyen de dissimuler sa peur et de ne pas penser à ce qui allait suivre.

Elle était tellement peu en état de réfléchir qu'elle ne s'opposa pas à ce que le photographe de *Celebrity* la prenne en photo avec Glenn. Elle n'y vit même que des avantages. Voilà qui créerait la surprise et démontrerait à Glenn qu'elle ne fuyait jamais une occasion d'assurer la publicité du magasin.

Plaquant un sourire sur ses lèvres, elle tendit la main à Glenn en déclarant :

— C'est une bonne chose que les Claibourne et les Farraday associent leurs efforts pour lutter contre l'enfance défavorisée.

A cette nuance près qu'elle sauterait et que lui se contenterait de regarder.

Il esquissa une moue amusée, comme s'il devinait exactement ses pensées.

— Rapprochez-vous, demanda le photographe. Cette poignée de main manque de chaleur.

A la stupeur de Romana, Glenn lui enlaça les épaules sans broncher.

— Parfait ! Un grand sourire, maintenant !

La brise légère qui s'élevait du fleuve soulevait les cheveux de Glenn qui retombaient sur son front en mèches désordonnées. Et tandis qu'il adressait un sourire dévastateur à l'objectif, Romana constata une fois de plus que, physiquement, il avait tous les atouts qu'un homme pouvait souhaiter. Le style, la beauté, l'élégance et un sourire que lui envierait n'importe quelle star.

Dès la fin des clichés, Glenn s'écarta. Mais le sourire resta et elle regretta d'avoir attiré l'attention sur lui. Le chroniqueur de *Celebrity* risquait de se lancer dans des spéculations hasardeuses et, si cette photo figurait en couverture du magazine, India ne lui pardonnerait jamais.

— On vous attend.

Le sourire de Glenn s'effaça quand Romana s'engagea d'un pas vacillant sur le monte-charge en s'agrippant de toutes ses forces à la rambarde de sécurité. Sans doute venait-il de réaliser qu'elle était morte de peur.

— Comment est la vue ? lui demanda la voix du présentateur dans l'écouteur qu'elle portait à l'oreille.

Consciente que la caméra fixée sur le treuil filmait ses yeux fermés, elle biaisa.

— J'attends d'être arrivée pour avoir la surprise.

Un grand éclat de rire salua cette réponse. Mais, lorsque le monte-charge la déposa pour repartir aussitôt, elle sentit le sang refluer de son visage.

Paniquée, elle empoigna la rambarde.

— J'aimerais rentrer chez moi.

Nouvel éclat de rire de l'assistance. Romana se joignit à l'hilarité générale en espérant que les sons hystériques qui s'échappaient de sa gorge feraient illusion.

Quand le monte-charge revint pour débarquer le premier groupe de sauteurs, elle demanda sans oser se retourner :

— L'un de vous aurait-il l'amabilité de détacher mes doigts de la rambarde ?

— Je croyais que ce genre de prouesse était monnaie courante pour vous, répliqua une voix grave qu'elle reconnut immédiatement.

Glenn ! Il venait à la rescousse car il avait deviné sa frayeur. Mais contrairement à ses attentes, il lui tendit le poids qu'elle devait accrocher autour de sa taille.

— Vous avez oublié ceci. Je ne voudrais pas que vous ratiez votre saut pour une négligence.

Le monstre ! Il insinuait qu'elle avait essayé de se débiner. Si cela avait été en son pouvoir, elle l'aurait fusillé du regard, mais elle n'était capable ni de se retourner, ni d'effectuer le moindre mouvement. Et puis, ils étaient en direct.

— Merci. Il est rassurant de voir qu'on se serre les coudes chez C&F.

— Un doublon a son utilité, tout de même. Vous demandiez de l'aide, je crois ?

Romana acquiesça faiblement. Ses jointures étaient blanches à force de serrer la barre de métal. Quand Glenn entreprit de lui détacher les doigts, elle le remercia dans un murmure.

L'équipe d'encadrement fixa le harnais et les sangles. Lorsque Glenn l'aida à se relever, le contact de sa paume contre la sienne la rassura quelque peu et elle se concentra sur lui pour oublier ce qui l'attendait. De minuscules petites rides lui étoilaient le coin des yeux, preuve qu'à une autre époque il avait su sourire.

— Il est normal d'avoir peur, vous savez, dit-il.

— Peur ? Moi ? Vous plaisantez ! s'exclama-t-elle en adressant une grimace clownesque à la caméra.

Faire le pitre était le seul moyen de se sortir la tête haute de cette épreuve.

— Sauter à l'élastique est plus sûr que de tomber d'un lit, assura-t-il.

— Ah bon ? De combien de lits êtes-vous tombé ?

— Prête, Romana ? lança un des équipiers.

Se rappelant au dernier moment la recommandation de Molly, Romana sortit son miroir de poche pour retoucher rapidement son rouge à lèvres. Sa panique avait atteint un tel niveau qu'elle avait dépassé le stade du tremblement. Elle ne sentait plus ses membres, comme si elle était en état d'apesanteur.

Rassemblant son courage, elle tendit le tube et le miroir à Glenn.

— Vous avez un conseil de dernière minute ?

— De ne pas regarder en bas ?

L'enlaçant fermement par la taille, il la souleva et la tint un instant contre lui comme pour lui donner du courage. Pour la première fois depuis qu'elle se trouvait sur la plate-forme, elle eut une impression de sécurité.

Mais lorsqu'il fit un pas en avant, un hurlement d'épouvante lui échappa.

— Vous n'allez pas me jeter, tout de même !

Elle seule entendit la réponse de Glenn dans les rires qui fusèrent.

— Pas cette fois, non.

Il la déposa avec précaution au bord de la plate-forme. Seule la main qui reposait encore sur son épaule empêcha Romana de s'évanouir, même si l'idée la tentait terriblement…

— A trois, je vous lâche, lui chuchota-t-il à l'oreille. Et n'oubliez pas de crier.

3

Glenn ne perdit pas une miette du saut spectaculaire de Romana.

Un vague pressentiment qu'elle était réellement au bord de la panique l'avait poussé à la rejoindre. Une fois sur la plate-forme, il aurait juré qu'elle frôlait la crise de nerfs.

Il avait eu un doute jusqu'à ce qu'elle remette du rouge à lèvres, mais il aurait dû deviner qu'il s'agissait d'une comédie destinée à la caméra. Une femme terrifiée n'aurait pu avoir la main aussi ferme. Elle avait réussi à tromper son monde avec un rare talent, il fallait bien l'admettre.

Cependant elle avait oublié de hurler.

Quelqu'un plaça une coupe de champagne dans la main de Romana qui venait de retrouver la terre ferme. Elle n'osa pas la porter à ses lèvres de peur que ses dents s'entrechoquent contre le cristal. Les doigts crispés autour de la coupe, elle écouta les spectateurs entamer en chœur un nouveau compte à rebours pour le saut suivant.

Au moment où elle vit l'autre sauteur remonter au bout de l'élastique, elle revécut sa propre expérience et son estomac fut incapable de le supporter. Posant sa coupe au hasard sur une table à tréteaux, elle se rua à l'intérieur de la caravane et s'enferma à double tour dans les toilettes.

Lorsqu'elle en émergea, dix minutes plus tard, son téléphone se mit à sonner. Il s'agissait de Molly.

— J'ai tout suivi à la télévision. Comment te sens-tu ? J'avoue que, quand je t'ai vue tomber, je me suis demandé…

— Si j'avais eu raison de prendre un petit déjeuner ? Eh bien, j'ai eu tort. J'espère que mes sponsors ne réclament pas qu'on les rembourse à cor et à cri. Remarque, s'ils s'estiment floués, je ne les blâme pas. Je n'ai même pas pu crier tellement j'avais la gorge nouée.

— Tu étais formidable, rassure-toi. Tes pitreries étaient très convaincantes et, à mon avis, personne n'a deviné à quel point tu avais peur. Je ne sais pas comment tu pourras te surpasser l'année prochaine à moins de concocter un numéro où ton play-boy enlève sa chemise. Torse nu, il ferait un tabac.

Romana n'eut aucun mal à se représenter Glenn torse nu. L'image qui jaillit dans son esprit fut même tellement vivante qu'elle se sentit rougir jusqu'à la racine des cheveux.

A son grand soulagement, un coup sonore à la porte de la caravane lui épargna une réponse embarrassée.

— Entrez !

Glenn Macaulay pénétra dans l'habitacle. Le pli soucieux et plein de sollicitude qui lui barrait le front mit aussitôt Romana sur la défensive.

— Vous venez régler votre dû ?

Elle regretta son manque d'élégance à la seconde où il déposa sur la table un chèque en même temps que le miroir et le tube de rouge à lèvres.

— Merci. C'est généreux de votre part.

— Ce n'est pas grand-chose. Surtout, n'interrompez pas votre conversation pour moi.

— C'est Molly. D'après elle, le seul moyen de faire encore plus spectaculaire l'année prochaine serait que vous vous montriez torse nu.

A l'autre bout du fil, un cri d'indignation se fit entendre.

— Si vous en discutiez avec elle ? continua Romana en tendant l'appareil à Glenn. De toute façon, il faut que vous lui donniez votre adresse pour qu'on vous envoie une voiture ce soir à 6 heures.

— Ce n'est pas un peu tôt ?

— Il ne s'agit pas de s'amuser, je vous signale. Je dois superviser toute l'organisation de la soirée au théâtre et m'assurer que tout se déroulera sans accroc.

— Pendant ce temps-là, je resterai les bras croisés à vous regarder ?

— C'est vous qui avez insisté pour venir, personne ne vous y oblige.

Sur cette réplique plutôt sèche, elle fourra le combiné dans les mains de Glenn et se tourna vers le miroir pour tenter de discipliner ses mèches folles.

Son visage reflétait encore les émotions qu'elle venait de traverser. Son teint était livide et ses pommettes cramoisies. Consciente qu'il n'y avait pas grand-chose à faire pour améliorer son apparence, elle s'élança hors de la caravane.

— Où allez-vous ? demanda Glenn en lui rendant le téléphone.

— Je dois passer chez moi suspendre ma robe de soirée, ce que j'aurais fait plus tôt si vous n'étiez pas venu. Ensuite, je retourne au magasin pour me faire coiffer.

— Vous ne déjeunez pas ?

La seule idée d'avaler un morceau souleva le cœur de Romana. Pour donner le change, elle consulta sa montre d'un air affairé.

— Pas le temps. Dépêchons-nous, sinon je vais être en retard.

— Si vous n'y voyez pas d'inconvénient, je vais faire l'impasse sur le salon de coiffure.

— Dans ce cas, nous nous retrouverons au théâtre.

— Il vaudrait mieux nous y rendre dans la même voiture, non ?

Romana frémit à la perspective de prolonger les moments qu'ils passaient ensemble.

— Votre proposition obéit-elle à un souci écologique ou financier ?

— Ni l'un ni l'autre, répondit-il.

— Dans ce cas, je préfère venir par mes propres moyens.

Glenn acquiesça d'un hochement de tête.

— Je ne vous ai pas félicitée pour votre performance de tout à l'heure. J'ai failli m'y laisser prendre.

A quoi faisait-il allusion ? Avait-il deviné qu'elle avait réellement peur ou croyait-il qu'elle était rompue à ce genre d'exercice ?

— Failli seulement ?

— Combien de fois avez-vous sauté ?

Pour toute réponse, Romana lui adressa un sourire mystérieux et leva la main pour arrêter un taxi. Enchantée de découvrir que Glenn Macaulay n'était pas aussi perspicace qu'il le croyait, elle souriait encore quand le taxi s'éloigna.

En attendant que le coiffeur de C&F vienne s'occuper d'elle, Romana s'examina avec perplexité dans le miroir. Quelque chose dans son apparence avait déplu à Glenn, mais quoi ?

A lui seul, l'incident du café n'expliquait pas une telle froideur. Il ne s'agissait que d'un malencontreux accident, après tout. Du moins, c'est ce qu'un homme courtois lui aurait dit en lui offrant généreusement la possibilité de lui présenter ses excuses.

Mais Glenn Macaulay n'était ni courtois ni généreux, même s'il avait donné un chèque conséquent pour la sponsoriser. Quand on était riche, ce genre de geste était aisé. Son père signait des chèques pour son anniversaire avec une facilité déconcertante, sans comprendre qu'elle attendait de lui qu'il la serre dans ses bras et lui dise qu'il l'aimait. Malheureusement, les démonstrations gratuites étaient au-dessus de ses moyens.

George apparut enfin derrière elle.

— Voilà le grand jour, Romana.

— Un jour noir, tu veux dire. D'abord ce saut à l'élastique et ensuite cette expérimentation sur mes cheveux. Je me demande quelle nouvelle tuile va s'abattre sur moi.

— Aucun sacrifice n'est trop grand pour le magasin.

— Les miens s'arrêtent là.

Cette coupe destinée à faire de la publicité pour le salon de coiffure était prévue depuis des mois. Romana savait que rien ne serait plus efficace que de relooker sa célèbre crinière.

Les ciseaux à la main, le coiffeur hésita.

— Tu es vraiment sûre ? Les femmes vont adorer, mais…

— Puisque ce sont elles que je veux attirer, tant mieux ! Allons-y, George ! Assez perdu de temps.

— Tes admirateurs vont détester.

— Je m'en moque.

— Et tes amis, ta famille, ton père ?

— J'ai cessé d'être sa petite fille chérie depuis belle lurette.

Très précisément, quand sa mère avait jeté son dévolu sur un homme plus jeune, plus beau, et aristocrate, de surcroît.

— Tous les Londoniens sont fous de ta chevelure. Ils vont me lyncher.

— Ce sont juste des cheveux, George ! Au travail !

Et, pour la deuxième fois de la journée, Romana ferma les yeux.

Glenn considéra l'impressionnante façade de Claibourne & Farraday. Au départ, il s'agissait d'une petite boutique de traiteur au service exclusif de l'aristocratie qui s'était développée jusqu'à occuper l'un des plus beaux pâtés de maisons de la capitale.

L'obsession de son cousin Jordan était de reconquérir C&F pour sauver l'orgueil familial. En homme de loi, Bram souhaitait, lui, protéger les intérêts des Farraday devant l'émergence d'une avalanche de nouvelles lois.

Un nouvel accord, plus équitable, mettrait certainement un terme à la rivalité qui avait prévalu au sein de la génération précédente, quand le contrôle était passé des mains des Farraday à celles des Claibourne. Jordan n'avait jamais pardonné à Peter Claibourne, le père des trois jeunes femmes, d'avoir évincé sa mère.

Les motivations de Glenn, elles, n'avaient rien de sentimental. Romana avait vu juste : il voulait liquider l'entreprise et réinvestir l'argent dans des valeurs moins sujettes aux caprices de la mode.

Tout en saluant d'un hochement de tête le portier qui lui ouvrait la porte, il s'arrêta sur le seuil pour prendre ses repères.

Cela faisait quatre ans qu'il n'avait pas mis les pieds dans le magasin. Quatre ans qu'il y était venu avec Louise pour choisir les services de porcelaine, le linge de maison et les autres objets qui figurent d'ordinaire sur une liste de mariage. Il s'était laissé guider en lui donnant carte blanche. Etre avec elle, la regarder, savourer son sourire quand elle se tournait vers lui pour l'interroger suffisait à son bonheur.

Le cœur lourd, il chassa ces images douloureuses pour revenir au présent. Demain, tout le monde connaîtrait son identité alors autant profiter de la dernière occasion qui lui était offerte de se promener incognito dans le magasin. Et comme il n'avait pas encore déjeuné, il allait commencer sa visite par un des restaurants.

Romana leva la main dans un mouvement réflexe et ne rencontra que le vide.

Au même instant, Molly lui tendit un sandwich dans l'espoir qu'elle se résignerait enfin à avaler quelque chose.

— Cesse de t'inquiéter pour rien. Tu es superbe et George est un génie.

— J'espère que je finirai par m'y habituer. Tout se passe bien au théâtre ?

— A merveille. L'imprimerie a livré les programmes à temps, le traiteur s'active et personne n'a annulé de réservation. En bref, tout va pour le mieux.

— Tu es sûre ?

— Cesse de te ronger les sangs, voyons ! Tout marche comme sur des roulettes. A propos, j'ai vu ton play-boy à la cafétéria.

— Quel play-boy ?

— Le grand brun au regard qui tue. Si c'était mon doublon, il ne déjeunerait pas seul, crois-moi.

— Es-tu en train de me dire que Glenn Macaulay se trouve dans le magasin ?

— Tu n'étais pas au courant ?

— Non ! Le faux frère ! Il t'a vue ?

— Je ne pense pas, et je ne me suis pas précipitée pour le

saluer, surtout après ce que tu lui as raconté sur moi. Il a beau être renversant, il est plutôt intimidant.

— Appelle la sécurité.

— Tu ne vas pas le faire jeter dehors, tout de même !

— Mais non. Je veux juste qu'on le surveille pour savoir pour quelle raison il nous espionne.

Sans doute profitait-il de son anonymat pour effectuer une tournée de reconnaissance. A sa place, Romana aurait agi de la même façon, mais elle préférait s'assurer de ce qu'il faisait.

— Je veux savoir où il va, à qui il parle, ce qu'il regarde. Et je veux un rapport sur mon bureau demain à la première heure.

Glenn fit la tournée des restaurants et des cafétérias. Il déjeuna dans celle du troisième étage où le choix semblait plus varié qu'ailleurs et lui attribua un 6 sur 10 parce qu'il se sentait d'humeur généreuse.

Ensuite, il déambula dans le magasin. Le décor n'avait pas beaucoup changé : mêmes comptoirs d'acajou, mêmes moquettes rouge sombre. En revanche, la clientèle était plus jeune qu'il ne l'imaginait. A priori, les demoiselles Claibourne savaient attirer la nouvelle génération, mais ce détail n'intéresserait pas Jordan puisque seules leurs faux pas retenaient son attention.

Il resta un long moment à la librairie. Elle occupait un espace beaucoup trop important dans la mesure où C&F ne pouvait concurrencer les chaînes de librairies aux prix imbattables. Il notait ses observations sur un calepin quand il remarqua qu'une jeune femme l'observait tout en faisant mine de feuilleter un ouvrage. Il se souvint alors avoir aperçu l'assistante de Romana pendant son déjeuner et fit aussitôt le rapprochement.

Lorsque Romana Claibourne avait émergé du taxi, ce matin, avec ses talons trop hauts, sa jupe trop courte, ses innombrables sacs et sa crinière au vent, il l'avait immédiatement classée dans la catégorie des écervelées qui n'hésitent pas à se servir de leur pouvoir de séduction pour atteindre leurs objectifs.

En attendant, écervelée ou non, elle n'avait pas traîné pour dépêcher un détective afin de garder un œil sur lui, preuve que, sous ses airs évaporés, la belle ne perdait pas le nord. Il conclut son analyse en décidant de regagner son bureau pour consacrer une heure ou deux aux choses sérieuses avant la soirée mortellement ennuyeuse qui l'attendait.

Cependant, vexé que Romana se soit montrée plus maligne que lui, il décida de lui jouer un tour de sa façon avant de partir. En digne Farraday, il ne pouvait se résigner à lui laisser remporter cette manche.

Romana quittait le bureau quand Molly la rattrapa devant l'ascenseur en lui tendant un sac de C&F.

— C'est pour toi.

— Qu'est-ce que c'est ?

— L'espionne que tu as envoyée surveiller ton doublon vient de me remettre ce paquet. M. Macaulay te l'offre, avec ses compliments.

— Oh zut ! Il l'a repérée ?

— Il faut croire, fit Molly, hilare.

— Ce n'est pas drôle.

En ouvrant le sac, Romana découvrit un flacon d'un nouveau parfum.

— *Ombre d'Eté*..., lut-elle à voix haute.

— Eh bien, celui qui doit te suivre comme son ombre a le sens de l'humour ! s'exclama Molly, aux anges.

— Dis plutôt qu'il se moque ouvertement de moi, rectifia Romana.

Après avoir péniblement attaché ses boutons de manchette, Glenn s'attaqua sans enthousiasme à son nœud papillon.

Pendant qu'il s'échinait sur celui-ci, le souvenir de Louise l'assaillit de nouveau. Elle prétendait qu'il ne l'avait épousée que pour qu'elle s'occupe de son nœud papillon parce qu'il était incapable de se tirer d'affaire tout seul.

Cela faisait quatre ans qu'elle était morte… Quatre longues années embuées par la grisaille.

Sans réfléchir, il saisit la photographie qui reposait sur la commode et effleura du doigt le visage radieux qui le regardait. Avec ses cheveux noirs et ses traits altiers, Louise était l'exact opposé de Romana Claibourne.

Etrangement, pourtant, les yeux bleus pétillants de cette dernière s'immiscèrent entre lui et le visage qu'il contemplait. Pendant une brève seconde, il fut incapable de se rappeler la couleur de ceux de Louise.

Romana attacha son collier de platine avant d'enfiler des bracelets assortis à chaque poignet. Il s'agissait de modèles rapportés par Flora lors de sa dernière expédition en Afrique. Leur simplicité ne risquait pas de ternir l'éclat des diamants que porterait l'altesse royale qui devait assister au gala.

Sa robe était également un modèle de sobriété. Ce soir, elle devait se faire aussi discrète qu'une souris pour laisser la vedette à India. Mis à part sa robe, elle était une publicité vivante pour C&F : la coiffure, la manucure avaient été réalisées par les services compétents du magasin et les bijoux provenaient de la boutique « mode et nature» du premier étage. Pourtant, Romana se dit que Glenn avait peut-être raison : elle aurait sans doute dû choisir son fourreau dans leur propre département de mode.

Un soupir inattendu lui échappa. Elle s'était échinée à donner au magasin une image plus jeune, moins compassée. Pour la première fois, elle prit conscience que le fruit de ses efforts risquait d'être réduit à néant si les Farraday en prenaient le contrôle.

La mine pensive, elle contempla le flacon de parfum offert par Glenn. Se pouvait-il qu'elle ait sous-estimé cet homme ? Etait-il possible qu'en dépit de sa formation, il comprenne les aléas de ce genre d'entreprise mieux qu'elle ne le croyait ? Se pouvait-il également qu'il possède le sens de l'humour, comme l'affirmait Molly ?

Sur une impulsion, elle vaporisa quelques gouttes sur ses poignets. Le parfum dégageait une fragrance fraîche qui n'était pas sans rappeler le tempérament réservé de son encombrant doublon auquel il fallait cependant reconnaître une qualité : quand il s'agissait de marquer un point, Glenn savait y mettre les formes.

Et puis, il ne se comportait pas toujours comme un glaçon, songea-t-elle en se rappelant le sentiment de sécurité qui l'avait envahie quand il l'avait serrée contre lui juste avant qu'elle saute.

Un coup de sonnette l'arracha à sa rêverie. Elle reposa le flacon d'un air coupable. Ce n'était pas le moment de s'attendrir. Il ne fallait pas perdre de vue que Glenn Macaulay était un adversaire dont l'unique objectif était de mettre la main sur C&F.

Mais il trouverait à qui parler. Elle mettrait tout en œuvre pour empêcher cette catastrophe.

4

Glenn s'engagea sur le tapis rouge qui menait à l'entrée du théâtre sans que les photographes et les équipes de télévision qui y étaient regroupés lui prêtent la moindre attention. Il n'était pas encore connu d'eux et ne représentait donc pas une figure digne d'intérêt.

A l'intérieur du théâtre, la décoration était somptueuse. Colonnes et balcons étaient envahis de fleurs qu'un éclairage subtil mettait en valeur. Au centre de la scène, Romana dirigeait l'installation d'un immense panneau.

Glenn se figea, le souffle coupé. Elle portait un fourreau de satin bleu nuit dont le tissu fluide épousait chaque courbe de sa silhouette. C'était une tenue qui ne nécessitait aucune parure, une tenue superbe, créée pour éveiller le désir d'un homme.

La réponse instinctive et sans équivoque qu'éveilla chez lui cette apparition féerique le choqua profondément. Depuis la mort de Louise, mêmes les femmes les plus séduisantes et les plus audacieuses le laissaient de marbre.

Mais Romana lui faisait un effet tout différent. Car il n'y avait pas que sa robe — sa coiffure le subjuguait tout autant. La chevelure luxuriante, cette masse indisciplinée qui l'avait agacé au premier coup d'œil, avait disparu. A la place, de courtes boucles dorées encadraient le visage de Romana, dégageant une nuque interminable que soulignait un collier composé d'une douzaine de cercles très fins.

La blonde évaporée à la crinière de lion s'était métamorphosée en une déesse d'une beauté stupéfiante, capable de faire perdre la tête à un homme et surtout, de lui voler son cœur.

A cette pensée, Glenn battit en retraite dans un mouvement de recul instinctif, comme s'il se sentait menacé. Une chose impossible, inconcevable même, puisqu'il n'avait pas de cœur à perdre. Il l'avait donné sans réserve à la seule femme qu'il aimerait jamais.

En attendant, les manutentionnaires semblaient tout aussi subjugués par Romana et se mettaient en quatre pour lui donner entière satisfaction.

Fasciné, il l'observa tandis qu'elle faisait déplacer le panneau pour la quatrième fois. Quand elle obtint enfin le résultat souhaité, elle décocha à ses esclaves un sourire angélique qui aurait attendri un cœur de pierre.

Glenn ne sut déterminer si ce numéro de charme était une manœuvre de la part de Romana pour parvenir à ses fins ou si ce genre d'attitude lui était aussi naturel que le fait de respirer. Après une brève délibération, il opta pour la première solution et approcha de la scène avant qu'elle le surprenne en train de l'observer.

— Bonsoir, Romana.

Elle se tourna vers lui à demi.

— Vous voilà enfin, Glenn ! Juste quand le plus dur est fait !

Ses pommettes cramoisies prouvaient qu'elle l'avait repéré dès son entrée dans la salle. Et la légère nervosité perceptible dans sa voix fut un véritable aveu.

L'attirance était réciproque.

Une subite tension s'empara alors de Glenn. Toutes les cellules de son corps s'enflammèrent, une exaltation trouble l'envahit. Il avait oublié l'excitation que provoquait une joute verbale avec une femme séduisante... même s'il se souvenait maintenant que ce type d'échange ne pouvait s'achever qu'en un seul endroit. Le fait que ce soit impossible ne fit qu'aiguiser son désir.

— J'ai suivi les opérations avec autant d'intérêt que vous,

répliqua-t-il en la défiant de prétendre qu'elle avait participé aux manœuvres. Je suis bien censé observer, non ? Si vous vouliez un autre porteur…

Elle leva la main pour l'interrompre d'un geste plein de grâce. Il remarqua alors les bracelets, une multitude de joncs en platine assortis au collier qui tintèrent en glissant sur un bras d'ivoire.

— Message reçu, Glenn. Vous êtes là pour observer, non participer, alors observez, conclut-elle en désignant le panneau.

Non sans mal, il s'arracha au spectacle ravissant qu'elle lui offrait pour s'intéresser au grand panneau de photos retraçant les principales réalisations de l'organisme caritatif parrainé par le magasin.

— Très impressionnant. Vous avez fait un travail de relation publique très efficace.

— Vous êtes vraiment trop cynique, Glenn.

— Je me trompe ?

Elle parut sur le point de répondre par l'affirmative, mais dut changer d'idée.

— Non, bien sûr.

— Que faites-vous le reste de l'année pour attirer l'attention des clients ? Un saut à l'élastique a des effets limités, non ?

— Le mien m'a semblé durer une éternité.

L'expression de terreur qui se refléta fugitivement dans le regard de Romana le prit de court. Il s'était trompé sur toute la ligne : sa panique au moment de sauter n'était pas feinte.

Elle fit mine de replacer une photo sur le panneau, puis recula pour juger de l'effet. Lorsqu'elle se tourna de nouveau vers lui, le sourire espiègle qu'elle lui adressa prouvait qu'elle avait surmonté sa frayeur rétrospective.

— Je manque à tous mes devoirs, Glenn. J'oubliais de vous remercier pour le parfum. Je…

— Je suis heureux qu'on vous l'ait remis, coupa-t-il avant qu'elle lui serve une de ces remarques assassines dont elle avait le secret.

Comme d'habitude, elle voulut avoir le dernier mot.

— Je le porte ce soir.

Elle lui tendit son poignet dans un tintement de bracelets.

Il avait acheté ce parfum à cause de son nom. Mais la fragrance fraîche et citronnée qui l'enveloppa lui donna brusquement envie de saisir ce poignet délicat pour le couvrir de baisers en suppliant Romana de ne plus se lancer des défis qui la terrifiaient.

Il lui restait cependant assez de lucidité pour deviner que c'était exactement le genre de faiblesse qu'elle espérait. Et, une fois de plus, il se demanda s'il s'agissait du geste conscient d'une incorrigible charmeuse ou d'un acte naturel.

Quoi qu'il en soit, il ne pouvait se permettre de lui laisser croire qu'il était naïf à ce point, aussi ignora-t-il le poignet tentateur. Question de fierté !

— La vendeuse m'a dit qu'il s'agissait d'un parfum de jour. Elle a dû se tromper ou, alors, elle est incompétente.

S'il espérait l'irriter en critiquant le personnel, il échoua lamentablement. L'esprit ailleurs, elle fronça les sourcils en fixant son col.

— Vous permettez ?

Sans attendre son accord, elle redressa adroitement le nœud papillon. Un geste intime qui réveilla chez Glenn mille sensations douces-amères. Un vif sentiment de culpabilité leur succéda aussitôt à l'idée que Romana avait effacé pendant quelques instants le souvenir de Louise.

Elle pencha la tête un peu de côté.

— Même les doublons doivent être parfaits.

Là-dessus, elle enchaîna en répondant à sa question.

— La vendeuse savait certainement de quoi elle parlait, Glenn. D'ordinaire, je ne porte jamais de parfum au théâtre pour ne pas incommoder mes voisins, mais celui-ci est assez léger pour n'indisposer personne.

Glenn prit alors conscience qu'un parfum était un cadeau extrêmement personnel et qu'elle aurait pu se sentir insultée par son geste.

— Je n'avais pas l'intention de vous offenser.

— Tant mieux, parce que vous avez atteint votre but.

Seul un imperceptible sourire au coin des lèvres la trahit. La diablesse ! Elle s'amusait à le mener en bateau par ses répliques sibyllines si bien qu'il ne savait plus sur quel pied danser.

A cet instant, India fit son apparition, lui évitant de chercher une réponse pour sauver la face.

— Félicitations, Romana ! C'est superbe.

— Molly a fait un excellent travail. Puis-je te présenter Glenn Macaulay qui a déjà pris ses fonctions de doublon, comme tu le vois ?

Très grande et très brune, India Claibourne lui tendit la main en le gratifiant d'un sourire glacial.

— Vous prenez vos fonctions très au sérieux, monsieur Macaulay. Vous êtes de corvée même le soir !

Le ton se voulait aimable, mais il laissait percer une crispation très nette.

— Romana m'a expliqué que son travail n'avait pas d'horaires réguliers. Je fais en sorte de m'adapter à son rythme.

— Aucune de nous n'a d'horaires fixes. Vous ne tarderez pas à le découvrir si vous tenez la longueur.

Sur cette réplique acide, elle lui adressa un petit signe de tête et prit congé.

— Personne ne vous prendrait pour des sœurs, remarqua Glenn. Elle ne vous ressemble pas le moins du monde.

— Nous avons toutes les trois des mères différentes.

Puis Romana ajouta :

— Je suis désolée pour vous.

— Pourquoi ça ?

— C'est India le cerveau de la famille. Moi, je suis la blonde à la crinière impossible qui laisse tomber les gobelets de café.

En résumant la première impression qu'elle lui avait faite, elle lui signifiait à mots à peine couverts qu'elle lisait en lui à livre ouvert. L'idée qu'il puisse être aussi transparent l'agaça prodigieusement.

— Le problème des cheveux est réglé, il me semble.

Elle eut un haussement d'épaules désabusé… et délicieux.

— C'était le meilleur moyen de mettre en valeur les talents de notre nouveau coiffeur. De toute façon, je suis une publicité ambulante pour C&F : le parfum que je porte est fabriqué exclusivement pour nous et les bijoux ont été dénichés par Flora. D'après ce que je peux percevoir de votre personnalité, je crains que vous ne soyez tombé sur la mauvaise sœur.

Sous le ton léger perçait une émouvante pointe d'amertume. La plus jeune des Claibourne serait-elle tourmentée par un complexe d'infériorité ?

— Je n'en suis pas certain. India ferait une partenaire à la hauteur de Jordan et je me réjouis à l'avance du plaisir que va me donner cette soirée.

— Vous pensez vraiment que ce sera le cas ?

— Le but est bien de s'amuser, non ?

Ce ne fut pas la facilité avec laquelle il parvint à sourire qui étonna le plus Glenn, mais qu'il soit capable de taquiner Romana avec une joie qu'il n'avait pas ressentie depuis des lustres. Il fallait croire que c'était comme pour la bicyclette : ça ne s'oubliait jamais.

Romana se rejeta contre la banquette de la limousine avec un soupir d'aise.

— Ouf, tout s'est passé sans anicroche. Plus que cinq jours, Dieu merci !

— Vous étiez inquiète ?

— Bien sûr ! Vous n'avez pas idée du nombre de problèmes qui peuvent surgir.

— Comme une seule voiture au lieu des deux prévues pour nous ramener séparément ?

Romana frémit à cette critique. La réservation supplémentaire qu'avait effectuée Molly semblait n'être jamais parvenue à la société de location.

— Je peux prendre le métro si ma présence vous dérange.

— Dans cette robe, je ne vous le conseille pas.

— De toute façon, un léger cafouillage dans la réservation des limousines n'a rien de grave. Aucune personne d'importance ne s'est plainte.

Il s'agissait d'un demi-mensonge car Romana se serait bien passée de ce trajet en voiture avec son doublon. Glenn lui donnait en permanence l'impression de lire dans ses pensées alors qu'elle ne parvenait pas à déchiffrer les siennes.

— Cela implique soit que je n'ai pas eu à me plaindre, soit que je ne compte pas, dit-il.

— Vous êtes mon doublon, je vous rappelle. Ce qui vaut pour moi, vaut pour vous.

Romana n'aurait jamais cru qu'il était homme à faire des histoires pour si peu. Sans doute essayait-il de la déstabiliser. Pendant toute la soirée, elle l'avait senti à ses côtés qui l'observait avec une attention scrupuleuse. Pendant toute la soirée, elle avait humé le parfum qu'il lui avait offert. Un parfum mystérieux, indéfinissable, et, comme la lueur de braise qui s'était allumée dans les prunelles de Glenn quand elle lui avait tendu son poignet, extrêmement troublant.

— Je pensais que vous n'auriez pas été fâchée que survienne un petit drame. Cela vous aurait donné l'occasion de prouver votre compétence dans un moment de crise.

Décidément, il ne pouvait résister au plaisir de la provoquer. Pour une fois, cependant, Romana fut trop heureuse de mordre à l'hameçon.

— Je regrette de ne pas avoir pensé à organiser une catastrophe pour vous offrir ce plaisir. Je croyais naïvement que la qualité du spectacle et de l'organisation suffirait à vous impressionner.

Après une infime hésitation, il déclara :

— Je suis impressionné.

— Ah, tout de même ! Bon… où dois-je vous déposer ?

— Je préférerais que nous commencions par vous.

— Il ne s'agit pas d'un rendez-vous galant mais d'une soirée d'affaires, Glenn. Par ailleurs, nous prisons l'égalité des sexes chez C&F, alors dites-moi où vous habitez.

— A Spitalfields. C'est un peu à l'écart de votre chemin, je suppose.

C'était peu dire. A sa grande confusion, Romana comprit pourquoi il proposait de la raccompagner en premier. Il ne s'agissait pas de courtoisie, mais de bon sens, et elle se sentit ridicule d'avoir parlé de rendez-vous galant. Comment pareille idée avait-elle pu lui traverser l'esprit ?

Elle mit cette bévue sur le compte de la fatigue. Ou de la faim. Elle n'avait rien mangé depuis le sandwich avalé à la va-vite en milieu d'après-midi et avait été bien trop occupée ensuite pour goûter les petits-fours du traiteur.

— Cela fait longtemps que vous habitez là ? demanda-t-elle quand Glenn eut donné l'adresse au chauffeur.

— Un peu plus de quatre ans.

— C'est curieux, je vous imaginais à Kensington ou à Chelsea, mais pas dans le quartier branché de l'East End.

— C'est à deux pas de la City et les restaurants y sont excellents. De plus, j'appartiens au comité de développement du quartier.

Devant la mine dubitative de Romana, il ajouta :

— Jack l'Eventreur ne rôde plus dans les parages, si c'est ce qui vous étonne.

— Je croyais qu'il vivait à Whitechapel.

La jeune femme fit un effort pour se rappeler ses vagues connaissances au sujet de Spitalfields et son visage s'éclaira quand elle se rappela une émission de télévision vue récemment.

— Je parie que vous habitez une de ces maisons qui appartenaient aux négociants de soie. Elles ont été construites au XVIIIe siècle par les huguenots français et, après des années d'abandon, on a décidé de les réhabiliter.

— En effet, la maison tombait en ruines quand je l'ai achetée. Malheureusement, sa restauration n'a pas vraiment progressé.

Pas du tout, en fait. Louise faisait partie du comité chargé de restaurer le quartier, mais sans elle…

Il se tut brusquement sans autre explication.

— Louise était votre femme ?

— Oui. Elle était architecte spécialisée en monuments historiques. Nous nous sommes rencontrés alors qu'elle faisait la tournée des banques pour récolter des fonds afin de financer la restauration de la maison. Et j'ai décidé de l'acheter.

— Vous l'avez achetée, comme ça ?

— Cela m'a paru un bon investissement. Et puis, je voulais offrir à Louise le plaisir de lui redonner son lustre d'antan. En tant que propriétaire, je pouvais passer voir à tout moment, c'était pratique.

— En réalité, vous étiez tombé amoureux, c'est ça ?

— Au premier coup d'œil. Et un an plus tard, je lui ai offert la maison en cadeau de mariage.

— Vous y avez vécu alors que la restauration n'était pas terminée ?

— Nous étions trop impatients pour attendre.

— C'est terriblement…

Au moment de prononcer le mot « romantique », Romana prit enfin conscience de la situation.

— Je suis désolée, Glenn.

Il fronça les sourcils.

— Pourquoi ça ?

— Parce que j'ai cru que vous étiez divorcé. Si vous habitez encore la maison que vous avez donnée à Louise, ce n'est pas le cas. Je suis vraiment navrée.

Glenn ferma les yeux un bref instant, comme si le souvenir de sa femme lui faisait encore mal physiquement. Lorsqu'il les rouvrit, il murmura :

— Louise est morte il y a quatre ans, alors ne vous excusez pas.

Romana garda le silence sans oser risquer une autre question.

— Nous étions en vacances dans l'océan Indien, poursuivit Glenn d'une voix monocorde. Elle s'est écorché le bras sur un récif de corail en nageant. Sur le moment, elle n'a eu qu'une égratignure, mais, une semaine plus tard, elle était morte.

Romana pâlit. Il vivait dans la maison qu'il avait achetée pour sa femme il y avait précisément quatre ans — ce qui signifiait qu'elle était morte pendant leur lune de miel.

Il haussa les épaules avec fatalisme.

— Voilà pourquoi les travaux n'ont pas progressé. Si Louise était encore en vie, elle me mènerait une vie infernale pour n'avoir pas terminé ce qu'elle a commencé.

Romana lui posa la main sur le bras avec sollicitude.

— Ne dites pas ça ! Je suis certaine que, là où elle est, elle comprend.

— Peut-être… Votre sœur, India, m'a fait penser à elle, ce soir. Louise avait les mêmes cheveux noirs, les mêmes yeux sombres et la même personnalité directe.

A la stupeur de Romana, il n'y avait plus trace d'émotion sur le visage de Glenn. Comme s'il venait brusquement de décider de cacher cette vulnérabilité qu'il lui avait laissé entrevoir.

Gênée d'avoir essayé de lui apporter un réconfort qu'il ne demandait pas, Romana retira sa main.

Glenn changea aussitôt de sujet.

— Parlez-moi de la journée de demain. Quelle activité excitante avez-vous prévue ?

— Nous commencerons par l'inauguration d'un centre aéré dont nous avons financé la création avec les fonds de l'année dernière. Le ban et l'arrière-ban de la presse britannique sont convoqués, bien sûr, mais les vedettes seront les enfants, cette fois.

— Ils porteront tous un T-shirt C&F, je parie ?

— Bien sûr. Il ne faut jamais oublier les relations publiques. A ce propos, n'oubliez pas d'apporter votre sweat-shirt.

Le regard qu'il lui adressa laissait entendre qu'il y avait peu de chance pour qu'il y pense. De toute façon, songea-t-elle, India préférerait sûrement qu'il reste dans l'anonymat. Personne ne ferait attention à un homme en costume trois pièces observant l'inauguration de loin. Avec un peu de chance, les journalistes le prendraient pour un délégué du ministère de la Jeunesse.

— Qu'avez-vous prévu pour l'après-midi ?

— Une vente aux enchères d'objets ayant appartenu à des célébrités. Il y aura une tenue de football signée par l'équipe d'Angleterre, des vêtements de stars, ce genre de choses. Là encore, toute la presse sera là.

— Vous ne m'en voudrez pas si je laisse mon chéquier chez moi ?

— Vous avez déjà été très généreux. D'ailleurs, je vous promets qu'il sera fait bon usage de votre don. Vous pourrez en juger par vous-même demain matin.

— Et demain soir ?

— Demain soir ?

Romana réfléchit à toute allure. Il était impossible qu'il participe aux festivités prévues pour la soirée du lendemain.

— Demain soir, vous avez quartier libre. Vous pourrez rattraper votre retard en décoration intérieure.

Consciente d'avoir encore gaffé, elle se couvrit la bouche de ses mains.

— Excusez-moi, murmura-t-elle, horrifiée.

Glenn lui saisit les mains pour libérer sa bouche.

— Vous avez faim, Romana ?

— Je vous demande pardon ?

— Vous avez eu une journée harassante, or, vous n'avez ni déjeuné ni touché au buffet de ce soir. Je me demandais simplement si vous aviez faim.

— Vous posez la question parce que j'oublie de tourner ma langue sept fois dans ma bouche avant de parler ?

— Nous arrivons à Spitalfields, monsieur, déclara le chauffeur.

Glenn donna l'adresse exacte et contempla Romana d'un air hésitant.

— Si cela vous tente, je vous invite à dîner.

— Il est tard… Et puis, le chauffeur…

— … ne verra aucun inconvénient à travailler une heure de plus si le budget des relations publiques peut se le permettre.

Romana se sentait fatiguée et la perspective d'un dîner en tête à tête avec Glenn Macaulay ne lui disait rien qui vaille. D'un autre côté, il lui offrait là l'occasion de mieux cerner sa personnalité. Or, ses intérêts personnels et professionnels étaient en jeu. Elle avait investi beaucoup d'énergie et des années de labeur intensif pour C&F. Il n'était pas question qu'elle cède sa place à banquier qui avait une calculatrice à la place du cœur.

Alors, malgré son envie de retrouver son lit, elle demanda au chauffeur s'il voyait un inconvénient à revenir la chercher une heure plus tard.

— Aucun, madame.

Quelques minutes après, elle pénétrait dans un hall immense. Les boiseries qui recouvraient le mur jusqu'à la moitié avaient cette couleur verte caractéristique des maisons anciennes. Des fresques de feuillages et de fleurs peintes à la main occupaient le reste de l'espace. L'ensemble était un peu fané, mais conservait tout son charme.

— Ce sont les peintures originales ?

— Oui. On avait posé un lambris sur les murs, ce qui a permis de les préserver. Nous en avons découvert d'autres ailleurs en enlevant le papier peint. Je vous ferai visiter tout à l'heure, mais commençons par le dîner.

Dans la cuisine, une vaste pièce chaleureuse, Glenn désigna un profond canapé à son invitée.

— Asseyez-vous pendant que je fais chauffer une soupe.

Après le départ de Romana, Glenn se déshabillait dans sa chambre quand la sonnerie du téléphone le fit tressaillir. Il devina sans mal la provenance de l'appel et décrocha en maugréant.

— Alors ? s'enquit Jordan. Comment s'est passée ta première journée avec Romana Claibourne ?

— Intéressante mais longue.

— Tu as passé la soirée avec elle ?

— Bien sûr ! Le devoir avant tout, cher cousin.

Glenn contempla la photo de Louise sur la commode.

Le devoir avait cessé à l'instant où la voiture s'était garée devant la maison, il le savait pertinemment. Cette maison était celle de Louise et il n'y avait jamais invité une autre femme, cependant Romana semblait tellement fatiguée qu'il était certain qu'elle ne se serait pas donné la peine de préparer à dîner une fois chez elle. Elle n'avait pas hésité longtemps avant d'accepter, ce qui signifiait qu'il n'y avait personne dans sa vie. Enfin, peut-être que si.

Peut-être avait-elle simplement sauté sur l'occasion d'en savoir un peu plus sur lui. Pour sa part, il avait essayé de se convaincre que c'était l'objectif qu'il poursuivait… en vain. Ses motivations étaient simples, mais elles ouvraient des perspectives infiniment complexes : il n'avait pas pu la quitter, tout bêtement.

Il considéra la photo de Louise en essayant de chasser l'image de Romana qui s'interposait entre eux, conscient que son sentiment de culpabilité faiblissait d'heure en heure. Puis, incapable de supporter ce visage qui semblait lui adresser des reproches, il reposa le cadre.

— Je ne t'ai pas vu parmi les personnes qui saluaient l'altesse aux informations télévisées, déclara Jordan.

— Romana non plus n'y était pas. Elle supervisait l'organisation et je jouais mon rôle d'observateur auprès d'elle.

Coinçant le téléphone entre son épaule et sa mâchoire, Glenn entreprit d'enlever ses boutons de manchette.

— Et ?

— La soirée a été un succès sur toute la ligne. Romana Claibourne n'est pas aussi écervelée qu'elle en a l'air.

Elle n'avait pas ébouriffé ses cheveux de toute la soirée. A une ou deux reprises, elle avait porté machinalement la main à sa tête pour s'apercevoir qu'il n'y avait plus rien à écheveler. Un large sourire aux lèvres, il se rappela la façon délicieuse dont ses boucles courtes encadraient son visage pendant qu'elle dormait.

Son sourire s'évanouit quand il se souvint de la douceur de sa peau sous ses doigts.

La voix de Jordan le rappela à la réalité.

— Dommage !

— Ce qui est dommage, c'est que tu n'aies pas été là. India avait le beau rôle à elle toute seule. Tu aurais dû être à son côté.

En ôtant son nœud papillon, Glenn sentit une bouffée du parfum qu'il avait offert à Romana. Il huma alors le morceau de soie noire en se rappelant la grâce de son geste quand elle lui avait tendu le poignet, la sensation soyeuse de sa main lorsqu'il l'avait écartée de sa bouche quand elle avait gaffé pour la énième fois de la soirée. Elle n'était pas complètement écervelée, non... juste un peu.

— Le tour d'India Claibourne viendra, ne t'inquiète pas. Que fais-tu demain ?

— Je vais à l'inauguration d'un centre aéré. Mon rôle de doublon ne consiste pas seulement à assister à des conseils d'administration ou à lire des rapports financiers.

Il s'aperçut un peu tard qu'il ignorait où le centre se trouvait. Cet oubli de la part de Romana ne devait sûrement rien au hasard, mais il appellerait Molly demain matin pour lui demander de lui faxer le programme de la semaine. Cela lui permettrait de s'organiser.

— J'ai fait un tour du magasin, cet après-midi. Tu as raison : il faut le remanier de fond en comble.

— Bien sûr que j'ai raison. A force de vivre dans le passé, Peter Claibourne a complètement négligé l'avenir.

— Il n'a peut-être pas eu tout à fait tort. Cela va coûter une fortune.

— Le progrès coûte cher, mais, au bout du compte, on est gagnant. Tiens-moi au courant de la suite des événements.

5

Dès qu'elles se furent éloignées de Londres, India relâcha un peu son attention de la conduite et lança un coup d'œil inquisiteur à sa sœur.

— Alors, parle-moi de Glenn Macaulay. Comment l'as-tu trouvé ?

Vaste question, songea Romana. Durant toute la nuit, elle avait été la proie d'un tourbillon d'impressions confuses au sujet de son doublon. Il y avait sa froideur, son incontestable intelligence, sa misogynie mâtinée de galanterie. C'était un homme dont on ne pouvait ignorer la présence, un homme capable de faire chavirer une femme d'un battement de cils, un homme qu'elle rêvait de voir admettre qu'elle était son égale, un homme qu'elle pensait avoir percé à jour… jusqu'à ce qu'il bouleverse ses préjugés en évoquant sa femme.

— Quel est son but ? s'enquit India.

Déroutée par cette requête, Romana s'accorda quelques secondes de réflexion. Elle était sûre d'une chose : Glenn ne s'intéressait pas pour deux sous à la gestion d'un grand magasin, aussi prestigieux soit-il. Peu désireuse de dévoiler ce détail à sa sœur, elle opta pour une diversion.

— Tu roules trop vite, India ! Ralentis, s'il te plaît.

Sa sœur lui jeta un coup d'œil surpris.

— Que t'arrive-t-il, ce matin ?

— Rien.

Après son saut à l'élastique, elle avait simplement vécu assez dangereusement pour une semaine.

— Je n'ai pas beaucoup dormi cette nuit, c'est tout.

— Depuis que nos avocats nous ont appris l'existence de cette part d'« action préférentielle », moi aussi j'ai du mal à trouver le sommeil. Maintenant, raconte-moi ce qui s'est passé cette nuit.

— Il ne s'est rien passé. J'ai revécu en boucle le moment où je me suis jetée dans le vide si bien que je ne me suis endormie qu'à l'aube.

— Tu n'étais pas obligée de sauter.

— Peut-être, mais dans ce cas l'événement n'aurait pas fait la une des journaux ce matin.

— Dommage que Glenn Macaulay y figure aussi avec un bras autour de tes épaules. Qu'est-ce qui t'a pris, bon sang ?

— Je voulais l'impressionner. D'ailleurs, j'ai réussi puisque toute la presse parle de nous.

— Cela a surtout provoqué une intense spéculation au sujet des Farraday. Je n'ai déjà pas envie d'entendre ce nom, alors le voir étalé en toutes lettres dans les journaux…

— Il est difficile de l'éviter étant donné qu'il figure au fronton du magasin.

— Pas pour longtemps, crois-moi ! Dès que cette affaire sera terminée, je supprime le nom de Farraday pour ne garder que celui de Claibourne. Qu'en penses-tu ?

Romana considéra le profil déterminé de sa sœur. Manifestement, India avait tout programmé de longue date. D'où sa fureur à l'égard de Jordan Farraday qui lui mettait des bâtons dans les roues.

Loin de se montrer enthousiaste, elle opta pour la prudence.

— Je pense que tu as tort et que tu ne devrais pas le crier sur les toits. A qui d'autre en as-tu parlé ?

— Personne. Tu es la seule dans la confidence.

Romana se serait volontiers passée de ce douteux privilège.

— Tu devrais y renoncer tant qu'il est encore temps. Si jamais Jordan Farraday découvre le pot aux roses, il risque de le prendre très mal.

L'expression déterminée d'India se fit alors butée.

— Promets-le-moi, India.

— Bon, c'est d'accord, mais, de ton côté, redouble de méfiance à l'égard de Glenn Macaulay.

— Je ferai de mon mieux.

Avec sa tendance à parler à tort et à travers, Romana se méfiait surtout d'elle-même, aussi préféra-t-elle ne pas offrir de garantie absolue. Maintenant que les Farraday étaient dans la place, ils seraient stupides de ne pas profiter de leur position, or, si elle ne connaissait ni Bram ni Jordan, elle savait déjà que Glenn n'était pas né de la dernière pluie.

India poussa un soupir.

— Le magasin passe avant cette ridicule querelle qui dure depuis cent cinquante ans. J'espère que les Farraday comprendront qu'il est dans leur intérêt de laisser les choses telles quelles.

— S'ils apprennent que tu projettes de supprimer leur nom, cela m'étonnerait.

— Si cette affaire se termine au tribunal, nous n'aurons aucun mal à démontrer que nous sommes compétentes, capables de mener notre tâche à bien et tournées vers l'avenir.

— Pour la compétence, je suis d'accord, mais pour le reste, c'est moins sûr. Glenn sait que les ventes n'ont pas progressé depuis deux ans. Quant à dire que nous sommes tournées vers l'avenir…

Romana laissa sa phrase en suspens, mais son silence en dit long. La situation n'avait pas empiré parce que depuis des années leur père confiait la gestion quotidienne à India. En revanche, il s'était obstinément opposé à toute modernisation, persuadé que les gens appréciaient le magasin à cause de son atmosphère désuète — comme s'il s'agissait d'un monument historique et non d'un établissement commercial.

India riposta d'un ton sec qui trahissait sa propre inquiétude.

— Ne me cite pas Glenn Macaulay en exemple. Contente-toi de faire en sorte qu'il nous considère comme un trio imbattable.

— C'est bien mon intention.

L'humeur combative de sa sœur découragea Romana de lui révéler que pendant que Glenn faisait chauffer la soupe tout en lui retraçant l'historique de sa maison, elle s'était endormie sur le canapé et ne s'était réveillée qu'en entendant le coup de sonnette du chauffeur.

Glenn se penchait sur elle et sa main reposait sur son épaule. L'espace d'un instant, elle n'avait pas vu en lui l'homme austère qui l'avait suivie pas à pas pendant toute la journée, mais quelqu'un qu'elle pourrait apprécier, et peut-être aimer.

En revanche, elle n'avait pas dû lui faire la même impression. Il avait retiré sa main avec une telle hâte qu'elle avait aussitôt deviné qu'elle avait ronflé. A cette pensée, un gémissement étouffé lui échappa.

India lui jeta un coup d'œil aigu.

— Que se passe-t-il ?

— Oh, rien, un chat dans la gorge.

Dieu merci, elle ne le verrait pas ce matin puisqu'elle ne lui avait pas donné l'adresse du centre aéré et qu'il n'avait pas cherché à la connaître. La perspective de petites mains collantes s'agrippant à son impeccable pantalon de flanelle ne devait pas l'enthousiasmer. Peut-être s'abstiendrait-il également d'assister à la vente aux enchères. Il n'avait pas paru très tenté. D'ailleurs, il ne pouvait sans doute pas s'offrir le luxe de passer toutes ses journées avec elle.

Curieusement, au lieu de la réconforter, cette analyse la démoralisa plutôt. Les réflexions acerbes de son doublon lui donnaient du tonus, tout compte fait.

India gara son coupé Mercedes entre une Aston Martin décapotable et une Rolls.

Laissant sa sœur bavarder avec un groupe de personnalités locales, Romana se dirigea vers la cabane en rondins dans laquelle on avait entreposé une montagne de ces sweat-shirts que Glenn trouvait affreux et où le traiteur avait établi son quartier général.

Molly était déjà là, entourée d'une nuée de petites mains qui l'aidaient à accrocher des ballons partout où la chose était possible. Une des paires de mains appartenait à Glenn Macaulay, constata-t-elle avec un coup au cœur. Elle devina immédiatement qu'il ne faisait qu'un avec le propriétaire de l'Aston Martin. Noire, puissante et racée, elle lui correspondait en tout point.

— Je ne m'attendais pas à vous voir ici, Glenn.

— Je suis là depuis 10 h 30, heure à laquelle vous auriez dû arriver si je me fie à votre emploi du temps.

— Si tu es venue avec India, cela ne m'étonne pas, fit Molly en adressant un clin d'œil à Romana. Elle roule à une allure d'escargot et ne dépasse jamais le 90 à l'heure, même sur l'autoroute.

Romana réprima une furieuse envie de rire sans savoir si son hilarité provenait du mensonge éhonté de Molly ou de la surprenante tenue de Glenn.

Il portait un jean qui lui allait parfaitement, cependant, le sweat-shirt et ses cheveux en bataille offraient un tel contraste avec le banquier tiré à quatre épingles qu'elle avait rencontré vingt-quatre heures auparavant qu'elle aurait bien pu ne pas le reconnaître !

— De quel emploi du temps parlez-vous ?

Glenn ne fut pas dupe de la manœuvre. Il ne reprochait pas à Romana d'avoir voulu lui échapper ce matin, mais il jouait pour gagner.

— J'ai appelé votre bureau à la première heure. Vous n'y étiez pas.

Il attendit une réponse qui ne vint pas et reprit :

— Bien sûr, vous vous êtes couchée très tard.

Le visage de Romana prit une teinte d'un magnifique rouge pivoine.

— Sachez que j'étais au Savoy ce matin à 7 h 30 pour m'assurer que tout était en ordre pour le défilé de mode… le défilé de mode de ce soir, acheva-t-elle d'une voix éteinte.

Dans sa hâte à lui prouver qu'elle était sur le pont de bonne heure et non en train de s'offrir une grasse matinée, elle avait laissé échapper ce qu'elle tenait par-dessus tout à lui cacher : loin de se prélasser, ce soir, elle organisait un défilé.

Bien entendu, Glenn s'empressa de lui faire comprendre qu'il savait qu'elle avait menti effrontément.

— Vous voulez parler du défilé de robes de mariées ? Molly m'a gentiment faxé la liste des activités de la semaine. Malgré les apparences, j'ai une vie professionnelle active que je dois concilier avec la vôtre.

Que pouvait-elle dire ? Elle avait menti, il le savait et elle savait qu'il savait.

— Je ne pensais pas que vous voudriez venir.

— Vraiment ?

Lorsqu'il avait eu la liste en main, ce matin, Glenn avait deviné qu'elle ne l'avait pas averti pour ne pas réveiller des souvenirs douloureux. Mais ce n'était pas de la sollicitude qu'il attendait d'elle. Il aurait été bien en peine de définir précisément ce qu'il voulait, mais il voulait quelque chose puisqu'il avait expédié en une heure de temps une réunion prévue pour durer toute la matinée dans le seul but de la rejoindre au centre. Sur le moment, il s'était dit que les intérêts des Farraday l'obligeaient à surveiller Romana Claibourne de près. Mais à l'instant où il l'avait aperçue, il avait compris qu'il s'agissait d'un prétexte.

— Avez-vous réussi à dormir cette nuit en dehors de l'heure de sommeil que vous avez volée chez moi ?

Les yeux de Molly s'écarquillèrent, puis une indéniable lueur de satisfaction s'alluma dans son regard. En revanche, s'il se fiait à l'expression meurtrière de Romana, toute envie de le ménager s'était dissipée.

— Un de vos ballons est en train de se détacher, lâcha-t-elle d'un ton polaire.

Mission accomplie, se félicita Glenn. Il était vital de conserver des relations impersonnelles. Plus de dîner à des heures indues, plus de tentations…

Empoignant Molly par le bras, Romana l'entraîna à l'intérieur de la cabane.

— Je me suis endormie sur le canapé de Glenn sans m'en rendre compte parce que je ne tenais plus debout. Nous entretenons une relation purement professionnelle, mets-toi ça en tête avant de laisser ton imagination délirante s'emballer. Je me demande pourquoi il nous a joué ce numéro ridicule en laissant entendre que je lui étais tombée dans les bras.

S'il avait décidé de la contrarier délibérément, cela signifiait qu'il avait anticipé sa réaction, mais pourquoi l'irriter quand il avait tout intérêt à l'amadouer et à gagner sa confiance ?

— Juste une question, fit Molly. Que faisais-tu sur son canapé ?

La tête de Glenn apparut dans l'entrebâillement de la porte.

— Une équipe de télévision et un bus plein d'enfants viennent d'arriver.

— Sauvée par le bus ! murmura Molly avec un sourire en coin.

— Prépare les sweat-shirts, répliqua Romana.

— Je peux vous aider ? demanda Glenn.

— Tenez-vous-en à votre fonction, Glenn. Observez et apprenez en vous tenant à l'écart de mon chemin.

La mine pincée, elle sortit rejoindre l'équipe de télévision pour lui donner ses instructions. L'une d'elles, et pas des moindres, était de veiller à ce que Glenn Farraday ne figure pas dans leur reportage.

Faute de mieux, Glenn aida les enfants à enfiler leurs sweat-shirts. A tout instant, cependant, son regard revenait se poser sur Romana. Elle distribuait des prospectus, répondait aux questions, présentait India et diverses personnalités aux journalistes, s'occupant de dix choses à la fois sans paraître débordée. Qu'ils soient naturels ou acquis à force de volonté, ce flegme et cette maîtrise lui firent très forte impression.

Une fillette tira sur son pantalon pour qu'il l'aide à s'habiller. Il s'accroupit pendant que Molly lui passait le vêtement.

— Romana m'a dit qu'elle s'était endormie sur votre canapé sans s'en rendre compte, déclara celle-ci de but en blanc.

— Ai-je suggéré autre chose ?

— Vous savez bien que oui et vous me décevez. J'espérais

mieux quand je me suis arrangée pour que vous rentriez dans la même voiture.

Glenn tomba des nues. Le seul accroc de la soirée avait été organisé par Molly ! Pourquoi diable ? Romana ne devait pas manquer d'admirateurs prêts à se battre pour la raccompagner chez elle ou ailleurs…

— Nous travaillons ensemble, rien de plus, Molly, alors n'allez pas vous imaginer Dieu sait quoi.

Il eut beau dire, sa main conservait le souvenir de la joue veloutée qu'il avait effleurée cette nuit. Et puis, il y avait cette sollicitude pleine de gentillesse qu'il avait repoussée alors qu'elle cherchait à ne pas réveiller des souvenirs douloureux.

— Romana m'a dit exactement la même chose, rétorqua Molly. Cela étant, rien ne vous oblige à vous cantonner aux relations professionnelles. Je pense même que vous devriez l'inviter à déjeuner pour vous faire pardonner votre manque de courtoisie.

— Et moi je pense qu'elle m'enverrait me faire cuire un œuf. Toutefois, si vous réservez une table au Weston Arms, je vais peut-être tenter ma chance.

— Considérez que c'est chose faite.

Romana était en train d'accrocher un ruban. Elle leva brusquement la tête comme si elle devinait qu'il l'observait. La froideur de son expression laissa à Glenn fort peu d'espoir pour un déjeuner en tête à tête.

Une fois le ruban attaché, Romana s'escrima à fixer à chaque extrémité un gros nœud assorti de flots de tissu. Elle eut beau s'interdire de tourner la tête en direction de Glenn, rien n'y fit. Il bavardait avec tous, prenait les enfants dans ses bras, se comportant très différemment de l'homme d'affaires austère de la veille.

Elle en était là de ses pensées lorsqu'un journaliste de *Celebrity* se dirigea droit vers Glenn. Lâchant tout, elle se précipitait pour empêcher la rencontre quand quelqu'un lui posa la main sur le bras.

— Nous avons un problème dans la cuisine, Romana.

— Quel genre de problème ?

— Une urgence !

— Quel cauchemar !

Agenouillée dans cinq centimètres d'eau, Romana se promit d'étrangler le plombier qui avait monté la robinetterie s'il lui tombait sous la main. Pour comble de malchance, le robinet d'arrêt était tellement glissant qu'elle ne parvenait pas à le tourner. Et l'idiote à qui elle avait demandé d'aller chercher un chiffon s'était enfuie en courant sans revenir. En désespoir de cause, elle enleva son sweat-shirt et s'en servit pour l'enrouler autour du robinet qui sembla enfin céder.

A bout de nerfs, trempée et grelottante, elle hurla :

— Il y a quelqu'un ? J'ai besoin d'aide !

— Vous avez un problème ? répondit une voix masculine.

Une seconde plus tard, Glenn s'accroupit à côté d'elle.

— Mais non, vous voyez bien que je m'amuse !

— Ah bon ? Dans ce cas, je vais vous laisser.

— Non !

Instinctivement, elle lui agrippa le poignet.

— Excusez-moi, je ne voulais pas être désagréable, mais le robinet de l'évier est resté dans les mains du traiteur.

Romana vint enfin à bout du robinet. Dans le calme soudain qui s'abattit sur la pièce, elle s'aperçut qu'elle se cramponnait toujours au poignet de Glenn.

— A propos de cette nuit, Glenn…

Elle attendit qu'il l'interrompe, qu'il dise que ce n'était rien, mais il demeura muet.

— Je regrette de vous avoir agressé, tout à l'heure. En fait, je me sentais… j'étais…

— Gênée ?

— Oui. Je n'ai pas l'habitude de m'endormir quand on m'invite à dîner.

— Vous étiez morte de fatigue.

Le ton léger laissait entendre que son état était dû à une vie dissolue et non au fait qu'elle s'était dévouée corps et âme pour faire de cette semaine une réussite éclatante.

— J'ai beaucoup travaillé, répliqua-t-elle, sur la défensive. Je regrette également de vous avoir menti pour ce soir. Je ne pensais pas que vous…

A court de mots, elle se tut. Etrangement, elle avait beaucoup moins de mal à dire le fond de sa pensée quand elle ne réfléchissait pas.

— Que je voudrais être votre doublon pendant un défilé de mode ?

— Pas celui-là. J'avais peur de…

— Réveiller le passé ?

Elle haussa les épaules.

— Je suppose qu'on ne peut pas l'effacer, de toute façon.

— En effet.

Il y eut un bref silence puis Glenn déclara :

— Savez-vous que vous ronflez ? Oh, très doucement, rassurez-vous, comme un chaton.

D'un geste sec, Romana lâcha le poignet de Glenn et récupéra son sweat-shirt.

— Je me demande pourquoi les plombiers bloquent toujours les robinets d'arrêt au maximum. Ils doivent faire ça pour extorquer des sommes exorbitantes aux faibles femmes qui sont obligées de les appeler en urgence.

— A mon avis, c'est une question d'habitude. Les robinets récalcitrants sont monnaie courante pour eux et ils ne se rendent pas compte qu'il n'en va pas de même pour les autres. Je vais chercher de quoi nettoyer. De votre côté, vous feriez bien de vous changer. Vous êtes trempée.

— Un peu d'eau ne me tuera pas.

En un tournemain, Glenn enleva son sweat-shirt et le lui tendit.

— Mettez ça.

— Ne faites pas tant d'histoires, Glenn !

— Je ne plaisante pas.

Sans plus argumenter, il lui fourra le sweat-shirt dans les mains et la poussa vers les toilettes.

— Mais…

— Pas de mais ! Je n'y connais pas grand-chose en relations publiques, mais le nettoyage d'une cuisine inondée relève encore de ma compétence.

6

Romana s'enferma dans les toilettes en ronchonnant. Elle avait beau en vouloir à Glenn de son attitude autoritaire, elle n'avait pas de temps à perdre en arguties.

Un gémissement catastrophé lui échappa quand elle se contempla dans la glace. Son chemisier blanc était trempé et complètement transparent, tout comme le soutien-gorge de dentelle qu'elle portait dessous. Si elle était sortie dans cette tenue, le photographe de *Celebrity* s'en serait donné à cœur joie. Au lieu de pester contre Glenn, elle devrait lui être reconnaissante de lui avoir épargné cette humiliation.

Otant chemisier et soutien-gorge, elle les roula en boule dans son sac, se sécha les cheveux avec une serviette et enfila le sweat-shirt. Il était doux, chaud et sentait le cuir, l'air frais et un parfum discret et très masculin qui ne pouvait appartenir qu'à Glenn. A son grand regret, elle n'eut guère le temps de s'appesantir sur le sujet car il fallait libérer la cuisine pour le traiteur.

En émergeant des toilettes, elle s'aperçut avec stupeur qu'il n'y avait plus trace des dégâts. Glenn avait enlevé toute l'eau à l'aide d'un aspirateur spécial prévu à cet effet et dont elle avait oublié l'existence. Le sol était sec, le désastre évité, et Glenn ne semblait même pas essoufflé. Agacée, elle marmonna entre ses dents un juron très bref et très explicite.

— Ça va ? demanda-t-il.

— Oui, merci. Vous avez été formidable. Merci aussi de m'avoir prêté votre sweat-shirt.

— Tout le plaisir était pour moi.

— Je n'en doute pas.

Une fois de plus, elle regretta d'avoir parlé trop vite. Les joues en feu, elle tenta de faire diversion :

— Je me demande où sont passées les auxiliaires que Molly a engagées.

— Elles n'ont sans doute pas voulu se mouiller.

— Alors que cela ne vous fait pas peur.

— Non, mais je commence à trouver qu'il est dangereux de vous approcher.

Le large sourire qui se peignit sur les lèvres de Glenn hérissa Romana.

— Les trois sœurs Claibourne sont dangereuses. Vous feriez bien d'en avertir vos cousins. A présent, vous m'excuserez, mais il faut que j'aille prévenir le traiteur que la situation est arrangée.

— Laissez-moi encore une minute, le temps de réparer le robinet.

— Vous êtes capable de le faire ?

— Quand on habite une vieille maison, ce genre d'avatar est monnaie courante, alors on apprend vite à se débrouiller.

Romana acquiesça en se dirigeant vers la porte. Juste avant de sortir, cependant, elle se tourna une dernière fois vers Glenn qui se penchait déjà sur l'évier.

— Merci d'être venu à mon secours. Ce genre d'intervention dépasse de loin les attributions d'un doublon.

Glenn se redressa brusquement. Toute trace de sourire avait disparu de son visage.

— Vous croyiez vraiment que j'allais rester les bras croisés en vous regardant vous débattre toute seule ? En prenant des notes, peut-être ? En vous attribuant un dix sur dix pour votre sang-froid et pour la rapidité de votre réaction, moins quelques points pour vos jurons ?

Cette réponse pleine de colère sembla choquer Romana, mais

elle l'avait méritée. Comment pouvait-elle le croire capable d'une telle indifférence ?

— Bien sûr que non… Je ne voulais pas insinuer que…

— Mais si ! Ces enfants passent avant nos querelles mesquines et avant un robinet défectueux. Bien sûr, si c'était arrivé au magasin, je n'aurais sans doute pas pris les choses en main, précisa-t-il.

— Dans ce cas, pourquoi n'êtes-vous pas là-bas avec une équipe d'experts pour vérifier l'état des infrastructures ?

La pertinence de la question piqua Glenn au vif. Ce n'était pas dans cette banlieue perdue qu'il découvrirait quoi que ce soit sur la façon de gérer une institution comme C&F. Néanmoins, il apprenait beaucoup sur Romana Claibourne… même si le résultat de son enquête n'était pas susceptible d'intéresser Jordan.

— Pour vous tirer d'embarras ? suggéra-t-il.

Romana raccompagna sa sœur au parking. En montant en voiture, India jeta un coup d'œil en direction de Glenn qui bavardait avec Molly.

— Tu crois qu'il a été impressionné ? demanda India.

A cet instant, Romana vit qu'il effleurait le bras de son assistante comme s'il voulait la remercier. Sa réaction fut immédiate et surprenante, ressemblant à s'y méprendre à de la jalousie.

— S'il l'a été, il y a peu de chance pour qu'il le reconnaisse, tu ne crois pas ?

Comme s'il devinait qu'il était l'objet de leur conversation, Glenn se tourna vers elles à cet instant. Adressant un petit salut de la main à Molly, il se dirigea vers les deux sœurs.

— Surveille-le de près, Romana. Tout à l'heure, il s'est engagé dans une grande conversation avec le photographe de *Celebrity* dès que tu as eu le dos tourné.

Là-dessus, elle fit marche arrière et démarra sur les chapeaux de roues.

— Puisque votre sœur est partie, vous n'avez personne pour vous ramener, déclara Glenn en rejoignant Romana.

— Si, Molly.

— Sa voiture est au complet, alors elle m'a demandé si je pouvais le faire. Elle m'a aussi chargé de vérifier que vous prendriez un repas digne de ce nom.

Son assistante devenait un peu trop autoritaire, songea Romana en s'efforçant d'ignorer la bouffée de chaleur qui l'envahit en apprenant qu'elle était l'objet du tête-à-tête entre Molly et Glenn.

— Je vous remercie, mais je suis une grande fille et je pense que votre banque a davantage besoin de vous que moi.

— J'ai travaillé ce matin entre 5 heures et 9 heures. D'autre part, les banquiers doivent se sustenter, tout comme les directeurs des relations publiques.

— Je dois vraiment rentrer au bureau.

— Et moi, je me suis engagé à suivre les instructions de Molly : d'abord je vous ramène, ensuite je vous invite à déjeuner et enfin je vous présente mes excuses.

— Vos excuses ? En quel honneur ?

— Apparemment, j'ai manqué de galanterie, tout à l'heure. Vous êtes prête ?

Romana acquiesça.

— Dans ce cas, allons-y.

A sa grande stupeur, il lui tendit les clés de l'Aston Martin.

— Vous avez peut-être envie de conduire ?

— Pourquoi ça ?

— Un doublon n'a qu'un rôle passif.

Romana esquissa une moue sceptique. Cet homme n'avait jamais été passif de sa vie. La façon dont il était intervenu dans la cuisine l'avait dévoilé sous son vrai jour. En revanche, elle serait prête à jurer qu'il détestait confier son bolide à quelqu'un d'autre.

— Votre proposition me tente terriblement, mais je ne suis pas assurée pour conduire un véhicule.

— Vous n'avez pas de voiture ?

Romana s'installa sur le siège passager sans répondre.

Lorsque Glenn prit le volant, un soupçon de parfum l'assaillit. Aussitôt, la vision de Romana dans son chemisier trempé s'imposa à lui. L'idée qu'elle était nue sous le sweat-shirt qu'il avait porté suscita en lui un trouble qu'il eut le plus grand mal à maîtriser.

Ce corps féminin qu'il avait à peine eu le temps d'entrevoir, cette silhouette tout en courbes invitait aux ébats les plus fous. L'esprit ailleurs, il lutta tant bien que mal contre les pulsions qui l'assaillaient, puis s'aperçut que Romana le considérait en fronçant les sourcils, comme si elle attendait une réponse.

— Excusez-moi. Qu'avez-vous dit ?

— Qu'il n'est pas obligatoire de posséder une voiture, répliqua-t-elle.

Au prix d'un effort surhumain, Glenn chassa les fantasmes qui le tourmentaient.

— Ne me dites pas que votre père ne vous a pas offert un joli petit cabriolet le jour de vos dix-sept ans ! Un petit bijou élégant, sexy, rouge vif de préférence.

Les lèvres de Romana esquissèrent une moue délicieuse.

— J'imagine que, selon vous, cela fait partie des étapes qui marquent le passage à l'âge adulte. Le sexe à seize ans, la voiture à dix-sept et une cuite pour les dix-huit.

— Ce n'est pas ce que j'ai dit.

Pas explicitement, certes, mais il l'avait suggéré, reconnut-il *in petto*.

— J'ai toujours trouvé cet ordre de priorité assez curieux, reprit-elle.

— Je pense que c'est surtout une façon de constater l'inévitable.

Une flamme malicieuse s'alluma dans les yeux de Romana.

— Vous croyez ? Dans ce cas, deux sur trois, ce n'est pas si mal.

Glenn refusa de la suivre sur cette voie. Mais elle avait éveillé sa curiosité. Quelles étaient les deux étapes qu'elle avait franchies ?

Il démarra en marmonnant :

— Comme vous le dites, personne n'est obligé d'avoir une voiture.

— J'ai mon permis, bien sûr. Et vous avez raison pour la voiture, sauf qu'elle était bleu marine… Cela dit, la conduite est tellement épouvantable à Londres que je préfère m'en passer.

— Dois-je comprendre que vous avez rendu votre cadeau ?

— Je l'ai donné à quelqu'un qui en avait besoin.

A qui ? se demanda Glenn. Elle avait l'art de dire des choses qui suscitaient plus d'interrogations que de réponses.

— Votre père n'a pas soulevé d'objection ?

— C'était ma voiture, j'avais le droit d'en disposer à ma guise. De toute façon il n'a rien dit et, à mon avis, il ne l'a même pas remarqué.

La mine songeuse, elle se passa les doigts dans les cheveux dans une vaine tentative pour leur redonner un semblant d'ordre. Ensuite, elle sortit son poudrier et se remit du rouge à lèvres.

De son côté, Glenn réfléchissait furieusement. Elle n'essayait pas de le choquer délibérément, pas plus qu'elle ne se rendait compte qu'elle venait de lui dévoiler une part très intime de sa vie personnelle. Il s'interdit de chercher à en savoir plus. Il ne souhaitait pas s'impliquer dans sa vie. Leur relation se limitait aux affaires et strictement aux affaires.

— Il est rare de rencontrer quelqu'un qui refuse de conduire, déclara-t-il.

— Vous n'avez pas l'intention de me convertir, j'espère ?

Elle battit des cils, des cils incroyablement longs, et il comprit enfin qu'elle lui jouait la comédie, comme chaque fois qu'elle voulait l'agacer. Sans hésiter, il décida de lui rendre la monnaie de sa pièce.

— Loin de là ! Une femme de moins sur les routes, c'est plutôt réjouissant.

— Vous me rassurez. L'espace d'un instant, j'ai eu peur que le glaçon que vous avez à la place du cœur ne commence à dégeler !

Si seulement elle savait ! Il fondait de minute en minute. Il était immunisé contre ce genre de minauderies, sauf si la belle était intelligente, avait du charme à en revendre et un tempérament de gagneuse…

— Ne laissez pas mon jean vous abuser.

Elle laissa ses yeux errer sur ses jambes avec un regard qui le fit frissonner.

— Je vous aime beaucoup en jean.

Résistant à l'envie de répondre à la provocation, Glenn garda le silence.

— Où allons-nous déjeuner ?

— J'ai réservé une table au Weston Arms.

— Au Weston Arms ! Mais c'est impossible, regardez-nous. Vous êtes en jean, sans cravate, et moi je suis un vrai désastre.

En effet, le pantalon de Romana était complètement froissé et les genoux étaient auréolés de traces douteuses. Quant à sa coiffure, elle n'avait pas survécu à l'inondation du robinet. Cela étant, Glenn aimait la façon dont ses mèches lui encadraient le visage. Et les boucles qui lui effleuraient le petit creux qu'elle avait juste au bas de la nuque le rendaient à moitié fou. Il rêvait de poser les lèvres à cet endroit précis, de le noyer de baisers, de s'enivrer de son parfum…

— Vous feriez mieux de renoncer, Glenn. Personne ne nous laissera entrer dans cette tenue.

Glenn revint à la réalité.

— Peut-être.

De toute façon, un déjeuner en tête à tête dans un restaurant romantique sur la Tamise était la dernière chose à faire. Molly avait décidément des idées dangereuses.

— Il n'y a pas de peut-être qui tienne, c'est une certitude. D'autre part, je suis trop pressée par le temps pour rendre justice à la cuisine du Weston Arms. Avouez que ce serait dommage.

— Je ne le connais que de réputation, donc je ne peux pas vous répondre.

— Vous devriez y aller un dimanche. Je suis prête à vous accompagner, si vous le désirez.

Glenn refusa de saisir la perche. Il n'irait ni aujourd'hui ni un autre jour au Weston Arms avec Romana.

— Cela ne vous ennuierait pas d'appeler pour annuler la réservation ? demanda-t-il. Je préfère ne pas téléphoner au volant.

Romana s'exécuta de bonne grâce.

— Avez-vous idée d'un endroit où nous pourrions déjeuner sans qu'on nous jette des regards dédaigneux ? lança-t-il.

— Il y a un fast-food où l'on peut acheter à manger sans descendre de voiture au prochain rond-point.

— Et alors ?

Elle lui décocha un sourire étourdissant.

— Alors, après cette matinée éprouvante, je meurs d'envie d'un énorme cheeseburger avec des frites.

— Accompagné d'un Coca-Cola bourré de sucre et de caféine, je suppose ?

— Ce serait le bonheur absolu.

— Sur ce point, je ne partage pas votre opinion, mais cela vaut sans doute mieux que d'entretenir poliment la conversation dans un décor guindé.

— Vous aviez prévu d'être poli ? J'aurais peut-être dû accepter le restaurant, tout compte fait.

— Trop tard, fit-il en s'engageant sur la piste du fast-food.

Il ne leur fallut que quelques minutes pour commander, payer et se garer sur une place de parking pour dévorer leur festin.

Romana saisit son cheeseburger d'un air gourmand.

— L'avantage des fast-food, c'est la rapidité du service. A l'heure qu'il est, nous attendrions encore au Weston.

Là-dessus, elle mordit à belles dents dans le cheeseburger dont le contenu s'échappa largement, ce qui donna lieu à une séance de rattrapage délicat.

— Quelle félicité ! s'exclama-t-elle.

Ce côté terre à terre avait quelque chose de terriblement réjouissant. Glenn dut faire appel à toute sa volonté pour ne pas fixer Romana avec trop d'insistance. Elle avait des mains aux doigts longs et fins, des ongles adorables vernis de rose vif, comme ses lèvres. En revanche, elle ne portait ni bagues ni alliance, même pas un de ces bijoux de pacotille qu'affectionnent la plupart des jeunes femmes.

— Nous pourrions peut-être essayer un endroit plus civilisé après le défilé, suggéra-t-il. Puisque nous serons au Savoy, que diriez-vous de dîner au grill ?

— Vous ne croyez pas que vous m'aurez assez vue à ce moment-là ?

Glenn éluda la question par une autre. Il lui fallait savoir s'il y avait un homme ou non dans sa vie.

— Peut-être avez-vous d'autres projets ?

— Vous plaisantez ! Cette semaine je n'ai pas une seconde à consacrer aux mondanités.

— En ce qui nous concerne, il ne s'agit pas de mondanités, mais de relations professionnelles.

— Je vous remercie, mais j'aurais trop peur de m'endormir le nez dans mon assiette.

Avant de sortir avec lui, Romana souhaitait surtout découvrir quel objectif il poursuivait réellement.

— Cela étant, je terminerais volontiers la visite de votre maison, un jour.

— Chercheriez-vous à vous faire inviter chez moi ?

— Euh… pas vraiment, non.

A cet instant, le regard de Romana tomba par hasard sur l'horloge de la voiture.

— Seigneur, il est affreusement tard ! Donnez-moi le sac, que j'aille le jeter dans une corbeille.

— Une minute.

Glenn lui glissa une main derrière la nuque puis, de l'autre, il lui essuya le coin de la bouche. Ensuite, il lui souleva délicatement le menton pour lui tourner la tête et recommença de l'autre côté.

Une lueur de braise assombrit subitement les yeux gris ardoise qui fixaient Romana. Elle retrouva le regard qui avait plongé dans le sien quand elle s'était réveillée sur le canapé et retint son souffle, certaine qu'il allait l'embrasser.

Contre toute attente, il la libéra et lui tendit sa serviette.

— Vous aviez oublié un peu de mayonnaise.

Les joues en feu, Romana se rua hors de la voiture pour aller jeter le sac. Elle avait cru qu'il allait l'embrasser, l'avait souhaité, alors qu'il ne songeait qu'à lui essuyer la bouche pour la sauver du ridicule.

Qu'avait-il lu dans ses yeux ? Le reflet de ce qu'elle avait vu dans les siens ?

A cette pensée, un frémissement de volupté la parcourut.

De retour à la voiture, elle se concentra sur sa ceinture de sécurité tandis que l'Aston s'élançait sur la chaussée.

— Si nous baissions la capote ? suggéra-t-elle.

— Nous ne sommes pas en été, je vous signale.

— Non, mais il fait un temps magnifique. Cependant, si vous préférez que votre voiture sente le hamburger et les frites pendant des jours, cela vous regarde.

Elle résista à l'envie de poser la main sur sa joue, là où il l'avait effleurée. De la mayonnaise ! Le gémissement pathétique qui monta de sa gorge lui valut un coup d'œil étonné de Glenn.

— Avez-vous un foulard ? demanda-t-il.

— Un homme qui conduit une décapotable est censé en avoir une provision dans sa boîte à gants pour dépanner ses passagères féminines.

Un peu honteuse de le sonder avec aussi peu de subtilité, elle ouvrit la boîte à gants sans attendre la réponse. A part une trousse de secours et une lampe de poche, elle ne contenait rien, pas même une épingle à cheveux. Plus soulagée qu'elle ne souhaitait se l'avouer, elle esquissa une moue de déception.

— Vous n'avez vraiment rien.

— Il ne me reste plus qu'à acheter un vaporisateur pour la voiture.

— Inutile.

Avec un sourire espiègle, Romana sortit une longue écharpe de mousseline de son sac et la noua autour de sa tête.

— Je n'ai jamais dit que je n'avais pas de foulard, juste que vous étiez censé en avoir.

Pour toute réponse, Glenn appuya sur la touche qui actionnait la capote.

7

Rouler avec le toit baissé ne facilitait guère la conversation, mais Romana n'y voyait que des avantages. Cela lui permettait de réfléchir sans relâche au baiser que Glenn avait failli lui donner. Et à ce qu'il aurait signifié.

L'équation du problème était simple : Glenn voulait la priver de ce métier qu'elle adorait, et en dépit de cela, elle n'aurait vu aucun inconvénient à ce qu'il l'embrasse… Il fallait dire qu'il était diablement séduisant, même s'il l'intimidait un peu. Mais le fait était là : il faisait vibrer en elle une corde extrêmement sensible, trop sensible certainement.

Peu désireuse de pousser l'introspection plus loin, elle coupa court à sa méditation et consulta sa montre.

— La vente aux enchères démarre à 16 heures, mais je vous accorde un après-midi d'école buissonnière pour vous récompenser de votre bonne conduite ce matin, si vous le désirez.

Bien entendu, Glenn ne fut pas dupe de sa manœuvre pour se débarrasser de lui.

— Vous êtes gentille, mais je tiens à y assister.

— Pourquoi ça ? Auriez-vous lu dans la presse que nous mettons en vente le jean que portait Sharon Stone dans son dernier film et qu'elle va le présenter en personne ?

— Aussi incroyable que cela puisse paraître, cette nouvelle sensationnelle ne figurait pas dans le *Financial Times*.

— Pourtant, ce type d'effet personnel peut atteindre des

sommes folles. Si c'est le cas, je peux vous garantir que la nouvelle figurera dans votre journal préféré demain.

— Comment faites-vous pour décider des acteurs ou d'autres personnalités à vous donner des vêtements ?

— C'est la partie la moins agréable. Il faut ramper, supplier et quémander — même si je dois reconnaître qu'un carnet d'adresses bien rempli rend également d'immenses services.

— Me voilà prévenu au cas où l'envie me prendrait de m'intéresser à ce genre de futilités.

— Ne tournez pas tout en dérision, Glenn. Ces gens se montrent généreux parce qu'ils me connaissent.

Glenn s'engagea dans la rue étroite qui donnait sur l'arrière du magasin.

— Déposez-moi au coin, ordonna Romana. Vous gagnerez du temps si vous voulez rentrer vous changer.

— J'ai apporté le nécessaire avec moi. En revanche, j'ai besoin d'une salle de bains… la vôtre ou celle d'une de vos sœurs.

— C'est impossible. Elles sont verrouillées et mes sœurs emportent toujours leurs clés avec elles. Il vous faudra attendre que j'aie pris ma douche pour utiliser la mienne, ajouta-t-elle avec une pointe de malice.

Quand Glenn voulut descendre la rampe qui menait au parking, le gardien refusa d'ouvrir la barrière. Romana se pencha pour se faire reconnaître.

— M. Macaulay travaille temporairement avec moi, Greg.

— Excusez-moi, mademoiselle Claibourne. Avec ce foulard, je ne vous avais pas reconnue.

La barrière fut levée et Glenn s'engagea dans le parking où Romana lui indiqua un emplacement libre.

— Garez-vous là. C'est la place de mon père et elle ne sert pas en ce moment.

— Si j'ai bien compris, je n'ai droit qu'à un emplacement temporaire.

— Certes. Si les Farraday reprennent le contrôle du magasin, votre cousin Jordan exigera l'exclusivité de cet emplacement.

— *Quand* les Farraday reprendront le contrôle du magasin. Et je lui laisse volontiers la place. Je m'occuperai uniquement de l'aspect financier des choses et ce, de mon bureau.

Le portable de Glenn sonna au moment où ils descendaient de voiture. Par discrétion, Romana s'éloigna et se dirigea vers l'ascenseur réservé au personnel. Pendant qu'elle attendait, Glenn se promenait de long en large en parlant avec animation. A première vue, il s'agissait d'une affaire sérieuse. De nouveau, elle se demanda pourquoi les Farraday avaient accepté si facilement ce rôle de doublon alors que cela devait présenter d'énormes inconvénients pour eux. Sans doute ne se rendaient-ils pas compte que la direction d'un magasin de cette importance comportait d'autres responsabilités que le simple décompte des chaussettes.

Lorsqu'il la rejoignit enfin, elle lança :

— Le problème est réglé ?

— Pour le moment, oui.

— Vous m'accompagnez quand même ?

— Oui, quoique j'aie plus important à faire que de passer ma vie dans ce magasin.

— Heureusement que tout le monde ne pense pas comme vous, sinon nos affaires péricliteraient.

Furieuse, Romana tapa avec hargne le code qui permettait d'accéder directement à l'étage de la direction en regrettant de ne pouvoir se défouler de la même façon sur le nez de son compagnon.

Comment avait-elle pu s'imaginer qu'il commençait à comprendre qu'il fallait s'investir corps et âme pour C&F, que les relations humaines y avaient plus d'importance que les tiroirs-caisses ? Elle avait pris son désir pour la réalité, comme ç'avait été le cas pour ce baiser qui n'était jamais venu. Preuve qu'il était grand temps de revenir à la réalité, justement.

En pénétrant dans la cabine, elle bloqua le passage à Glenn.

— Dites-moi, cher doublon, pourquoi avez-vous effectué une inspection du magasin, hier ? Vous cherchiez s'il y avait de la poussière sur les étalages ?

— J'y ai pensé, mais comme je craignais qu'on me jette dehors avec perte et fracas, j'ai résisté à la tentation de passer le doigt sur le bord.

Romana réprima un sourire de justesse. Comment faisait-il pour la pousser à bout puis lui donner envie de rire la minute suivante ? Mais cette fois, elle ne se laissa pas mystifier par son charme qu'il dispensait avec une telle parcimonie.

— Je parie que vous avez également passé le personnel au crible dans l'espoir de dénicher un vendeur négligent.

Un imperceptible sourire fit frémir les lèvres de Glenn.

— Je suis certain que chaque membre de votre personnel est une perle. En fait, je me contentais de tâter le terrain pour dégager une impression générale.

— Vous avez échoué.

— Je n'avais pas compris qu'il s'agissait d'un test.

— Ah bon ? Vous vous imaginez que cela ne fonctionne que dans un sens ? Vous nous espionnez, mais nous devons croire que vous êtes capable de diriger un grand magasin simplement parce que vous l'affirmez bien haut ?

Malheureusement, ce n'était pas la gestion du magasin qui l'intéressait, mais le contrôle d'une affaire qui pesait plusieurs millions de livres.

Sans attendre sa réponse, elle enchaîna :

— Puisque vous avez une demi-heure à tuer pendant que j'occupe ma salle de bains, je vous suggère de refaire un tour. Cette fois, observez les clients et le personnel. Quand vous aurez compris l'importance du facteur humain dans le succès de C&F, revenez. Mais si l'atmosphère particulière qui prévaut ici continue à vous échapper, vous feriez mieux de retourner à votre banque et de laisser la vraie vie aux experts.

— La vraie vie ?

— Oui, la vraie vie…

Mue par une soudaine impulsion, elle se pencha et lui effleura les lèvres pour lui rappeler de quoi la vraie vie était faite. Et aussi pour rafraîchir sa propre mémoire. L'espace d'un instant, elle faillit succomber à la douceur de cette bouche puis elle se ressaisit et revint à ses préoccupations.

— Pendant que vous y êtes, peaufinez vos excuses au cas où vous changeriez d'avis à notre sujet. Mais, au cas où je ne vous reverrais pas, merci pour le déjeuner. J'ai passé un moment très agréable.

Et avec un grand sourire, elle appuya sur une touche. Dès que les portes se refermèrent, elle se laissa aller contre la paroi en poussant un soupir.

Si on l'avait interrogée, elle aurait été bien en peine d'analyser son geste. Pas plus qu'elle n'aurait été en mesure d'expliquer ses propos ou sa fureur contre Glenn.

Une seule certitude l'animait : tant que les Farraday considéreraient le magasin comme un trophée à remporter à tout prix, cette opération de doublon serait une perte de temps. Or, elle souhaitait désespérément que le temps qu'elle passait avec Glenn ne soit pas perdu. Et pas seulement parce qu'elle voulait sauver C&F des griffes d'hommes pour qui les affaires se réduisaient à des chiffres de vente.

Elle désirait vraiment que Glenn mesure la valeur intrinsèque de l'établissement, le voie comme elle le voyait elle, qu'il se prenne d'affection pour lui. Non pour modifier le cours des événements, mais parce que cela faisait quatre ans qu'il refusait tout attachement, quel qu'il soit.

Pétrifié, Glenn demeura immobile. Il avait besoin de temps pour recouvrer ses esprits, se remettre d'un baiser qui contenait mille promesses dont il avait oublié l'existence, se rappeler l'homme qu'il avait été autrefois. Et pour comprendre pourquoi, en vingt-quatre heures, son point de vue avait radicalement changé à l'égard de Romana Claibourne.

Depuis ce matin, il négligeait son objectif et avait perdu de vue la raison pour laquelle il collait aux basques d'une si jolie blonde. Il est vrai qu'elle usait d'armes déloyales en exhibant des jambes interminables, en paradant dans un chemisier trempé et transparent et en lui adressant des moues adorables d'une bouche rose et tentatrice.

Pourtant, loin de jouer les pauvres femmes en détresse, Romana s'était attaquée seule à ce robinet. Elle travaillait sans compter sa peine et se dévouait corps et âme à sa fonction. En bref, le numéro de la blonde écervelée était destiné à tromper sa vigilance. Et cela avait marché puisqu'il ne l'avait pas prise au sérieux.

Elle n'avait baissé sa garde qu'une fois : quand elle avait succombé au sommeil sur son vieux canapé. Elle avait dormi comme un bébé, innocent et sans défense.

Cela arrivait fréquemment à Louise quand elle avait travaillé d'arrache-pied dans la maison pendant la journée. Il la trouvait là en rentrant du bureau. Alors, il la réveillait, ils s'aimaient et ensuite ils échafaudaient d'interminables projets d'avenir tout en préparant le dîner. Il pensait alors qu'ils avaient la vie devant eux…

Seule la similitude de la situation expliquait la brusque bouffée de désir qu'il avait ressenti pour Romana. Il ne pouvait s'agir d'autre chose…

Dans ce cas, pourquoi la désirait-il encore ? Pourquoi avait-il été à deux doigts de l'embrasser dans la voiture, quand elle l'avait dévisagé de ses yeux bleus si lumineux, attendant qu'il se décide.

En fin de compte, c'est elle qui avait pris l'initiative. Il percevait encore la chaleur de ses lèvres contre les siennes et regrettait d'avoir laissé filer l'occasion.

Une employée portant la livrée rouge le dévisagea en sortant de l'ascenseur.

— C'est un ascenseur privé, monsieur. Celui du magasin est un peu plus loin.

Cette interruption permit à Glenn de redescendre sur terre. Romana n'était pas Louise, un point c'est tout.

En temps normal, il n'avait aucun mal à se concentrer sur le but qu'il poursuivait. Malheureusement, la situation n'avait rien d'ordinaire. Il devait trouver les points faibles de C&F et les utiliser contre les sœurs Claibourne.

Pour ce faire, il lui fallait du concret, du solide, des faits bruts et indéniables, pas une vague idylle. Romana avait peut-être l'air d'un ange quand elle dormait, mais elle n'en était pas un, même si sa peau et ses cheveux en avaient la texture. C'était une femme rusée avec un programme bien défini. Mais lui aussi en avait un. Et il lui était reconnaissant de lui avoir rappelé.

Il composa le code de l'ascenseur qu'elle n'avait pas eu la précaution de cacher et qu'il avait mémorisé à toutes fins utiles.

Romana enleva ses mocassins et les examina pour évaluer les dégâts. A son grand soulagement, ils semblaient avoir survécu à l'inondation. En revanche, son pantalon ne s'en remettrait pas.

Traversant la pièce, elle vérifia ses messages sur son bureau. Il y en avait une dizaine, classés par ordre de priorité par sa secrétaire. Elle s'en occuperait après sa douche, décida-t-elle en sortant un tailleur noir de son placard.

Elle resta sous le jet jusqu'à ce que les émotions de la matinée se dissipent. Ensuite, elle se maquilla avec soin et s'habilla comme un chevalier revêt son armure avant d'affronter la bataille.

Rien de tel que d'avoir l'air sûr de soi pour tromper son monde.

Lorsque Glenn la rejoindrait, il aurait devant lui une femme d'affaires en pleine possession de ses moyens. Plus de paroles en l'air, plus de faiblesses… Dorénavant, elle faisait de la querelle Claibourne-Farraday une affaire personnelle entre

Glenn et elle. Il devrait se battre comme un lion s'il voulait la déposséder de son univers.

Quand il la rejoindrait, elle serait assise à son bureau en train de traiter ses messages. Il n'aurait qu'à s'asseoir et la regarder, comme un gentil petit doublon.

Enchantée de son plan, elle ouvrit la porte de la salle de bains donnant sur son bureau et se figea, stupéfaite. Glenn était là, impeccable dans un costume trois-pièces, les cheveux encore humides d'une douche récente. Qui plus est, il était assis dans son propre fauteuil ! Le portable collé à l'oreille, il déclarait à son interlocuteur que « d'ici à trois mois, tout serait réglé ».

En l'apercevant, il prit congé et referma l'appareil d'un coup sec.

— Vous voilà enfin ! Je commençais à croire que vous vous étiez noyée.

Refusant de laisser paraître sa colère, Romana esquissa un sourire contraint.

— Comment avez-vous fait pour vous doucher ? Vous avez forcé la serrure d'India ?

— Je n'en ai pas eu besoin. Votre sœur m'a pris en pitié.

— India ?

— Flora. Je l'ai croisée en sortant de l'ascenseur. Comme vous occupiez toujours votre salle de bains, elle m'a proposé la sienne. J'ai été ravie de faire sa connaissance. C'est une fille charmante, franche et simple.

Romana leva les yeux au ciel avec consternation. Qu'avait pu révéler Flora à Glenn ?

— Ce n'est pas une fille mais une femme très intelligente. Et nous sommes toutes franches et simples.

En revanche, elle n'en aurait pas dit autant de lui.

— J'ignorais qu'elle venait aujourd'hui, marmonna-t-elle.

— Elle passait en coup de vent, mais j'ai cru comprendre qu'elle venait assez peu ici, en effet.

— Ce n'est pas nécessaire puisqu'elle n'a aucune fonction d'administration.

— Pourtant, elle dispose d'un immense bureau, d'une salle de bains et d'une secrétaire personnelle. Quel est le prix des bureaux au mètre carré dans cette partie de la ville ?

Comme tout avocat procédant au contre-interrogatoire d'un témoin, Glenn ne posait jamais de question sans connaître la réponse.

— Très élevé, vous le savez. D'ailleurs, nous n'avons pas assez d'espace de vente et nous sommes sans cesse en train d'essayer de repousser les murs.

— Dans ce cas, vous devriez peut-être utiliser une partie de ces bureaux. Trois immenses pièces dotées chacune d'une luxueuse salle de bains ne me paraissent pas indispensables. Si vous y installiez la comptabilité qui est au rez-de-chaussée, vous libéreriez suffisamment d'espace pour créer un nouveau département.

Un frisson d'appréhension parcourut Romana. Les meilleures idées étaient souvent les plus simples. Pourquoi n'y avaient-elles jamais pensé ? Les Farraday n'avaient aucun lien sentimental avec le magasin. Peut-être cela leur permettait-il d'analyser la situation avec plus de lucidité. A moins qu'ils soient vraiment plus intelligents qu'elles. Enfin, un peu plus…

En attendant, elle n'allait pas se laisser abattre pour si peu.

— Ces bureaux ont été créés par les Farraday, je vous signale.

— Il y a plus de trente ans, Romana ! Les temps ont changé. Dans la même optique, j'ai l'intention de suggérer à Jordan de supprimer la librairie. Si je me fie à ce que j'ai vu hier, elle n'attire aucun client.

Piquée au vif, Romana se promit de mettre à profit les idées qu'il venait de lui souffler généreusement.

— Vous avez d'autres suggestions ?

Glenn lui décocha un sourire diabolique.

— Aucune ! C'est vous l'expert. Je suis juste là pour observer et apprendre, comme vous l'avez si souvent souligné.

— Je suis heureuse que vous l'ayez compris.

Satisfaite d'avoir eu le dernier mot, Romana consulta la liste des personnes qu'elle devait rappeler.

— Quand vous aurez fini de tester mon fauteuil, j'aimerais travailler, si cela ne vous dérange pas.

Glenn libéra aussitôt la place.

— Le siège est un peu étroit pour moi. Si vous me parliez de cette vente aux enchères, maintenant ?

— Vous n'avez pas envie d'y aller, Glenn ! Retournez donc à votre banque et concluez un marché juteux. Cela vous apportera bien plus de satisfactions que de regarder des gens dépenser des sommes extravagantes pour des futilités. Et puis, vous devez en avoir par-dessus la tête de me suivre comme un caniche.

— Loin de là. Je trouve même que notre matinée a comporté quelques moments inoubliables.

Romana se garda de lui demander des précisions car elle avait une idée assez claire de ce à quoi il faisait allusion.

Elle s'assit donc sans un mot en examinant son costume anthracite d'un œil sceptique.

— Dans cette tenue, tout le monde va vous prendre pour un représentant de commerce.

— Sans pochette de soie assortie à ma cravate, cela m'étonnerait !

Le sourire qui accompagna cette réponse accéléra le pouls de Romana de façon alarmante.

— Soyez bonne perdante, Romana. Vous vous débrouillez très bien, mais j'ai plus d'expérience que vous à ces petits jeux.

— Il ne s'agit pas d'un jeu, mais de la vie réelle, Glenn.

Se rappelant un peu tard la brillante démonstration à ce sujet qu'elle lui avait faite un peu plus tôt, Romana s'empourpra et composa le premier numéro de téléphone de sa liste de personnes à rappeler. Mais elle eut beau faire, le doute s'insinuait en elle. Si les Farraday avaient de meilleures idées qu'elle et ses sœurs, ils ne perdraient pas de temps à les mettre à la porte du conseil d'administration.

*
* *

Glenn s'était assis au bureau de Romana dans l'unique but de la contrarier. Curieusement, son succès ne lui apportait pas la satisfaction qu'il escomptait.

Son regard s'attarda sur le visage de la jeune femme. La ligne délicate de la mâchoire contrastait avec le menton pointé en avant d'un air déterminé, tout comme la courbe tendre des lèvres avec la fermeté de la voix.

Il ne se lassait pas de la contempler. Parfois, elle se mordait la lèvre ou faisait la moue pour sourire la seconde suivante, comme si son interlocuteur pouvait la voir. Elle se montrait rapide dans ses prises de décision et ne s'éternisait pas en ligne.

De peur qu'elle le surprenne en train de la dévisager, il s'empara de son portable pour déplacer plusieurs rendez-vous. Lorsque ce fut chose faite, il feuilleta le catalogue de la vente aux enchères. Les articles présentés offraient un concentré du fétichisme ridicule de l'époque : il y avait là un ballon de football signé par plusieurs champions, des recettes manuscrites rédigées par des célébrités et les inévitables vêtements de stars. Rassembler une telle collection avait dû nécessiter des efforts colossaux et de solides relations.

Romana avait raison sur un point : il ne pourrait jamais effectuer ce travail, mais qui d'autre qu'elle en serait capable? Elle était unique en son genre et probablement irremplaçable. Il recommanderait volontiers à Jordan de l'engager s'il n'était certain qu'elle refuserait catégoriquement. Sans doute utiliserait-elle ses talents pour monter sa propre entreprise. A moins qu'elle ne se donne même pas cette peine puisque rien ne l'obligeait à gagner sa vie.

— Vous êtes intéressé par un objet en particulier ?

Cette voix ironique le tira de ses méditations. Romana avait reposé le combiné et le contemplait d'un air exaspéré, comme si elle avait du mal à croire qu'il fût encore là.

— Je ne pense pas.

— Si vous venez, il faut jouer le jeu. Vous pourriez acheter quelque chose pour votre mère, par exemple ? Vous avez une mère, je suppose ?

— Et même un père, deux sœurs mariées et tout un assortiment de neveux et de nièces. Mais, vous avez raison : je vais faire un effort pour la bonne cause.

— Dans ce cas, allons-y !

Sans perdre un instant, elle saisit quelques feuillets et précéda Glenn dans le couloir où elle négligea l'ascenseur pour emprunter l'escalier.

— Je m'étonne que vous ne soyez pas déjà dans la salle pour donner vos instructions à la presse, déclara Glenn.

— Molly s'en occupe. Je suis le commissaire-priseur.

— Vous avez déjà exercé cette fonction ?

— Pas pour une vente aussi importante. J'avoue que je serai soulagée quand cette semaine sera terminée.

— Vous comptez prendre des vacances pour vous remettre ?

— Pour que vous fassiez un rapport incendiaire à Jordan en dévoilant que je suis partie me reposer dans le sud de la France afin de récupérer après une semaine de travail intensif ? Sûrement pas !

L'imagination de Glenn s'emballa. Il se représenta Romana en Bikini, prenant un bain de soleil sur le pont d'un yacht.

— Pourquoi le sud de la France ?

— Parce que le soleil y est garanti et que ce n'est pas loin.

L'esprit ailleurs, Glenn réfléchissait. Qu'avait donc Romana Claibourne de si particulier ? Depuis qu'elle l'avait aspergé de café, il ne se reconnaissait plus, ne s'appartenait plus. Elle lui donnait envie de renouer avec ces activités sportives qu'il avait délaissées depuis la mort de Louise, de retrouver le goût salé de la mer, de redécouvrir le bonheur du sable chaud, la caresse du soleil sur la peau.

Romana désigna une porte.

— Nous y sommes.

Glenn s'effaça pour la laisser entrer dans une immense salle où des rangées de chaises s'alignaient devant une estrade. La pièce était pleine à craquer, l'allée centrale envahie par une armée de photographes et de cameramen qui mitraillaient les personnalités. Quant au bruit, il était proprement assourdissant.

— Seigneur ! murmura-t-il, épouvanté.

Romana se haussa sur la pointe des pieds pour lui glisser à l'oreille :

— Il n'est pas trop tard pour changer d'avis.

Elle était si proche qu'il sentit son souffle lui effleurer la joue. Deux lignes minuscules lui encadraient la bouche, ces lignes qui contribuaient grandement au charme ravageur de ses sourires. Mais, en ce moment, elle ne souriait pas. Il devina que malgré son détachement apparent, elle était morte de trac. Il retrouva la Romana qui s'apprêtait à sauter, celle qui affrontait sa peur en lançant des plaisanteries. Mais pourquoi s'imposait-elle ces épreuves si elle les détestait ? Qu'avait-elle à prouver ?

Si le moment était mal choisi pour creuser la question, il pouvait, en revanche, essayer de la rassurer. Sans hésiter, il lui prit la main et la serra dans la sienne.

— Je suis votre doublon, n'oubliez pas. Où vous allez, je vais.

Pour prouver sa sincérité, il se pencha pour l'embrasser sur la joue.

Il comptait juste lui donner un petit baiser pour l'encourager, mais entre l'intention et le passage à l'acte il se produisit un phénomène étrange. Au lieu d'atterrir sur la joue, son baiser dérapa vers les lèvres de Romana, comme s'il était en même temps l'aboutissement de cette bouffée de désir qui l'avait assailli dans la voiture et la réponse à sa démonstration sur la vie réelle.

A cet instant, il se sentit plus ancré que jamais dans la réalité. Pourtant ce fut un baiser très chaste, léger comme une caresse de papillon, qui soulevait des questions qu'il n'avait pas eu conscience de formuler. Il ne sut combien de temps il dura, seulement qu'il s'acheva trop tôt.

Quand il s'écarta, elle le dévisagea, les yeux écarquillés de stupeur… sans se douter qu'elle n'était pas la seule surprise.

— Tout se passera bien, vous verrez.

Il en était certain. Personne d'autre que lui ne saurait que ce sourire étincelant dissimulait une peur panique. Mais ça, Romana ne l'admettrait jamais, comme le prouva sa réaction.

Retirant sa main d'un geste sec, elle le toisa avec hauteur :

— Bien sûr que tout se passera bien ! Je n'ai pas besoin d'un Farraday pour le savoir.

8

— Bien joué, chuchota Molly en rejoignant Romana sur l'estrade. Peu d'hommes sont capables d'effleurer les lèvres d'une femme en donnant l'impression d'un baiser torride.

Bien que son cœur cognât à tout rompre, Romana parvint à conserver un visage neutre.

— Ce n'était pas un baiser ! Glenn me souhaitait bonne chance.

— Avec moi, ce genre de méthode marcherait à coup sûr.

— Tu crois que Jim apprécierait ?

Molly se mit à rire.

— Pas du tout.

Pendant que Molly gagnait sa place, Romana but un peu d'eau en s'éventant avec ses notes.

Molly disait vrai. Il ne s'agissait pas d'un baiser ordinaire. Pendant quelques secondes, elle avait retrouvé dans le regard ardent qui la fixait la même expression brûlante que dans le drive-in. Elle avait ressenti la même sensation électrique que celle qui l'avait traversée quand elle l'avait embrassé. Et maintenant, cela ne lui suffisait plus…

Elle reprit une gorgée d'eau puis s'installa sans oser regarder ouvertement en direction de Glenn. Appuyé nonchalamment contre le mur, il ignorait les signes que Molly lui adressait pour qu'il vienne s'asseoir à la place qu'elle lui avait réservée.

Pour surmonter son trouble, Romana se rappela qu'il ne s'intéressait pas à elle mais uniquement au magasin. La colère qui s'empara d'elle à cette pensée lui donna le sursaut d'énergie dont elle avait besoin. Saisissant le marteau, elle l'abattit d'un coup sec sur la table. Immédiatement, le silence se fit et les regards convergèrent dans sa direction. Alors seulement, elle tourna la tête vers Glenn. Comme elle l'espérait, l'assistance tout entière suivit son exemple.

— Asseyez-vous donc, monsieur Macaulay, dit-elle en désignant la chaise libre à côté de Molly. Ainsi nous pourrons commencer.

Sans mot dire, il lui adressa un petit salut de la tête et se dirigea vers le premier rang.

— Vous avez eu du mal à trouver une place de parking ? demanda-t-elle.

Glenn s'assit sans répondre, mais une lueur vengeresse brillait dans son regard. Ignorant l'avertissement silencieux qu'il lui adressait, elle poursuivit :

— Savez-vous qu'il y a une amende de cent livres pour les retardataires ?

Cette fois, il sortit de sa réserve.

— Depuis quand ?

— Depuis tout de suite. Je viens d'édicter une nouvelle règle.

Cette réplique déclencha l'hilarité générale. Romana leva le marteau pour ramener le calme.

— Et je rajoute une autre amende de cinquante livres pour avoir contesté l'autorité du commissaire-priseur.

Les gens s'esclaffèrent de nouveau, mais Romana tenait son public. Cette fois, il lui suffit de lever la main pour obtenir le silence.

— Vous y voyez une objection ?

Pour toute réponse, Glenn leva les mains en secouant la tête.

— Dommage, fit-elle en se tournant vers l'assistante. Prenez note, s'il vous plaît. Cent cinquante livres pour M. Glenn Farraday Macaulay. M. Macaulay est un de nos actionnaires, il peut se permettre d'être généreux, conclut-elle à l'adresse du public.

Glenn se fendit d'un large sourire pour les photographes

qui le mitraillaient. Si ceux-ci furent convaincus de sa bonne humeur, Romana demeura sceptique. Il devait écumer qu'elle affiche publiquement une cordiale entente entre Claibourne et Farraday. Avec un peu de chance, les journaux la citeraient, demain. Et si la photo de Glenn en train de sourire paraissait, Jordan risquait de monter sur ses grands chevaux.

Voilà qui inciterait peut-être son doublon à y réfléchir à deux fois avant de chercher à la réconforter. Et s'il l'embrassait de nouveau, il fallait espérer qu'il choisisse mieux son moment pour qu'elle puisse répondre en toute liberté à ce que lui avaient promis ses lèvres.

Sur cette analyse satisfaisante, elle s'éclaircit la gorge.

— Bien ! Puisque M. Macaulay est installé, nous pouvons commencer.

La vente se déroula à un rythme infernal. Nullement intimidée par la présence des célébrités, Romana joua de son charme avec une aisance sidérante. Une équipe entière de footballeurs, un présentateur de télévision et un couple d'acteurs eurent droit à un sourire éblouissant et un baiser sans avoir à payer une amende pour ce privilège.

Glenn n'eut droit qu'à un bref coup d'œil. Et encore, pour obtenir cette faveur, il dut offrir une somme exorbitante pour un maillot de football qu'il destinait à son filleul de onze ans dont l'anniversaire approchait. En revanche, l'original d'un dessin humoristique pour son père et des billets pour le Royal Ballet pour sa mère ne lui valurent pas même un salut.

En se présentant pour régler ses achats, il découvrit que Romana avait barré la ligne où l'assistante avait noté ses amendes.

— Elle plaisantait, expliqua celle-ci. Vous n'avez rien à payer.

Glenn sortit un stylo et ajouta la somme au total de ses achats.

— A chacun son tour de plaisanter !

Après la vente, Romana quitta la salle sans s'attarder. Elle avait besoin d'air, de calme et, surtout, de se retrouver seule. Dès qu'elle fut dans son bureau, elle troqua à la hâte son tailleur et ses escarpins contre un confortable pantalon en lin, un T-shirt et des mocassins. Son objectif était de profiter du temps que Glenn mettrait à régler ses achats pour lui fausser compagnie et aller marcher.

Avant de partir, cependant, elle passa voir sa secrétaire.

— La vente s'est bien déroulée ? s'enquit celle-ci.

— A merveille. Les gens ont dépensé des sommes folles.

Même Glenn, mais elle ne voulait pas penser à lui car elle pressentait du grabuge imminent de ce côté-là.

— Pas de problèmes en mon absence ?

— Rien que je n'aie pu maîtriser.

— Tant mieux. Je vais rentrer à la maison par le parc. Cela me détendra. Si quelqu'un me demande, je suis chez le dentiste.

Glenn ne la suivrait tout de même pas jusque-là ! Elle n'avait pas eu une minute à elle depuis ce matin et éprouvait le besoin impérieux de s'échapper pendant une demi-heure pour oublier un peu le magasin… et le reste.

Un vœu pieux, hélas.

Quand elle sortit dans le couloir qui menait à l'ascenseur. Glenn était là, adossé contre le mur, les bras croisés, comme s'il avait deviné son envie de prendre la poudre d'escampette. Par quel miracle s'était-il débrouillé pour quitter la salle aussi vite ? Sans doute avait-il gratifié l'assistante d'un de ces sourires qu'il savait rendre irrésistibles quand il s'en donnait la peine.

En cet instant précis, il ne souriait pas et elle commençait à croire qu'il réservait ce regard froid et exaspérant pour elle seule.

— Vous comptiez partir sans votre doublon ?

Sur le point d'invoquer sa visite imaginaire chez le dentiste, Romana se ravisa, certaine qu'il ne serait pas dupe de son mensonge.

— J'ai besoin de marcher un peu pour éliminer les frites du déjeuner, alors j'ai décidé de rentrer par le parc. Vous avez été très généreux pendant la vente. Merci.

— C'est une façon de faire des courses plutôt onéreuse.

— Si vous cherchez de bonnes affaires, vous feriez mieux d'aller sur Petticoat Lane.

Puis, comme il demeurait immobile, elle ajouta :

— Vous désirez quelque chose ?

— Je suis venu chercher un des articles pour lequel j'ai payé.

Romana contempla d'un air indécis le sac posé aux pieds de Glenn.

— Vous vous trompez d'endroit.

— Que non !

En deux enjambées, il fut auprès d'elle. Romana sursauta quand il appuya les mains de part et d'autre de sa tête pour prévenir toute tentative de fuite.

— Vous m'avez fait payer le baiser que je vous ai donné devant tout le monde, mademoiselle Claibourne, mais je vous rends la monnaie de votre pièce. Je me suis acquitté de mon amende et j'ai bien l'intention de vous la faire payer d'un autre baiser.

Elle eut un petit rire nerveux.

— Ne soyez pas stupide, Glenn. J'ai dit à l'assistante qu'il s'agissait…

— … d'une plaisanterie, je sais. Seulement, j'ai insisté pour régler mon dû et maintenant j'attends que vous me régliez le vôtre.

Une bouffée de chaleur traîtresse submergea Romana. Affolée, elle ferma les yeux avant que Glenn puisse lire dans ses prunelles le désir qui s'y reflétait.

— Je vais demander qu'on vous rembourse, chuchota-t-elle.

— Et vous priveriez ces pauvres enfants d'une somme importante alors que vous me serinez à longueur de temps qu'il s'agit d'une bonne cause ? Allons, Romana, prouvez-moi qu'il ne s'agit pas d'un bluff et que vous tenez à aider ces enfants.

Glenn n'était pas homme à essuyer des plaisanteries en public sans réagir. D'où la hâte de Romana à quitter le magasin…

Malheureusement, il l'avait prise de vitesse. Et s'il l'embrassait, s'il l'embrassait vraiment cette fois, alors il remporterait la victoire sur le front personnel. Car ce qui se passait n'avait plus rien à voir avec les querelles familiales. Cela avait commencé à l'instant où elle avait lâché ce gobelet de café et où il l'avait dévisagée avec mépris.

S'il passait à l'acte, néanmoins, cela prouverait qu'il ne valait pas mieux que les autres hommes à qui une jupe un peu courte, un battement de cils et quelques minauderies suffisaient à tourner la tête.

Cette perspective n'était pas pour lui déplaire, loin de là. Elle adorerait avoir Glenn Macaulay à ses pieds. Le tout était de ne pas se laisser prendre au piège à son tour, même si elle ne courait pas grand risque car, dans ce domaine, les frasques de son père l'avaient immunisée.

Et pourtant, cette bouche à quelques centimètres de la sienne, ce regard brûlant d'une passion que Glenn refusait d'admettre sans pouvoir y résister provoquèrent en elle une délicieuse langueur. Elle fondit, comme si les mains de son compagnon avaient déjà pris possession de son corps, ses lèvres de sa bouche. Un gémissement monta de sa gorge, une douce plainte qui se perdit dans un murmure.

Etait-ce ainsi qu'on devenait le jouet des caprices de l'amour ? Quand le corps prenait le pas sur l'esprit ? Mais elle ne tomberait pas dans le piège ! Il s'agissait d'une sensation éphémère sans aucune signification…

Malgré ce beau raisonnement, elle ferma les paupières et attendit un baiser qui ne vint pas.

Quand elle rouvrit les yeux, Glenn n'avait pas bougé d'un iota. Le souffle court, elle s'interdit de parler, certaine qu'un mot, un seul, provoquerait le raz de marée qu'elle redoutait tout en l'espérant.

Au bout de quelques instants, Glenn se redressa comme s'il émergeait d'un rêve éveillé.

— Merci, Romana.

— Merci pour quoi ? chuchota-t-elle d'une voix enrouée.

— Pour avoir reconnu qu'il s'agit d'une question de principe et que j'ai raison.

Sur ces entrefaites, il reprit son sac et se dirigea vers l'ascenseur.

— C'est tout ? Vous n'exigez pas de… de règlement ?

Glenn pivota vers elle en continuant à marcher à reculons, comme s'il jugeait nécessaire de mettre le maximum de distance entre eux.

— Le baiser attendra. Ne vous inquiétez pas, je vous dirai quand.

La seconde suivante, il avait disparu.

Clouée sur place, Romana se répéta les derniers mots de Glenn. Comment fallait-il les interpréter ? Claquerait-il des doigts pour lui demander de s'exécuter au moment de son choix ?

Un sourire désabusé joua sur ses lèvres. Il n'aurait même pas besoin de claquer des doigts, hélas. Un regard suffirait.

Glenn retourna à son bureau. Il aurait dû le faire à la seconde où il avait reçu ce coup de fil dans le parking, mais il s'était dit que l'honneur des Farraday passait en premier. Un faux prétexte, bien sûr. Ce n'était pas pour l'honneur des Farraday qu'il était resté au magasin mais pour Romana Claibourne.

Et il était plus déterminé que jamais à assister au défilé de ce soir. Ne serait-ce que pour la voir se ronger d'angoisse.

Dorénavant, il voulait qu'elle soit sur des charbons ardents à chacune de leurs apparitions publiques, redoutant qu'il exige à tout moment ce baiser de cent cinquante livres et regrettant chaque éclat de rire qu'elle avait arraché à la salle à ses dépens.

Plus que d'avoir été le point de mire du public, c'était surtout le besoin qu'elle avait de se lancer des défis terrifiants qui l'avait mis en colère. Tout comme le fait qu'elle ait aussi repoussé le réconfort qu'il lui offrait, comme s'il cherchait à l'attirer dans un piège.

Il croyait qu'ils avaient dépassé ce stade. Il l'avait espéré du fond du cœur.

Il s'en était fallu d'un cheveu qu'il perde l'avantage, néanmoins. Quand elle avait levé vers lui ses grands yeux assombris par l'émotion, son propre corps avait réagi sans équivoque. A ce moment-là, il avait failli prendre ce qu'elle lui offrait et plus encore. Lui qui ne cherchait qu'une revanche, il avait reçu un choc dont il n'était pas encore remis.

Depuis la mort de Louise, les femmes lui inspiraient une telle indifférence qu'il était persuadé qu'elles ne l'intéressaient plus. Il avait cru qu'il pouvait se permettre de jouer ce petit jeu avec Romana sans en pâtir. Il s'était lourdement trompé.

Voilà pourquoi il ne lui réclamerait jamais ce baiser. Parce que cela ne lui suffirait pas.

Et parce qu'il ne voulait pas trahir la mémoire d'une femme qui avait perdu la vie à cause de lui, en surmontant sa peur panique de la plongée afin de lui faire plaisir.

Romana choisit à dessein une tenue discrète pour passer inaperçue au milieu des mannequins. Un pantalon noir et une chemise en mousseline de la même couleur lui permettraient de se fondre dans le décor.

Malgré cela, Glenn la repéra dès son arrivée. Les yeux rivés sur elle, il se fraya un chemin d'un pas déterminé au milieu des top models sans leur adresser un regard.

L'estomac noué, Romana le regarda approcher. Pourvu qu'il ne choisisse pas cet instant pour l'embrasser ! Il y avait peu de chance, cependant. Dans cette foule aux mœurs libérées, un baiser passerait inaperçu, aussi passionné fût-il.

Son nœud papillon était encore de travers, nota-t-elle avec amusement. Et comme elle ne voulait surtout pas qu'il s'imagine qu'elle avait peur, elle alla à sa rencontre et entreprit de le renouer.

— Vous devriez peut-être acheter des nœuds tout faits, suggéra-t-elle. Je vais envoyer quelqu'un du département homme chercher plusieurs modèles.

Satisfaite du résultat de ses efforts, elle osa enfin lever les yeux vers lui. Le visage livide, il fixait quelque chose derrière elle et une souffrance infinie se reflétait dans son regard.

— Ça va, Glenn ?

Comme il ne répondait pas, elle se retourna pour voir ce qui retenait son attention. Un mannequin aux cheveux de jais vêtue d'une robe de mariée riait aux propos que lui tenait son cavalier. La scène semblait si réelle, si gaie, qu'elle comprit en une seconde ce que Glenn ressentait.

Sans hésiter, elle l'entraîna fermement hors du vestiaire.

— Allez trouver Molly, elle vous indiquera votre place.

Il esquissa un sourire si triste que Romana en eut le cœur chaviré.

— Non merci. Vous me pardonnerez si je vous fais faux bond pour le souper ?

— Bien sûr.

Bouleversée par le chagrin de Glenn, Romana sentit les larmes affluer.

— Il faut que j'y retourne. A bientôt, Glenn.

Ravalant ses larmes, elle retourna dans le vestiaire en pestant. Qu'avait donc cet homme de si émouvant ? Elle aurait dû se réjouir qu'il fasse défection pour cette soirée. Au lieu de quoi, l'idée qu'il allait rentrer dans cette grande maison vide avec des images de jeunes mariées plein la tête lui donnait envie de pleurer.

A la fin du défilé, un des mannequins proposa à Romana une tournée des boîtes de nuit.

— C'est gentil, mais la journée a été longue et je rêve de me glisser dans mon lit.

— Si c'est pour y retrouver le don Juan qui était là tout à l'heure, je comprends que tu refuses.

Romana esquissa un sourire vague et sortit sur le perron du palace où le portier lui appela un taxi.

— Quelle adresse ? demanda le chauffeur.

Romana songea à son confortable appartement où un lit douillet l'attendait.

— Spitalfields, s'il vous plaît.

— Vous êtes sûre ?

Non, elle ne l'était pas, mais elle n'avait pas le choix. Pendant toute la soirée, elle avait eu le plus grand mal à se concentrer sur sa tâche. Elle aurait dû se réjouir de l'état de Glenn, en profiter pour l'abattre, mais elle souffrait trop de le savoir seul avec ces souvenirs qui le hantaient.

Lorsque le taxi se gara devant la maison, celle-ci baignait dans l'obscurité. Seul un faible rayon de lumière émanait de l'arrière.

Après avoir demandé au chauffeur de l'attendre, elle gravit les marches du perron d'un pas leste, leva le lourd marteau de cuivre, hésita un instant puis le laissa retomber.

Le bruit sourd sembla se répercuter à travers toute la maison. Pourtant, personne n'apparut.

Au moment où elle s'apprêtait à recommencer, la porte s'ouvrit à la volée.

Glenn portait toujours sa chemise de smoking, mais son nœud papillon était défait et il semblait d'une humeur de dogue.

— Romana ! Que faites-vous ici ?

La tentation de mentir fut grande. Elle pouvait prétendre qu'elle passait dans le coin et avait eu envie de visiter la maison, ou invoquer un changement de programme de dernière minute pour le lendemain ou encore alléguer qu'elle avait perdu sa clé et cherchait un gîte pour la nuit... Finalement, elle opta pour la vérité...

— Je m'inquiétais pour vous. Quand vous êtes parti du Savoy, vous aviez l'air désespéré.

— Et vous avez pensé que je noierais mon chagrin dans l'alcool.

— Est-ce le cas ?

— Non, répliqua-t-il d'un ton bourru. Vous feriez mieux d'entrer.

— Mon taxi attend.

— Renvoyez-le, je vous ramènerai.

Sans attendre la réponse, il se dirigea vers le taxi, tendit un billet au chauffeur et entraîna Romana à l'intérieur.

— J'étais dans la cuisine quand vous avez frappé.

Il haussa les épaules.

— Je suis toujours dans la cuisine, de toute façon. Le reste de la maison n'est pas fini.

— Si vous me faisiez visiter ?

9

Glenn la dévisagea d'un air indécis.

— Maintenant ?

— Pourquoi pas ? Vous m'aviez promis de me faire faire le grand tour, vous vous souvenez ? Cela étant, si vous préférez boire, je peux toujours appeler un autre taxi.

Sans mot dire, mais sans enthousiasme non plus, Glenn alluma la lumière.

— Nous commencerons par le dernier étage.

Il y en avait trois. Le dernier se composait de pièces mansardées dans lesquelles s'accumulaient des malles et des objets au rebut. Dans l'une d'elles, il y avait une bicyclette de femme munie d'un panier et d'une énorme sonnette en chrome.

— J'en ai une exactement pareille, murmura Romana en effleurant le guidon. Je m'en servais pour aller à l'université.

— Maintenant vous préférez les taxis.

— Pas toujours.

Glenn referma la porte sans commentaire et descendit à l'étage inférieur où il pénétra dans une grande pièce qui donnait sur l'arrière de la maison.

— C'était le bureau de Louise.

Une épaisse couche de poussière recouvrait les meubles, signe que tout était resté en l'état depuis sa disparition.

— Il n'y a pas grand-chose à voir, sauf si vous vous passionnez pour l'architecture du XVIIIe siècle. C'était l'étage des enfants, autrefois.

— Où se trouvent les peintures que vous avez découvertes ?

— Dans le salon. Suivez-moi, c'est au premier.

Peu après, il poussa une porte aux battants de bois sculpté et alluma un plafonnier dont la lueur blafarde éclaira des murs où l'on discernait difficilement un motif floral aux couleurs fanées.

— Louise a découvert que cette pièce a été décorée pour le deuxième mariage du marchand qui a acheté la maison. La frise a été peinte à la main par les artistes qui dessinaient les motifs sur la soie.

Romana embrassa le salon du regard. La pièce avait des proportions harmonieuses avec de hauts plafonds et trois grandes fenêtres à guillotine qui ouvraient sur la rue. Elle l'imagina repeinte d'une couleur vive avec des boiseries crème ou blanches.

— Le reste de l'étage est comme ça ?

— Jugez par vous-même.

Il la suivit sans rien dire pendant qu'elle faisait le tour du palier, ouvrant les portes l'une après l'autre pour les refermer aussitôt. La seule pièce habitable était la chambre principale, avec une salle de bains digne de ce nom. Son regard fut immédiatement attiré par la photographie encadrée d'argent d'une jeune femme aux cheveux noirs et aux yeux pétillants. La ressemblance avec le mannequin était superficielle mais avec une robe de mariée et un voile, on pouvait s'y tromper.

— Alors, quelle est votre impression ?

Romana tira la porte derrière elle en frissonnant.

— Je ne pense pas que mon opinion vous intéresse vraiment.

— Allons, Romana. La timidité ne vous va pas.

— Vous espérez m'entendre dire ce que vos amis sont trop gentils pour vous avouer, c'est ça ?

Comme Glenn ne répondait pas, elle déclara après un long silence :

— Très bien, vous l'aurez cherché : vous devriez déménager.

— Pardon ?

Il s'attendait à des critiques, à ce qu'elle le secoue pour qu'il se mette à la décoration, mais pas à une solution aussi radicale.

— Seul un passionné d'histoire pourrait vivre dans ce décor.

— Justement ! Louise était spécialisée dans les monuments historiques.

— Pas vous. Vous êtes un homme de votre époque et je suis certaine que Louise vous aurait encouragé à aller de l'avant. Vous ne pouvez pas vivre dans un musée.

— Que me conseillez-vous, alors ? De faire appel à une entreprise de décoration et de lui laisser carte blanche ?

— Non.

Cette maison était faite pour abriter une famille nombreuse, pour qu'y résonnent des cris, des rires et des cavalcades d'enfants. Pour un veuf qui pleurait encore la mort de sa femme, elle deviendrait peu à peu un mausolée, même si on la restaurait de fond en comble.

— Vous avez acheté cette maison pour Louise, pour que son rêve devienne réalité, mais vous vous trompez en croyant qu'elle vous critiquerait de ne pas avoir terminé ce qu'elle avait commencé. Vous devriez vous installer dans un appartement moderne sur la Tamise.

La mâchoire de Glenn se crispa comme s'il refrénait une furieuse envie de l'envoyer au diable.

— Vous avez fini ?

— Non ! Vous êtes un homme d'affaires, pas un historien. Louise vous reprocherait de vous morfondre ici au lieu de valoriser votre capital. Le marché immobilier flambe dans ce quartier : si vous vendiez, vous feriez une excellente affaire.

— Merci de me rappeler que je ne suis qu'un banquier obsédé par le profit.

— Vous m'ôtez les mots de la bouche. Il y a autre chose qui mettrait Louise en colère, c'est votre passivité. Vous ne vivez pas dans cette maison, vous vous contentez de l'occuper sans lui donner une âme et en vous complaisant dans votre chagrin.

Voilà, j'ai fini. Et ne vous plaignez pas : vous avez tendu les verges pour vous faire battre.

— En effet.

— Et ?

— Et je crois que le moment est bien choisi pour prendre un remontant.

Romana le suivit dans la cuisine. Une montagne de papiers et d'enveloppes jonchaient la table. Glenn les fourra rapidement dans une boîte qu'il laissa tomber par terre. Malgré sa curiosité, Romana se dirigea vers l'évier pour remplir la bouilloire sans poser de questions.

— Que faites-vous ? demanda Glenn en sortant une bouteille de brandy.

— Je mets de l'eau à chauffer pour du thé. L'alcool me semble contre-indiqué si vous me raccompagnez.

— Raccompagner ne signifie pas forcément reconduire. Maintenant, à votre tour de m'expliquer ce qui vous fait courir. Pourquoi vous lancez-vous des défis qui vous terrifient, par exemple ? Et pourquoi n'êtes-vous pas chez vous en ce moment dans les bras d'un homme ?

Pour toute réponse, Romana ouvrit la porte du réfrigérateur.

— Vous avez dîné ?

— C'est à moi de poser la question, vous ne croyez pas ?

— Pas forcément. Et je préfère du vin à la place du brandy. Si j'ai le choix, bien sûr, sinon, je prendrai du thé.

Elle enleva sa veste et posa des œufs et du fromage sur la table.

— Je vois que vous êtes encore capable de faire des provisions.

— Je me fais livrer toutes les semaines.

— Même les produits frais ?

— Mes journées sont interminables. Surtout depuis que je suis votre doublon. Rouge ou blanc ?

— Blanc, s'il vous plaît. Vous avez une râpe à fromage ?

— Je crois.

— Pourriez-vous m'indiquer l'endroit où je pourrais la trouver ? J'ai également besoin d'un fouet.

— Pour la râpe, pas la moindre idée, mais le fouet est inutilisable. Je m'en suis servi pour mélanger de la peinture.

— Quand ça ?

— Il y a longtemps, mais, pour battre l'omelette, une fourchette fera l'affaire.

Sur le point de l'envoyer promener, lui et sa fourchette, Romana discerna une petite flamme dans les yeux de Glenn. Il prenait un malin plaisir à la faire tourner en bourrique, mais elle ne donnerait pas dans le panneau.

— Comme vous voudrez.

Sans autre commentaire, elle chercha la râpe, la trouva puis cassa les œufs pendant que Glenn servait le vin.

— Dites-moi, Romana, cela vous gêne-t-il d'être la benjamine de trois sœurs ayant chacune une mère différente ?

— Si vous cherchez à déterrer nos secrets de famille pour nous monter les unes contre les autres, vous perdez votre temps.

— Loin de moi cette idée. Vous êtes très soudées, c'est évident.

— C'est Jordan qui vous a appris ça ou vous avez effectué vos recherches vous-même ?

— Les mariages successifs de votre père ont suffisamment défrayé la chronique pour que tout le monde soit au courant. Je voulais juste savoir de quoi il retourne en réalité. Que l'une de vous soit abandonnée par sa mère, passe encore, mais les trois…

— La fidélité n'est pas un des points forts de mon père, sauf à l'égard de ses enfants. Quant à nos mères, aucune d'elles n'est restée mariée assez longtemps pour que nous nous souvenions d'elles. Nous avons grandi sous la férule d'une cohorte de nurses et de gouvernantes.

Elle haussa les épaules avec fatalisme, comme chaque fois qu'elle évoquait ce sujet, comme si cela n'avait pas d'importance, comme si elle ne souffrait pas que sa mère n'ait pas hésité entre elle et une compensation financière, comme si les photos des magazines où elle posait avec les quatre enfants de son deuxième mariage ne lui brisaient pas le cœur.

— Votre père n'a pas eu beaucoup de chance avec ses mariages.

— Il l'a bien cherché. L'apparence a toujours eu la priorité sur le fond pour lui. Et puis, pour qu'un mariage réussisse, il faut être capable de nouer des liens solides. Là encore, ce n'est pas un champion en la matière.

Même avec sa progéniture, il avait échoué malgré sa détermination à les garder.

— Flora est allée vivre avec sa mère à l'âge de seize ans, mais celle d'India ne s'est jamais fait connaître. Elle est retournée vivre en Inde, dans l'ashram où elle avait rencontré mon père pendant sa période hippie. C'était une femme-fleur, en quête d'un accomplissement spirituel, et mon père s'est vite lassé des colliers et des tuniques. Il a préféré retourner aux costumes trois-pièces.

— Il n'a peut-être pas eu le choix. Votre grand-mère avait un tempérament très autoritaire, je crois… Cela devrait peut-être suffire comme fromage, conclut-il, tout à trac.

Romana considéra l'énorme tas qu'elle avait râpé.

— Mon Dieu !

Glenn lui tendit un verre.

— Buvez, je m'occupe de faire cuire l'omelette.

Adossée contre la table, Romana l'observa pendant qu'il s'affairait avec aisance. Son regard s'arrêta sur une toile d'araignée qui s'était prise dans ses cheveux.

— Que faisiez-vous quand je suis arrivée ? Vous aviez l'air…

— Ivre ? coupa-t-il.

— Vous donniez plutôt l'impression de sortir d'un placard poussiéreux.

Du bout des doigts, elle ôta la toile d'araignée et la lui tendit. Il la regarda avec étonnement puis ses yeux se posèrent sur elle. Elle se trouvait maintenant si proche de lui qu'elle vit alors ce qu'elle essayait désespérément d'ignorer : non un ennemi qui faisait l'impossible pour la dépouiller de son bien le plus précieux, mais un homme pour lequel elle serait prête à tout laisser tomber.

Le souffle court, ils se dévisagèrent sans rien dire. La tension devint tellement insupportable que Romana lança la première question qui lui traversa l'esprit.

— Avez-vous trouvé ce que vous cherchiez, au moins ?

— Qui vous dit que je cherchais quelque chose ?

Il se détourna d'un mouvement brusque pour verser les œufs dans la poêle.

Romana jeta un coup d'œil en direction de la boîte. Sur une grande enveloppe, elle reconnut le nom d'un photographe de renom. Glenn suivit son regard.

— J'avais besoin de… de retrouver ces photos de Louise. Cette fille en robe de mariée lui ressemblait tellement…

— Vous croyez ? Il y a une photographie d'elle dans votre chambre et, mis à part la couleur des cheveux, je ne vois pas de grande ressemblance avec le mannequin. De toute façon, il suffit de regarder pour le savoir.

Elle prit la boîte et la posa sur la table.

— Non !

La main de Glenn s'abattit sur son poignet.

— Pas… pas maintenant.

— L'omelette brûle.

Glenn se retourna en maugréant pour éteindre le gaz et sépara l'omelette qu'il servit sur deux assiettes. Romana profita de ce qu'il avait les mains occupées pour renverser une partie du contenu de la boîte. Des clichés de toutes les tailles s'étalèrent sous ses yeux.

Raide comme la justice, Glenn ne bougeait plus. Comme si de rien n'était, Romana lui prit une des assiettes des mains.

— Où sont les fourchettes ?

Pendant un instant, elle crut qu'il allait lui reprendre son assiette et la mettre à la porte. Mais en homme habitué à se maîtriser, il brida sa colère. Tout comme il bridait le reste : le chagrin, sa souffrance, son désespoir. Elle comprit enfin pourquoi son regard était si souvent aussi froid qu'un ciel d'hiver. Quand on vivait avec un tel poids, qu'on ne tenait qu'à force de volonté, on ne pouvait se risquer à exprimer la moindre émotion sous peine de s'effondrer.

Evitant avec soin de regarder les photos, il sortit deux fourchettes d'un tiroir et lui en tendit une. Adossé contre un placard, il avala une bouchée d'un air absent, machinalement. Romana devina qu'il suffirait d'un rien pour qu'il explose et redevienne enfin humain.

Posant son assiette, elle fouilla dans la boîte. Elle avait l'impression de se comporter comme un voyeur, mais elle aurait fait n'importe quoi pour provoquer l'étincelle qu'elle attendait. Il y avait là des lettres, des petits mots, des photos comme en prennent tous les amoureux. Des choses trop personnelles pour être montrées et qu'on gardait pour soi. Gênée, elle reprit son assiette et porta la fourchette à ses lèvres. Comme lui, elle se forçait, agissant mécaniquement comme un automate.

— Ce sont mes sœurs qui ont rangé les affaires de Louise dans des boîtes. Elles les ont remisées au grenier pour que je les trie plus tard, quand je m'en sentirais capable.

— Vous n'auriez pas dû attendre aussi longtemps.

— J'ignorais qu'il y avait une échéance pour ce genre de choses.

— Cela ne sert à rien d'enfouir son chagrin au fond de soi.

Tant qu'il refuserait de l'affronter, il resterait enfermé dans cette maison sans pouvoir aller de l'avant.

— Parler des gens qu'on a aimés et perdus permet de les garder en vie. Il faut regarder ces photos, vous souvenir du jour de votre mariage.

— Taisez-vous ! Vous ne savez pas de quoi vous parlez.

Les yeux de Glenn étincelèrent. Puis il eut un geste impuissant de la main.

— J'espère que vous ne le saurez jamais, d'ailleurs…

Il agrippait l'assiette sans qu'on sache si c'était lui qui la portait ou elle qui le soutenait. Elle la lui ôta posément et entremêla ses doigts aux siens.

— Vous avez eu la chance d'avoir aimé et d'avoir été aimé.

Cela, personne ne pourra vous l'enlever. C'est un bien très précieux qu'il ne faut pas renier.

Elle, elle n'avait jamais eu personne. Et même si elle ne pouvait pas se mettre à sa place ni ressentir la même souffrance, elle avait mal. Le voir emmuré dans sa douleur lui donnait l'impression qu'on lui transperçait le cœur avec un couteau. Voilà pourquoi elle était là et non blottie dans son lit, seule, fuyant comme chaque soir toute complication émotionnelle ou sentimentale.

Sauf avec lui. Elle voulait l'aider à triompher de ses démons et à sortir de cette impasse.

Avec une feinte nonchalance, elle saisit une photo de l'arrivée de Louise à l'église. Le vent soulevait son voile. Elle riait, belle, épanouie, pleine de vie.

— Ce mannequin vous a vraiment rappelé votre mariage ?

— Pourquoi posez-vous la question alors que c'est vous qui m'avez dit de partir ?

— J'ai eu tort. Ce défilé présentait des illusions créées pour vendre du rêve, or, Louise était bien réelle. Regardez-la, Glenn.

Il détourna la tête.

— Vous l'aimiez de toute votre âme et elle vous le rendait. Cette certitude, vous la portez en vous, dans votre cœur. Le reste n'est qu'un morceau de papier.

Elle lui plaça d'autorité le cliché dans la main.

— Regardez-la en vous rappelant ce que vous aviez et non ce que vous avez perdu.

— Je ne peux pas.

— Si ! Vous n'avez pas le droit de l'enfermer dans un placard au fond de votre cœur.

— Vous êtes folle !

Mais Romana n'était pas d'humeur à se laisser éconduire.

— Vous avez un cœur ?

Le tic-tac de la pendule résonna comme autant de coups de tonnerre dans le silence.

Après un long moment, Glenn baissa enfin les yeux. Il contempla la photo pendant une éternité sans que son visage révèle la moindre émotion. Puis il ramassa une poignée de clichés, entraîna Romana vers le canapé et s'assit sans lui laisser d'autre choix que de l'imiter.

La mine lugubre, il regarda les photos une par une. Louise au bras de son père, Glenn et Jordan en jaquette… Glenn avait l'air incroyablement jeune, beaucoup plus que si quatre années seulement le séparaient de l'événement.

— Jordan était votre témoin ?

Il hocha la tête.

Elle désigna un autre cliché.

— Ce sont vos sœurs ?

— Cara et Josie. C'est pour le fils de Josie que j'ai acheté le maillot de football. Il aura douze ans dans un mois.

Comme si cette confidence venait d'ouvrir des vannes, il se mit à parler. Des gens qui comptaient, de sa famille, de ses amis, de tous ceux qui avaient célébré ce jour unique. Il y avait une photo de Bram et de ses jeunes frères, une autre montrant son départ avec Louise dans une antique Rolls harnachée de ballons et de vieux souliers. Les jeunes mariés hilares agitaient les bras en signe d'adieu.

Une larme s'écrasa sur le papier glacé. Romana crut d'abord qu'elle lui appartenait lorsque Glenn se tourna vers elle, le visage ruisselant. Alors, sans rien dire, elle lui ouvrit les bras pour qu'il libère enfin ce chagrin qu'il gardait en lui depuis quatre ans.

10

Romana murmurait des paroles d'apaisement sans se préoccuper de leur contenu. Elle voulait juste lui faire savoir qu'elle comprenait, qu'elle partageait le même sentiment désespéré d'avoir été laissée pour compte.

Elle lui encadra le visage de ses paumes et lui embrassa le front, les tempes, les yeux, tout en lui révélant ses propres blessures, ces secrets dont elle n'avait jamais parlé à personne. Elle l'enlaça, le serra contre elle, en continuant à lui chuchoter des mots doux, en lui caressant la joue, les cheveux…

— Vous n'êtes pas seul, Glenn. Je suis là.

Il s'agrippa à elle, se cramponna, comme si elle était la seule personne à le séparer encore de l'enfer. Alors, elle rejeta la tête en arrière, paupières closes, lui offrant cet abandon qui était l'unique réconfort qu'une femme pouvait offrir à celui qu'elle aimait quand il souffrait. Elle lui offrit l'abri de ses bras sans rien attendre en retour pour qu'il oublie enfin.

Lorsqu'il murmura son nom, sa voix vibrait d'une intensité nouvelle. Une autre émotion, tout aussi puissante, succédait au désespoir. Elle sut que c'était elle qu'il voyait, elle, Romana, et non Louise.

Lentement, elle défit le premier bouton de son chemisier, puis le second. Glenn lui posa la main contre la joue, en une caresse si douce qu'elle crut défaillir, puis il la scruta d'un regard sombre, comme s'il voulait fouiller les moindres recoins de son âme.

Sans doute lut-il dans ses yeux ce qu'il espérait y trouver car il attira son visage contre le sien. Leurs lèvres s'unirent avec fièvre, leur baiser gagnant en intensité au fur et à mesure que la faim qui les habitait devenait plus impérieuse. D'un geste fougueux, il la rejeta contre les coussins.

— J'ai envie de toi, Romana. Je veux te déshabiller, te faire l'amour.

Il lui effleura la nuque, la gorge, puis sa main s'immobilisa, hésitante, avant de dégrafer le soutien-gorge de dentelle. Avec une infinie délicatesse, il emprisonna ses seins dans ses paumes, effleurant la chair nacrée et soyeuse avant de laisser sa bouche prendre le relais de ses mains.

Chaque caresse, chaque murmure, chaque baiser que Glenn lui prodiguait était dispensé avec une lenteur exquise. Le frôlement de ces lèvres sur sa peau, la brûlure du regard qui plongeait dans le sien, la pression du corps qui recouvrait le sien emplirent Romana d'une allégresse profonde. Tout son être se tendait vers Glenn, se pénétrait de sa chaleur, de son odeur, des muscles déliés qu'elle sentait rouler sous ses doigts. La peau lisse et ferme de ce corps d'homme, la fine toison qui lui recouvrait le torse, tout l'éblouit. Elle retint son souffle, sans oser parler de peur de briser la magie de l'instant.

Un gémissement monta de sa gorge quand il s'écarta. Mais, cette fois, quand il prononça son nom, ce fut avec une réelle interrogation.

— Romana ?

Les mains nouées derrière sa nuque, elle lui répéta ses propres mots.

— J'ai envie de toi, Glenn, je veux te faire l'amour.

Son assurance dissipa les derniers doutes de Glenn. Enfin libérés, ils achevèrent de se dévêtir, s'enivrèrent du contact de leurs peaux nues, se perdirent en caresses fougueuses, apprirent ensemble les désirs et les plaisirs de l'autre jusqu'à ce que la passion les emporte.

Tout eût été parfait si, juste après, Glenn n'avait prononcé le nom de Louise.

Horrifié, il se pétrifia. Pendant quelques instants, ni l'un ni l'autre n'osèrent plus respirer. Le silence devint si pesant qu'il en fut presque assourdissant.

— Pardonne-moi, Romana... Je ne... Je ne pensais pas à ce que je disais.

Glenn nageait en pleine confusion. Il avait aimé Romana avec une passion dont il ne se serait pas cru capable. C'était elle qu'il avait désirée, elle qu'il désirait encore, elle et aucune autre.

Pourtant, Louise était là, au plus profond de son cœur, attendant qu'il lui dise adieu.

— Ne t'inquiète pas, Glenn. Je comprends.

— Moi pas.

En revanche, il comprenait qu'il l'avait blessée cruellement et ne savait comment réparer ce gâchis. Il voulut l'enlacer pour la rassurer, mais elle quitta le canapé d'un bond et ramassa ses vêtements, le visage fermé.

— Inutile d'en faire un drame, déclara-t-elle d'une voix neutre. Tu avais besoin de quelqu'un et j'étais là. Cela ne t'ennuie pas d'appeler un taxi pendant que j'occupe la salle de bains ?

— Je vais te reconduire.

Il s'agissait d'un ordre, pas d'une question. Il ne pouvait la laisser partir comme ça, comme si ce qu'ils venaient de partager n'était pas pour lui une révélation.

Au lieu de protester, comme il s'y attendait, elle accepta d'un hochement de tête.

Romana avait l'impression qu'on lui arrachait le cœur. Le visage livide de Glenn, ses traits pincés reflétaient une culpabilité dévorante. Il se sentait coupable à double titre : d'avoir trahi le souvenir de sa femme, d'abord, de la faire souffrir, elle, ensuite.

Dans sa naïveté, elle avait cru pouvoir résoudre ses problèmes et n'avait réussi qu'à envenimer la situation.

Ses vêtements serrés contre elle, elle se baissa pour ramasser les photos. Il s'accroupit à côté d'elle et lui posa la main sur le bras pour l'en empêcher.

— Laisse, je m'en occuperai plus tard.

La lueur de tendresse qui brillait dans les yeux de Glenn lui fit croire un fol instant qu'il allait la prendre dans ses bras. Il n'en fit rien et elle s'enfuit dans la salle de bains sans un regard en arrière.

Lorsqu'elle en sortit, il était dans la chambre, vêtu d'un jean et d'un pull-over, ses clés de voiture à la main.

— Tu n'es pas obligé de me raccompagner, tu sais.

— C'est le moins que je puisse faire.

Elle esquissa un petit sourire. De quoi pouvait-elle se plaindre ? Elle s'était donnée à lui sans rien attendre, sans exiger ou espérer quoi que ce soit. Du moins, l'avait-elle cru, preuve que certaines illusions étaient dangereuses.

— Je te vois au magasin demain ?

Question de pure forme, car elle était persuadée qu'il inventerait un prétexte pour ne pas venir. A sa grande surprise, il hocha la tête.

— C&F passe en premier, en ce moment. Sauf si India est prête à céder.

— Aucun risque.

Au grand soulagement de Romana, ils retrouvaient ce terrain professionnel qu'ils n'auraient jamais dû quitter.

— Votre entêtement n'est rien d'autre que de l'orgueil mal placé, déclara-t-elle.

— Est-ce pour me dire ça que tu es venue ce soir ?

— Non. Je croyais vraiment que tu noyais ton chagrin dans l'alcool.

— Tu venais à ma rescousse ou tu avais l'intention d'utiliser ma faiblesse à ton profit ?

— Je te laisse deviner.

Pas à pas, ils s'éloignaient du gouffre, échangeant des piques comme si ce qu'ils venaient de vivre n'avait pas bouleversé leurs univers de fond en comble.

— J'ai essayé deux fois de m'enivrer, figure-toi. J'en ai tiré deux enseignements : tout d'abord que le chagrin revient toujours ; ensuite qu'on est mal en point pendant plusieurs jours.

— Pourquoi deux fois ? Une seule n'a pas suffi ?

Il eut un de ces sourires désabusés dont il était spécialiste.

— Je voulais être sûr.

— Il est vrai que tu ne laisses jamais rien au hasard.

Elle lui caressa la joue d'un geste tendre, là où elle avait essuyé ses larmes.

— Ça ira ?

— Si je répondais par la négative, tu resterais ?

— Non… Cela ne se reproduira pas, Glenn. Nous étions bouleversés tous les deux, mais si je rééditais l'expérience ce serait une faiblesse ou une manœuvre cynique pour te faire changer d'avis au sujet du magasin.

— Il n'y a pas une once de cynisme en toi.

Il se trompait. Si elle n'avait pas commis l'erreur de tomber éperdument amoureuse de lui, elle aurait peut-être profité de sa vulnérabilité.

Pendant le trajet, Glenn eut l'heureuse idée de mettre un CD, ce qui leur évita de faire la conversation.

Dans sa hâte à s'échapper, Romana descendit de voiture dès que la voiture s'arrêta devant son immeuble. Malheureusement, Glenn insista pour la raccompagner jusqu'à la porte et la retint quand elle voulut entrer.

— Romana, je voudrais te dire que…

— Je t'en prie, Glenn. Tu n'as pas à t'excuser de ne pas avoir surmonté la disparition de Louise. Mais, si tu veux honorer sa mémoire, secoue-toi et vis ! Vis vraiment. Elle serait désolée que tu gâches tes plus belles années à t'apitoyer sur ton sort. Si elle t'aimait…

— Si ?

— Si elle t'aimait autant que tu l'aimes encore…

Glenn la coupa de nouveau.

— Je me demande ce qu'une femme que sa mère a abandonnée contre une petite fortune et dont le père pense qu'on résout n'importe quel problème avec un chéquier peut connaître sur l'amour ?

— Comment sais-tu ça ?

— Je sais écouter, moi aussi. Tu m'as révélé beaucoup de choses, ce soir.

Elle le dévisagea, interloquée. Il avait écouté ces bêtises ?

— Quand as-tu vu ta mère pour la dernière fois ?

Au lieu de répondre, elle le considéra d'un air buté.

— Tu ne manques pas de toupet ! s'exclama-t-il. Je suis censé faire des efforts, mais toi, tu as le droit de t'apitoyer sur ton sort. Si tu veux mon avis…

— Je n'y tiens pas.

— C'est ta mère la perdante. Quant à ton père, c'est lui qui souffre d'orgueil mal placé. Il connaît le prix de chaque chose sans connaître la valeur de rien. Les femmes comme les enfants ne représentent pour lui que des possessions. Il n'a jamais appris à aimer…

— Il aime India.

Honteuse d'avoir laissé échapper ce cri du cœur, elle rectifia aussitôt :

— Non, c'est faux. Il nous aime toutes de la même façon.

— L'amour est un mot caméléon qui comporte autant de nuances que d'acceptions. Si ton père s'était donné la peine de construire une relation privilégiée avec toi, il ne t'aurait jamais offert de voiture pour tes dix-sept ans.

— Tu ignores de quoi tu parles.

— Ah bon ? C'est bien pour cette raison que tu l'as donnée à quelqu'un d'autre, pourtant ? Parce qu'il t'avait blessée.

— Espèce de…

D'un geste vif, il lui posa les doigts sur les lèvres.

— J'ai raison, tu le sais. S'il aimait vraiment India, il ne l'aurait pas laissée dans le pétrin dans lequel elle se trouve.

Après une légère hésitation, il l'embrassa sur la joue.

— A demain, Romana.

— Pas si je te vois en premier.

Là-dessus, elle claqua la porte et la verrouilla à triple tour. La main sur la bouche, là où il l'avait touchée, là où elle sentait encore la caresse de ses doigts, elle s'adossa contre le battant, les yeux fermés.

Ensuite, elle se déshabilla et se jeta sur son lit en répétant à l'envi l'insulte qu'il lui avait interdit de prononcer.

Mais ses lèvres gardaient le souvenir de baisers ardents, son corps celui d'une ivresse exquise, d'un éblouissement des sens et de l'âme. Plus que jamais, elle eut envie de retrouver les bras puissants qui l'avaient enlacée, de renouer rien qu'un instant avec l'illusion d'être aimée, juste pour savoir à quoi cela ressemblait.

Irritée de s'attendrir une fois encore sur son sort, elle se rendit dans la salle de bains pour se passer le visage à l'eau froide.

Il n'était pas question d'aimer Glenn ni qui que ce soit d'autre.

Le naufrage de sa vie éparpillé sur le carrelage, Glenn demeura longtemps sur le canapé de la cuisine, toutes lampes éteintes. Il pensait à Romana, à la façon dont elle l'avait ramené du côté de la vie, dont son corps tendre s'était ployé contre le sien, dont il lui avait fait l'amour sur le canapé de Louise.

Sauf que ce n'était pas le canapé de Louise parce que Louise était morte depuis quatre ans. Et lui aussi. Jusqu'à ce que Romana, la sexy, la pétillante, l'irrésistible Romana avec son sourire qui éclipsait les étoiles, laisse tomber un gobelet de café à ses pieds.

Dès l'instant où il avait posé les yeux sur elle, elle ne s'était plus fait oublier une seconde. Il n'avait jamais eu l'intention de passer toutes ses journées avec elle — Dieu sait combien de fois elle lui avait dit de partir ! Pourtant, il était resté, au détriment de son propre travail.

Il ramassa les photos une par une, les contempla longuement avant de les ranger dans la boîte et de refermer le couvercle. Il n'oublierait jamais Louise, mais ni la culpabilité ni le chagrin ne la ramèneraient. Romana lui avait parlé comme Louise l'aurait fait. Et s'il avait eu mal en l'écoutant, c'est qu'elle avait raison. Louise aurait souhaité qu'il refasse sa vie. Ce soir, quand il avait prononcé son nom, ce n'était pas pour se persuader que la femme qu'il tenait dans ses bras était la sienne, mais pour lui dire adieu. Seulement, il ne l'avait pas compris sur le moment.

Romana l'avait libéré de la prison qu'il s'imposait à lui-même et il l'avait blessée en retour. Lui présenter ses excuses ne suffirait pas. Il devait lui prouver qu'il tenait à elle.

Fort de cette certitude, il ouvrit le dossier que lui avait remis Jordan. Là se trouvait peut-être la solution.

La silhouette d'India s'encadra dans l'embrasure du bureau de Romana.

— Pas de doublon, aujourd'hui ? Tu as une mine à faire peur, dis-moi. Tu es sortie après le défilé, hier soir ?

— Non, je suis rentrée tout de suite après.

— J'ai entendu dire que Glenn Macaulay n'avait pas fait de vieux os, non plus.

A mots couverts, India laissait entendre qu'elle les soupçonnait d'avoir terminé la soirée ensemble.

— Je ne savais pas que Molly te tenait au courant de tous nos faits et gestes.

— J'ai dû lui arracher le renseignement, mais puisque tu n'estimes pas nécessaire de m'informer…

— Parce qu'il n'y a rien à dire, India. Tu ne devrais pas être à l'hôpital en ce moment en train d'offrir un nouvel équipement à la maternité ?

— J'y vais, justement. Veux-tu que je t'emmène ?

— Non, j'ai pris mes dispositions pour que Molly me remplace. Enfin, j'y ferai peut-être un saut à l'heure du déjeuner. Au fait, as-tu des nouvelles de papa ? demanda-t-elle sans transition.

— Aucune. Il ne répond pas à mes appels.

Cela n'avait rien de surprenant. Leur père était parti en convalescence prolongée, les laissant affronter seules les Farraday pendant qu'il buvait des cocktails en flirtant avec toutes les jolies filles qui passaient.

— Nous n'avons pas besoin d'hommes, de toute façon, décréta India. Remarque, il paraît qu'il y a des étincelles entre Glenn et toi. Tu devrais peut-être le séduire, cela pourrait nous rendre service.

Les joues de Romana s'enflammèrent.

— Molly raconte vraiment n'importe quoi.

— Ah bon ? Il t'a bien invitée à déjeuner, hier, non ?

— Vous avez décidément beaucoup parlé toutes les deux.

— Réponds.

— Je plaide coupable. Nous avons fait un festin de hamburgers et de frites dans un drive-in.

— Dans ce cas, je crois que je vais réserver le plan séduction pour Flora.

— Et toi ? Comment te proposes-tu de faire courber la tête à Jordan Farraday ?

— Mes enquêteurs fouinent. Il doit bien y avoir un cadavre caché dans les placards de cette famille.

— Méfie-toi. Ils ont des dossiers de presse sur nous depuis notre naissance.

Du moins était-ce vraisemblable, si elle se fiait à l'article qu'elle avait soigneusement rangé dans son sac.

En se réveillant, ce matin, elle avait découvert une enveloppe qu'on avait glissée dans la boîte aux lettres de la porte d'entrée pendant la nuit. A l'intérieur, il y avait un article sur sa mère ainsi qu'un message de Glenn : « Les apparences sont parfois trompeuses. Demande-lui sa version de l'histoire. Glenn. »

Romana n'annonça pas sa visite par téléphone. Adolescente, elle avait souvent appelé au domicile de sa mère dans l'espoir d'entendre sa voix. Chaque fois, elle était tombée sur quelqu'un d'autre.

En descendant du taxi, elle jeta un coup d'œil à l'élégante maison de ville, prit une grande inspiration puis gravit les marches et sonna.

Une jeune fille brune ouvrit la porte, une fillette d'environ six ans dans les bras.

— Qui est-ce, Charlie ? demanda une voix qui provenait d'une pièce dont la porte ouvrait sur le hall.

— Je suis Romana Claibourne, déclara la jeune femme en tendant la coupure de presse à la jeune fille. Pouvez-vous donner ceci à Lady Mackie et lui demander si elle accepte de me recevoir ?

— Charlie ?

La mère de Romana apparut au fond du hall. Sa silhouette s'était un peu épaissie avec l'âge et les grossesses successives, mais elle demeurait très belle. Et son visage dégageait une douceur et un rayonnement que ne laissaient pas soupçonner les photos des magazines mondains que Romana découpait avidement dans son adolescence et cachait dans une boîte à chaussures au fond de son armoire.

Avec les années, elle avait cessé d'écouter cette petite voix qui lui soufflait qu'un jour sa mère chercherait à la revoir. Elle avait également cessé de chercher les articles la concernant et avait brûlé le contenu de la boîte à chaussures.

Et puis Glenn avait déposé cet entrefilet dans sa boîte aux lettres et son espoir s'était réveillé.

Sa mère plissa les yeux d'un air étonné en s'efforçant de l'identifier.

— C'est Romana Claibourne, déclara la jeune fille au pair.

— Romana ? C'est toi, Romana ?

Romana tendit l'article du journal.

— Un ami m'a donné cette coupure de presse. J'ai voulu savoir si tu regrettais vraiment de…

Sa mère se jeta à son cou sans la laisser achever sa phrase.

— Oh, ma chérie ! J'avais presque perdu espoir que tu viennes un jour.

11

Romana balaya du regard la foule qui se pressait dans le hall de l'hôpital pendant qu'India faisait son discours.

— Où est Glenn ? demanda-t-elle à Molly.

Son assistante la contempla avec étonnement.

— Je croyais qu'il était avec toi.

Romana comprit qu'il s'était douté qu'elle irait voir sa mère. Elle en déduit qu'il avait décidé de faire l'impasse sur l'hôpital.

— Eh bien, tu te trompais. Je dois filer. Je te verrai tout à l'heure.

— Mais… le déjeuner ?

— Tu es mon assistante, n'est-ce pas ? Alors, assiste-moi.

Une fois dehors, elle appela le bureau de Glenn pour s'entendre dire par la secrétaire qu'il s'était absenté pour plusieurs jours. Quand elle composa le numéro du portable, elle tomba sur le répondeur, mais refusa de laisser un message. Certaines choses étaient trop importantes pour être confiées à une machine.

En quittant Spitalfields, cette nuit-là, elle n'aurait jamais cru y revenir un jour, surtout si vite. Mais cette matinée avait tout changé, tout devenait possible.

Dans le taxi qui l'emmenait chez Glenn, elle songea à la façon dont il avait dû vivre, la veille, le retour dans cette grande maison vide. Au lieu de lui en vouloir de l'avoir poussé dans ses retranchements, Glenn avait recherché cet article qui mentionnait l'engagement de sa mère dans un organisme qui s'occupait d'enfants de couples divorcés. Lady Mackie y relatait les erreurs qu'elle avait commises et exprimait le regret d'avoir été séparée de sa fille aînée.

Il avait traversé tout Londres en pleine nuit pour le glisser dans sa boîte aux lettres et lui rendre quelque chose qu'elle croyait avoir perdu à jamais. Et il avait réussi alors qu'elle n'avait fait qu'aggraver son chagrin.

Elle régla la course et franchit d'un bond les quelques marches du perron. Au moment de frapper, un accès de timidité l'envahit. Peut-être ne voudrait-il pas la laisser entrer. Et surtout, qu'allait-elle pouvoir lui dire ? Peut-être tout simplement merci, alors il saurait et…

— Romana ? Tu parles toute seule ?

En entendant cette voix, elle fit volte-face. Glenn l'avait rejointe.

— Pourquoi es-tu surprise de me voir ? Tu es devant ma porte, il me semble…

— Je… je m'apprêtais à frapper.

Il eut ce sourire si rare et si lumineux qui la faisait fondre.

— Tu répétais ce que tu allais dire, c'est ça ? Ça donnait quoi ?

Gênée, elle haussa les épaules et remarqua qu'il portait un vieux jean et un T-shirt maculés de peinture.

— Je voulais te remercier.

— C'est tout ?

Que non ! Si elle s'écoutait, elle se jetterait à son cou pour lui témoigner sa gratitude d'une façon très personnelle. Mais elle n'était plus aussi certaine du bien-fondé de sa démarche.

— Je dois rentrer au bureau, annonça-t-elle.

— Viens déjeuner d'abord.

Glenn déposa sur les marches le sac de papier brun qu'il tenait dans les mains pour ouvrir la porte.

— Les directeurs de relations publiques mangent de temps à autre, si mes souvenirs sont bons.

— A l'heure qu'il est, je devrais assister au déjeuner de l'hôpital. Toi aussi, d'ailleurs. Tu devrais être en train de constater à quel point je suis unique et irremplaçable.

— Je t'ai déjà vue à l'œuvre, je te signale, et je souscris aveuglément au portrait que tu viens de brosser, même si tu manques à tous tes devoirs en faisant l'impasse sur ce déjeuner.

— Je suis allée à l'hôpital ! Mais seulement pour une visite-éclair.

— Et le monde ne s'est pas arrêté de tourner ? Je devrais peut-être réviser mon opinion sur tes performances.

Sur le point de répliquer que personne n'était indispensable, Romana n'en fit rien de peur de se dévaloriser. Cette nuit, elle avait oublié que Glenn était un Farraday, mais, ce matin, il en allait tout autrement.

— J'ai confié les rênes à Molly.

Glenn lui plaça une main dans le dos pour l'inviter à entrer et referma la porte derrière eux.

— Elle doit être ravie de pouvoir enfin prouver ses capacités.

— Si tu as des vues sur elle, sache que si jamais vous prenez le contrôle du magasin, je l'emmènerai avec moi.

— Tu admets que nous pourrions gagner ? Quel progrès !

— Je n'admets rien du tout.

— De toute façon, Molly ne voudra peut-être pas te suivre.

— Tu crois qu'elle accepterait de travailler pour toi ?

— Si je lui fais une offre qu'elle ne peut pas refuser, oui. Elle est intelligente et ambitieuse, or, tant que tu seras à la tête du département, elle restera numéro deux.

Glenn n'était son doublon que depuis deux jours, mais il en savait déjà plus qu'elle sur son assistante.

— Tu as peut-être raison, reconnut-elle à contrecœur.

— Pas peut-être, certainement. Toi et tes sœurs êtes les seules à entretenir une relation sentimentale avec Claibourne & Farraday. Maintenant, assez parlé d'affaires. Raconte-moi ta matinée.

— Et la tienne ? Jordan sait-il que tu fais l'école buissonnière ?

— Il n'est pas mon chef. Et puis, je sais tout ce qui compte, à ton sujet.

— Ah bon ?

Romana battit en retraite comme une biche apeurée. Glenn

la suivit jusqu'à ce qu'elle butte contre le mur et lui prit les mains dans les siennes. Son visage reflétait une certaine nervosité. A juste titre, songea-t-il avec amusement. Une femme qui possédait une bouche aussi tentante pouvait pousser un homme à toutes les folies.

Et puis, elle avait une dette d'honneur envers lui. Ce qui s'était passé cette nuit ne regardait qu'eux, mais il y avait ce baiser qu'il n'avait pas encore réclamé. Il l'exigerait quand cela lui plairait et aussi publiquement que possible.

— Pourquoi es-tu venue ? demanda-t-il.

— Pour te remercier. Maintenant que c'est chose faite…

— Recommence.

Il lui enlaça la taille de son bras libre afin qu'elle ne puisse lui échapper et l'embrassa jusqu'à ce qu'il sente sa résistance faiblir. Lorsqu'il leva la tête, son regard tomba sur d'immenses yeux bleus noyés d'enfance, une bouche tendre et rose et cette nuque qui le hantait. Et, miraculeusement, au lieu de la culpabilité habituelle, il se sentit délivré d'un poids immense.

— Tu n'aurais pas dû te faire couper les cheveux, chuchota-t-il. Avec ta crinière de lion, j'aurais pu te résister.

Elle voulut se dégager, mais il l'entraîna vers la cuisine.

— Tu ne partiras pas tant que tu ne m'auras pas raconté ta matinée. Tu as vu ta mère ?

— Oui.

— Et ?

— Nous avons parlé.

Elle lui prit le sac et l'ouvrit.

— Ça sent bon. Qu'est-ce que c'est ?

— Des plats libanais. Assieds-toi pendant que je mets le couvert.

— Il faut vraiment que j'y aille. Je dois préparer le déjeuner de demain avec les membres de la municipalité.

— Laisse Molly s'en occuper, elle ne demande que ça. Et puis, tu sembles fatiguée, cela te fera du bien de lever un peu le pied.

— Dis tout de suite que j'ai l'air d'un épouvantail.

— Il s'agit d'un constat, pas d'une critique, Romana. Même si tu avais des cernes sous les yeux, tous les hommes se retourneraient dans la rue sur ton passage. A condition que tu ne portes pas de gobelet de café, bien sûr !

Romana s'assit à table d'un air renfrogné.

— Tu n'oublieras jamais cet incident, décidément !

— Ma vie a changé à cet instant, alors je n'y tiens pas.

La mine rêveuse, Glenn se souvint des autres moments d'exception qu'il avait vécus depuis deux jours. Le poignet levé vers son visage pour qu'il sente le parfum qu'il lui avait offert, le naturel avec lequel elle avait redressé son nœud papillon, la douceur de sa joue contre sa paume, le chemisier trempé qui épousait ses rondeurs émouvantes, les jambes qui s'étaient enroulées comme une liane autour de ses hanches quand ils s'étaient aimés…

— Tu savais qui j'étais quand je suis descendue du taxi ?

— Pas du tout ! Je m'attendais à une femme d'affaires sanglée dans un tailleur sinistre, suivie d'un bataillon d'avocats. Si tu avais porté des sacs de chez C&F et non des sacs de grand couturier, j'aurais peut-être deviné, remarque. Cela étant, je ne critique pas le résultat : la robe était somptueuse.

— Elle était censée être discrète.

Glenn sourit.

— Dans ce cas, essaie un sac à pommes de terre, la prochaine fois.

Il changea de sujet, de peur que ses pulsions prennent le pas sur sa raison. La prochaine fois, elle dormirait avec lui et se réveillerait en même temps que lui. Puis, conscient que ce genre de projets ne calmerait pas sa libido, il se concentra sur la préparation du déjeuner. Il fallait qu'il s'active pour ne pas penser à la façon dont elle avait déboutonné son chemisier, la veille, pour oublier qu'il lui suffirait de tendre la main pour déboutonner celui qu'elle portait aujourd'hui.

— Parle-moi de ta mère, dit-il en s'installant à son côté. Comment s'est passée votre rencontre ?

— Elle m'a appris que mon père a cessé de s'intéresser à elle moins d'un an après leur mariage. Encore une chance qu'il ait arrêté d'épouser ses caprices au numéro trois. Ma mère a supporté ses liaisons tant bien que mal à cause de moi, et puis elle a rencontré James et a découvert ce qu'était vraiment l'amour.

— Pourquoi ne t'a-t-elle pas emmenée ?

— Ma grand-mère avait effectué une enquête sur son compte quand elle a épousé mon père. Avant de le rencontrer, ma mère avait eu une liaison avec un homme politique marié. Une erreur de jeunesse qu'elle a payée très cher. Elle aimait cet homme à la folie, mais lorsque sa femme a découvert le pot aux roses, celle-ci a accepté de fermer les yeux s'il retournait vers elle, ce qu'il a fait. Après leur rupture, ma mère s'est sentie d'autant plus seule et triste qu'elle culpabilisait d'avoir causé de tels ravages dans ce couple qui n'avait jamais connu de problèmes.

— Ton père a recollé les morceaux ?

— A mon avis, il ne s'est pas rendu compte de sa vulnérabilité. Il la trouvait belle, c'est tout. Au bout d'un an, il s'est lassé. Quand elle a demandé le divorce, il n'a soulevé aucune objection.

— Mais pas ta grand-mère.

— Elle voulait me garder, comme mes sœurs, alors elle a menacé ma mère d'envoyer les détails de son amour de jeunesse à la presse. Cet homme politique ne méritait pas ça. Ma mère avait été son seul faux pas et elle ne voulait pas ruiner sa carrière.

— Alors, elle a divorcé au plus vite en acceptant une petite fortune.

— Contrairement à ce que les gens s'imaginent, l'argent ne l'intéressait pas. Et puis, même s'il n'est pas aussi riche que mon père, James est très à l'aise.

— Elle aurait pu demander un droit de visite.

— Non, cela faisait partie du marché. Et puis, elle estimait qu'elle ne me méritait pas, que c'était sa punition pour cette première liaison. En revanche, elle espérait qu'un jour je viendrais lui demander des explications. En attendant, elle s'est dévouée à sa famille et à d'innombrables causes charitables. Je regrette d'avoir perdu tellement de temps… Sans cet article, je n'aurais jamais fait le premier pas. Quand je pense que tu as traversé Londres en pleine nuit pour me l'apporter ! Je t'en serai éternellement reconnaissante.

— N'inverse pas les rôles. Hier soir, c'est toi qui m'as fait comprendre le temps que j'avais perdu. J'ai voulu t'aider à mon tour, alors j'ai fouillé dans le dossier que Jordan nous a transmis dans l'espoir de dénicher des informations sur ta mère.

Il s'empara de la main de Romana et la retourna pour lui caresser lentement le creux de la paume.

— Grâce à toi, j'ai enfin pu dire adieu à mon passé, alors c'est à moi de te remercier. Tu te trompes sur un point, en revanche : je n'ai pas traversé Londres en pleine nuit. Le jour se levait quand je suis arrivé chez toi. J'ai hésité à te réveiller et à m'inviter pour le petit déjeuner.

— Pourquoi ne l'as-tu pas fait ?

Parce que cela ne lui aurait pas suffi. Il devait encore faire un bout de chemin avant de pouvoir prendre le petit déjeuner avec elle.

— Parce que tu avais besoin de récupérer.

— J'ai aussi besoin de déjeuner, figure-toi. Je suis au bord de l'inanition.

Glenn déposa une assiette devant elle.

— Qu'est-ce que c'est ?

— Du taboulé, du houmous, des feuilles de vigne farcies, des légumes grillés.

Il piqua un légume au bout de sa fourchette et l'approcha des lèvres de Romana.

— Goûte !

Romana obtempéra de bonne grâce.

— C'est bon ?

— Délicieux.

Tous deux mangèrent en silence, puis Romana effleura la main de Glenn, à l'endroit où il y avait une trace de peinture.

— Tu as fait de la peinture ?

— J'ai commencé le plafond du salon. C'est plus un geste symbolique qu'autre chose parce que je ne pourrai jamais m'en tirer tout seul.

— Symbolique de quoi ?

— De mon intention d'aller de l'avant. J'ai même envisagé de déménager.

— Tu reconnais que j'ai raison ! C'est une première, dis-moi.

— Tu as dit des choses très pertinentes, hier soir. J'ai pensé à un appartement sur les docks, avec un décor minimaliste, ou à un cottage dans Chelsea. Malheureusement, je ne suis parvenu à m'imaginer dans aucun d'eux. J'ai campé ici pendant des années en refusant d'en faire un véritable foyer, mais c'est ma maison et je veux y rester.

— Avec les fantômes ?

— Il n'y a pas de fantômes, juste moi. J'ai vraiment envie d'un changement, mais je tiens aussi à conserver l'esprit des lieux. Je vais demander à des étudiants des beaux-arts de repeindre une fresque.

— Tu comptes garder les boiseries de l'entrée ?

— Elles te plaisent ?

— Quelle importance ?

— Elles te plaisent ?

— Beaucoup.

— Dans ce cas, je les garde.

Romana eut le sentiment qu'un détail important venait de lui échapper.

— Il est temps que j'y aille.

— J'espérais que tu proposerais de rester pour me donner un coup de main.

Le cœur de Romana cognait à tout rompre dans sa poitrine. L'envie d'accepter était immense, mais il fallait que Glenn franchisse ce pas tout seul.

— Pourquoi ferais-je une chose pareille ?

— Pour le plaisir ?

— Quand je veux me faire plaisir, je vais faire des courses.

Mais, si tu veux, je peux demander à notre architecte d'intérieur de passer pour te conseiller.

— J'aurai un meilleur prix si j'attends que nous ayons pris le contrôle de la boutique.

— Tu sais bien que cela n'arrivera jamais. Sous tes dehors sévères, tu es en sucre. Tu n'oserais pas me priver du magasin.

— Tu oublies Jordan et Bram. Ils ne sont pas en sucre mais en béton.

— Comme ils doivent servir de doublon à Flora et India qui sont respectivement aussi dures que la glace et l'acier, je ne crains pas grand-chose. Merci pour le déjeuner, c'était parfait.

— Je reconnais qu'il y a un net progrès par rapport à mes invitations précédentes. La prochaine fois, nous pourrions essayer un restaurant. Mais, si tu n'y vois pas d'inconvénient, je vais faire l'impasse sur le déjeuner de demain. Nous nous retrouverons pour la soirée de clôture de la semaine de la Joie, samedi. Cette fois, nous aurons peut-être la chance d'aller jusqu'au dessert, qui sait ?

— Avec un buffet, on n'est jamais sûr de rien.

— Je suis prêt à courir le risque si tu l'es.

Un frisson parcourut l'échine de Romana. Le feu ardent qui embrasait les prunelles de Glenn en disait beaucoup plus que ses paroles.

— Pourquoi tiens-tu à assister à cette soirée ? Je croyais que tu savais l'essentiel à mon sujet ?

— J'ai menti. J'ignore si tu sais danser.

— Tu danses ?

— Le terme est un peu excessif. J'ai besoin de quelqu'un pour me guider.

— Je vais m'assurer que Molly a prévu une place pour mon doublon.

Glenn lui effleura la gorge d'une caresse aérienne.

— N'oublie pas qu'un doublon doit être très proche de la personne qu'elle s'attache à suivre.

12

Glenn dévorait Romana du regard. Ses boucles dorées formaient un halo lumineux autour de son visage, dégageant la ligne pure de sa nuque. Sa robe, un assemblage arachnéen de mousseline de soie, descendait jusqu'aux chevilles, sans les recouvrir, heureusement. Des escarpins semés de perles noires qui captaient la lumière à chaque mouvement mettaient en valeur ses pieds menus et, pour tout bijou, elle portait un collier de jais qui contrastait avec la soie laiteuse de sa peau. Pourtant, ce n'était ni la coiffure ni la robe qui retenaient l'attention, mais le décolleté audacieux qui dévoilait sa gorge ronde.

— Glenn…

Lorsqu'elle lui avait ouvert la porte, son étole à la main, elle avait été si surprise qu'elle s'était contentée de murmurer son nom. Un souffle à peine perceptible, aussi léger qu'une caresse.

— Que fais-tu ici ? s'enquit-elle quand elle retrouva sa voix.

Il perdait la tête, brûlait ses vaisseaux, se jetait à l'eau…

— Je suis venue t'emmener au bal, Cendrillon. La citrouille attend.

— C'est gentil, mais j'ai réservé une voiture. Elle devrait arriver d'une minute à l'autre.…

Il sut à son regard qu'elle le soupçonnait d'avoir une intention précise et ne chercha pas à la détromper. Il ne l'avait pas vue depuis deux jours et voulait être seul quelques instants avec elle avant la bousculade de la soirée. Il n'envisageait rien de très ambitieux — juste de s'asseoir dans la voiture à côté d'elle et de lui tenir la main dans l'obscurité.

Une bouffée de parfum l'enveloppa quand elle consulta sa montre. *Ombre d'été*… Mais l'été ne lui suffisait pas. Il voulait également être son ombre en hiver, en automne, au printemps…

— J'ai dit à Molly d'annuler ta réservation. Ce serait du gâchis de mobiliser deux véhicules alors que nous allons au même endroit.

— De quel droit as-tu fait ça ? Tu ne diriges pas encore C&F, que je sache !

— Tu devrais en avertir Molly, dans ce cas.

— Et puis, tu ne ressembles pas du tout à une fée.

— Ravi de te l'entendre dire. D'ailleurs, je me suis trompé de conte, je crois.

Réflexion faite, il optait pour une variation sur le thème de la Belle au bois dormant, sauf qu'en l'occurrence, c'était lui que la Belle avait réveillé d'un baiser.

— Cendrillon n'aurait jamais eu la permission de sortir dans une robe pareille.

— Elle ne te plaît pas ?

— Si, mais si tu espérais passer inaperçue, c'est raté.

Il lui prit l'étole des mains et la posa sur ses épaules.

— Personne ne se rend à un bal aussi élégant pour passer inaperçu, Glenn. Les lecteurs de *Celebrity* en veulent pour leur argent, tu ne crois pas ?

L'éclat des yeux gris qui fixaient Romana donna le vertige à la jeune femme.

— Je crois surtout qu'on devrait t'enfermer avant que tu provoques une émeute.

De la part d'un homme aussi difficile à impressionner, le compliment valait de l'or. En proie à une délicieuse griserie, elle lui redressa son nœud papillon.

Lorsqu'elle eut fini, il lui prit la main.

— On y va ?

Dans la voiture, Glenn garda sa main dans la sienne, comme

s'il craignait de la perdre. Il semblait détendu, heureux d'être là, seul avec elle.

— Où en sont tes travaux de décoration ?

— Le salon est terminé. J'ai perdu patience et fait appel à des professionnels.

— Quelle pièce vas-tu attaquer ensuite ?

— La cuisine.

— Tu ne prévois rien de trop moderne, j'espère. Il faut garder les meubles.

— Je le dirai aux ouvriers demain matin.

— Cela va être pénible de rentrer chaque soir dans un chantier.

— En effet. C'est pourquoi j'envisage de partir pour quelque temps. Je n'ai pas pris de vacances depuis une éternité.

A cette perspective, Romana descendit brutalement de son nuage.

Le taxi s'arrêta peu après.

— Garde-moi la première danse, murmura-t-il.

— Je n'aurai pas le temps de danser. Quelques minutes, en fin de soirée, peut-être.

— Il n'y aura pas de fin de soirée.

Il ne comptait pas rester jusqu'au bout ?

— La première danse, n'oublie pas.

Sans la lâcher, il l'aida à sortir et la guida à l'intérieur.

Aussitôt, Molly accapara Romana afin de passer les derniers détails en revue. De son côté, Glenn s'arrangea pour être assis à côté de Romana puis il alla voir le maître des cérémonies.

Romana rejoignit Glenn dès qu'elle put s'échapper.

— Je me doutais que tu changerais de place. Tu es tellement prévisible !

— Dans ce cas, tu aurais dû décider de me placer à côté de toi dès le départ.

— Tu m'aurais très bien vue d'en face.

— Mais je n'aurais pas pu écouter ton doux babil.

Sur ce, il se pencha vers elle, admirant sans vergogne la vue splendide de son décolleté.

— Et je ne pourrais pas non plus m'enivrer de ton parfum.

Il plongea les yeux dans ceux de sa compagne.

— On danse ?

Romana contempla la piste vide d'un air dubitatif.

— Il faut bien que quelqu'un ouvre le bal.

— Laissons cet honneur à India.

— Elle est occupée par ses amis.

— J'ai l'impression que tu mijotes quelque chose.

— Ton impression est juste.

Glenn l'entraîna en jetant un coup d'œil en direction de l'animateur qui guettait son mouvement et s'approcha du micro.

— Mesdames et messieurs, Mlle Romana Claibourne et M. Glenn Farraday Macaulay se sont proposés pour ouvrir le bal. Mais, tout d'abord, M. Macaulay va réclamer le lot très particulier qu'il a acheté lors de la vente aux enchères de cette semaine : un baiser de la ravissante Romana Claibourne.

Une salve d'applaudissements salua cette annonce.

Romana n'en crut pas ses oreilles. Elle était persuadée qu'il ne réclamerait jamais son baiser. Il allait gâcher ce qui se passait entre eux pour le plaisir de lui damer le pion en public !

La photo ferait probablement la couverture de *Celebrity*. Sans parler des quotidiens. Comment osait-il lui souffler la vedette alors qu'elle était sur son propre terrain ? Comment pouvait-il réduire ses efforts à néant après avoir reconnu qu'elle était irremplaçable ?

La réponse s'imposa avec cruauté : parce qu'il était et serait toujours un Farraday. Tandis qu'elle cherchait une réplique cinglante pour le remettre en place, il l'attira à lui. Si elle refusait ce baiser, elle se couvrirait de ridicule. Il avait gagné et elle ne pouvait que lui concéder la victoire.

Un silence expectatif les entourait. Quelqu'un se mit à applaudir en rythme et l'assistance suivit le mouvement. Un grand sourire aux lèvres, Glenn inclina lentement la tête et cueillit sa bouche dans le plus ardent des baisers. Un baiser qu'il prolongea jusqu'au vertige, sous le regard ravi des centaines d'invités.

A sa consternation, Romana répondit dans un élan de tout son être à la pression de cette bouche exigeante, trahissant ses sentiments malgré elle. Elle s'abandonna, consciente que lorsque leur étreinte s'achèverait, ses rêves de bonheur s'écrouleraient.

Lorsque Glenn s'écarta, deux larmes solitaires roulèrent sur les joues de Romana. Il ne lui restait plus rien, même pas une once d'amour-propre.

Les premiers accents d'une valse s'élevèrent. Sa vision se brouilla, la salle s'effaça... Elle dansa parce qu'il le fallait bien, mais elle se sentait si fragile qu'elle craignait de se briser. Sauf qu'un corps ne se brisait pas, un cœur non plus. C'était juste une impression.

Glenn venait de lui dévoiler son vrai visage. Pendant quelques moments délicieux, elle avait baigné dans une félicité sans partage, mais elle aurait dû se méfier. Même fou de chagrin, un Farraday demeurait avant tout un homme d'affaires.

Il s'immobilisa brusquement, sans attendre la fin de la valse. Etonnée, elle leva les yeux vers lui.

— C'est tout ? Tu en as eu pour ton argent ?

— Loin de là ! C'était juste un acompte.

— Une démonstration suffit pour la soirée, non ?

— Il ne s'agit pas d'une démonstration, mais d'une déclaration d'intention, Romana. En t'embrassant, j'ai annoncé aux Claibourne et aux Farraday que je ne laisserai pas une stupide querelle nous séparer. Je déclare publiquement une fusion entre Romana Elizabeth Claibourne et Glenn Farraday Macaulay. Louise appartient au passé désormais. Je chérirai toujours son souvenir, mais elle ne s'interposera plus entre nous.

Romana retint surtout ce qu'il disait à demi-mot. Son regret de l'avoir blessée, la promesse que cela ne se reproduirait pas.

— Je t'aime, Romana, et j'ai l'intention de réclamer les intérêts de ce baiser pendant les cinquante années à venir.

Romana refoula à grand-peine les larmes qui menaçaient de nouveau.

— Les cinquante années à venir ?

— Si tu veux bien de moi.

— Mais… tu me connais à peine !

D'un geste très tendre, il essuya sur sa joue une larme qui s'était échappée par mégarde.

— Ce que je sais me suffit. Tu es la princesse de contes de fées qui m'a réveillé d'un sommeil mortel. A ce propos, te souviens-tu de la façon dont finissent les contes de fées ?

La musique s'était arrêtée. Le silence était tombé sur l'assistance qui, sans entendre leur échange, devinait l'importance du moment.

— Je t'offre mon cœur, Romana. Veux-tu l'accepter ?

Romana osait à peine croire à son bonheur. Comment avait-elle pu douter de lui ? Ne lui avait-il pas donné en deux jours de multiples preuves de ce qu'il ressentait pour elle ? Certes, quand ils avaient fait l'amour, le nom de sa femme lui avait échappé à la fin, mais avant, à chaque étape, chaque baiser, chaque caresse, c'était son nom à elle qu'il avait prononcé.

— Oui, je le veux.

Cette fois, quand leurs lèvres s'unirent de nouveau, un murmure attendri parcourut l'assistance.

— Une chose encore, Romana. Je veux que tu saches que ma reddition est entière…

— Corps et âme ?

— Et magasin.

Elle éclata de rire puis fronça les sourcils.

— Comment sais-tu que mon deuxième prénom est Elizabeth ?

— J'ai étudié ton dossier. Et je veux que tu saches que mon vote est à ton entière disposition quand il s'agira de décider de l'avenir de C&F. Je te fais confiance pour faire le bon choix comme pour guider ma vie. Et si cela ne te suffit pas, je suis prêt à te supplier de m'épouser devant tout le monde.

— Tu le ferais ?

— Si tu insistes.

Une lueur espiègle au fond des yeux, elle fit mine de peser le pour et le contre puis se mit à rire de nouveau.

— Nous verrons ça plus tard quand nous serons seuls.

Sur ces entrefaites, elle l'entraîna vers la sortie.

— Tu ne veux pas rester ? demanda Glenn.

Romana aperçut India qui fendait la foule dans leur direction.

— Molly se débrouillera.

— Nous avons bien fait, non ?

— Et comment !

Romana admira une fois de plus son alliance qui scintillait dans le clair de lune. Glenn mêla ses doigts aux siens et l'allongea contre les oreillers pour lui démontrer une fois de plus qu'ils avaient fait le bon choix…

Longtemps après, Romana déclara :

— Si j'avais annoncé la nouvelle à mes sœurs, elles auraient exigé un mariage en grande pompe avec toute la famille. Cela aurait été une excellente opération de relations publiques, mais l'intimité a parfois du bon. Cela étant, il faudra bien leur dire la vérité un jour ou l'autre.

— Et affronter la colère de nos aînés ?

— Je parierais plutôt sur la fureur. Néanmoins, je propose de partir d'abord en lune de miel.

— Ils vont se demander où nous sommes passés.

— Nous pouvons envoyer un courrier électronique.

— Bonne idée !

— J'ai toujours de bonnes idées. D'ailleurs, j'en ai une autre…

Assise devant un ordinateur, dans le cyber-café du terminal de l'aéroport, Romana interrogea Glenn du regard.

— Qu'allons-nous écrire ?

— Mieux vaut nous en tenir au style télégraphique. Que dis-tu de : « Succès total de l'opération doublon. Mariés hier. Baisers. Romana et Glenn. » ?

LIZ FIELDING

Offensive de charme

SAGA
MAISON CLAIBOURNE & FARRADAY

Traduction française de
FRANÇOISE BALLARIN

• SAGAS •

HARLEQUIN

Titre original :
THE MARRIAGE MERGER

Ce roman a déjà été publié en 2003.

Prologue

<u>CHRONIQUE DU LONDON EVENING POST :</u>

Que se passe-t-il au sein de l'empire Claibourne et Farraday ? Depuis le départ de Peter Claibourne, le mois dernier, le bruit court qu'une des plus vénérables institutions de la capitale est le théâtre d'une bataille acharnée entre les Claibourne et les Farraday pour le contrôle du grand magasin qui porte leurs noms.

Les deux familles possèdent chacune quarante-neuf pour cent du capital. Les deux pour cent restants constituent une action préférentielle qui est attribuée à l'héritier masculin le plus âgé des deux familles.

Les ravissantes sœurs Claibourne, qui jouent un rôle actif au sein de C&F depuis leur plus tendre enfance, refusent de céder la place aux cousins Farraday en invoquant, entre autres, les nouvelles lois sur l'égalité hommes/femmes dans le travail. Sûres de leur bon droit et de leur position, elles ont invité les Farraday à être leurs « doublons » — c'est-à-dire à suivre leurs faits et gestes professionnels pendant les prochains mois — en promettant de s'incliner si ceux-ci prouvent qu'ils sont plus compétents pour gérer un grand magasin.

L'annonce surprenante, aujourd'hui même, du mariage de Romana Claibourne avec Glenn Farraday Macaulay à

Las Vegas laisse à penser qu'un des Farraday a été suffisamment impressionné par la demoiselle qu'il était chargé de suivre comme son ombre pour l'épouser.

Abraham Farraday Gifford s'apprête à prendre ses fonctions auprès de Flora Claibourne, la talentueuse créatrice de bijoux. Il va sans dire que nous attendons l'issue de la rencontre avec un vif intérêt. Si vous souhaitez suivre l'affaire, surveillez nos colonnes !

NOTE : de Jordan Farraday à l'attention de Bram Farraday Gifford.

Bram,

Les filles Claibourne ne font pas de cadeau. Si Romana a été capable de rallier Glenn à leur cause, elle doit être beaucoup plus intelligente qu'elle ne le paraît. Flora, comme tu le constateras en étudiant le dossier que je t'envoie, a l'air plutôt futée, elle aussi. Je te recommande donc la plus grande vigilance. Et puisque les masques sont tombés, pourquoi ne te servirais-tu pas de ton légendaire pouvoir de séduction pour égaliser le score ?

MESSAGE ELECTRONIQUE du Dr T. Myan, Ministre des Antiquités de Saraminda à Mlle Flora Claibourne.

Chère mademoiselle Claibourne,

Vous avez certainement appris la découverte d'un site funéraire d'une extrême richesse à Saraminda. Depuis, nous sommes submergés de demandes de la part de journalistes qui souhaitent visiter le tombeau de la « princesse perdue ». Mon gouvernement m'a demandé de prendre contact avec vous de toute urgence pour écrire un article sur le trésor de ladite princesse. Votre érudition en matière de bijoux anciens et votre dernier ouvrage, Ashanti Gold, vous

désignent d'office comme la personne la plus à même de nous épargner les exagérations de la presse à sensation. Je vous serais reconnaissant de répondre par retour du courrier.
Amicalement,
Tipi Myan.

FAX : d'India Claibourne à Bram Gifford.
Objet : « mission doublon ».

Mlle Flora Claibourne se rendra à Saraminda mercredi 1er mai pour des raisons professionnelles. Puisque vous devez être son doublon au mois de mai, j'ai pris des dispositions afin que vous voyagiez avec elle. Vous trouverez ci-joint des informations sur votre destination ainsi que les références de votre billet.

Une voiture passera vous prendre pour vous conduire à l'aéroport en temps utile. Pour toute information complémentaire, veuillez joindre mon bureau.

1

Bram Gifford parcourut le fax que sa secrétaire venait de lui apporter.

— Saraminda ! Je suppose qu'il s'agit d'une île perdue au milieu de nulle part avec un seul avion par semaine pendant la saison sèche et, encore, quand le pilote n'est pas ivre mort.

— Vous vous trompez, monsieur. D'après les informations que j'ai pu glaner sur Internet, c'est un paradis encore vierge où il faut absolument aller.

Bram eut une moue sceptique. Il avait cru un jour trouver son jardin d'Eden, mais il était tombé de haut.

— Le paradis est un concept surévalué : on oublie toujours qu'il y avait un serpent caché dans le pommier. Et puis, cela ressemble trop à un piège. Quel type de projet professionnel peut bien requérir un séjour dans ce coin supposé idyllique ?

— Les demoiselles Claibourne envisagent peut-être d'ouvrir une succursale pour vendre des maillots de bains et des lunettes de soleil aux riches touristes.

— Si seulement c'était le cas ! Un tel degré d'incompétence serait une aubaine pour nous.

— Malheureusement, elles n'ont pas cette réputation. A mon avis, Flora se rend là-bas pour examiner le site funéraire dont on vient de découvrir les ruines. C'est celui d'une princesse, paraît-il. Il doit y avoir un véritable trésor, or elle dessine des bijoux extraordinaires en exclusivité pour le magasin.

— Et alors ?

— Elle entreprend sans doute ce voyage pour renouveler ses sources d'inspiration.

Bram reposa le fax brutalement.

— A mon avis, elle cherche surtout à m'éloigner de Londres pendant que leurs avocats s'échinent à trouver le moyen de nous empêcher d'évincer les trois demoiselles.

— Peut-être, mais avouez que c'est plus attrayant que de traîner vos guêtres dans un grand magasin pendant un mois. Et puis, vous avez grand besoin de prendre des vacances.

— Sauf que je ne serai pas en vacances.

— Je suis certaine que ce ne sera pas aussi désagréable que vous le dites. Vous avez beaucoup en commun avec Flora.

— Mis à part le fait que nous détenons chacun une majorité d'actions dans un magasin dont nous voulons tous deux le contrôle, cela m'étonnerait.

— Je me demande si elle est aussi jolie que ses sœurs. Je n'ai jamais vu de photo d'elle.

Bram tendit à sa secrétaire un volume *d'Ashanti Gold*, au dos duquel figurait une photo de Flora.

La secrétaire examina le cliché et poussa un soupir.

— On ne peut pas tout avoir. Vous serez déjà au paradis, ce serait trop demander d'avoir Eve en plus. Vous n'aurez qu'à vous allonger en fermant les yeux et en vous rappelant à quel point vous avez envie de gagner cette bataille.

— Vous n'aviez pas quelque chose à faire ? répliqua Bram d'un ton cassant.

La secrétaire esquissa un sourire.

— Si, du café.

Une fois seul, Bram sortit de son portefeuille la photo d'un petit garçon tenant un chiot dans ses bras. Il la contempla longuement puis la rangea en soupirant.

Cette photo lui rappelait qu'il avait cru trouver le paradis un jour, quand il était encore assez jeune pour croire à ces bêtises. Malheureusement, en croquant la pomme, il avait découvert un serpent.

— Tu as fait quoi ? s'exclama Flora en fusillant India du regard.

— Ne me regarde pas comme ça, voyons ! Tu étais là quand nous avons décidé que Bram Gifford serait ton doublon au mois de mai. Je t'ai demandé de repousser ton voyage, mais tu ne m'as pas écoutée.

Pour la bonne raison que son objectif prioritaire était de fuir les bourreaux des cœurs tels que Bram Gifford, songea Flora. Certaine, cependant, que sa sœur jugerait cette explication irrecevable, elle plaida sa cause autrement.

— Je ne peux pas refuser une invitation du gouvernement de Saraminda pour ton bon plaisir, figure-toi. Tu es connue en Angleterre, mais je doute qu'on ait jamais entendu parler de C&F là-bas.

— Là n'est pas la question ! Où que tu ailles, Bram Gifford doit t'accompagner, un point c'est tout.

Flora repoussa plusieurs mèches qui s'étaient échappées de son chignon pour dégager ses yeux.

— Cela n'a pas de sens. Je ne connais rien à la gestion de C&F. Je me contente de dessiner des bijoux…

India dévisagea sa cadette sans cacher son exaspération.

— Tu fais beaucoup plus que ça. Tu nous rapportes de tes voyages des idées fabuleuses et des tissus qui servent de base à nos collections. Cet été, tout le monde porte des vêtements et des bijoux d'inspiration africaine et la collection de l'hiver prochain va faire fureur, j'en suis sûre. Grâce à toi, nos concurrents ont beau essayer de nous copier, ils ont toujours une longueur de retard.

Dans le genre flatteur, India se surpassait, mais Flora n'avait guère l'intention de s'en laisser conter.

— India, je…

— Tu étais d'accord, Flora ! Et puis, un mois ce n'est pas

grand-chose pour quelqu'un qui fait partie du comité directeur du magasin.

— Je n'ai jamais souhaité y siéger, tu le sais bien. On m'a forcé la main en arguant qu'il fallait faire front uni contre les Farraday, mais je n'ai aucun goût pour les affaires — ni aucun temps à y consacrer.

— Quand le problème Farraday sera réglé, je te promets de ne plus jamais rien te demander… mais, maintenant, j'ai besoin de ton aide. Pas dans un mois ni dans un an : tout de suite. Nous devons rester unies pour lutter efficacement contre la tentative de prise de pouvoir des Farraday. Alors, s'il te plaît, ne rends pas les choses plus difficiles.

Flora fut prise d'une furieuse envie de s'emporter pour plaider sa cause. Elle avait été à bonne école avec sa mère, mais, justement, ce fut ce souvenir qui la retint. Néanmoins, elle ne rendit pas les armes pour autant.

— Je vais là-bas pour prendre des photos et rédiger un article sur les bijoux qu'on a trouvés sur la princesse. Bram Gifford sera furieux quand il se rendra compte que mes activités n'ont rien à voir avec le magasin.

— Il faudra le convaincre du contraire. Tu n'auras qu'à lui dire que tu travailles sur la collection de l'année prochaine. Demande-lui des conseils techniques pour tes clichés s'il se montre un peu trop curieux. Les hommes ne peuvent pas résister quand il s'agit de démontrer leur supériorité : les Farraday n'échappent pas à la règle. En tout cas, occupe-le et tiens-le à l'écart pour permettre à nos avocats d'élaborer une stratégie. Avoue que ce n'est pas un gros effort, sauf si tu tiens à ce qu'ils prennent notre place, bien sûr.

Flora se moquait éperdument de savoir qui contrôlait C&F, mais elle jugea préférable de n'en rien dire.

India enfonça le clou.

— Je ne tiens pas à ce qu'il fouine dans le magasin et mette son nez dans des affaires qui ne le regardent pas, or, si tu t'en vas sans lui, c'est ce qui se passera.

En tant qu'actionnaire majoritaire, Bram Gifford avait tous les droits de fourrer son nez dans leurs affaires, se dit Flora, mais, là encore, elle s'abstint d'émettre son opinion.

— Où en sont les avocats ? demanda-t-elle. Ils progressent ?

— Ils comptent attaquer sur le terrain de la discrimination sexuelle dans le travail. Néanmoins, je crains que Jordan Farraday trouve facilement une parade. Comme le contrôle du magasin doit revenir à l'héritier le plus âgé et qu'il est mon aîné de quelques années, il a tous les atouts en main.

— Ensuite, ce sera la course pour mettre au monde le premier héritier Claibourne ou Farraday afin de permettre à la prochaine génération de s'étriper de nouveau dans une trentaine d'années, commenta Flora.

— En tant que femmes, nous devrions avoir l'avantage sur ce point, répliqua India.

Flora en doutait. Si Bram Gifford lançait un appel à des volontaires pour porter son enfant, il risquerait de ne pas survivre à la ruée féminine.

— En attendant, reprit India, je m'efforce de prouver que je suis aussi compétente que Jordan Farraday.

— Rien de plus facile ! Dévoile ton projet de refonte de C&F. C'est le moyen le plus rapide pour démontrer tes capacités, non ?

— Je ne peux pas, hélas. J'ai décidé de rebaptiser le magasin en supprimant le nom de Farraday.

Flora eut un haut-le-corps.

— Pardon ?

— Un seul nom est plus accrocheur, mais c'est un secret, alors je compte sur toi pour ne rien dire à personne.

Flora regretta que sa sœur l'ait mise dans la confidence. Elle ne savait pas garder un secret. En effet, le seul qu'elle ait jamais réussi à conserver avait épuisé ses compétences dans ce domaine.

— Tu as raison, India. Si tu l'annonçais, cela risquerait d'envenimer encore les relations entre nos deux familles.

— Et cela reviendrait à agiter un drapeau rouge devant un taureau furieux, renchérit India. Voilà pourquoi tu dois absolument occuper Bram Gifford pendant un mois. Impressionne-le, convaincs-le que tu es indispensable à notre réussite. Non que j'espère le rallier à notre cause, mais si tu pouvais le neutraliser, ce serait parfait.

— Si par « neutraliser » tu penses à la méthode que Romana a utilisée avec Glenn, j'aime autant te prévenir que…

— Dans cette affaire, nous ne saurons pas qui a neutralisé qui tant que les tourtereaux ne seront pas rentrés de voyage de noces. J'ai besoin de toi, Flora, vraiment besoin de toi.

Cet aveu constituait une première car India avait toujours mis un point d'honneur à se suffire à elle-même. Mais Flora avait ses propres problèmes, des problèmes différents de ceux de sa sœur.

— Franchement, je vois mal ce que je peux faire. Je travaillerai au musée la majeure partie du temps et je n'en sortirai que pour aller explorer le site funéraire. Cette mission n'a aucun rapport avec le magasin.

— Bram Gifford n'est pas obligé de le savoir.

— C'est un Farraday. Il ne sera pas facile à duper.

— Dans ce cas, n'essaie pas. Souviens-toi de la façon dont le trésor de Toutankhamon a inspiré la mode. Il suffira de peu de chose pour qu'il en soit de même avec ta princesse perdue. Et puis, cela lui fera du bien de crapahuter un peu dans la jungle.

— Je n'ai aucune envie de le traîner avec moi.

— Ce ne sera pas si difficile, rassure-toi. Pas si désagréable, non plus. Bram Gifford est la coqueluche de toutes les femmes.

— Moi exclue.

Flora avait vu de nombreuses photos du personnage dans *Celebrity*. Un Apollon aux cheveux blonds qui respirait l'assurance, la richesse et le pouvoir. Sur chaque cliché, il y avait une femme différente à son bras.

— Un peu de badinage ne prête pas à conséquence, continua India. En revanche, ne tombe surtout pas amoureuse, ce serait la catastrophe.

L'avertissement était inutile. Le mois qui s'annonçait serait déjà assez pénible sans que Flora se ridiculise par-dessus le marché. Une fois lui avait suffi.

— N'aie aucune inquiétude à ce sujet.

India la considéra d'un air pensif.

— J'ai l'impression que sa rencontre avec toi va constituer une expérience inédite pour lui.

Bram feuilleta l'épais dossier que lui avait remis Jordan sur Flora Claibourne. La liasse contenait des documents divers et une photo — la même que celle qui se trouvait au dos du livre de Flora — qui lui donnait dix ans de plus que son âge. Bram n'apprit rien de très d'intéressant sur elle. On la présentait comme un membre d'une famille en vue — famille dont les amours avaient nourri les ragots des chroniqueurs mondains. Flora, quant à elle, ne semblait pas avoir eu de liaisons, à la différence de sa mère dont les frasques incarnaient le rêve de tout rédacteur de tabloïd.

La deuxième femme de Peter Claibourne était mannequin et son mariage avec lui n'avait duré que quelques mois— comme ceux qu'elle avait faits par la suite, d'ailleurs. Curieusement, elle ne figurait sur aucun cliché en compagnie de Flora. Sans doute parce que, malgré les miracles de la chirurgie esthétique, le mythe de l'éternelle jeunesse était inconciliable avec le fait d'avoir une fille âgée de vingt-six ans. De plus, comme son dernier mari avait dix ans de moins qu'elle, il fallait maintenir l'illusion à tout prix.

D'ailleurs, Flora préférait peut-être qu'il en fût ainsi pour ne pas avoir à souffrir de la comparaison. Sur les rares clichés où elle apparaissait en robe du soir, elle semblait gauche et mal à l'aise, comme s'il lui tardait de s'échapper pour retrouver ses livres. Elle paraissait même tellement embarrassée par son corps qu'elle donnait l'impression de n'avoir aucune expérience sexuelle, même si cela paraissait peu probable à son âge.

Un long coup de sonnette tira Bram de ses réflexions. Il jeta un dernier regard à la photo qu'il tenait en main. Flora n'avait rien de la beauté fulgurante d'une Eve, mais peut-être qu'il suffirait de lui témoigner un peu d'attention pour qu'elle s'épanouisse. De toute façon, il n'avait pas l'intention de fermer les yeux, comme le lui avait suggéré sa secrétaire, mais de les garder bien ouverts et de ne pas la quitter une seconde de la journée.

Sur cette résolution, il alla ouvrir la porte.

— Monsieur Gifford ? Je viens vous chercher pour vous conduire à l'aéroport.

C'est à peine si Flora Claibourne leva le nez des notes qu'elle était en train de lire quand il la rejoignit à bord du petit avion. Elle se contenta de lui adresser un discret salut de la tête en déclarant :

— Je suis désolée de vous imposer ce voyage, monsieur Gifford. J'espère que cela ne vous pose pas trop de problèmes.

Elle portait un tailleur-pantalon en lin d'une couleur indéterminée et ses cheveux ramenés sur sa tête formaient une masse floue qui tenait grâce à un bataillon de peignes et d'épingles. En bref, elle aurait voulu le faire fuir qu'elle ne s'y serait pas prise autrement.

Calquant son attitude sur la sienne, il lui adressa un sourire réservé en espérant que le soleil ferait fondre cet abord glacial.

— Appelez-moi Bram, je vous en prie. Et ne soyez pas désolée. Quinze jours sur une île des tropiques me séduisent davantage que de vous suivre pas à pas dans un grand magasin.

— Malheureusement, le but de l'exercice est de vous démontrer quelles sont les qualités nécessaires pour diriger un grand magasin.

Pas le moindre sourire en réponse au sien. Bram détestait les femmes qui ne faisaient aucun effort pour plaire, comme si elles mettaient les hommes au défi de chercher leur beauté intérieure sans se soucier des apparences. Il était temps qu'elle s'aperçoive qu'un homme normalement constitué se moquait de la beauté intérieure comme d'une guigne. Cela dit, il préférait laisser à un autre le soin de lui révéler cette grande nouvelle. Son rôle à lui se limitait à découvrir ce qui se tramait dans les coulisses de C&F, rien de plus.

En attendant, une certaine franchise pouvait peut-être réussir là où le sourire avait échoué.

— Dans ce cas, nous allons perdre notre temps tous les deux. L'avantage, c'est qu'au moins, nous le perdrons au soleil.

Pour toute réponse, sa voisine lui jeta un coup d'œil en biais. Il ne put s'empêcher de noter la longueur de ses cils : ils étaient dénués de mascara mais assez fournis pour s'en passer. Avec toute autre femme, il aurait vu là une invite, mais Flora Claibourne semblait ignorer les effets de ce genre de regard. Sauf si elle était plus rusée qu'il ne le pensait.

La question qu'elle lui posa ensuite lui prouva qu'elle utilisait ce genre d'artifice en toute innocence.

— Avez-vous emporté des chaussures de marche ?

— J'aurais dû ?

— J'envisage une excursion à l'intérieur des terres où le terrain sera probablement escarpé. Mais vous préférerez sans doute paresser sur la plage.

Autrement dit, il n'aurait qu'à rester sur la plage. Ou retourner en Angleterre, tant qu'il y était.

— J'ai l'intention de vous accompagner partout. Toutes vos activités m'intéressent, figurez-vous.

Une moue sceptique aux lèvres, elle se replongea dans son dossier, lui signifiant par là que sa lecture la passionnait infiniment plus que leur conversation.

Une fois encore, il aurait pu voir dans cette réaction une savante manœuvre destinée à pimenter le jeu. Sauf que Flora Claibourne ne jouait pas et se souciait fort peu de lui plaire ou non.

Désarçonné d'avoir perdu la première manche sans même s'en rendre compte, il sortit le volume flambant neuf d'*Ashanti Gold* de son attaché-case et l'ouvrit.

*
* *

Les tentatives de Bram pour l'amadouer n'échappèrent pas à Flora, mais elle connaissait trop ce genre de comportement pour être impressionnée.

Il repoussait régulièrement les mèches qui lui tombaient sur le front d'un geste nonchalant. Un procédé classique, exécuté à la perfection, comme s'il s'agissait d'un mouvement naturel et non d'une manœuvre de séduction.

Ce petit manège la laissait de marbre. Bram Gifford avait beau déployer l'arsenal du charmeur invétéré, il faudrait plus que quelques sourires ou un semblant d'intérêt pour son livre pour lui tourner la tête.

Et pendant qu'il faisait mine d'être fasciné par l'histoire de l'or en Afrique de l'Ouest, il s'abstenait d'engager la conversation. Avec un peu de chance, il lirait jusqu'à la fin du voyage.

Quelques heures plus tard, le petit avion survolait une vallée tropicale, offrant un point de vue époustouflant sur Saraminda.

Eblouie, Flora dévorait le paysage des yeux. Au pied des montagnes s'étageaient des fermes dont les cultures en terrasses avaient été conquises sur la roche à la force du poignet. Ensuite, le sol s'élevait, vague après vague, jusqu'aux pics couronnés par une végétation très dense qui dissimulait les ruines du tombeau où l'on avait enterré une jeune femme avec les honneurs d'une reine.

Flora avait rencontré Tipi Myan lors d'une réception donnée par le département Voyages du magasin, quinze mois auparavant. A l'époque, il n'était pas encore ministre des Antiquités et s'occupait du développement du tourisme de son pays. Bien qu'il la connût à peine, il n'avait pas hésité à faire appel à elle pour rédiger cet article. Elle avait vu là une occasion inespérée de fausser compagnie à Bram Gifford… malheureusement, la chance s'était retournée contre elle.

Son voisin se pencha vers elle pour admirer le paysage par le hublot. Le soleil accrocha ses mèches blondes, leur prêtant des nuances infinies. Malgré ses préjugés, Flora ne put s'empêcher de reconnaître qu'il était incroyablement séduisant avec ses yeux noisette aux reflets changeants, son visage aux traits énergiques et ce sourire de guingois, terriblement charmeur, qui semblait prêt à fleurir à la moindre occasion.

Le problème, c'est qu'il ne songeait qu'à se servir d'elle pour accéder à des informations confidentielles sur C&F.

Bram désigna les pics qu'enveloppait la brume matinale.

— C'est là-haut que vous voulez aller ? Vous n'avez pas peur des serpents, des araignées et autres bestioles ?

Vexée qu'il la prenne pour une gourde, Flora oublia sur-le-champ les yeux noisette et les cheveux couleur miel. Elle avait subi les avances de nombreux séducteurs et ne s'était laissé prendre au piège qu'une fois. Il faudrait plus qu'un numéro de Tarzan pour la troubler.

— L'expérience m'a appris qu'ils ont davantage de raisons de me craindre que l'inverse. Il y a en ce bas monde des choses beaucoup plus déplaisantes que les arthropodes, monsieur Farraday.

Bram, qui s'attendait à un frisson de terreur de la part de sa compagne, reconnut sa méprise. Peu de femmes de sa connaissance auraient manqué l'occasion de pousser un petit cri d'effroi pour flatter sa vanité masculine. Et aucune d'elles n'aurait employé de terme savant — ce qui n'avait rien d'étonnant : le quotient intellectuel de ses partenaires n'était pas la première de ses préoccupations.

Pour bien lui faire comprendre qu'elle se souciait de ses remarques comme d'une guigne, Flora se mit à ranger ses affaires sans lui prêter la moindre attention.

L'expérience de Bram lui avait appris qu'en général, ce genre d'attitude obéissait à une tactique précise. Certaines femmes poussaient l'art d'ignorer les hommes pour mieux les attirer ensuite à un degré qui ne pouvait que susciter l'admiration. Cela ne semblait pas être le cas de Flora, même s'il préférait attendre avant de se prononcer définitivement.

Le soleil matinal qui entrait par le hublot illuminait les épingles qui soutenaient l'improbable échafaudage de sa coiffure. Une bonne âme aurait dû les lui enlever, tout comme ces satanés peignes qu'elle avait la manie de remettre en place à tout moment.

Comme par un fait exprès, elle leva la main pour repousser une mèche, puis, comme si elle sentait son regard, elle la laissa retomber et se tourna vers lui.

— Pardonnez-moi, monsieur Gifford. C'est peut-être vous qui avez peur des araignées ?

Une question directe ! Voilà qui s'apparentait presque à une conversation. Même si elle persistait à l'appeler par son nom de famille, même si le ton était ironique, elle ne l'ignorait plus. Il y avait un net progrès par rapport aux monosyllabes qu'il lui avait arrachées depuis leur départ.

Comme toute personne habituée à voyager, Flora avait peu mangé, bu uniquement de l'eau minérale, et dormi quand elle ne lisait pas, c'est-à-dire à peine. Mais il avait profité de son sommeil pour l'examiner à loisir.

Des trois sœurs Claibourne, c'était celle qui ressemblait le plus à leur père. Elle possédait les mêmes traits décidés et audacieux. La bouche, grande et généreuse, aurait pu être un atout redoutable si elle s'était donné la peine de la mettre en valeur et les yeux, d'un brun presque noir, étaient rehaussés par des cils extraordinaires et des sourcils marqués.

C'était un visage avec du caractère, comme aurait dit sa grand-mère quand, adolescent, il dénigrait le physique de certaines filles. Un visage qui, sans être joli au sens classique du terme, possédait un éclat particulier, aurait continué son aïeule.

Ces propos l'avaient toujours laissé sceptique, mais il fallait reconnaître que Flora Claibourne possédait vraiment un éclat particulier : elle était dotée d'une carnation de rêve. Dans la lumière crue du matin, à trente mille pieds d'altitude, sa peau paraissait presque translucide, semée çà et là de quelques taches de rousseur qu'il n'avait pas remarquées dans le matin gris de Londres. Elle ne pouvait sûrement pas supporter le soleil sans écran total, sauf si elle poussait le mépris des apparences jusqu'à abîmer son épiderme sciemment.

Endormie, elle perdait cet air méfiant qui l'avait frappé d'emblée. Mais de quoi se méfiait-elle ? Pas de lui, tout de même ! Il n'avait rien fait pour... Pas encore, du moins.

Une fois réveillée, Flora s'était concentrée de nouveau sur son travail. Pour faire bonne mesure, il avait lu son livre d'une traite. A son grand étonnement, il ne s'était pas ennuyé un instant, captivé par cette plume alerte et vivante tout autant que par le récit. Il était à présent imbattable sur l'histoire de l'or en Afrique de l'Ouest.

La mine pensive, il tenta de tirer au clair ses impressions sur Flora et parvint à la conclusion qu'avec ce style démodé qu'elle cultivait de façon presque agressive, cette méfiance qu'elle ne cherchait même pas à dissimuler et ses mines glaciales, elle représentait tout ce qu'il détestait chez une femme.

Et voilà qu'après lui avoir battu froid pendant presque tout le voyage, elle se moquait ouvertement de lui, preuve qu'elle ne serait pas aussi facile à manipuler qu'il l'avait cru !

Un frisson d'exaltation le parcourut à cette idée. Un frisson inattendu. Cela faisait longtemps que l'issue de la chasse n'avait paru aussi incertaine. Ni l'enjeu aussi élevé.

2

— Vous n'avez toujours pas répondu à ma question, déclara-t-elle. Les araignées vous font-elles peur ?

— C'est peu dire !

Avouer une faiblesse ne manquait jamais d'éveiller cet instinct protecteur qui semblait inscrit dans les gènes féminins de toute éternité. Pourquoi perdre l'occasion de susciter la sympathie de sa compagne si cela pouvait lui rendre service ?

Flora le dévisagea posément avant de déclarer :

— L'avion s'est arrêté, monsieur Gifford.

Bram pesta. Il eût été bien incapable de déchiffrer les pensées de Flora et cela le déconcertait au plus haut point. Tournant la tête, il aperçut des bâtiments de bois recouverts d'une végétation florissante et se leva.

— Vous avez raison, mademoiselle Claibourne. L'avion s'est effectivement arrêté.

Dès qu'on enleva la porte, un air doux, chargé du parfum des tropiques, pénétra dans la carlingue. Un air lourd, épicé, différent.

— Voilà une nette amélioration par rapport à la grisaille londonienne, observa-t-il tandis qu'ils traversaient le tarmac pour rejoindre le terminal.

Flora rattrapa un peigne au vol et répliqua :

— Peut-être, mais il n'y a pas de serpents à Londres. Ni d'araignées mortelles.

Si Bram en doutait encore, il fut fixé sur la crédibilité qu'elle accordait à sa réponse sur les acariens.

— On ne peut pas tout avoir, que voulez-vous !

— En effet. Par exemple, vous n'aurez pas C&F.

Surpris par cette allusion inattendue à la querelle qui opposait leurs familles, Bram cherchait encore une riposte quand un homme vêtu d'une veste à col officier et d'un sarong s'avança vers Flora qu'il salua profondément.

— Quel plaisir de vous revoir, mademoiselle Claibourne ! Nous sommes très honorés que vous ayez entrepris un si long voyage pour rédiger un article sur notre trésor.

— J'en suis heureuse, docteur Myan. Permettez-moi de vous présenter mon collègue, M. Bram Gifford.

Le Dr Myan dissimula sa surprise sous un nouveau salut.

— Etes-vous également expert en bijoux anciens ?

— Je regrette de vous décevoir, mais Mlle Claibourne faisait allusion à d'autres intérêts communs.

La mine choquée du Dr Myan ne laissait aucun doute sur la façon dont il interprétait la nature de ces intérêts. Mais l'expression contrariée de Flora ravit Bram. C'était la première réaction spontanée qu'il provoquait chez elle.

— Je suis certain que vous apprécierez votre séjour, monsieur Gifford. Nous pourrions organiser des excursions pour vous quand Mlle Claibourne travaillera. Saraminda est une île paisible dont on ne peut manquer de tomber amoureux.

— L'amour et la paix ! s'exclama Bram. Que demander de plus ?

Puis, sans laisser le temps à sa compagne d'éclaircir la situation, il enchaîna :

— Je vous remercie de votre proposition, mais je préfère rester auprès de Flora et l'assister dans toutes ses activités.

Le silence par lequel répondit le Dr Myan fut tellement éloquent que Bram se demanda s'il ne nourrissait pas un faible pour Flora. L'hypothèse semblait peu probable, cependant, sauf si cet homme s'attachait davantage à l'intelligence qu'à l'apparence. A moins qu'il ne soit tout simplement froissé qu'elle ne s'intéresse pas exclusivement à ce qui l'amenait sur l'île.

Si tel était le cas, le trajet jusqu'à l'hôtel dut apaiser son anxiété. Flora bombarda le Dr Myan de questions, impatiente de savoir quand elle pourrait se rendre dans les montagnes pour visiter le site et prendre des photographies.

— Pourquoi voulez-vous voir la tombe ? Il n'y a rien de particulier là-bas.

— Je ne peux pas écrire sans avoir vu le site.

— Mais il faut marcher des heures pour l'atteindre ! Cela représente une véritable expédition dans un environnement difficile et je n'en vois vraiment pas la nécessité puisque le trésor se trouve au musée.

— Vous m'aviez promis que je pourrais le voir ! Je dois examiner les parois. Peut-être y a-t-il des motifs que je retrouverai sur les bijoux.

— Je suis désolé, c'est impossible.

— Comment ça, impossible ?

Désarçonné par cette insistance, le Dr Myan mit un moment à répondre.

— Il y a eu une secousse sismique, finit-il par expliquer. Les dégâts sont assez importants. Nous ne pouvons prendre le risque qu'il vous arrive quoi que ce soit sur les lieux.

— Je suppose que vous avez pris des mesures pour stabiliser la structure du site, observa Bram.

— Nous en sommes encore aux projets, répondit le Dr Myan avec gêne. Nous envisageons des travaux de grande envergure qui engloberaient la restauration du site et la construction d'une auberge pour permettre aux visiteurs de profiter de la nature environnante dans un maximum de confort.

— Vous comptez développer le tourisme vert ? demanda Bram.

— La flore et la faune sont superbes et…

— Tout ça est passionnant, coupa Flora, mais j'ai besoin de photographies de la tombe pour mon article.

Bram lui serra doucement la main pour lui faire comprendre

qu'elle n'arriverait à rien en harcelant Tipi Myan. Elle se dégagea d'un geste vif, mais laissa aussitôt tomber le sujet.

Lorsqu'ils furent arrivés au luxueux complexe hôtelier où ils devaient séjourner, Tipi Myan prétexta un rendez-vous urgent pour prendre congé.

— Profitez du jour férié pour vous reposer, conseilla-t-il en les quittant.

— Quel jour férié ? s'exclama Flora.

— Nous célébrons demain une des grandes fêtes religieuses de notre pays.

Dès qu'ils furent seuls, Flora laissa libre cours à son agacement.

— J'ai traversé la moitié du globe pour voir une tombe qui n'est plus accessible et, pour couronner le tout, je suis censée me tourner les pouces pendant une journée. Que vais-je bien pouvoir faire demain ?

Bram faillit lui soumettre plusieurs suggestions, cependant, comme elle ne semblait pas d'humeur à les entendre, il jugea plus sage de s'abstenir. La seule mention de baignades ou de bains de soleil lui attirerait à coup sûr les foudres de la demoiselle.

Après s'être acquittés des formalités hôtelières, ils suivirent un garçon qui les guida vers un bungalow enfoui dans la verdure et dont le jardin donnait sur la mer. Doté d'une structure de bois, d'un toit de chaume et d'une large véranda, il offrait un concentré de paradis.

Voir ces deux chambres plongea Bram dans la perplexité. Pourquoi deux chambres alors qu'on ne l'attendait pas ? Et en quoi la visite d'une chercheuse-designer justifiait-elle un tel déploiement de luxe et d'égards ? Le ministère du Tourisme cherchait-il à charmer Flora en espérant qu'elle userait ensuite de ses relations londoniennes pour attirer une riche clientèle ? Dans ce cas, ils avaient misé sur le mauvais cheval. A peine arrivée, Flora s'était plongée dans l'étude des photos que lui avait remises Tipi Myan sans un regard pour leur logement, signe qu'elle se souciait aussi peu de son environnement que de son apparence.

Et si le Dr Myan craignait qu'il la distraie de son travail, il n'avait aucun souci à se faire : Bram n'avait jamais vu personne d'aussi concentré, comme le prouva le silence qui accueillit une question du garçon d'hôtel.

— Voulez-vous prendre le petit déjeuner, Flora ? répéta Bram à la suite du jeune homme.

— Comment ça ? Oh… juste du thé, s'il vous plaît.

Elle trouva un sourire pour le jeune homme et reprit son examen sans autre commentaire.

Bram s'empara d'un cliché représentant une coupe en or martelé.

— C'est pour ce truc qu'on s'agite tellement ?

Elle lui prit la photo pour la contempler.

— S'il s'agit d'originaux, il y a de quoi.

— Pourquoi « si » ? Il se pourrait que ce soit des copies ?

— Je ne pense pas.

— Mais ?

— Mais je ne me prononcerai pas sur la foi d'une simple photo. Ni tant que je n'aurai pas vu le site.

— Pourquoi tenez-vous tant à y aller ? Vous êtes experte en bijoux anciens, pas archéologue.

— Si je dois signer un article dans un grand quotidien britannique, il me faut plus que quelques images. J'ai besoin d'un contexte, d'un cadre, d'antécédents historiques. A propos, pourquoi m'avez-vous empêchée d'insister auprès du Dr Myan ?

Tout en parlant, elle remit un peigne en place. Bram comprit soudain qu'ils servaient surtout à établir une distance avec lui, à la couper du contact de son regard et que, loin d'être indifférente, Flora était sur les nerfs. Etait-ce à cause de lui ? Il n'avait rien fait pour provoquer une telle réaction, alors pourquoi ?

— Le sujet le mettait mal à l'aise, dit-il en réponse à sa question.

— C'est curieux.

Les yeux rivés sur les photos, elle s'exclama d'un ton frustré :

— Quand je pense que je vais perdre deux jours avant de voir ces merveilles !

— Vous n'êtes pas obligée de les perdre. Le site funéraire n'est pas le seul agrément de l'île, je suppose. La plage a l'air superbe ; j'espère que vous avez pensé à apporter un maillot de bain en plus de vos chaussures de randonnée.

Elle le fixa d'un air interdit puis tourna la tête vers la mer.

— Cela ne m'est même pas venu à l'esprit, mais que cela ne vous empêche pas d'en profiter.

Sans autre commentaire, elle ouvrit son ordinateur portable et l'alluma.

Bram faillit lui dire qu'il serait plus sage de se reposer, mais il se l'interdit. Ce genre de conseil ne risquait pas d'améliorer l'opinion de Flora à son égard.

L'abandonnant à son travail, il alla chercher ses bagages qu'il trouva dans une des chambres, à côté de ceux de Flora.

La décoration très simple le séduisit au premier coup d'œil. Le bois prédominait, du plafond au parquet sombre qu'égayaient quelques tapis tissés à la main. Il n'y avait pas de meubles, à l'exception d'un immense lit à baldaquin protégé par une moustiquaire de coton blanc que la brise agitait doucement.

Le cadre invitait aux ébats les plus tendres. Malheureusement, Bram doutait que Flora prenne au pied de la lettre son intention de partager toutes ses activités avec lui.

Sa valise à la main, il gagna l'autre chambre en regrettant de ne pas avoir auprès de lui une femme sensuelle et généreuse avec laquelle il passerait des nuits inoubliables. Mais il ne s'agissait pas d'un séjour de détente, il fallait qu'il s'en souvienne.

Assommé par le manque de sommeil, il n'aspirait qu'à dormir. Cependant, le meilleur moyen de combattre le décalage horaire étant de se conformer aux horaires locaux dès l'arrivée, il ignora l'appel irrésistible du lin immaculé et s'offrit une longue douche pour se remettre d'aplomb.

*
* *

Tout en tapant son mot de passe, Flora suivit avec intérêt la retraite de Bram.

A quoi jouait-il ? Ce qui se passait chez C&F ne concernait pas Tipi Myan, certes, mais Bram avait-il besoin pour autant de laisser entendre qu'ils étaient amants ?

Elle n'avait pas cherché à rectifier cette impression car elle estimait que la nature de leurs relations ne regardait pas Tipi Myan, néanmoins elle en voulait à son compagnon.

Son visage se rembrunit. Malgré la chaleur de l'accueil que leur avait réservé Tipi Myan, il était évident qu'il s'était passé quelque chose depuis leur dernier contact téléphonique. Bram avait-il eu raison de l'empêcher d'insister ? Curieusement, elle avait compris aussitôt ce qu'il voulait lui dire, comme s'ils se connaissaient de longue date, comme s'ils étaient sur la même longueur d'onde…

Elle se frotta la main, comme pour effacer le souvenir de la main de Bram sur la sienne. Ce contact très bref lui avait paru étrangement familier. Trop, sans doute… Tout comme le trouble qu'il lui avait inspiré. Ne disait-on pas que les femmes tombaient toujours amoureuses du même genre d'homme, qu'elles n'apprenaient jamais ? Mais ce n'était pas son cas, songea-t-elle avec une moue amère. La leçon qu'elle avait reçue avait porté ses fruits. Depuis, elle se montrait si froide et si distante avec les hommes que ni son nom ni sa fortune ne les encourageaient à tenter leur chance deux fois. Si d'aventure, l'un d'eux s'y essayait, c'est qu'il avait des motivations suspectes, ce qui, de toute façon, le plaçait en position de perdant.

Avec Bram Gifford, malheureusement, il en allait tout autrement. Sa fortune ne l'intéressait pas puisqu'il nageait dans l'opulence. Son nom ne l'intéressait pas davantage puisqu'il était un Farraday. En bref, il ne cherchait qu'à découvrir ses faiblesses pour les utiliser contre sa famille et elle.

Sur cette conclusion, elle chassa Bram Gifford de son esprit et pianota sur le clavier, à la recherche d'un site d'information sur

Saraminda qui lui permettrait de comprendre ce qui l'empêchait d'aller visiter la tombe.

Bram se sentait presque humain. Un café accompagné d'un copieux petit déjeuner achèverait de le revigorer.

Il enfila un short et un T-shirt puis se rendit sous la véranda où il s'installa dans un confortable fauteuil en osier.

Peu après, le serveur déposa un plateau devant lui en le dévisageant d'un air ennuyé.

— Madame s'est endormie, monsieur.

Bram fut soulagé de l'entendre. Flora devait être exténuée. Il se souvenait avoir autrefois lui aussi refusé de céder aux exigences de son corps et continué à fonctionner à l'adrénaline. Il y avait toujours un contrecoup, un moment où le corps rendait les armes.

— Ce n'est pas grave, elle prendra son thé tout à l'heure.

— Elle dort sur sa chaise !

— Ah…

Ça aussi, il connaissait. Au réveil, tous les muscles protestaient et la nuque nécessitait un massage urgent.

— Je m'en occupe, merci de m'avoir prévenu.

Il s'arrêta au seuil du salon, incapable de réprimer un sourire. Flora avait dû s'écrouler sur le clavier peu de temps après qu'il l'avait quittée. L'ordinateur était toujours connecté à Internet et, sur l'écran, des images se succédaient à une rapidité vertigineuse.

Il lui toucha l'épaule sans aucun résultat. Quand il la secoua, elle marmonna quelques paroles indistinctes et tourna la tête sans se réveiller. Les marques des touches du clavier étaient imprimées sur sa tempe.

Dans une dernière tentative pour tenter de la ramener à la conscience, il lui effleura le contour de l'oreille du bout des doigts. Pour tout bijou, elle portait de minuscules dormeuses en or. Une parure bien discrète pour une femme dont la vie tournait autour des joyaux…

Ses efforts ne donnèrent rien, là non plus. Seul un peigne glissa sur le sol. Il le ramassa et le fourra dans sa poche. Puis, certain qu'il regretterait son geste tôt ou tard, il la souleva dans ses bras. La tête de Flora roula contre son torse, accompagnée d'une avalanche de peignes et d'épingles. Ses cheveux se déployèrent sur ses épaules. Sidéré par leur longueur, il la contempla avec stupeur. Une chevelure pareille avait quelque chose d'incroyablement sensuel, voire d'érotique. Pourquoi une femme qui accordait si peu d'importance à son apparence conservait-elle un attribut qu'elle n'utilisait pas à son avantage ? D'autant que sa coiffure semblait lui poser des problèmes en permanence.

Pourquoi autant de contradictions chez une femme qui paraissait au premier abord être simple et sans détours ?

Il fit un pas et retint un juron en posant le pied sur un peigne dont les dents s'enfoncèrent douloureusement dans sa chair. Flora, tout à fait endormie, ne s'aperçut de rien.

Une fois dans la chambre, il la déposa sur le lit avec d'infinies précautions. Pourtant, il était certain qu'elle eût continué à dormir s'il l'avait jetée comme un vulgaire paquet. Tout comme il savait qu'elle ne le remercierait pas de sa gentillesse et lui adresserait plutôt un coup d'œil réfrigérant en lui disant qu'il n'aurait pas dû se donner cette peine.

Pourquoi était-elle aussi désagréable ? Il n'était pas un monstre, que diable ! D'ordinaire, les femmes l'appréciaient. Il ne comptait plus ses amies… ni les innombrables ex-petites amies qui seraient ravies de l'expédier en enfer.

Peut-être que Flora avait décidé de couper court à la partie séduction pour passer directement à la phase hostile, songea-t-il avec un sourire. C'était une femme qui n'avait pas de temps à perdre, après tout.

En lui enlevant ses chaussures, il découvrit des pieds ravissants, mais dont les ongles le plongèrent dans la plus extrême perplexité. Pourquoi mettre du vernis bleu sur des orteils qu'on n'avait pas l'intention de montrer ? Quel genre de femme s'embarrassait d'une chevelure qui devait exiger des soins infinis pour les coiffer ensuite à la va-vite ?

Une femme avec des pieds exquis et des chevilles d'une finesse étonnante.

Posant les chaussures de Flora par terre, il entreprit de lui enlever sa veste. Pour être aussi froissé, le vêtement devait être en pur lin, détail qui, cette fois, ne l'étonna pas.

Assis au bord du lit, il attira Flora à lui en douceur et fit glisser la veste. La jeune femme s'affaissa contre son torse, le visage enfoui au creux de son cou. Si elle se réveillait maintenant, elle l'étranglerait sans aucun doute et, tant qu'à être à deux doigts d'une mort certaine, autant mourir pour quelque chose, décida-t-il en ôtant méthodiquement les épingles et les peignes qui restaient.

La chevelure de la jeune femme se déploya jusqu'à ses reins en une masse luxuriante et soyeuse. Fasciné, Bram la fit ruisseler lentement entre ses doigts avant de reposer Flora contre l'oreiller.

Allongée ainsi, elle était infiniment plus avenante que lorsqu'il était monté dans l'avion à Londres. Et comme la timidité ou la pudeur n'étaient plus de mise, il fit glisser le pantalon de Flora le long de ses jambes. Cela ne lui prit qu'un instant. C'est à peine s'il osa remarquer l'affriolante lingerie de dentelle ivoire ou les jambes qui tenaient toutes les promesses des chevilles.

Ensuite, il tira la moustiquaire pour empêcher les insectes de l'importuner, ferma les persiennes de la véranda derrière lui et retourna à son petit déjeuner.

Tout en savourant ses toasts, il réfléchit à la personnalité énigmatique de Flora Claibourne. Qui était-elle vraiment ? Pourquoi s'affublait-elle de ce déguisement de vieille fille alors que son corps — ainsi que ses sous-vêtements — étaient aussi jolis ? Il ne manquait à sa panoplie qu'une paire de lunettes. D'énormes lunettes en écaille assorties aux peignes, bien entendu.

3

Flora s'éveilla la tête lourde, le cerveau embrumé et les membres engourdis, comme si elle était restée dans la même position trop longtemps. Ce qui était effectivement le cas, se souvint-elle brusquement. Elle était restée dans la même position des heures d'affilée à côté de Bram Gifford dans l'avion. En travaillant pour éviter de parler, pour s'efforcer de dissiper la tension que provoquait chez elle la proximité de cet homme.

Quelle naïveté d'avoir cru qu'elle avait surmonté son problème avec les individus qui distribuaient des sourires comme d'autres respiraient et dont le charme inné la faisait fondre immanquablement ! A l'instant où Bram était monté dans l'avion, tout lui était revenu en force. La honte, l'humiliation… et le désir.

En attendant, il n'y était pour rien et elle n'avait pas le droit de le prendre comme bouc émissaire. D'autant qu'à la différence des autres, Bram ne faisait pas semblant de s'intéresser à elle. Bon, il fallait qu'elle fasse un effort d'amabilité. Elle devait bien ça à India.

En s'asseyant, elle écarquilla les yeux, stupéfaite de ne pas reconnaître la chambre. Elle avait dû s'endormir comme une masse pour n'en garder aucun souvenir, mais cela n'avait rien d'étonnant. A part une petite heure dans l'avion, elle n'avait pas fermé l'œil depuis quarante-huit heures. Son regard se posa sur les épingles et les peignes sagement alignés sur la table de nuit et les compta. Il en manquait un, mais comment avait-elle trouvé la force de se déshabiller et de défaire sa coiffure ? Machinalement, elle porta la main à sa tête pour y chercher en vain le peigne manquant. Sans doute était-il tombé…

La dernière fois qu'elle avait entrepris un voyage aussi long, elle s'était réveillée à son bureau avec un torticolis qui avait mis des jours à disparaître et une épingle coincée dans le clavier de l'ordinateur.

Elle se leva en s'étirant puis songea à son compagnon de séjour. Le calme olympien qu'il affichait mettait ses nerfs à rude épreuve. Et puis pourquoi avait-il toujours l'air aussi sérieux ?

La réponse s'imposa comme une évidence : parce qu'elle l'ennuyait, parce que ce séjour forcé sur cette île représentait pour lui une véritable corvée. Il était furieux d'être obligé de la suivre alors qu'il aurait pu être dans un de ces paradis des Caraïbes, entouré d'une nuée de jolies filles en quête d'une aventure passagère.

A ce sujet, elle pouvait s'estimer heureuse qu'il n'ait pas encore tenté sa chance auprès d'elle. Même quand on ne les encourageait pas, ce genre de coureur de jupons résistait rarement à la tentation de faire battre les cœurs. Quand sa mère n'était pas disponible, autrefois, ils s'attaquaient à Flora pour ne pas perdre la main, persuadés qu'ils faisaient une fleur à cette adolescente en mal d'affection. Malheureusement, elle avait appris à ses dépens que toutes les attentions n'étaient pas bienveillantes. Trop tard, certes, mais la leçon avait porté.

Bram Gifford devait se demander que faire pour obtenir une réaction de sa part. Elle n'avait même pas poussé le cri d'orfraie de rigueur quand il avait mentionné les araignées. Il devait la trouver soporifique en diable et, tout compte fait, cela ne lui déplaisait pas tant que ça.

Un petit sourire aux lèvres, elle se dirigea vers la douche.

Vingt minutes plus tard, enveloppée dans peignoir, une serviette nouée en turban autour de la tête, elle sortait de la salle de bains. Sa montre indiquait 3 heures de l'après-midi et elle tombait d'inanition.

En ouvrant les persiennes, elle découvrit Bram allongé sur une chaise longue, plongé dans un best-seller. Elle ne put s'empêcher d'admirer ses jambes : des jambes magnifiques aux muscles allongés comme souvent chez les amateurs de tennis. Un petit sourire joua fugitivement sur ses lèvres. Grâce à la prédilection de sa mère pour les sportifs, elle était imbattable sur le physique qui s'associait avec chaque type de sport.

Otant ses lunettes de soleil, il lui jeta un coup d'œil interrogateur.

— Vous vous sentez mieux ?

— Beaucoup mieux, merci.

Réprimant une furieuse envie de battre en retraite dans sa chambre, elle ôta la serviette et secoua ses cheveux. Ensuite, elle sortit un peigne à larges dents de sa poche et commença à les démêler.

— Je meurs de faim, avoua-t-elle.

— Le restaurant de la piscine a un buffet permanent. La cuisine est délicieuse. Il y a aussi une boutique, ajouta-t-il en désignant le livre. On y trouve les derniers succès, y compris le vôtre.

— Vous n'avez pas dormi ?

— J'ai préféré nager. Il vaut mieux essayer d'adopter l'heure locale dès l'arrivée.

— Tout le monde n'est pas un surhomme, que voulez-vous.

A cet instant, le peigne se prit dans un nœud et une grimace lui échappa.

— Il ne s'agit pas d'une critique, dit-il en quittant la chaise longue. J'ai dormi beaucoup plus que vous dans l'avion, c'est tout. Donnez-moi ce peigne, je vais vous aider.

Joignant le geste à la parole, il prit l'ustensile d'autorité.

Paralysée, Flora osait à peine respirer. Elle s'efforça de se persuader qu'il s'agissait d'un geste anodin qui ne signifiait rien, mais son corps ne tenait pas le même raisonnement. Elle n'avait pas été aussi proche d'un homme depuis une éternité. L'odeur qui émanait de Bram, les mouvements précis et minutieux de sa main, la mèche qui lui retombait sur le front, la façon dont il plissait les sourcils pour se concentrer sur sa tâche lui donnèrent le vertige.

— J'avais du travail, déclara-t-elle d'une voix sourde.

Tout en parlant, elle resserra la ceinture de son peignoir. Un geste qui trahit son trouble et qu'elle regretta aussitôt. D'ailleurs, pourquoi essayait-elle de se justifier ? Elle n'avait pas de comptes à lui rendre.

— J'ai dû m'endormir d'un seul coup, reprit-elle.

— Sur le clavier de votre ordinateur. J'ai pensé que vous seriez mieux dans un lit.

Flora se figea, à la fois glacée et brûlante.

— Vous m'avez portée dans ma chambre ?

— J'ai essayé de vous réveiller, mais vous dormiez comme une bûche.

Ainsi, non content de la prendre dans ses bras, il l'avait déshabillée et avait tiré la moustiquaire avant de partir sur la pointe des pieds.

— Ah…

Au lieu de lui servir cette réponse pathétique, elle devait le remercier, dire qu'elle aurait fait de même pour lui.

— Merci. C'était gentil de votre part.

Il avait poussé la sollicitude jusqu'à lui enlever ses épingles. Pour ce faire, il avait sans doute été obligé de la serrer contre ce torse incroyablement large afin de les ôter une à une, un exercice fastidieux qui exigeait de la patience et de la délicatesse. Etrangement, cette invasion de son intimité lui parut plus troublante que s'il l'avait entièrement dévêtue.

— J'ai donné votre tailleur à repasser. Il était en piteux état.

— Vous êtes un vrai boy-scout, ma parole !

D'une phrase, elle venait de révéler son embarras. Mais elle n'avait pas envie d'être reconnaissante, pas envie de le remercier.

— Vous avez faim, Flora. Allez vous habiller, je vous invite à déjeuner. Vous serez moins irritable l'estomac plein.

Sur le point de l'envoyer promener, elle se raisonna. Il essayait de détendre l'atmosphère et de lui être agréable, or elle ne pouvait en dire autant d'elle-même. Un petit effort ne lui coûterait pas grand-chose.

Non sans mal, elle parvint à esquisser un sourire acceptable.

— Vous avez raison. Quand j'ai faim, mes propos ont tendance à dépasser ma pensée.

— Dans ce cas, je veillerai à ce que cela ne se reproduise pas. Il serait dommage que vous preniez le Dr Myan à rebrousse-poil parce que vous êtes en état d'hypoglycémie. Cela risquerait de ternir cette image sérieuse que vous vous donnez tant de mal à présenter. A propos, je n'ai jamais compris comment des vêtements informes et une coiffure impossible pouvaient prouver l'intelligence de quelqu'un. Je compte sur vous pour m'expliquer ce mystère, un jour.

Sur ces entrefaites, il retourna sur la chaise longue, remit ses lunettes noires et reprit sa lecture en abandonnant Flora à sa stupeur.

Bram jeta un coup d'œil par-dessus ses lunettes pour la regarder s'éloigner. Cette femme était une vraie boule de nerfs. Quelle susceptibilité ! Quant à ces sourires qu'elle daignait lui adresser si rarement, ils lui inspiraient une méfiance sans bornes.

Néanmoins, elle avait vraiment des chevilles ravissantes et une chevelure étourdissante quand elle la laissait tranquille.

Comment avait-il pu croire qu'il allait s'ennuyer ?

Après une salade composée et un sandwich, Flora se sentit suffisamment ragaillardie pour s'intéresser à son environnement.

Chassant un insecte avec son chapeau, elle balaya du regard les abords de la piscine. Devant le restaurant, une seule autre table était occupée par une jolie blonde d'environ quarante ans. Elle faisait mine de lire, mais ses yeux revenaient sans cesse se poser sur Bram qui, loin de remarquer son manège, semblait passionné par son roman. Sans doute avait-il tellement l'habitude des hommages féminins qu'il n'y prêtait même plus attention. A moins qu'il préfère ne pas mélanger travail et plaisir.

— Où sont passés les autres clients ? demanda-t-elle.

— Ils doivent faire la sieste, comme tout le monde aux heures chaudes de la journée. Il y avait une vingtaine de personnes quand je me suis baigné, tout à l'heure.

— C'est un endroit magnifique. Je m'étonne qu'il ne soit pas plus fréquenté.

— C'est ouvert depuis seulement quelques mois et un peu hors des sentiers battus.

— Justement ! Je croyais que c'était ce que tout le monde recherchait.

— En effet, mais une fois que les gens l'ont trouvé, ce n'est plus hors des sentiers battus. Si vous faites une publicité enthousiaste à votre retour, vous provoquerez une véritable ruée, vous verrez.

— Tant que je n'aurai pas tout visité, je refuse de m'enthousiasmer. Vous pourriez m'aider, d'ailleurs. Vous savez vous débrouiller avec un appareil photo ?

La question sonna faux même aux oreilles de Flora. A dire vrai, elle n'avait aucune envie que Bram l'accompagne et se contentait de suivre le conseil d'India.

— Je sais cadrer sans couper les têtes ni les pieds, répliqua-t-il sans conviction. Mais je suis ici pour vous observer, pas pour faire le travail à votre place.

Une fois de plus, il arborait cet air sérieux qui déconcertait tellement Flora. A son grand regret, les lunettes de soleil qu'il portait l'empêchaient de déchiffrer l'expression de son regard.

— Je n'ai pas besoin que vous fassiez mon travail à ma place. En revanche, vous risquez de vous ennuyer si vous ne vous impliquez pas un peu : cette opération de doublon a pour but de vous apprendre à mettre les mains dans le cambouis, non ?

Flora avait conscience de faire preuve d'une parfaite mauvaise foi sans en éprouver le moindre remords. Elle avait accueilli la proposition de Tipi Myan avec d'autant plus d'enthousiasme qu'elle avait vu là le moyen rêvé pour échapper à Bram Gifford. Pour ne pas avoir à faire semblant de savoir en quoi consistait le métier de directeur d'une entreprise de l'importance de C&F, pour ne pas avoir à justifier le salaire que son père lui versait depuis son premier contrat alors qu'elle poursuivait encore ses études aux Beaux-Arts. A l'époque, elle avait proposé à Peter de travailler pour rien tant elle était heureuse de voir ses dessins prendre une forme concrète. Il lui avait ri au nez en déclarant qu'il la voulait sous contrat avant qu'un autre s'assure l'exclusivité de ses talents.

Son père n'était pas homme à tergiverser avec ses enfants et cette offre l'avait flattée. Flora avait eu l'impression de compter pour quelqu'un, or, à cette époque, elle en avait désespérément besoin. Par la suite, elle s'était passionnée pour l'histoire des métaux précieux et avait entrepris de longues études qui, aujourd'hui, faisaient d'elle une autorité en la matière. Voilà pourquoi ce voyage lui était apparu à double titre comme un cadeau du ciel.

Un mauvais calcul, hélas. A Londres, elle n'aurait vu Bram que pendant les heures de bureau. Ici, elle n'avait aucune échappatoire.

Le souvenir d'India la suppliant de l'aider lui revint en mémoire. Si on lui annonçait, comme à sa sœur, qu'elle devait laisser tomber du jour au lendemain ce métier qu'elle adorait et dans lequel elle s'était investie corps et âme pour laisser la place à une autre personne, elle vivrait également la chose comme un drame. Surtout quand ce n'était pas ses compétences qu'on mettait en cause, mais son sexe.

Elle devrait peut-être proposer à la blonde de se joindre à eux, après tout. Celle-ci ne demandait sûrement qu'à distraire cet encombrant compagnon de voyage.

— Vous avez l'intention de vous impliquer dans la gestion du magasin ou cherchez-vous seulement à éliminer la famille Claibourne de l'entreprise ? demanda-t-elle.

Comme elle s'y attendait, Bram éluda la question.

— Quel est l'aspect le plus important de votre travail ? Vos recherches sur les bijoux anciens ou la création ?

— Les deux sont indissociables. Le magasin finance mes recherches et mes voyages, et ceux-ci nourrissent mes créations.

— Si je comprends bien, vos comptes-rendus pour le département Voyages sont des extra ?

— Cela me permet d'exposer un point de vue personnel, rien de plus.

Ses rapports se bornaient en général à prendre une tasse de café en compagnie du directeur du département en lui racontant son séjour.

— Dans ce cas, voilà qui répond à votre question sur ce que vous allez faire jusqu'à l'ouverture du musée. Vous allez jouer les touristes.

— Un seul site m'intéresse.

— Il est interdit d'accès et je suis certain qu'il y a d'autres choses à voir.

— Pourquoi cette réticence, Bram ? Est-ce la longue marche dans les montagnes qui vous fait peur ?

— Je n'ai pas apporté de chaussures de randonnée.

Flora n'était pas prête à se décourager pour si peu. Elle était résolue à visiter le site et le verrait coûte que coûte. Et si Bram lui refusait son concours, elle s'en passerait.

— Vous avez raison, fit-elle avec un haussement d'épaules. Il y a sûrement d'autres choses à voir.

— Pourquoi ne commencez-vous pas ce soir ? Prenez un taxi jusqu'à Minda, imprégnez-vous de l'atmosphère de la ville, essayez un restaurant.

— Vous ne voulez pas m'accompagner pour prendre des notes ?

— Je vous ai déjà vue manger. Vous faites ça très proprement et vous possédez une excellente dextérité dans le maniement des couverts.

Flora se mordit la lèvre. Elle l'avait cherché. Et puis, elle ne s'était pas privée de lui faire comprendre qu'il n'était pas obligé de l'accompagner. Il serait grossier de se rétracter, mais l'idée de déambuler seule le soir dans une ville inconnue, même exotique, ne lui disait rien qui vaille.

Mal à l'aise, elle détourna les yeux et contempla la ligne d'horizon sur la mer. Un cargo s'éloignait de l'île, deux bateaux de pêcheurs sillonnaient la baie. En face, l'inconnue était toujours là. Et si elle avait déjà fait connaissance avec Bram ? se demanda-t-elle soudain. Peut-être étaient-ils convenus d'un rendez-vous ce soir.

Elle décida aussitôt d'en avoir le cœur net.

— Vous dînerez ici, ce soir ?

— Je ne pense pas. L'atmosphère n'est pas franchement exubérante.

— Si vous voulez que nous partagions un taxi pour aller en ville, dites-le-moi. Là-bas, vous trouverez sans doute toutes les distractions que vous souhaitez.

— Sans doute, mais comme vous allez tester la vie nocturne pour le compte de C&F, je vais peut-être vous accompagner, tout compte fait.

Flora pinça les lèvres. Le monstre ! Il l'avait fait marcher.

— Ce n'est pas nécessaire, monsieur Gifford. Vous pourrez consulter mes notes à vos heures perdues. Profitez-en pour…

— Appelez-moi Bram, coupa-t-il. Et n'oubliez pas que nous sommes collègues.

Ignorant la façon dont il insista sur le mot collègue, elle riposta :

— Vous feriez mieux de chercher une compagnie agréable et de vous amuser.

— Je préfère vous suivre. Cette expérience me permettra de superviser le département Voyages de C&F quand les Farraday reprendront le contrôle, fin juin.

Le sourire qui appuya cette remarque hérissa Flora. A cet instant, une idée germa dans son esprit. Une idée si lumineuse que, cette fois, son sourire fut parfaitement sincère.

— Puisque vous insistez, très bien ! Et si nous partons en excursion demain, que diriez-vous de louer une jeep ? Il faut un véhicule tout-terrain qui ne craint rien car les routes doivent être assez difficiles.

— Elles m'ont paru très carrossables quand nous sommes venus de l'aéroport. Sauf si vous projetez une excursion d'un type particulier.

Flora eut un petit rire.

— Comment le pourrais-je alors que je ne connais pas l'île ? J'espère que la boutique vend des cartes, d'ailleurs. Je vais en avoir besoin.

Pour toute réponse, Bram haussa les sourcils d'un air pensif. Posant sa serviette à côté de son assiette, Flora se leva.

— Commandez donc du café pendant que je vais voir si je peux m'en procurer une. A moins que vous ayez l'intention de m'accompagner, même si je doute que me regarder faire des emplettes puisse vous apprendre quoi que ce soit d'intéressant.

Bram abaissa ses lunettes pour considérer la robe chemisier kaki qu'elle portait et qu'elle avait choisie pour ses nombreuses et vastes poches.

— Je ne pense pas, en effet, déclara-t-il une fois son inspection terminée.

Flora ne put s'empêcher de sourire intérieurement. Seules des raisons pratiques motivaient ses choix vestimentaires. Lorsqu'elle avait essayé un autre style, plus féminin, plus séduisant, cela ne lui avait valu que d'amères désillusions.

Ramenant ses cheveux d'une main, elle les tordit pour les fourrer sous son chapeau puis se dirigea vers la boutique dans l'espoir de dénicher une carte au trésor qui, avec un peu de chance, lui indiquerait l'emplacement du site qu'elle cherchait.

4

Bram commanda le café sans quitter Flora des yeux tandis qu'elle contournait la piscine. La fluidité et la grâce toutes féminines de sa démarche contrastaient singulièrement avec ses manières brusques et les oripeaux dont elle s'affublait.

Plus le temps passait, plus il décelait chez elle une profondeur cachée. Il était d'ores et déjà convaincu que son accoutrement lui servait de déguisement. Flora ne serait jamais belle au sens classique du terme car ses traits étaient trop hardis, mais elle n'avait rien d'ordinaire. Et puis, pour avoir vu ses jambes, il savait qu'elle serait infiniment plus attirante déshabillée. Restait à découvrir pourquoi elle éprouvait le besoin de dissimuler ses atouts.

En revanche, il avait parfaitement compris pourquoi elle ne tenait pas à ce qu'il l'accompagne dans la boutique. L'achat d'une carte, la location d'une jeep et le sourire radieux qui avait illuminé son visage ne pouvaient signifier qu'une chose. Flora Claibourne n'était pas femme à se tourner les pouces ou à reculer devant le danger. Elle tenait à voir cette mystérieuse tombe et, si Tipi Myan refusait de l'y conduire, elle se débrouillerait pour y aller toute seule.

Enfin, pas vraiment seule, elle n'était pas stupide à ce point. Pas stupide du tout, même. Elle comptait mettre à profit sa promesse, ou plutôt sa menace, de la suivre partout pour entreprendre cette excursion dans les montagnes. Il lui revenait donc de s'assurer qu'elle échouerait car malgré les airs affables du ministre, il pressentait que celui-ci ne serait pas ravi de découvrir que son expert avait enfreint ses consignes. Il devait veiller à tout prix à lui éviter un accident. Cela ne devrait poser aucune difficulté, à moins qu'elle soit la première femme de sa connaissance à savoir lire une carte ou à être capable de diagnostiquer une panne de voiture.

La blonde assise en face de lui croisa son regard. Elle semblait avoir envie d'engager la conversation, mais elle perdait son temps. Il y avait longtemps qu'il évitait les femmes d'un certain âge qui prenaient des vacances en solitaire.

Pour bien lui signifier qu'il était occupé, il décocha un large sourire à Flora quand elle le rejoignit.

— Avez-vous trouvé votre bonheur ?

Elle acquiesça en posant son sac si brusquement qu'une partie du contenu se renversa sur la table. Une boussole en plastique resta coincée entre une carte et un guide touristique. Bram la saisit entre deux doigts.

— Quel genre d'excursion nécessite une boussole ?

Flora reprit son bien pour le ranger dans son sac.

— Je ne voyage jamais sans boussole.

— Et c'est moi que vous traitiez de boy-scout ! Pourquoi n'avez-vous pas acheté une carte topographique pour vous en servir ?

Flora déplia la carte.

— Celle-là ne suffit pas, vous croyez ?

— Si… à condition que votre excursion ne comporte pas de randonnée dans la jungle à la recherche de votre princesse perdue.

— La princesse a été trouvée. C'est sa tombe qui manque.

— Elle ne manque pas, elle est interdite d'accès.

— Vous pensez que je ne devrais pas la chercher ?

— Comprenez-vous le sens du mot « interdit » ?

— Très bien, mais c'est la raison de l'interdit qui m'échappe.

— Vous avez entendu Tipi Myan tout comme moi : le site est dangereux.

— Et alors ? Je n'ai pas l'intention de l'explorer, juste de le voir.

— Ce n'est pas prudent. Vous feriez mieux d'y renoncer.

Comme Flora ne répondait pas, Bram insista.

— Reconnaissez que j'ai raison.

Elle posa la main sur son cœur en déclarant d'un ton faussement innocent :

— Vous êtes un homme, Bram ! Comment pourriez-vous vous tromper ?

Elle s'efforçait de détourner son attention, mais, sous le ton moqueur, il devina une détermination et une obstination inébranlables qui lui plurent infiniment.

— Si vous répondiez par oui ou par non, ce serait plus simple.

— Si cela peut vous faire plaisir, sachez que je n'ai pas l'intention de m'enfoncer dans la jungle pour la bonne raison que je ne saurais même pas par où commencer.

Tout en parlant, elle rougit légèrement, preuve qu'elle ne se montrait pas d'une franchise parfaite. Sans insister, Bram s'empara du guide et le feuilleta.

— Il y a des pagodes et des temples, mais on n'y fait aucune mention de votre tombe, dit-il.

— La découverte est trop récente, je suppose.

— Avez-vous la moindre idée sur l'endroit où elle pourrait se trouver ? Le Dr Myan a bien dû vous donner une indication, non ?

— Mis à part le fait qu'elle est dans les montagnes à des heures de marches, non.

Malgré cette déclaration, son instinct soufflait à Bram que Flora tenait une piste.

— Les autorités doivent vouloir protéger le site pour éviter qu'il soit dégradé par des curieux ou des pillards. Je suppose qu'il est gardé.

— A quoi bon puisque les bijoux sont au musée ? Si personne ne dévoile l'endroit où se trouve le site, il n'y a aucune raison de le faire surveiller.

— Il suffit que deux personnes partagent un secret pour que ce n'en soit plus un.

Flora acquiesça d'un air songeur avant de déclarer :

— J'ai loué un 4x4.

— Une jeep ?

— Il ne s'agit pas d'un rebut de l'armée, rassurez-vous. Elle est neuve et possède l'air climatisé. Si vous voulez la conduire, vous devrez présenter votre permis de conduire à la réception pour l'assurance. Mais vous préférez sans doute louer votre propre voiture.

— Pourquoi ça ?

— Pour être libre de vos mouvements.

Et lui laisser la voie libre par la même occasion ! Se pouvait-il qu'il l'ait sous-estimée, qu'elle envisage de partir seule ?

— De toute façon, j'ai du mal à croire que cela vous intéresse de visiter des sites archéologiques alors que vous êtes en vacances, reprit-elle.

— Pourquoi êtes-vous persuadée que je suis en vacances ? Je suis ici pour travailler, tout comme vous.

— Je vous promets de ne rien dire à vos cousins si vous passez la journée de demain au bord de la piscine pour vous remettre du décalage horaire.

Pour bien lui faire comprendre son message, elle jeta un coup d'œil en direction de l'inconnue.

Si elle espérait le détourner de son objectif en lui faisant miroiter un flirt avec cette femme, elle perdait son temps. Il était plus que jamais déterminé à ne pas la lâcher d'une semelle. Ne serait-ce que parce qu'ils se trouvaient dans un pays étranger peu habitué aux touristes et qu'elle prendrait des risques en partant seule.

— Vous vous méprenez sur mon compte, Flora. J'adore faire du tourisme et j'ai la ferme intention de vous accompagner.

Flora ne fut pas dupe. Bram mentait comme un arracheur de dents. Il n'avait pas plus envie qu'elle de jouer les touristes, mais il semblait résolu à l'empêcher de chercher la tombe. Heureusement, elle avait plus d'un tour dans son sac.

— Très bien. Que diriez-vous de commencer par la réserve de primates ? dit-elle en lui montrant la photo d'un bébé singe dans le guide. On y élève des animaux orphelins qu'on relâche dans leur milieu naturel quand ils sont assez grands.

— Dans les montagnes ?

— C'est un environnement protégé.

— Je préférerais goûter à la culture locale, si cela ne vous ennuie pas.

Bram lui prit le livre et lui montra un palais situé près d'un lac au milieu d'une vallée.

— Le décor devrait vous inspirer. Le jardin botanique a l'air tentant aussi.

— Comment le savez-vous ?

— Le guide l'affirme.

En se penchant pour regarder, Flora effleura l'épaule de Bram. Elle se redressa aussitôt, toutefois il eut le temps de percevoir son parfum, une fragrance fleurie et discrète, comme si elle tenait à affirmer sa féminité mais le plus secrètement possible. Il retrouva là le paradoxe que lui posaient les cheveux longs qu'elle refusait de mettre en valeur, les ongles des orteils soigneusement vernis, la lingerie affriolante dissimulée par des tenues informes.

— Je me demande s'ils ont songé au potentiel que représentent les mariages de touristes en quête de romantisme exotique, déclara-t-il. L'année dernière, un de mes amis s'est marié au jardin botanique de Singapour. C'est un marché en expansion.

— Dans ce cas, ajoutons le jardin botanique à notre liste. J'aimerais également aller à la fabrique de tissus, mais je propose de commencer par la réserve. C'est l'endroit le plus éloigné, nous ferons le reste petit à petit sur le chemin du retour.

— Une fois qu'on a vu un singe, on les a tous vus. Le palais m'attire davantage.

— Vous n'avez pas voix au chapitre. Nous demanderons à

l'hôtel de nous préparer un pique-nique et nous nous arrêterons sur une plage pour le déjeuner.

— Vous croyez que le naturisme est toléré ici ?

— Comment ça ?

— Vous n'avez pas apporté de maillot, je vous rappelle.

Flora s'empourpra.

— J'en achèterai un à la boutique de l'hôtel.

— Un Bikini, par exemple.

Etrangement, l'idée de la voir privée de son armure de vêtements réveillait chez Bram un instinct venu du fond des âges. Plus elle se cachait, plus il avait envie de découvrir ce qu'elle s'efforçait de dissimuler. D'ailleurs, une furieuse envie de lui enlever son chapeau pour voir cascader cette exceptionnelle chevelure sur ses épaules le démangeait. S'il s'écoutait d'ailleurs, il ne s'arrêterait pas au chapeau. Il mourait d'envie de la dépouiller de ses protections une par une pour dévoiler la véritable Flora Claibourne.

— Vous êtes d'accord pour le pique-nique sur la plage ? s'enquit-elle en ignorant sa remarque.

— Le sable et les sandwichs font rarement bon ménage.

— Dans ce cas, oublions la plage. Nous mangerons au milieu des orchidées dans le jardin botanique et réfléchirons aux possibilités des mariages.

Elle se pencha un peu et tourna quelques pages en veillant à ne pas le toucher.

— Regardez ! Le guide dit qu'on peut y voir des papillons grands comme la main.

— En évitant de mentionner les fourmis aussi grosses que des rats.

Flora le dévisagea en fronçant les sourcils.

— Vous avez un problème avec les insectes, dites-moi. Avez-vous envisagé de vous faire soigner ?

— Je vous remercie du conseil, mais je préfère m'en tenir aux lotions anti-moustiques.

Pour l'instant, de toute façon, son seul problème concernait une femme qui semblait fuir les hommes comme la peste et ce n'était pas une thérapie qui le résoudrait. Si Flora savait que Jordan lui avait suggéré de la séduire pour égaliser le score avec sa sœur Romana, elle se méfierait encore plus. Pour remplir la mission que lui avait assignée son cousin, il allait devoir faire preuve de prudence. D'abord, il lui faudrait gagner l'amitié de la donzelle et ensuite…

Il s'interdit d'aller plus loin, de peur que son imagination l'entraîne au-delà des limites raisonnables.

Aussi surprenant que cela paraisse, il se piquait au jeu. Il y avait chez Flora un mystère dont il pressentait que personne ne l'avait encore découvert. Une nécessité de plus en plus impérieuse le poussait à percer à jour cette part secrète d'elle-même qu'elle défendait farouchement.

Et tant qu'à faire, autant commencer par les choses les plus simples.

— Y a-t-il autre chose que je devrais savoir à votre sujet en cas d'urgence médicale ?

— Comme ?

Bram l'imagina ensevelie sous les ruines du tombeau.

— Si je le savais, je ne vous poserais pas la question. Avez-vous un groupe sanguin rare, êtes-vous allergique à la pénicilline, aux cacahuètes ?

— Seulement aux lotions anti-moustiques. J'utilise des huiles essentielles à la place. Nous avons une herboriste extraordinaire au magasin. Elle a préparé un mélange spécial pour mon séjour en Afrique l'année dernière.

— Et ça a marché ?

— Je n'ai pas d'élément de comparaison, mais le parfum est bien plus agréable que celui des produits chimiques. Si vous en doutez, vous n'avez qu'à juger par vous-même.

Joignant le geste à la parole, elle lui tendit son poignet.

Avec une autre femme, Bram aurait porté le poignet à ses lèvres pour l'embrasser à la naissance, là où la peau était pâle, fine et délicate. Avec Flora, il n'osa pas et se leva brusquement.

— C'est censé repousser les insectes, pas les hommes, s'exclama-t-elle.

Bram consulta sa montre.

— Ce n'est pas vous qui me faites fuir mais, si nous sortons ce soir, je vais dormir un peu. Vous pourrez frapper à ma porte si je n'ai pas donné signe de vie à 19 h 30 ?

— Et moi qui croyais que vous étiez un homme de fer, résolu à adopter l'heure locale au plus vite.

— Sous les climats chauds, l'heure locale comporte une sieste, surtout quand on est en vacances.

— J'avais cru comprendre que vous ne l'étiez pas.

En effet. S'il était vraiment en vacances, il ne serait pas en compagnie de cette femme exaspérante. En proie à une soudaine irritation, il lança d'un ton sec :

— Votre nez rougit. J'espère que vous avez de l'écran total.

Sans rien dire, Flora sortit un tube de son sac et appliqua une longue bande de crème le long de son nez.

— Satisfait ?

— Ravi !

Le regard de Flora s'attarda malgré elle sur les jambes de Bram. Elles se déplaçaient d'un pas résolu et soutenaient un corps superbe capable de saper la volonté de la femme la plus déterminée.

Il n'était pas juste qu'un seul homme possède autant d'atouts. Dieu merci, il lui manquait certaines qualités et pas des moindres. A force d'être adulé par les femmes, il en oubliait d'être aimable, mais pourquoi ferait-il des efforts quand elles continuaient à se jeter à sa tête ? La nature humaine ne variait pas, même chez les êtres les plus intelligents. En attendant, sur le plan physique, il incarnait à la perfection son idéal masculin et s'il faisait preuve de gentillesse à son égard, il lui serait bien plus difficile de le détester. Elle devrait donc lui être reconnaissante de lui rendre la tâche aisée.

De toute façon, elle n'intéressait pas Bram Gifford pour la bonne raison qu'elle refusait de se plier aux règles superficielles qui gouvernaient ses relations avec le sexe opposé. D'après le rapport que lui avait remis India, la vie de Bram se divisait en deux parties bien distinctes. Le jour, il se consacrait à sa profession avec succès puisqu'il était un des avocats d'affaires les plus réputés du pays ; le soir, il se métamorphosait en bourreau des cœurs et, en homme qui ne croit pas aux liaisons qui durent, il multipliait les aventures éphémères.

La mine rêveuse, elle but son café à petites gorgées en contemplant l'inconnue. Celle-ci ressemblait exactement au genre de femmes que fréquentait Bram — en un peu plus âgé, peut-être. Heureusement, il semblait indifférent aux charmes de la belle.

Soulagée et agacée de l'être, Flora plongea la main dans son sac et en sortit la carte topographique cachée au fond, celle qui n'était pas tombée, celle sur laquelle la vendeuse de la boutique lui avait obligeamment indiqué l'emplacement du tombeau.

L'esprit en ébullition, elle établit un plan d'action pour le lendemain, une fois qu'elle aurait semé son doublon. Elle comptait faire d'une pierre deux coups, et même trois : se débarrasser de Bram, voir la tombe et démontrer les ressources des Claibourne.

Le soleil déclinait quand elle se leva pour regagner le bungalow.

La blonde était toujours là, plus seule que jamais. Etonnée qu'elle n'eût pas bougé de l'après-midi, Flora s'apprêtait à aller la trouver pour lui demander si tout allait bien quand un serveur apporta un message à l'inconnue qui le suivit aussitôt.

5

Flora était habituée à voyager léger et elle n'avait vu aucune raison de changer ses habitudes pour les beaux yeux de Bram Gifford. A Londres, quand elle avait encore les idées claires, cela lui avait même paru évident.

Elle choisit donc de porter l'ensemble noir qu'elle emportait partout et qui s'adaptait à toutes les circonstances. Composé d'une tunique et d'un pantalon large, il ne prenait pas de place, se lavait sans avoir besoin d'être repassé et traversait les modes sans problème.

Prise d'un doute, cependant, elle essaya de le voir à travers les yeux de son acolyte. Peut-être était-il temps de le remplacer, tout de même. Non sans stupeur, elle s'aperçut qu'elle mourait d'envie d'acheter quelque chose de neuf pour cette soirée à Minda, une tenue à couper le souffle qui effacerait le petit sourire narquois de Bram.

Malheureusement, ce genre d'envie ne pouvait se terminer que dans les larmes. Elle y avait déjà cédé, s'en était mordu les doigts et s'était juré de ne plus recommencer. Elle y était arrivée sans trop de difficulté. Une fois qu'on avait compris que les relations sentimentales n'étaient qu'un leurre, on ne se laissait plus prendre au piège. Voilà pourquoi elle avait supprimé le maquillage, les coiffures à la mode et les robes sexy et, jusqu'ici, elle n'avait jamais été tentée de revenir sur sa position.

Elle serra ses cheveux un peu plus que d'habitude, ajouta

quelques épingles supplémentaires pour pallier l'absence du peigne manquant dont elle n'osait pas demander à Bram s'il l'avait trouvé.

Pourquoi s'était-il donné le mal de lui ôter ses épingles et ses peignes alors qu'il aurait pu se contenter de la laisser sur le lit ? Qu'il ait enlevé les chaussures, cela allait de soi, mais, pour le reste, avait-il agi par gentillesse ou par curiosité ?

En enfilant ses sandales, elle contempla ses orteils en souriant. Qu'avait-il pensé en les découvrant ? Il avait sûrement un avis décapant sur la question.

Les clés de la voiture à la main, elle sortit sous la véranda pour attendre son compagnon. Elle n'avait pas eu besoin de le réveiller : le bruit de la douche à travers la cloison l'avait avertie que c'était déjà fait.

A sa grande surprise, il était prêt. Accoudé à la rambarde, il contemplait l'océan illuminé d'étoiles. Il portait un pantalon de coton beige et une chemise bleue à col officier dont les manches retroussées révélaient ses avant-bras puissants. Une mèche rebelle lui retombait sur le front et il était si beau qu'elle eut presque envie de le manger.

En l'entendant, il tourna la tête et lui jeta un regard qu'elle commençait à bien connaître. Il n'avait rien d'admiratif, comme s'il se demandait ce qu'il avait fait pour se voir infliger une soirée avec elle. Elle crut même déceler une lueur de déception dans ses yeux. C'était exactement ce qu'elle espérait, mais, contre toute attente, elle n'en éprouva aucune satisfaction.

— J'espère que je ne vous ai pas fait trop attendre ? lança-t-elle.

— Je ne suis pas pressé.

Ça, elle voulait bien le croire !

Il tendit la main pour qu'elle lui donne les clés de la voiture. Ignorant son geste, elle descendit les marches et s'élança vers le parking, sans se préoccuper de savoir s'il la suivait ou non. Il était vrai qu'elle n'avait pas fait d'effort vestimentaire, mais un minimum de politesse ne coûtait pas grand-chose. Cela étant, s'il lui avait fait un compliment pour la forme, elle n'aurait jamais cru à sa sincérité, preuve qu'il était plus perspicace qu'elle ne le pensait.

Bram se plaça entre la voiture et elle au moment où elle s'apprêtait à ouvrir la portière.

— Je vais conduire.

Pas si perspicace, rectifia-t-elle aussitôt. S'il ne supportait pas qu'une femme prenne les choses en main, il ne fallait plus s'étonner qu'il ne la croie pas capable de siéger au conseil d'administration d'une entreprise qui pesait plusieurs millions de livres. Cet honneur lui coûtait, certes, mais c'était à elle de choisir si elle l'acceptait ou non, et le comportement de son compagnon lui donnait plus que jamais le désir de se battre. Pour garder sa place au conseil d'administration. Ou derrière le volant.

— Si vous voulez conduire, vous n'avez qu'à louer une voiture.

— Si c'est l'assurance qui vous tracasse, j'ai fait enregistrer mon permis.

— Là n'est pas la question ! J'ai loué ce véhicule, je le conduis.

Elle attendit qu'il se déplace. Il ne bougea pas d'un pouce.

— Vous êtes incapable de maîtriser vos cheveux, Flora. Je ne suis pas prêt à risquer ma vie pour savoir s'il en va de même quand vous êtes au volant d'une voiture. Seule, faites ce que vous voulez mais, quand je suis là, c'est moi qui conduis.

Les yeux rivés sur elle, il s'empara des clés sans que Flora ait le réflexe de serrer les doigts pour l'en empêcher. Il ouvrit la portière côté conducteur puis, comme elle demeurait immobile, il ajouta :

— Je vous aiderais volontiers à monter, mais les femmes modernes sont tellement susceptibles que je n'ose pas vous le proposer.

Sur le point de riposter par une réplique cinglante, Flora se retint. Sortir de ses gonds ne servirait à rien puisqu'il se moquait éperdument de son opinion ou de sa réaction.

— Vous avez peut-être raison au sujet de ma coiffure, déclara-t-elle. En revanche, je n'ai rien à prouver sur mes talents de conductrice. Cela dit, si le fait d'être conduit par une femme menace votre virilité, surtout prenez le volant.

Contournant la jeep, elle s'installa sur le siège passager. Elle n'avait en effet pas besoin qu'un homme l'aide à monter en voiture. D'ailleurs, elle n'avait pas besoin d'un homme tout court.

Bram n'avait pas bougé. La mine perplexe, il semblait se demander par quel miracle elle venait de marquer un point alors qu'il avait obtenu gain de cause.

Il avait fait de son mieux pour provoquer sa colère, devina-t-elle. Le pauvre ! Il ignorait qu'elle ne se mettait plus en colère. En revanche, elle lui rendrait la monnaie de sa pièce… mais plus tard. Quand il s'apercevrait qu'il irait faire du tourisme tout seul demain matin, il regretterait son attitude.

Lorsqu'il la rejoignit à l'intérieur, elle lui décocha un large sourire.

— Vous n'auriez pas trouvé un de mes peignes par hasard ? Il m'en manque un.

— Pourquoi ne vous faites-vous pas couper les cheveux ? Cela vous simplifierait la vie.

— J'ai failli le faire une fois.

Loin de s'offusquer, Flora répondit d'autant plus volontiers que rien de ce qu'il pourrait dire à ce sujet ne pouvait la blesser. Sur ce chapitre, ses cicatrices étaient définitivement guéries.

— Qu'est-ce qui vous a arrêtée ? demanda-t-il en démarrant.

— Un homme. Sam ou Seb, je ne sais plus.

— Un homme ?

Oui, un homme… Il lui avait murmuré que ses cheveux étaient doux comme de la soie, qu'ils étaient merveilleux et qu'elle ne devait jamais les faire couper.

Chaque jour en se coiffant, elle se souvenait de ces paroles. Et chaque jour, elle se rappelait de ne plus jamais croire à ces mensonges.

— Ne me regardez pas avec ces yeux de merlan frit, Bram. Une telle surprise frise l'impolitesse.

Bram démarra en se maudissant de ne pas avoir su dissimuler

sa stupeur. Il méritait ce rappel à l'ordre cinglant. Pourtant, il ne put résister à l'envie de lancer une pique.

— Je suis surpris qu'une Claibourne ait suivi les conseils d'un homme, c'est tout.

— Ma seule excuse est que j'étais très jeune à l'époque.

Quel âge avait-elle ? se demanda Bram. Seize ans, dix-sept ? A quoi ressemblait-elle alors ? Etait-elle une jeune fille innocente aux rêves encore intacts ?

— Cela explique tout, murmura-t-il.

Sauf son attitude agressive. Décidé à faire preuve d'amabilité, à essayer de la faire rire pour qu'elle se détende et oublie un peu ses satanés cheveux, il était déçu qu'elle n'ait fait aucun effort de toilette pour ce dîner. Elle ne s'était même pas donné la peine de mettre ne serait-ce qu'un soupçon de rouge à lèvres ! Pourtant, ce n'était pas bien compliqué. Moins, en tout cas, que de se vernir les ongles des pieds en bleu.

Pour qui avait-elle fait cet effort-là ? Pour celui dont elle prétendait ne plus se rappeler le prénom ? Pourquoi cette idée le contrariait-elle ?

Parce qu'il n'avait pas l'habitude de passer après les autres, tout simplement. Il s'était naïvement imaginé qu'il suffirait d'un sourire pour que la demoiselle lui confie ses petits secrets, mais il fallait croire que ses relations avec les femmes avaient été trop faciles pour lui depuis trop longtemps. Il se montrait trop sûr de lui et avait bien besoin d'un défi pour retrouver ses réflexes.

En proie à une sourde irritation, il se concentra sur la route.

En arrivant à Minda, ils progressèrent à une allure d'escargot à cause des touristes qui envahissaient la chaussée.

— Si nous nous garions ? suggéra Flora. Il y a une place là-bas. Elle est un peu petite, mais cela ne devrait pas vous poser de problème. Contrairement aux femmes, les hommes possèdent un gène spécial pour réussir les créneaux.

Bram partit d'un grand éclat de rire.

— Qu'y a-t-il de drôle ?

— Vous devriez vous acheter une paire de faux cils pour faire ce genre de déclaration, dit-il en se garant. Des cils très longs que vous pourriez battre à loisir.

Il éteignit le moteur et se tourna vers elle.

— Je suis désolé, Flora. Je ne déteste pas être conduit par une femme, je déteste être conduit tout court.

— Vous n'êtes pas du tout désolé, Bram. Vous et vos cousins êtes des espèces de dinosaures, tellement en retard sur notre époque que votre race est pratiquement éteinte.

— Mon cas semble désespéré, j'ai l'impression, répliqua-t-il en riant de plus belle. Vous feriez peut-être mieux de…

Elle le coupa d'un geste.

— Vous comptez vous métamorphoser d'un coup de baguette magique et me proposer de conduire pour rentrer à l'hôtel, c'est ça ? Je serais censée vous être reconnaissante d'être obligée de boire de l'eau toute la soirée pendant que vous testerez les liqueurs locales ?

Ce n'était pas ce que Bram s'apprêtait à dire, mais il ne pouvait lui reprocher de lui prêter ce genre de pensées. Et comme il ne perdait rien à lui laisser croire qu'elle avait remporté une autre manche, il déclara :

— Tout juste. Venez, cherchons un restaurant où vous pourrez continuer à énumérer mes défauts.

— Cela risque de durer longtemps.

— Je n'en doute pas. Quand vous aurez fini, vous m'expliquerez pourquoi vos ongles de pieds sont bleus.

— C'est le vernis ou la couleur qui vous intrigue ?

— Je vous laisse deviner.

Il lui prit la main d'autorité et, comme il s'y attendait, elle voulut se dégager.

— Laissez-vous faire, Flora. Il serait facile de se perdre dans cette foule.

— Voilà que ça vous reprend. Je ne suis pas une petite fille, Bram. J'ai vingt-six ans et je suis membre du conseil d'administration du grand magasin le plus réputé de Londres.

— N'oubliez pas que je suis un dinosaure attaché à des

principes démodés, alors accordez-moi ce petit plaisir qui flatte mon orgueil masculin.

Quand il se montrait aimable, Flora se méfiait encore plus. Pourtant elle lui laissa sa main et ferma les yeux en se disant qu'elle maîtrisait parfaitement la situation et ne se laisserait pas berner par la gentillesse ou de belles paroles.

— Flora ?

Ouvrant les yeux, elle s'aperçut qu'il la dévisageait d'un air soucieux.

— Excusez-moi. J'essayais d'imaginer à quelle race de dinosaure vous apparteniez. A celle des énormes monstres avec un cerveau aussi petit qu'un pois chiche ou à celle de ces créatures repoussantes et terrifiantes qui…

— Gardez la conclusion pour vous, coupa-t-il. Je devine déjà qu'elle ne sera pas flatteuse et je préfère ne pas l'entendre.

— Si j'ai appris quelque chose de ma mère, c'est qu'un homme adore entendre parler de lui.

— Avec autant de maris à son actif, elle possède sûrement de nombreuses informations intéressantes sur le sujet. Au moins autant que de pensions alimentaires.

— Cette époque est terminée.

— C'est vrai. Le dernier en date n'est pas millionnaire. Elle l'a épousé pour ses prouesses sexuelles.

— En attendant, c'est grâce à elle que j'ai deviné que vous mourez d'envie qu'on vous classe dans la catégorie des proches cousins du Tyrannosaurus Rex.

— Mourir d'envie est peut-être un peu exagéré.

Flora se détourna du regard sombre qui la dévisageait. Un regard de plus en plus perçant, de plus en plus intense, qui la déstabilisait. Elle souhaitait ardemment oublier leur proximité, s'arracher à cette intimité inattendue, au danger qui émanait d'un homme qui n'hésiterait pas à tourner le moindre signe de faiblesse de sa part à son propre avantage. Elle aurait donné beaucoup à cet instant pour se dégager, mais cela serait revenu à reconnaître sa vulnérabilité, à admettre son trouble, or il n'en était pas question.

— J'aimerais faire le tour des échoppes avant de dîner, déclara-t-elle.

— Bonne idée. Il me tarde d'assister à une démonstration de vos talents de prospecteur.

— J'ai du mal à vous croire.

— Pourtant, je suis là.

En effet. Flora ne comprenait toujours pas pourquoi il avait décidé de l'accompagner au lieu de rester auprès de la belle blonde. Sans doute espérait-il glaner quelques renseignements susceptibles de servir sa cause dans la querelle qui opposait leurs familles, conclut-elle sans illusions.

Chassant ces idées peu réjouissantes, elle contempla l'intense activité qui régnait autour d'eux. Des vendeurs des rues proposaient des plats épicés, des légumes ou des pâtisseries. A un éventaire qui proposait des statuettes et des masques sculptés dans le bois, Bram acheta un masque terrifiant pour le fils d'un ami et le plaça devant son visage pour que Flora juge de l'effet.

— Sa mère vous bénira quand son fils fera des cauchemars, commenta-t-elle en se tournant vers un étal de bijoux.

— Tous ses amis l'envieront, répliqua-t-il.

S'étant baissé pour examiner l'étal, il se releva et plaça un pendant en argent près de l'oreille de la jeune femme.

— Pourquoi ne portez-vous pas de bijoux ? Vous pourriez faire de la publicité pour vos créations.

— India et Romana sont bien meilleures que moi pour ce genre de prestation.

La main de Bram effleurait à peine Flora, pourtant elle frissonna à son contact. Elle prit la boucle d'oreille pour l'examiner de près. Elle était faite à la main, avec une inscription qu'elle ne put comprendre et, si la finition laissait à désirer, elle se rattrapait par l'audace de ses formes.

Flora sélectionna une demi-douzaine de paires puis engagea avec le vendeur un marchandage bon enfant mais compliqué car il ne parlait pas un mot d'anglais. A force de comptes sur les doigts et de gesticulations, ils finirent par tomber d'accord.

— Avez-vous remarqué qu'il n'y a aucun bijou en or ? observa-t-elle en s'éloignant.

— Vous vous interrogez sur la provenance de l'or des parures de la princesse, je parie.

— En effet. Sans doute y a-t-il eu un petit gisement autrefois, mais il doit être épuisé depuis belle lurette.

— Peut-être que les premiers habitants de Saraminda étaient des pirates et que cet or provenait de leurs rapines.

— C'est une possibilité, pas la seule. Si cela se trouve, la princesse n'était pas originaire de l'île. Elle pourrait avoir succombé à une maladie au cours d'un voyage en mer et avoir été enterrée ici par son équipage.

— Vous croyez qu'ils seraient restés assez longtemps pour édifier un tombeau ?

— S'il s'agissait d'une fille, d'une épouse ou d'une mère adorée, pourquoi pas ? Le mystère qui entoure cette découverte est vraiment captivant, je trouve.

— Est-ce pour cette raison que vous tenez absolument à voir les ruines ?

— Oui. Si je n'ai pas une idée de l'atmosphère, mon article risque d'être une longue énumération sans aucun souffle épique.

Consciente de s'emballer, Flora se tourna vers une autre boutique.

— Oh, regardez ! Quelle merveille !

Elle s'approcha d'un étal de tissus brodés de fils d'argent dont les motifs représentaient des figures géométriques ou des animaux. Sans réfléchir, elle drapa une des étoffes autour d'une épaule et se tourna vers Bram.

— Qu'en pensez-vous ?

— Que vous devriez ajouter la fabrique de tissus à notre programme de demain.

Flora avait complètement oublié leurs projets. Dans son esprit, il s'agissait juste d'un moyen de convaincre Bram qu'elle n'irait jamais voir la tombe sans lui.

— J'irai plutôt après-demain, à la première heure. Maintenant, dites-moi celui que vous préférez.

Bram désigna une étoffe où le bleu, l'argent et le bronze prédominaient et la déploya devant Flora en imaginant sa chevelure cascadant sur ses épaules.

— Celui-là me plaît beaucoup.

Pendant un instant, Flora eut l'impression de lire les pensées de Bram, de se voir par ses yeux. Malheureusement, il rompit le charme en ajoutant :

— Cela ira très bien avec votre vernis à ongles.

Pour masquer sa déception, elle pivota d'un mouvement brusque vers le vendeur pour choisir des tissus.

— Vous pensez aller à la fabrique avant de visiter le musée ? lança Bram. Je n'aurais jamais cru que vous retarderiez votre première rencontre avec le trésor de la princesse pour quelques bouts de tissu.

Il avait de bonnes raisons d'être sceptique. Sans lui, elle aurait attendu la fin de son séjour avant de se rendre à la fabrique. Mais l'occasion de prouver qu'elle mettait Claibourne et Farraday sur un pied d'égalité avec sa passion était trop belle pour la laisser passer.

— Les affaires sont les affaires, déclara-t-elle d'un ton péremptoire. Je dois prendre contact et faire expédier des échantillons à Londres au plus vite.

Bram contempla d'un air stupéfait la pile de tissus qu'emballait le marchand.

— Dans ce cas, pourquoi en achetez-vous autant ?

— J'ai besoin de voir ce que cela donne quand ils sont coupés. L'idéal serait de trouver un tailleur maintenant. Cela ne vous ennuie pas trop de porter le paquet ? Il est un peu lourd pour moi.

Tant qu'à être en compagnie d'un homme aux principes d'un autre âge, autant en profiter, se dit-elle. Mais, en récompense, elle lui laissa sa main quand il s'en empara. De toute façon, cela ne signifiait rien, absolument rien.

— Merci d'être aussi patient.

— J'apprends beaucoup. Acheter est un vrai travail. Quand je pense que vous le faites en dehors des heures de bureau ! Votre sens du devoir est vraiment admirable.

— Je vous rappellerai cette remarque désobligeante dans un an, quand les femmes s'arracheront les vestes fabriquées avec ces tissus qu'on ne trouvera que chez C&F.

— Dois-je comprendre que vous comptez rester comme styliste quand nous prendrons le contrôle du magasin ?

Flora lui décocha un sourire doucereux.

— Cela n'arrivera pas, Bram. Oubliez donc vos prétentions et acceptez l'inévitable.

— L'endroit est mal choisi pour parler affaires. Trouvons un restaurant pour continuer cette discussion autour d'un plat exotique.

Flora tendit le bras.

— Là-bas !

Bram chercha en vain un restaurant.

— Où ça ?

— La boutique de tailleur. Elle est ouverte.

— Mais on n'y mange pas !

— Le travail d'abord, la nourriture ensuite.

Elle traversa la rue, sans lui laisser d'autre choix que de la lâcher ou de lui emboîter le pas. Il la libéra, mais lui plaça une main dans le dos, la serrant de près pour se frayer un chemin dans la foule. Malgré l'épaisseur de la tunique, la chaleur de sa paume sembla se graver dans la chair de la jeune femme.

— Cela va prendre combien de temps ?

Flora s'écarta pour mettre un peu de distance entre eux. Une sourde oppression la gagnait, elle avait besoin d'air, besoin de respirer, besoin qu'il s'éloigne.

— Quand on travaille, le temps ne compte pas. Mais vous

n'êtes pas obligé de rester. Il y a un bar juste à côté. Allez prendre une bière, je viendrai vous chercher quand j'aurai fini.

— Contrairement à ce que vous semblez croire, je ne suis pas alcoolique. Quand vous travaillez, je travaille. C'est bien le rôle d'un doublon, non ?

— En théorie. Cependant, je suis sûre que vous êtes déjà allé chez un tailleur. Servez-vous de votre imagination, cela suffira.

— Pour que vous racontiez ensuite à votre sœur que je remplissais mon office de doublon uniquement pendant les heures ouvrables ? Il n'en est pas question !

Flora haussa les épaules et prit son temps pour examiner les modèles que lui proposait le tailleur. Elle mit une éternité à choisir un modèle qui convenait au style du tissu, hésita longuement pour les boutons, puis pour le passepoil. Pendant tout ce temps, elle sentit le regard de Bram rivé sur elle avec insistance.

Il s'agissait d'une épreuve de force, chacun attendant que l'autre recule le premier. Mais il gèlerait en enfer avant qu'elle batte en retraite, se promit-elle quand le tailleur approcha pour prendre ses mensurations. Elle leva les bras pendant qu'il prenait les dimensions de son buste, de sa taille, de ses hanches, se retourna pour les épaules et le dos. Durant toute l'opération, le regard de Bram devint presque palpable, enregistrant chaque mouvement, chaque frôlement du tailleur.

Non sans confusion, elle eut l'impression que c'était lui qui la touchait, qui lui effleurait les poignets, la nuque, qui lui encerclait la taille avec le mètre. Son corps privé de caresses depuis trop longtemps réagit avec une violence presque choquante. Un nœud douloureux se forma au creux de son ventre tandis qu'une vague de désir montait en elle en réponse à ce regard qui l'enveloppait comme une caresse.

6

— Je crois qu'il a terminé, Flora.
— Pardon ?
— Le tailleur a fini de prendre vos mensurations.

Flora revint brutalement sur terre. Pendant un fol instant, elle avait oublié que Bram la trouvait ennuyeuse.

Le tailleur lui expliqua que la veste serait prête le lendemain. Il tardait à la jeune femme de s'échapper de l'espace confiné de cette boutique pour respirer à son aise, même si l'atmosphère lourde et humide était presque aussi étouffante.

Bram indiqua un restaurant un peu en retrait.

— Nous pourrions dîner là.
— Comme vous voulez.

Elle s'exprima si sèchement qu'il la dévisagea avec étonnement.

— Ça va, Flora ?
— Bien sûr que ça va !
— Nous pouvons rentrer à l'hôtel si vous vous sentez fatiguée.
— J'ai faim, c'est tout.
— J'oubliais... L'hypoglycémie.

Bram demeurait cependant sceptique. Flora était anormalement pâle. En revanche, sa voix était aussi coupante que d'habitude.

Dès qu'on leur apporta le menu, Flora déclara :

— Je vous laisse choisir pour moi. J'ai besoin de me laver les mains.

Bram la suivit d'un œil pensif. Elle n'était pas la seule à sentir que quelque chose avait changé. Pendant que le tailleur officiait, il avait accompagné les gestes de celui-ci du regard, parcourant la silhouette de Flora, détaillant ses courbes, admirant la finesse de sa taille, enregistrant la façon dont la tunique se soulevait quand elle écartait les bras, dont le mètre épousait sa poitrine généreuse, son bras de l'épaule au poignet, son dos de la nuque à la taille. A chaque changement de position, elle avait incliné légèrement la tête, inconsciente des mèches qui s'échappaient une à une pour glisser le long de sa nuque.

Il avait été fasciné par la sensualité de l'opération. Il lui suffit de la revivre pour que la même émotion trouble s'empare de lui, un sentiment puissant qu'il ne comprenait pas, comme si un secret se dévoilait à lui dans un langage ésotérique dont il ne connaissait pas le chiffre.

Lorsqu'un serveur vint prendre leur commande, il fut soulagé de revenir à des considérations terre à terre.

Flora se passa le visage à l'eau fraîche en tremblant de tous ses membres. La vague de désir qui l'avait assaillie avait été si brusque et si violente qu'elle avait été à deux doigts de perdre connaissance. Tout cela à cause d'un regard, comme à dix-sept ans.

Le visage livide, elle s'agrippa au lavabo de toutes ses forces puis, sans se presser, elle ôta ses peignes un à un et se recoiffa avant de rejoindre Bram.

Le dîner se déroula dans un silence presque complet qui permit à Flora de surmonter définitivement son moment de faiblesse. Bram semblait préoccupé et il lui épargna ses provocations habituelles. Elle déclina le dessert et, pendant que Bram savourait le sien, elle sortit une paire de boucles d'oreilles pour les observer en détail.

— Vous comptez copier ces pendentifs, je suppose ? C'est ça que vous faites ?

Ce brusque retour à la polémique la surprit sans la désarçonner pour autant.

— Vous n'avez jamais vu mes créations ? Vous me décevez. Vous auriez pu pousser votre enquête jusque-là. Il est dommage que vous vous soyez arrêté aux racontars qui courent sur ma mère, même s'ils sont plus distrayants.

Elle fit osciller un pendant d'oreille en le considérant d'un air rêveur.

— Ils sont réellement superbes. Je regrette que la facture ne soit pas meilleure, sinon j'en achèterais tout de suite pour le magasin.

— Pourquoi n'essayez-vous pas de retrouver l'artisan qui les fabrique ? S'il savait que vous êtes intéressée, il ferait peut-être un effort pour satisfaire vos critères d'exigence.

— Pourquoi supposez-vous qu'il s'agit d'un homme ? Vous croyez vraiment une femme incapable de mener une affaire à bien ?

— J'utilisais le masculin par convention.

Flora eut un petit rire.

— C'est faux, Bram, et vous le savez. Vous êtes persuadé qu'une personne capable de monter une entreprise artisanale et de vendre ses produits ne peut être qu'un homme. Il serait temps que vous vous mettiez au goût du jour. Nous sommes au vingt et unième siècle, pas dans l'Antiquité.

— Je parie cent livres que j'ai raison.

Les voyages de Flora avaient rarement lieu dans de luxueux paradis pour touristes situés en bord de mer. Ses recherches la menaient surtout dans des zones rurales où les femmes effectuaient un travail artisanal traditionnel qu'elles allaient vendre sur les marchés locaux pendant que les hommes buvaient la bière qu'elles avaient brassée. Saraminda obéissait peut-être à un schéma différent, mais elle en doutait.

— Pari tenu ! déclara-t-elle. Néanmoins, vous avez raison sur un point. La personne qui a fabriqué ce pendentif a fait de son mieux avec les moyens du bord. Si on lui proposait un soutien financier qui lui permettrait d'acheter un nouvel équipement, elle pourrait peut-être atteindre un niveau d'exécution à la hauteur de son inspiration.

— Dans un monde idéal, tout le monde a une bonne fée comme marraine.

— Le monde est tel que nous le façonnons.

— « Nous » ? Comme dans Claibourne et Farraday ?

— Pourquoi pas ?

Se poser en partenaire de petits artisans locaux donnerait de la crédibilité à son rôle d'administrateur de C&F, décida Flora. India accueillerait cette suggestion avec joie, trop heureuse qu'elle s'investisse dans cet aspect de l'entreprise.

Séduite, elle décida de retourner chez le bijoutier sur-le-champ et se leva de table. Bram l'imita aussitôt.

— Terminez votre dessert, Bram. Je ne serai pas longue.

La boucle d'oreille à la main, elle sortit du restaurant.

Ignorant ses instructions, Bram maugréa contre les femmes en général et surtout contre Flora Claibourne qui l'obligeait à laisser son dessert. Jetant plusieurs billets sur la table à la hâte, il lui emboîta le pas.

Quand il la rejoignit chez le bijoutier, elle finissait d'écrire son nom et l'adresse de l'hôtel sur un calepin. En l'apercevant, elle lui jeta un coup d'œil étonné.

— Vous n'auriez pas dû vous dépêcher, Bram. C'est très mauvais pour la digestion.

Arrachant la page, elle la tendit au bijoutier qui la contempla d'un air perplexe. Flora eut beau tenter de s'expliquer avec force mimiques et gesticulations, rien n'y fit.

Certain qu'ils en avaient pour des heures s'il n'intervenait pas, Bram sortit un billet de cinquante dollars de son portefeuille en montrant les boucles d'oreille puis le calepin. Le visage de l'homme s'illumina tandis qu'il acquiesçait vigoureusement.

— L'argent est un langage universel, déclara Bram en rangeant le billet.

— J'espère que quelqu'un va venir à l'hôtel.

— Moi aussi. Au moins, là-bas, quelqu'un pourra nous servir d'interprète.

— Et nous pourrons enfin passer aux affaires sé…

Elle laissa sa phrase en suspens. Bram s'aperçut qu'elle fixait son portefeuille d'où dépassait la photo du petit garçon. Il le referma aussitôt et le remit dans sa poche de chemise.

— Quel genre d'affaires ? dit-il.

— Euh… je ne suis pas encore très bien fixée. J'aimerais visiter l'atelier où ont été fabriqués ces bijoux, pour voir quelles améliorations on peut y apporter.

Elle fixait sa poche de chemise sans formuler les questions qu'elle se posait certainement. Désireux de détourner son attention, Bram poursuivit sur sa lancée.

— Pourquoi vous sentez-vous concernée ? Vous pouvez acheter ce type de babiole dans une usine qui les produit en masse, non ?

— Vous confondez C&F avec un autre grand magasin, Bram. Quand y êtes-vous venu pour la dernière fois ?

— Il y a longtemps, mais je n'achèterais jamais ce genre de choses, même si j'y venais toutes les semaines.

— Je m'en doute. Ce n'est pas assez luxueux pour plaire aux femmes que vous fréquentez.

Bram haussa les sourcils comme pour lui demander ce qu'elle en savait. Elle répondit en fronçant les siens dans une expression qui le mettait au défi de la contredire et il n'insista pas.

— Seules les femmes achètent ce genre de bijoux, reprit-elle. Pour elles, pour une sœur ou une amie, pour le plaisir, parce qu'elles le trouvent amusant.

— Vous en offririez à India ?

— Non, elle a des goûts trop classiques, mais à Romana certainement. Elle est plus jeune et a un style plus original. Nous cherchons toujours des articles susceptibles d'attirer la clientèle jeune.

— Cela représente un marché important ?

— Très important.

— Mettez-les.

— Pardon ?

— Mettez-les. Je veux juger par moi-même, voir ce que vous voyez.

— En pleine rue ?

— Ce sont juste des boucles d'oreilles, Flora. Je ne vous demande pas d'essayer de la lingerie.

Au lieu de l'envoyer au diable comme il s'y attendait, elle enleva ses dormeuses, un geste qu'on effectuait normalement devant une coiffeuse, dans le secret d'une chambre où seul un amant pouvait vous voir. Cela prêtait à ses mouvements une intimité et une sensualité inattendues, comme si elle se dévêtait rien que pour lui. Quand elle laissa tomber les dormeuses dans sa paume pour y prendre les pendentifs, que ses doigts frôlèrent sa peau, une bouffée de chaleur se répandit dans les veines de Bram. Brusquement, il eut un aperçu de l'autre Flora, de la femme mystérieuse dont il pressentait l'existence sans pouvoir la cerner.

La gorgée nouée, il retint son souffle.

— Alors ? demanda-t-elle.

— Laissez-moi un peu de temps.

Fourrant les dormeuses dans sa poche, il l'entraîna vers la jeep en jetant de temps à autre un coup d'œil aux pendentifs qui se balançaient doucement, caressant cette nuque longue et fine qu'il avait remarquée pour la première fois ce soir. Quand elle s'aperçut qu'il la contemplait, elle porta une main à l'oreille d'un air gêné, comme lorsqu'elle touchait ses peignes pour fuir son regard.

La tension qui circulait entre eux devint si forte que Bram eut pitié d'elle.

— Laissez donc ces pendants d'oreilles tranquilles et parlez-moi de vos projets concernant cet atelier.

— Ce n'est pas encore un projet. Plutôt une idée à l'état embryonnaire.

— Mais encore…

— Il m'arrive souvent de tomber sur ce genre de petits artisans qui fabriquent des objets extraordinaires. Malheureusement, la qualité laisse souvent à désirer. Grâce à vous, nous allons peut-être pouvoir remédier au problème.

— Comment ça, grâce à moi ?

— C'est vous qui avez évoqué l'idée qu'ils se débrouillaient avec les moyens du bord. Cela ne doit pas représenter grand-chose de leur fournir un atelier digne de ce nom.

— L'opération serait financée par C&F ?

Bram encourageait Flora à développer sa pensée. Ce genre de projet pétri de bonnes intentions coûtait les yeux de la tête. Jordan ferait ses choux gras d'une information pareille.

Une lueur malicieuse s'alluma dans le regard de Flora.

— Il faut investir pour gagner, c'est la règle numéro un en affaires. Je pensais qu'un avocat spécialisé dans le droit des entreprises le savait.

Bram goûta modérément la plaisanterie, mais elle avait raison de souligner son ignorance. Il ne connaissait rien aux activités d'un grand magasin et n'avait pas la moindre notion du genre d'article capable de séduire les femmes en quête d'objets amusants. Jordan, Glenn et lui étaient prêts à siéger au conseil d'administration, mais sans se préoccuper des détails. Seules les grandes lignes les intéressaient, notamment les enjeux financiers et le capital immobilier. Ils attendaient le moment propice pour réaliser leurs biens et vendre à l'une de ces chaînes populaires à l'affût d'un emplacement de choix dans la capitale. Quand ils auraient le contrôle, les Claibourne ne pourraient pas les empêcher de mener leur projet à bien. Et lorsqu'elles recevraient leur part des bénéfices, elles les remercieraient d'être guidés par le profit et non par les sentiments.

Ils ne se préoccuperaient jamais de broutilles aussi futiles que des boucles d'oreilles, ni des artisans qui les fabriquaient.

— Et la deuxième ? s'enquit-il.

— La deuxième quoi ?

— S'il y a une règle numéro un, il doit y en avoir une deuxième, non ?

— Décidément, vous n'écoutez rien, Bram. Je vous l'ai déjà donnée. Il faut s'investir, s'impliquer, s'engager, veiller aux plus petits détails pour que tout s'harmonise. Les vestes et les pendentifs se marieront à la perfection parce qu'ils ont la même origine, mais il faut envisager le reste. Peut-être des pantalons de soie et des sandales très fines…

Elle eut un bref sourire, comme si elle visualisait déjà l'ensemble.

— Est-ce votre fonction ? Vous vous assurez que tous les achats soient assortis ?

— Ça, c'est le travail d'India. Elle coordonne un style à travers tout le magasin en concertation avec le directeur des achats. Je me contente de fournir l'inspiration.

— C'est ça s'impliquer ?

Bram força la note de mépris dans sa voix pour ne pas trahir son admiration.

— Nous nous impliquons davantage que vous n'envisagez de le faire. Si vous gagnez, je parie que vous choisirez la solution de facilité en achetant des bijoux chez un grossiste.

— Expliquez-moi en quoi l'idée est mauvaise.

Ils étaient arrivés à la voiture. Bram ouvrit la portière côté passager sans qu'il lui vienne à l'esprit qu'il pourrait choquer les principes féministes de Flora. De son côté, elle était bien trop occupée à lui expliquer la différence entre C&F et les autres magasins pour s'en soucier.

Bram n'aurait su dire lequel fut le plus surpris par la passion dont elle fit preuve pendant sa démonstration.

De retour à l'hôtel, il lui proposa de prendre un verre.

— D'accord. Je vais en profiter pour tester un verre de cette liqueur de gingembre que m'a vantée le serveur. Allez donc au bar pendant que je vérifie si j'ai reçu des messages à la réception. Vous aurez de la compagnie, ajouta-t-elle en désignant l'inconnue assise à une table au bord de la piscine.

Mais, quand Flora revint de la réception, Bram n'avait pas bougé.

— Et ces verres ?

— Je me suis souvenu que vous vouliez partir de bonne heure demain matin.

Sans autre commentaire, il la guida vers le bungalow.

A la porte de sa chambre, Flora tendit la main.

— Pouvez-vous me rendre mes dormeuses ?

Il s'exécuta.

— J'espère que vous avez appris quelque chose, au moins ? reprit-elle.

Oui. Qu'elle avait la peau crémeuse, que des pendants d'oreilles pouvaient être incroyablement sexy, qu'elle était gênée quand on la regardait avec insistance.

— Que ces bijoux sont superbes et que les clientes se les arracheront.

— A la bonne heure ! Vous reconnaissez enfin que j'ai raison.

Elle prit les dormeuses et plaça les boucles d'oreilles qu'elle venait d'ôter dans sa main.

— Prenez-les et regardez-les quand vous douterez de mes capacités.

— Merci.

— Je vous en prie. A demain, Bram.

— Oui, vous m'en direz un peu plus sur la façon de s'impliquer.

Flora fronça soudain les sourcils comme si quelque chose l'ennuyait.

— Que se passe-t-il ?

— J'ai oublié les autres bijoux dans la jeep. Donnez-moi les clés, je vais aller les chercher.

Certain qu'en lui proposant de l'accompagner, il aurait droit à un autre sermon féministe, Bram préféra s'abstenir et lui donna les clés sans piper mot.

Assise devant sa coiffeuse, Flora se brossait les cheveux avec hargne. S'impliquer ! La belle affaire ! Elle était bien mal placée pour conseiller à quelqu'un de s'impliquer, elle qui veillait à éviter soigneusement cet écueil.

Son regard tomba sur les dormeuses. Des bijoux parfaits, discrets, presque invisibles. Ils correspondaient en tout point à l'image qu'elle s'évertuait à donner d'elle-même. A une époque pourtant, elle portait des boucles d'oreilles exubérantes qu'elle fabriquait elle-même en utilisant tout ce qui lui tombait sous la main : des plumes, du plastique, du papier mâché.

Ce soir, quand Bram l'avait fixée de ce regard brûlant, tous ces souvenirs étaient revenus en force. Elle avait cru qu'il allait tendre la main pour soulever le pendant d'oreille, lui effleurer la nuque d'une caresse imperceptible. Une fois, une seule, elle avait fabriqué des boucles d'oreilles dans l'unique but d'obtenir cette réaction et cela avait marché.

Un frisson la parcourut à cette pensée. Soudain glacée, elle se glissa sous les draps et ferma les yeux en chassant ces souvenirs douloureux.

Il lui tardait de sonder India et Romana sur son projet de soutien aux artisans de pays en voie de développement. Sur le trajet du retour, Bram avait essayé de semer le doute dans son esprit en évoquant les difficultés que cela représenterait sur le plan légal. Loin d'être irritée par ces remarques, elle lui en était reconnaissante. Les juristes de C&F soulèveraient les mêmes objections ; elle gagnerait du temps si elle pouvait les anticiper.

Une fondation permettrait peut-être de résoudre le problème. Elle interrogerait Bram à ce sujet demain matin. D'ailleurs, peut-être souhaiterait-il prendre part à l'opération. C'est lui qui lui avait donné l'idée, après tout, et il était un Farraday. Même si elle ne souhaitait pas qu'ils privent India de ses responsabilités, il n'y avait aucune raison pour qu'ils ne participent pas à leurs projets. Cette querelle qui les divisait était vraiment ridicule.

Les tissus représentaient également une trouvaille fabuleuse. Dès que l'île serait connue, Saraminda deviendrait vite une des destinations favorites des touristes, preuve qu'avec ou sans princesse, ce séjour s'annonçait sous un jour positif.

Elle n'eut pas plus tôt formulé cette pensée qu'elle prit conscience qu'elle avait oublié la raison de son séjour pendant toute la soirée. Contre toute attente, ses efforts pour convaincre Bram de ses compétences de femme d'affaires l'avaient amusée et même stimulée. Puis elle se rappela le regard ardent rivé sur elle dans la boutique du tailleur et se sentit rougir. C'était Bram et non les affaires qui provoquait en elle cette sourde excitation.

Elle se souvint alors de la photo entrevue dans le portefeuille. Celle d'un petit garçon de quatre ou cinq ans aux cheveux blonds comme les blés qui portait un chiot dans les bras. Pourquoi Bram avait-il refermé le portefeuille ?

A ce stade de ses pensées, elle renonça à s'endormir et alluma son ordinateur.

7

S'impliquer ! Le mot hantait Bram, lui qui avait toujours veillé à ne surtout pas s'impliquer, justement.

Il s'était moqué de Flora quand elle avait fait référence à son engagement personnel. Néanmoins, il lui fallait bien admettre qu'elle faisait plus pour la réussite de C&F qu'il ne ferait jamais.

Son enthousiasme pour aider les artisans locaux lui était allé droit au cœur. Il ne s'agissait pas d'une vague idée avancée par un cerveau confus, loin de là. C'était même un projet auquel il essaierait de donner corps quand les Farraday auraient pris le contrôle de C&F. A condition que Flora soit impliquée. Après tout, ce projet lui appartenait, c'était à elle de le mettre en œuvre et d'en récolter le mérite. Et puis, ils étaient associés, que diable ! Il serait stupide de gâcher un tel talent à cause d'une vieille querelle familiale. Il était normal que Jordan devienne P-DG. Cette place lui revenait de droit et encore, il n'en était pas si sûr. Une clause établie sur des principes sexistes plus d'un siècle auparavant pouvait-elle encore être un critère pour choisir le directeur de C&F ? Ne valait-il pas mieux confier cette tâche à la personne la mieux qualifiée pour faire prospérer l'entreprise ? Flora possédait un flair inné pour dénicher un style, prospecter, deviner les nouvelles tendances. On pouvait certainement la remplacer au conseil d'administration, mais s'ils engageaient quelqu'un d'autre pour le reste, ils ne trouveraient personne d'aussi talentueux, personne qui s'impliquerait autant.

Il fronça les sourcils en prenant conscience que Flora avait réussi à le rallier à sa cause. Qu'avaient donc les sœurs Claibourne de si particulier ? Il avait suffi de trois jours pour que son cousin Glenn, un homme muré depuis des années dans un chagrin qui faisait le désespoir de sa famille et de ses amis, tombe amoureux fou de Romana Claibourne.

Heureusement, il y avait peu de chance pour que cela lui arrive.

Quoique… Il se rappela le moment où il avait drapé le tissu autour des épaules de Flora, sa fascination devant la grâce de ses mouvements pendant que le tailleur prenait ses mensurations dans cette échoppe minuscule, la façon dont les pendentifs lui frôlaient le cou, soulignant la courbe exquise de sa nuque, au point que son esprit ne se concentrait plus que sur ces quelques centimètres de peau crémeuse. Ce n'était qu'au prix d'un effort héroïque qu'il s'était retenu de la caresser.

Pour un peu, il aurait pensé qu'elle ne portait ces vêtements informes que pour mettre en valeur ces détails qui n'étaient perceptibles qu'aux personnes aptes à les savourer.

Incapable de fermer l'œil, il rejeta le drap, enfila son short et sortit sous la véranda où l'accueillit la fraîcheur de la brise marine.

Les persiennes de Flora étaient grandes ouvertes. Un flot de lumière s'échappait de la chambre, preuve qu'elle n'arrivait pas non plus à dormir. En passant pour rejoindre l'escalier menant à la plage, il se figea, le souffle court. Assise devant sa coiffeuse, elle portait un peignoir de soie bleu dont les plis amples retombaient gracieusement. Sa chevelure brillante s'éparpillait en vagues sombres jusqu'au creux de ses reins. Cette femme qu'il avait trouvée sans intérêt au premier regard lui apparut soudain si belle que toutes les images qu'il s'efforçait de refouler depuis des heures l'assaillirent en force.

Comme avertie par une sorte de sixième sens, elle se tourna vers lui. Il aperçut alors l'ordinateur ouvert devant elle, entendit les bruits caractéristiques indiquant une connexion à Internet et il comprit qu'elle s'apprêtait à faire à sa sœur un compte rendu fidèle de sa journée en compagnie de son doublon, à la rassurer en lui disant qu'elle avait réussi à le mettre dans sa poche.

— Vous voulez quelque chose, Bram ?

— Non, je vous remercie.

Pourquoi ne retournait-il pas dans sa chambre pour envoyer à Jordan un exposé détaillé de sa première journée ? Mais qu'aurait-il pu dire ? Que Flora Claibourne était une énigme, qu'elle avait une bouche magnifique, que lorsqu'elle portait des pendentifs, il mourait d'envie de lui caresser la nuque, qu'il rêvait de caresser ses cheveux ?

Il n'eut pas plus tôt formulé cette dernière pensée qu'elle ramena sa chevelure sur sa tête et tendit la main vers un peigne.

— Ne faites pas ça…

Elle suspendit son geste, les bras levés. Ses manches glissèrent, dévoilant des bras splendides, d'un blanc aussi crémeux que sa nuque.

— Vous devriez vous débarrasser de ces peignes.

— Comment ça ?

— Les jeter, ne plus jamais les porter.

— C'est le conseil beauté de la semaine ?

Pour qu'elle réponde sur ce ton crispé, il fallait que l'homme qui lui avait recommandé de ne jamais se couper les cheveux l'ait blessée cruellement.

— Excusez-moi, je me mêle de ce qui ne me regarde pas.

Pourtant, elle baissa les bras. La chevelure se déploya, somptueuse, majestueuse, fascinante. Bram cessa encore de respirer. Quel qu'il soit, ce salaud avait raison. Malheureusement, il n'était pas censé fonder un fan-club et son cousin ne risquait pas d'être impressionné par une liste des atouts de Flora.

— Je vais sur la plage pour me rafraîchir. Comme j'ai vu de la lumière chez vous, je me suis demandé si vous aviez un problème, mais puisque vous travaillez…

— Je ne travaille pas.

Depuis le début de la soirée, des échos du passé resurgissaient dans la tête de Flora. La paume de Bram dans son dos quand il la guidait, la façon dont il lui avait pris la main, ces regards qui lui avaient donné l'impression d'être belle, unique, désirée, provoquaient un afflux de souvenirs doux-amers. Elle avait beau connaître par cœur ces prémices du jeu de l'amour, elle avait beau s'en méfier, cela ne les rendait pas moins puissants.

En apercevant Bram, elle avait cru qu'il venait lui ouvrir son cœur et partager avec elle le chagrin que laissait soupçonner la photo du portefeuille.

En proie à une sourde émotion, elle déclara :

— Je voulais envoyer un message à India pour lui dire que nous étions bien arrivés.

— Dans ce cas, je ne veux pas vous déranger plus longtemps.

Le visage de Bram demeurait dans l'ombre, mais sa voix l'enveloppa comme une caresse. Furieuse d'être aussi vulnérable au charme de cet homme, elle lança d'un ton agressif :

— Vous plaisantez, je suppose ! Votre présence me dérange ! L'air que vous respirez me dérange !

— Vous n'êtes pas mal non plus dans votre genre, riposta-t-il aussitôt. A vous seule, vous êtes plus agitée qu'un nid de guêpes.

Un signal sonore sur l'ordinateur indiqua l'arrivée d'un message.

— Votre sœur s'impatiente, Flora. Dépêchez-vous de lui raconter les derniers potins.

L'allusion était claire. Bram s'imaginait qu'il lui tardait de révéler à sa sœur un secret sur son compte. Sans doute lié à cette photo qu'elle avait aperçue sans le vouloir.

— Le message attendra, dit-elle en éteignant. Je vous accompagne.

Lorsqu'elle se retourna, Bram avait disparu.

— Bram ?

Elle se rua sous la véranda et le vit s'éloigner vers la plage d'un pas rapide.

Elle passa la main sur son front moite. Bram n'était pas le seul à avoir besoin de se rafraîchir. Mais ce n'était pas seulement son corps qui était en feu, son cerveau aussi bouillonnait comme une cocotte-minute sur le point d'exploser.

Soudain, elle se figea, saisie d'une brusque inquiétude. Qu'entendait-il par se rafraîchir ? Il n'avait pas l'intention de se baigner seul en pleine nuit tout de même !

Les vagues venaient lécher les chevilles de Bram. Les mains dans les poches, il jouait avec le peigne de Flora en faisant glisser son pouce sur les dents d'un geste nerveux et répétitif.

Il ne comptait pas le lui rendre, comme s'il possédait là la clé d'un de ses secrets les plus profonds. Un secret qui ne regardait sûrement pas Jordan. Lui non plus, d'ailleurs. N'était-il pas bien placé pour comprendre qu'il y avait certaines choses qu'on ne pouvait partager avec personne ?

Pourtant, il rêvait de découvrir pour quelle raison Flora se retranchait derrière une telle armure. Souffrir et savoir encaisser les coups faisait partie de l'apprentissage de la vie, or elle semblait de taille à supporter les difficultés de l'existence. Il fallait croire que l'expérience qui l'avait tant marquée l'avait vraiment brisée. Il avait traversé ce genre d'épreuves. Il pouvait comprendre.

Brusquement, il regretta de ne pas l'avoir attendue. La nuit, on se confiait plus facilement. Peut-être lui aurait-elle ouvert son cœur.

Ou peut-être pas.

Comment pourrait-il ébranler cette réserve ?

La réponse se trouvait probablement en lui-même. Que faudrait-il pour qu'il lui ouvre son cœur et dévoile ce chagrin secret qui le rongeait ?

Peu désireux de pousser l'introspection plus loin, il enleva son short et avança dans l'eau.

Flora pila net, éblouie par la silhouette de Bram illuminée par le clair de lune tandis qu'il pénétrait dans les flots.

Malheureusement, être beau n'empêchait pas d'être stupide. Nager seul de nuit était inconséquent et dangereux.

— Bram ?

Ce murmure à peine audible parvint à peine à ses propres oreilles. Elle répéta son appel, plus fort, cette fois. Au moment même où sa voix s'éleva, il plongea sous la surface noire de la mer.

La main sur la gorge, elle se raidit, terrifiée. Il ne reparut qu'au bout d'une éternité, assez loin, dans un sillon phosphorescent.

— L'imbécile !

Elle se laissa tomber sur le sable sans savoir à qui s'adressait l'insulte. A Bram pour son imprudence ou à elle pour ne pas l'avoir rejoint.

De nouveau, elle retrouva les sensations de ses dix-sept ans, quand son cœur ne battait que pour un homme, le plus beau du monde…

Un gémissement désolé monta de sa gorge. Elle s'allongea sur le dos, un bras en travers des yeux pour résister à la tentation de se jeter à l'eau.

Il était rare que les démons de Bram prennent le dessus. En général, il enfouissait sa souffrance au plus profond de lui, s'immergeait dans le travail pour ne pas ressasser, s'étourdissait de plaisirs…

Il nagea vite, avec force, se concentrant sur l'effort physique à l'exclusion du reste. En pure perte.

S'interroger sur les secrets de Flora avait ressuscité les siens. Conscient qu'il ne servait à rien de s'acharner, il se retourna sur le dos et revint doucement vers le rivage. En abordant la plage, il découvrit Flora étendue sur le sable, un bras en travers des yeux et demeura cloué sur place par la vision de rêve qui s'offrait à lui.

La brise plaquait la soie du peignoir sur la silhouette de la jeune femme, soulignant chaque contour, chaque courbe, chaque rondeur sans rien en dissimuler. Elle était vêtue, mais, comme sur les statues de déesses antiques, l'étoffe semblait là pour dévoiler plus que pour cacher ce corps qui se révélait encore plus somptueux qu'il ne l'imaginait.

Il avança le plus discrètement possible pour ramasser son short et sursauta quand elle déclara sans enlever son bras de ses yeux :

— C'était stupide de faire ça, Bram. Vous auriez pu être dévoré par un requin et personne n'aurait jamais su ce que vous étiez devenu.

— Si j'étais mangé par un requin, vos problèmes seraient résolus, répliqua-t-il en enfilant son short à la hâte. Vous pouvez ouvrir les yeux, maintenant, je suis décent.

— Ils n'étaient pas fermés.

Bram rougit violemment, mais pas d'embarras…

— Le naturisme est interdit sur Saraminda, reprit-elle.

— Comment le savez-vous ?

— C'est écrit dans le guide.

Elle se redressa puis, après une courte hésitation, prit la main qu'il lui tendait pour se lever. Il la garda un instant dans la sienne puis elle se dégagea pour enlever le sable de ses cheveux et de son peignoir. La silhouette de déesse disparut dans les plis de la soie, mais il était trop tard. Désormais, il savait ce que dissimulaient les déguisements. Il ne lui restait plus qu'à comprendre la raison de ce comportement.

La tête haute, Flora fit demi-tour en direction du bungalow. Un départ très digne que gâcha un crabe aux yeux rouges comme des braises qui filait à toute allure vers l'océan.

Flora bondit avec un cri d'épouvante et manqua d'écraser la pauvre bête dans sa panique. La seconde suivante, elle se jeta en tremblant dans les bras de Bram.

Ravi de cette faiblesse momentanée, il la serra quelques instants contre lui puis la tint à bout de bras dans un louable effort pour ne pas abuser de la situation.

— Ce n'est qu'un crabe, Flora.

Elle ne répondit rien. Sa voix l'avait désertée, ses yeux reflétaient encore sa terreur et sa bouche, cette bouche frémissante aux courbes sensuelles, était si tentante qu'une furieuse envie de l'embrasser s'empara de Bram. S'il s'écoutait, d'ailleurs, il ne s'en tiendrait pas à un baiser, il lui prendrait les lèvres et le reste. Conscient du danger, il s'écarta encore un peu.

— Vous aviez raison d'affirmer que les animaux avaient plus à craindre de vous que l'inverse. Vous avez failli écraser cette pauvre bête.

— Ce n'est pas une pauvre bête ! Elle a six jambes de plus que moi ou huit, je ne sais pas. Combien de pattes a un crabe ?

— Un nombre suffisant pour lui permettre d'éviter les bipèdes qui se vernissent les ongles de pied en bleu.

Piquée au vif, elle se dégagea avec une telle brusquerie qu'elle perdit l'équilibre. D'un geste vif, Bram lui reprit la main pour l'aider à se rétablir. Elle tremblait encore.

— Ça va mieux ?

— Je vais très bien !

— En fait, ce ne sont pas les arthropodes qui vous effraient, seulement les crabes.

— Il m'a fait sursauter, c'est tout.

Sa voix mal assurée prouvait qu'elle mentait. Elle n'était pas encore remise de sa frayeur. Mais, en dévisageant ce visage en feu, Bram se demanda si le crabe était l'unique cause du trouble de Flora.

En homme d'action, il décida aussitôt d'en avoir le cœur net. Enlaçant la taille de la jeune femme, il l'attira à lui d'un geste ferme et s'étonna de ne rencontrer aucune résistance.

Cette absence de lutte s'expliquait peut-être par l'effet de surprise. Ou par le parfum entêtant des frangipaniers dont les senteurs capiteuses agissaient sur leurs sens. Peu importait : entre son cœur et la poitrine généreuse de Flora, entre sa peau et la sienne, il n'y avait plus qu'un mince film de soie.

— Bram…

S'agissait-il d'une menace ou d'une supplique ? S'il ne prenait pas le risque de passer à l'acte, il ne le saurait jamais. Sans plus hésiter, il resserra son étreinte et inclina la tête. Juste avant que leurs lèvres se rencontrent, elle murmura de nouveau son nom et il eut sa réponse.

Ce fut un baiser frais, doux, inattendu qui donna à Bram l'impression de renaître à la vie. Flora l'embrassait comme s'il était le premier homme et elle la première femme. Ses lèvres frémissaient sous les siennes, hésitant entre la fuite ou l'abandon, indécises, comme si elle s'interrogeait sur ses motivations.

Il devina aisément ses doutes, ses incertitudes. Elle attendait qu'il prenne ce qu'il voulait sans se préoccuper d'elle. Mais, il souhaitait qu'elle vienne à lui de son plein gré, aussi l'embrassa-t-il comme si elle était la Belle au bois dormant, comme si elle émergeait d'un sommeil de cent années, en réfrénant sa passion sans chercher à approfondir leur baiser.

Quand elle entrouvrit les lèvres, l'invitant à mêler sa bouche plus intimement à la sienne, il se retint encore, certain qu'elle s'abandonnerait complètement quand elle accepterait la force de son propre désir. Enlacés l'un à l'autre, ils demeurèrent immobiles un long moment, puis, dans un gémissement de frustration, la langue de Flora vint chercher la sienne avec une urgence spectaculaire.

Comment avait-il pu croire qu'elle ignorait à quoi pouvait servir son corps de femme ? Ces lèvres brûlantes faites pour la volupté le grisaient. Le parfum subtil qui émanait d'elle l'enivrait, la caresse des cheveux qui lui effleuraient la joue, ce corps qui se ployait contre le sien le rendaient presque fou. Flora Claibourne rendait enfin des armes et cette capitulation l'emplit d'une émotion violente.

Une partie de lui-même clamait qu'il avait remporté la victoire, qu'il avait égalisé le score comme le lui demandait Jordan. Il n'avait qu'à l'emmener dans sa chambre pour réclamer son trophée. Pourtant, un profond dégoût s'empara de lui à cette idée. Flora valait mieux que ce genre de froid calcul. Et puis, il n'avait rien gagné, pour la bonne raison qu'elle ne jouait pas.

Seul un désir authentique avait pu susciter en elle un tel élan. Loin de se rendre, elle lui offrait ce don précieux et rare du cœur et de la confiance.

Certes, elle le désirait, l'éclat de ses yeux l'attestait, mais elle était mue par une autre émotion autrement plus puissante et mystérieuse.

Malgré cette analyse, le doute s'empara brusquement de lui. Et si elle avait feint sa frayeur devant le crabe ? Si elle avait saisi l'occasion pour se rapprocher de lui, si l'objectif des Claibourne n'était pas de prouver leurs compétences mais de séduire leurs adversaires ? Glenn était tombé sans coup férir. Les choix vestimentaires de Flora étaient-ils destinés à le tromper ? Les oripeaux d'abord, la métamorphose ensuite pour mieux le ferrer. Si elle avait fait un effort pour être belle, il se serait méfié après l'aventure de Glenn, mais cette apparition nocturne toute de soie vêtue, enveloppée de son incroyable chevelure, l'avait pris au dépourvu.

— Vous devriez aller vous coucher, dit-il d'un ton abrupt.

Flora prit une inspiration tremblante qu'il ne sut comment interpréter. Fallait-il y voir du soulagement ou du regret ? Les deux peut-être… Il s'en fallut d'un cheveu qu'il la reprenne dans ses bras en envoyant promener Jordan et ses tactiques. Au lieu de quoi, il l'embrassa sur le front en murmurant :

— Merci d'avoir veillé sur moi.

Une lutte terrible se refléta sur le visage de Flora. Elle semblait partagée entre l'envie de fuir et un désir à faire trembler les étoiles.

— J'aurais fait la même chose pour n'importe qui, mais promettez-moi de ne pas recommencer.

— Je vous le promets.

— Bram, je…

— Demain, Flora. Nous parlerons demain.

Pour l'instant, il se sentait incapable de lui expliquer pourquoi il l'avait embrassée. Ni pourquoi il s'était arrêté.

Flora ne bougea pas. Seuls ses doigts se refermèrent peu à peu tandis qu'elle se retranchait de nouveau derrière sa réserve habituelle. Elle inclina la tête dans un petit salut très formel, puis, sans un regard en arrière, elle regagna le bungalow et referma les persiennes derrière elle. Peu après, la lumière disparut.

En état de choc, Bram demeura pétrifié. Son désir se dissipa lentement, mais pas sa stupeur. Non seulement Flora Claibourne possédait un corps à damner un saint, mais sous la glace apparente brûlait un véritable volcan. Aucune de ces découvertes n'était malheureusement susceptible de l'aider à la renvoyer du conseil d'administration de C&F. Il sourit en songeant au contraste entre la femme déterminée qui ignorait avec mépris le monde des insectes et la créature tremblante qui s'était jetée dans ses bras. Si elle avait joué la comédie, elle méritait un oscar.

Son sourire s'effaça tandis qu'il se dirigeait vers le bungalow. Ce n'était pas sa seule faiblesse, hélas. Elle faisait également preuve d'une curiosité et d'un entêtement qui laissaient augurer de sérieux ennuis. Il comprenait son désir de voir cette sépulture à tout prix, mais son instinct lui soufflait qu'ils feraient mieux de ne pas s'en approcher. Non qu'il croie aux risques d'effondrement qu'avait mentionnés Tipi Myan, mais celui-ci avait sûrement de bonnes raisons pour ne pas souhaiter qu'ils y aillent.

Il fronça les sourcils tandis que la raison pour laquelle Flora lui avait demandé les clés de la jeep lui apparaissait. La jeune femme ne reculait devant rien, ni les mensonges ni les moyens tortueux pour atteindre les objectifs qu'elle se fixait.

N'en avait-il pas eu la preuve cet après-midi ?

En la laissant à la piscine, il était passé à la boutique pour demander s'ils possédaient une carte de l'île plus détaillée.

— J'ai vendu à Mlle Claibourne les deux types de cartes que nous possédons, lui expliqua la vendeuse.

— Les deux ?

La vendeuse avait sorti deux cartes. La petite carte pour les touristes que Flora lui avait montrée, et une autre immense, très détaillée. Surmontant sa stupeur, Bram avait inventé une histoire de café renversé pour en acheter un exemplaire et, sur une intuition, il avait demandé à la vendeuse de lui indiquer de nouveau l'emplacement de la tombe.

— Je le fais uniquement pour aider Mlle Claibourne, mais promettez-moi que vous n'irez pas.

— Quel est le problème ?

— C'est un endroit mauvais. Surtout, dites-le à Mlle Claibourne.

Il avait essayé mais sans succès.

Son regard tomba sur les pendentifs posés sur sa table de chevet. La mine songeuse, il les effleura machinalement. Il avait cru qu'elle projetait de l'entraîner dans les montagnes une fois qu'ils seraient à la réserve de singes. Certain qu'il trouverait le moyen de l'en dissuader, il ne s'en était pas préoccupé outre mesure, mais à présent, il n'était plus sûr de rien, d'autant que la tombe se situait dans la direction opposée.

En fait, Flora n'avait pas plus l'intention d'aller voir les singes que de passer la journée avec lui.

Ce soir, elle s'était inquiétée pour lui et avait veillé sur lui à son insu. Il ne pouvait pas faire moins pour elle.

Flora éteignit le réveil qui sonnait sous son oreiller. Le soleil n'était pas encore levé quand elle sortit du lit pour enfiler sans bruit les vêtements qu'elle avait préparés la veille.

Un sac à dos dans une main et ses chaussures dans l'autre, elle quitta la chambre sur la pointe des pieds et s'enferma dans les douches de la piscine où les bruits d'eau ne risquaient pas d'alerter Bram sur ses intentions. Ensuite, elle alla trouver le veilleur de nuit qui avait fait préparer une glacière contenant un pique-nique et des boissons.

— Vous ne partez pas seule ? demanda celui-ci avec un brin d'inquiétude.

— Non. Nous partons en excursion de l'autre côté de l'île. M. Gifford vérifie le niveau d'huile de la voiture. Merci pour le pique-nique.

— Surtout ne vous écartez pas de la route principale. Il est facile de se perdre ici.

Pour toute réponse, Flora lui adressa un sourire.

Elle souriait encore en se glissant au volant de la jeep quelques minutes plus tard.

Elle regretta de ne pas être une mouche discrètement posée

sur le mur pour voir la réaction de Bram quand il s'apercevrait qu'elle était partie sans lui. Il serait furieux, certainement, mais ce serait peu cher payé pour le baiser qu'il lui avait volé. A ce sujet, d'ailleurs, elle ne savait toujours pas si elle devait lui être reconnaissante d'y avoir mis un terme avant que la situation leur échappe ou lui en vouloir d'y être parvenu aussi facilement.

Elle prendrait sa décision lors de leur prochaine rencontre. Celle-ci risquait d'être fort orageuse, néanmoins. Une mouche n'était sans doute pas une bonne idée. Etant donné l'amour qu'il professait à l'égard des insectes, il n'hésiterait pas à l'écraser sans pitié.

8

Bram fut réveillé par un tremblement de terre. Du moins les coups furieux qui ébranlaient sa porte s'y apparentaient-ils. Il reconnut une de ces explosions qui se produisaient quand on empêchait une femme de faire ce qu'elle voulait, quand ses plans soigneusement établis tombaient à l'eau à cause d'un homme et quand elle tenait à ce qu'aucune équivoque ne plane sur les sentiments que cela lui inspirait.

La porte de la chambre s'ouvrit à la volée.

— Espèce de salaud ! Faux frère, vendu !

Bram s'était demandé ce qu'il faudrait faire pour que Flora sorte de sa réserve. L'une des réponses l'avait tenu éveillé une partie de la nuit. Celle de ce matin complétait la partie manquante. Il était fixé à présent.

Levant la tête de l'oreiller, il jeta un coup d'œil par-dessus son épaule pour juger de la métamorphose que provoquait la disparition du rotor de la jeep.

Les yeux de Flora flamboyaient, ses pommettes étaient cramoisies et sa bouche était plus belle que jamais malgré le pli de colère qui la déformait. Elle avait changé de coiffure pour une longue tresse qui dégageait les traits si personnels de son visage.

Une femme en colère était impressionnante et Bram fut impressionné, très impressionné, même.

— Où est-il ?

— Bonjour, Flora.

Pour se remettre de ce réveil en fanfare, il consulta sa montre et écarquilla les yeux.

— Je sais que vous vouliez partir tôt mais il y a une nuance entre l'impatience et la précipitation.

— Epargnez-moi vos sar…

— Que se passe-t-il ? coupa-t-il en roulant sur le côté. Vous ne pouviez pas dormir ?

Flora lui adressa une œillade incendiaire.

— J'ai très bien dormi. Donnez-moi ce rotor et je vous laisserai terminer votre grasse matinée en paix.

Bram ouvrit des yeux ronds. Pour une spécialiste des bijoux anciens, Flora lui semblait particulièrement calée en mécanique. Et puis, ne fallait-il pas avoir dépassé 7 heures du matin pour qu'on parle officiellement de grasse matinée ? Le moment semblait cependant mal choisi pour argumenter sur ce point.

— Quelqu'un a pris votre rotor ? Quelle idée !

— Ah non, cessez ce petit jeu avec moi ! Quand vous m'avez embrassée et puis que vous m'avez renvoyée chez moi en me disant que nous parlerions ce matin, vous deviez bien rire, avouez !

— Nous sommes le matin et nous parlons, il me semble. Quant à ce baiser, il mérite davantage de considération, à mon sens, mais vous avez peut-être plus d'expérience que moi dans ce domaine.

Si Bram voulait l'irriter encore plus, il ne s'y serait pas mieux pris. Un nouveau frémissement de fureur parcourut Flora. Si les regards pouvaient tuer, il serait mort sur-le-champ, mais il ne regrettait rien. Peut-être n'aurait-il plus l'occasion de la voir hors d'elle, or il avait encore beaucoup à apprendre à son sujet et ne désirait pas qu'elle rentre dans sa coquille.

Fort de cette analyse, il mit encore un peu d'huile sur le feu.

— J'aime beaucoup cette coiffure.

— Je me moque de ce que vous aimez ! De quel droit avez-vous gâché mes plans ?

Elle avait des yeux de tigresse. Bruns et dorés, brûlants.

Bram s'étendit sur le dos avec un soupir d'aise et croisa les mains derrière la tête.

— Quels plans ?

— Ne faites pas l'innocent. Vous le savez très bien.

— Vous faites allusion à la petite exploration illicite que vous aviez prévue ? C'est interdit, Flora. D'autre part, je suis votre doublon : là où vous allez, je vais.

Il marqua une pause puis reprit :

— Pourquoi n'avez-vous pas loué une autre voiture ?

Elle demeura bouche bée. Manifestement, l'idée ne lui avait même pas traversé l'esprit.

— Qui vous dit que ce n'est pas le cas ?

— Parce que vous êtes furieuse pour le rotor, non parce que j'ai pris des mesures pour vous interdire cette alternative.

— Comment ça ?

— Un juriste flaire les mensonges à cent mètres, figurez-vous. Je suis aussi allé rendre une petite visite à la vendeuse de la boutique à laquelle j'ai acheté la même carte que celle que vous cachiez dans votre sac. Elle a même accepté de signaler l'emplacement de la tombe quand j'ai expliqué que j'avais renversé du café sur la vôtre.

— Et vous avez le toupet de m'accuser de mentir !

— Je lui ai dit que vous n'aviez pas eu le temps de mémoriser l'emplacement.

— De mieux en mieux ! Non seulement je mens, mais en plus je n'ai pas plus de mémoire qu'une passoire.

Bram continua ses explications avec un flegme imperturbable.

— Hier soir, après avoir enlevé le rotor de la jeep, j'ai demandé au réceptionniste de m'informer de tout changement de location de voiture.

— Je pourrais vous traîner devant un tribunal pour ça, Bram ! C'est moi qui ai loué cette jeep, moi qui ai réglé avec ma carte de crédit, je vous signale.

— Mon comportement est inadmissible, je sais, mais vous

oubliez un détail : vous n'êtes pas à Londres. A Saraminda, ce sont les hommes qui décident.

— Et les femmes obéissent, c'est ça ?

Elle l'observa longuement à travers ses cils à demi baissés puis soupira.

— Non seulement vous êtes malin, mais vous ne laissez rien au hasard.

Ce passage sans transition des insultes à la flatterie éveilla aussitôt les soupçons de Bram. Tenté de lui suggérer d'oublier son tas de ruines et de se recoucher, avec lui de préférence, il renonça au nom du bon sens.

— Je ne laisse jamais rien au hasard, en effet.

— Comme tout Farraday qui se respecte. De toute façon, il était inutile de vous donner tout ce mal. Le veilleur de nuit était inquiet que je parte seule. Je lui ai dit que vous étiez déjà à la voiture, mais je suis certaine qu'il s'apprêtait à vérifier. Les hommes se serrent les coudes où qu'ils soient, malheureusement.

Bram s'assit d'un mouvement souple.

— Pas toujours, mais en l'occurrence, vous avez sans doute raison. Il ne vous est pas venu à l'esprit que quand quatre personnes vous disent de ne pas faire une certaine chose, il serait sage de les écouter ?

— Quatre ?

— La vendeuse de la boutique, le veilleur de nuit, Tipi Myan et moi.

— Il y a quelque chose de bizarre, là-dessous. Tipi Myan nous cache sûrement quelque chose.

— Sur ce point, nous sommes d'accord.

— J'ai la ferme intention de découvrir de quoi il retourne, Bram, et ce n'est pas vous qui m'en empêcherez.

C'était justement ce que Bram craignait, mais il ne s'avoua pas vaincu pour autant.

— Commandez le petit déjeuner pendant que je prends une douche. Nous discuterons de la situation autour d'une tasse de café.

Pour empêcher Flora de protester, il rejeta le drap et se leva.

La seconde suivante, elle avait disparu.

Un large sourire aux lèvres, Bram contempla la porte qui se refermait. Il gagnait pour cette fois, mais il ne fallait surtout pas sous-estimer le machiavélisme de Flora, aussi retira-t-il le rotor de sous son lit avant de se rendre dans la salle de bains en sifflotant.

Flora commanda le petit déjeuner puis retourna fouiller la chambre de Bram dans l'espoir de mettre la main sur le rotor. Sa recherche fut quelque peu troublée par son imagination qui semblait plus attirée par ce qui se passait dans la salle de bains que par la pièce manquante de la jeep. Quand le ruissellement de l'eau s'arrêta, elle s'esquiva vers le salon en pestant.

Il lui fallait se rendre à l'évidence : elle n'irait nulle part sans son doublon.

Bram arriva en même temps que le petit déjeuner, mais, des deux, Bram était infiniment plus appétissant. Sa tenue, une chemise en chambray, un pantalon de toile et des mocassins souples, laissait à désirer pour une excursion dans la jungle, mais comme ils ne partaient pas pour quinze jours, cela ferait l'affaire.

Ni l'un ni l'autre ne dit mot pendant que le serveur mettait le couvert, mais, dès qu'ils furent seuls, Flora passa à l'attaque.

— J'ai l'intention d'aller voir la sépulture de la princesse aujourd'hui, alors discutons-en puisque vous voulez discuter.

Bram avait eu tout le loisir de réfléchir à la question pendant sa toilette. Il était parvenu à la conclusion que rien n'empêcherait Flora de mener son projet à bien, à moins de l'attacher au lit avec des menottes. Il chassa résolument cette solution de peur qu'elle lui paraisse irrésistible.

Les émotions qui l'avaient tourmenté toute la nuit l'ébranlaient encore. Il s'était demandé jusqu'où il était prêt à aller pour briser la barrière qu'elle avait dressée entre le monde et elle. Pas la barrière physique puisque celle-ci avait volé en éclats. Même maintenant, alors qu'ils affichaient l'un et l'autre une indifférence polie, l'atmosphère était chargée de sensualité. Il suffirait d'un rien, un geste, un frôlement pour qu'ils s'embrasent.

Mais cela ne suffisait pas. Plus maintenant. S'ils faisaient l'amour tout de suite, ils vivraient une expérience magnifique, il n'en doutait pas. Mais Flora garderait ses secrets pour elle, or il ne désirait pas seulement son corps, il la voulait entièrement, corps et âme, sans réserve. Alors, pour répondre à sa question, il l'inversa une fois de plus. Serait-il prêt, lui, à lui dévoiler ce secret qui le rongeait, quitte à affronter son mépris ?

La réponse s'imposa comme une évidence : si c'était le seul moyen de gagner la confiance de Flora, il acceptait de prendre ce risque.

Il se garda cependant de livrer le résultat de ses réflexions et déclara d'un ton neutre :

— Il n'y a pas grand-chose à dire. Puisque vous êtes déterminée, je vous accompagne.

Comme il le pressentait, ce revirement ne suscita pas un enthousiasme débordant.

— Vous êtes sérieux ?

— Il faut bien que quelqu'un soit là pour vous tirer d'affaire en cas de danger.

— Quelle grandeur d'âme ! Je ne vois pas comment je pourrais refuser une proposition aussi gentille.

— D'autant que vous n'en aurez pas de meilleure. Nous n'avons aucune idée de la nature du danger qui règne autour de cette tombe, alors il faut prendre nos précautions.

— J'ai de la nourriture et de l'eau.

— Cela ne suffit pas. Il nous faut d'autres choses, comme une boussole, par exemple.

— C'est grâce à la mienne que vous m'avez percée à jour, je parie.

— A votre boussole, à votre sourire et à la deuxième carte, précisa Bram.

Il s'empara d'un croissant sous l'œil impatient de Flora.

Elle brûlait de partir, manifestement, mais il tenait auparavant à établir certaines règles.

— Vous devriez goûter les croissants. Ils sont délicieux.

Flora obtempéra après une légère hésitation.

— J'ai également une lampe torche, dit-elle. J'en emporte toujours une dans mes bagages.

— Vous êtes une vraie girl-scout, ma parole !

Elle esquissa un sourire. Maintenant qu'elle avait obtenu gain de cause, elle pouvait se le permettre, songea Bram. Il n'y avait rien de tel que de remporter une victoire pour qu'une femme sourie. Et il n'y avait rien de tel que le sourire d'une femme pour donner à un homme l'envie de déplacer des montagnes ou de traverser des océans à la nage pour ses beaux yeux.

— Nous avons aussi deux cartes, ajouta-t-elle en riant. Comme ça, si nous en perdons une, l'autre pourra nous servir.

Elle plaisantait ! De mieux en mieux !

— Je m'étonne que la vendeuse de la boutique connaisse l'emplacement de la tombe alors qu'en principe personne ne le connaît, murmura-t-il d'un air songeur.

— Ne m'avez-vous pas dit qu'il suffit que deux personnes partagent un secret pour que ce n'en soit plus un ?

— J'exagérais.

Deux personnes pouvaient garder un secret quand il était vital pour l'une d'elles et que l'autre ne pouvait partager ce fardeau avec personne.

— A mon avis, il y a plus de deux personnes au courant, reprit-il. Etes-vous certaine que la vendeuse vous a donné des indications exactes ? Elle vous a peut-être raconté n'importe quoi pour se débarrasser de vous.

— C'est possible, mais cela m'étonnerait.

— Pourquoi a-t-elle parlé de « mauvais endroit » ? C'est étrange comme formulation, vous ne trouvez pas ?

— Il s'agit peut-être d'une superstition, tout bêtement. Certaines populations n'aiment pas qu'on dérange les morts.

— Vous lui avez affirmé que vous ne vouliez pas y aller, que vous aviez juste besoin de l'information pour votre article.

Un imperceptible sourire effleura les lèvres de Flora. Bram songea aux montagnes qu'il mourait d'envie de déplacer, aux océans à traverser…

— Comme elle était réticente, il a bien fallu que je me débrouille pour obtenir le renseignement.

— Vous êtes plutôt douée pour endormir la méfiance de vos semblables.

— Vous aussi, monsieur Gifford.

Bram se pencha pour lui effleurer la lèvre inférieure d'une caresse.

— Si vous faites allusion au baiser d'hier soir, sachez qu'il ne s'agissait pas d'endormir votre méfiance mais d'une promesse.

La subite rougeur qui envahit le visage de Flora provoqua chez Bram une flambée de désir aussi immédiate qu'impérieuse.

La jeune femme repoussa brusquement sa chaise et se mit debout.

— Si vous avez terminé votre petit déjeuner, allons-y.

Bram ne fut pas dupe de la manœuvre. Son impatience n'expliquait pas à elle seule cette précipitation, mais quel progrès ! Elle ne jouait plus les reines de glace. S'il voulait garder la tête froide et les idées claires, il n'en demandait pas davantage pour l'instant.

Le trajet le long de la côte fut un vrai bonheur. La brise parfumée venue de l'océan s'engouffrait par les vitres baissées, leur procurant une relative fraîcheur. De loin en loin, de petites criques serties entre d'immenses falaises apparaissaient, bordées de sable blanc. De l'autre côté, les montagnes escarpées s'élevaient au-dessus d'une mince bande de cultures en terrasses.

Désireux l'un et l'autre d'éviter les sujets sensibles, ils évoquèrent l'intérêt touristique de l'île en se cantonnant à des généralités. Et lorsque Bram s'arrêta afin de prendre des photos pour le département Voyages de C&F, ils veillèrent à conserver leurs distances.

Mais ce mot de promesse qu'il avait prononcé vibrait entre eux, chargé de désir et de sensualité, comme si un autre dialogue se nouait, à un autre niveau, d'autant plus intense qu'il était muet.

Dès qu'ils quittèrent la route côtière, la canicule s'abattit sur eux. Au début, ils traversèrent de minuscules villages où les enfants les dévisagèrent comme s'ils débarquaient d'une autre planète et où les poules s'enfuirent devant la voiture dans des caquètements affolés. Puis, au fur et à mesure qu'ils montaient, toute trace de civilisation disparut.

Ils roulèrent aussi loin que possible, mais quand la piste devint trop étroite et trop abrupte, ils continuèrent à pied. La jungle sembla alors se refermer sur eux, tentaculaire et étouffante dans un air chargé d'humidité. Au bout d'une demi-heure de marche, ils débouchèrent au-dessus d'un précipice vertigineux qui ouvrait sur l'océan par-delà le moutonnement très dense de la végétation.

— D'après la carte, nous ne devrions plus être très loin, déclara Bram en contemplant le paysage. La vue est grandiose. Si je devais choisir un lieu pour bâtir un monument funéraire, c'est cet endroit que je choisirais.

— Regardez ces orchidées ! s'exclama Flora. Quelle merveille !

L'appareil photo à la main, elle prit plusieurs clichés. Un mouvement un peu brusque délogea une volée d'oiseaux aux plumes de couleurs vives qu'elle s'empressa de mitrailler. Au même moment, un papillon gigantesque lui frôla l'épaule.

— Tipi Myan a raison de dire que c'est un paradis pour les botanistes et les amoureux de la nature.

Comme Bram ne répondait pas, elle jeta un regard par-dessus son épaule. Il avait disparu.

— Bram ! Où êtes-vous ?

— Levez la tête !

Flora obtempéra. Tout d'abord, elle ne vit rien puis elle aperçut à travers le feuillage un éclair bleu à quelques mètres au-dessus d'elle et poussa un soupir de soulagement.

— Venez, Flora.

Oubliant oiseaux et papillons, elle songea aux araignées monstrueuses et aux serpents qui peuplaient également cette végétation impénétrable. Pourquoi s'était-elle vantée de ne pas en avoir peur alors que le seul fait d'y penser la terrifiait ? Comment avait-elle pu envisager de venir seule ? Malheureusement, elle ne pouvait pas perdre la face si près du but, alors, faisant contre mauvaise fortune bon cœur, elle étouffa ses craintes et escalada la pente en s'agrippant aux racines et aux branches.

Bram lui tendit la main pour l'aider à franchir les derniers mètres. Une fois en haut, elle se figea, éblouie par la grandeur du spectacle qui s'offrait à elle.

— Mon Dieu !

L'entrée de la sépulture n'était rien d'autre qu'une faille naturelle dans la roche. On avait arraché la végétation qui la dissimulait aux regards et si les plantes recommençaient déjà à envahir la paroi, elle était suffisamment dégagée pour dévoiler un haut-relief. Celui-ci représentait un oiseau bicéphale qui enveloppait l'entrée de ses ailes protectrices. Il semblait si vivant que Flora sentit la chair de poule l'envahir.

— C'est… impressionnant, chuchota-t-elle.

— Au sens fort du terme, approuva Bram. La sculpture est tellement puissante qu'elle suscite autant l'émerveillement que la crainte.

Flora frissonna en hochant la tête.

— Je ne l'aurais jamais trouvée. Quand je pense que c'est à quelques mètres du chemin ! Pourquoi avez-vous cherché ici ?

Bram désigna le paysage spectaculaire.

— L'endroit m'a paru propice.

— C'est vrai. C'est un emplacement parfait.

— Parfait, c'est le mot, murmura-t-il en la dévisageant d'un regard intense. Vous croyez que c'est à cause de sa vocation funéraire que les habitants de l'île considèrent cet endroit comme un lieu interdit ?

— Peut-être.

— Si l'on y ajoute les secousses sismiques, cela fait deux bonnes raisons de le fuir.

— Quelles secousses sismiques ?

— Cette partie du monde n'est jamais en repos. Il faut bien que ce rocher se soit détaché d'une façon ou d'une autre.

Il désigna un énorme roc un peu plus loin. Les lianes commençaient à le recouvrir, mais Flora reconnut un morceau d'aile qui appartenait à l'oiseau. Son appareil photo à la main, elle prit plusieurs clichés.

Bram approcha du bord de la paroi, à un endroit où le sol plongeait dans le vide et où l'on apercevait des racines et de la terre fraîchement remuée.

— Le sol est érodé par la pluie. Il s'est effondré de ce côté-ci.

— Vous croyez que c'est pour ça que Tipi Myan nous a interdit de venir ?

— Je l'ignore, mais il n'y a aucune structure pour étayer l'ensemble, preuve que les travaux de consolidation n'ont pas commencé.

Il revint vers elle.

— Vous comptez entrer ?

Flora contempla la faille béante avec une pointe d'effroi.

— Vous croyez que c'est sans danger ?

— Je ne suis pas ingénieur, Flora, ne me demandez pas de garanties sur ce point.

Etrangement, cette réponse donna à Flora le courage qui lui manquait. Il n'y avait rien à craindre sauf leur imagination. La sienne avait beau fonctionner à plein rendement, elle refusait de l'écouter si près du but.

— Un avis sensé me suffira, dit-elle. En tant qu'homme vous devez bien en avoir un.

— Ne faites pas ça, Flora.

— Quoi donc ?

— Me traiter comme un ennemi. Je suis là, non ? Et je suis là pour vous, pas contre vous. Si vous voulez entrer, je vous accompagne.

Leurs regards se croisèrent.

— Faites-moi confiance, Flora. Demandez-moi ce que vous voulez, n'importe quoi, je le ferai.

La forêt et ses habitants semblèrent retenir leur souffle dans l'attente de sa réponse. Elle devrait refuser son assistance. Cela faisait une éternité qu'elle ne comptait que sur elle-même, qu'elle vivait seule, sans avoir besoin de personne.

Jusqu'à maintenant...

Perplexe, elle considéra la paroi en fronçant les sourcils. Elle n'avait jamais reculé devant rien. Elle ne reculerait pas pour entrer dans ce tombeau, pas plus qu'elle ne reculerait devant Bram.

— Voulez-vous venir avec moi ? chuchota-t-elle d'une voix enrouée.

— Donnez-moi votre main.

Le cœur battant, elle plaça sa main dans la sienne.

— Prête ?

Flora hésita encore. Etait-elle prête à ce saut dans l'inconnu, prête à prendre ce risque ?

— Prête.

Mais au moment où ils se glissaient dans le noir, elle se tourna vers lui en murmurant :

— N'importe quoi ?

9

— Comment ça n'importe quoi ? répéta Bram.

— Vous venez de dire que je pouvais demander n'importe quoi.

Le faisceau tremblant de la torche balayait le sol de pierre jonché de débris séculaires. Au fond, on apercevait un énorme bloc de pierre incliné, à l'endroit où le sol s'était effondré. Sur le mur opposé, il y avait un bas-relief.

— Vous étiez sincère ? insista-t-elle.

Bram était persuadé qu'elle n'avait pas retenu cette parole jetée en l'air. Pour son malheur, elle l'avait enregistrée.

A son grand soulagement, Flora poussa la lumière au maximum pour éclairer le mur dans son entier. Ils découvrirent le portrait d'une femme sculpté à même le roc. Elle était assise sur un trône, sa longue chevelure recouvrant sa gorge nue. Flora approcha pour suivre les contours des doigts, s'imprégnant de chaque détail, traçant les entrelacs du diadème posé sur la tête, des bijoux qui ornaient les bras, les chevilles, le cou.

— C'est donc vrai, chuchota-t-elle, éblouie.

— Que voulez-vous dire ?

— Je commençais à croire que Tipi Myan avait tout inventé pour attirer les touristes. Qu'on avait découvert de vieilles ruines qu'il avait agrémentées de bijoux anciens afin de les faire passer pour une trouvaille authentique.

A son tour, Bram suivit du bout des doigts le visage de la princesse perdue.

— Si vous disposiez vos cheveux comme elle et que vous mettiez des colliers de perles et de pierres précieuses, on pourrait vous prendre pour elle.

Il se tourna vers la jeune femme pour lui effleurer le cou et la sentit retenir sa respiration.

— Ne soyez pas ridicule, chuchota-t-elle. Je ne lui ressemble pas.

— Vous êtes son portrait vivant.

Fermant les yeux, il poursuivit son exploration.

— Mêmes sourcils, même nez, même bouche...

Il n'avait pas besoin de voir ses lèvres. Leur courbe demeurait gravée dans sa mémoire. Il savait comment elles s'entrouvraient juste avant qu'on les embrasse, il en connaissait la saveur, la douceur, l'ardeur.

— Vous avez les mêmes traits décidés.

— C'est une façon polie de dire que j'ai un grand nez.

Bram rouvrit les yeux.

— Si je pensais que vous aviez un grand nez, je le dirais. Sur n'importe quelle autre femme, il paraîtrait grand, mais sur vous il a des proportions parfaites.

Lentement, doucement, il ôta l'élastique qui retenait la natte de Flora. Celle-ci voulut battre en retraite, mais il l'en empêcha :

— Laissez-moi faire. Je voudrais prendre une photo de vous à côté de la princesse pour que vous puissiez comparer.

Petit à petit, il libérait les mèches soyeuses de leur prison. Plus immobile qu'une statue, la jeune femme respirait par saccades.

— Que vouliez-vous me demander, Flora ? Dites, et je le ferai.

— Je... je voulais juste savoir si vous aviez déjà été amoureux.

Cette question le surprit. Il avait prévu tout autre chose.

— Je ne sais pas ce qu'est l'amour.

— Je me doutais que vous fuiriez la question.

Il lui saisit le poignet pour tourner le faisceau lumineux sur la princesse.

— Ce sont les bijoux qui sont au musée, je suppose ? On l'a enterrée avec.

— A votre avis ?

Le ton était sec et cassant.

— Tipi Myan avait-il précisé que la tombe était sculptée ?

— Bien sûr que non.

Cette fois, il y avait de la colère dans la voix de Flora.

— J'ai cru aimer, une fois, dit-il. Nous avons vécu deux mois ensemble et puis un jour, elle m'a expliqué qu'elle devait partir et que c'était fini.

— Vous ne lui avez pas demandé de rester, de vous épouser ?

Flora se détesta de ne pas savoir réfréner sa curiosité, mais ce fut plus fort qu'elle : il fallait qu'elle sache.

Bram sourit. La question qu'il attendait, c'était celle-là.

— Si. Je voulais qu'on se marie.

— Parce qu'elle était enceinte ?

— Non. J'ignorais qu'elle l'était et ne l'ai découvert que des années plus tard. Bien après que j'ai eu compris que ce que j'avais pris pour de l'amour n'en était pas. De mon côté, il s'agissait d'un engouement passager, de sa part… d'autre chose.

Cet aveu ne lui coûtait rien, comprit-il brusquement. Parce que Flora lui avait tendu la main et qu'elle le réchauffait de sa présence. Et puis, l'obscurité se prêtait aux confidences, or il avait enfin rencontré une personne capable de comprendre, une personne avec laquelle il souhaitait partager ce secret si lourd qu'il portait depuis des années.

— Je l'ai demandée en mariage le jour où je suis entré dans le jardin d'une ambassade, à Londres, et que j'ai compris en voyant un petit garçon dans les bras de cette femme que j'avais un fils de cinq ans. Cette femme était l'épouse de l'ambassadeur.

Dans la pénombre, sans aucun repère visuel, ses autres sens compensèrent ce que ses yeux ne voyaient pas. Il perçut la brève inspiration qui révéla le choc de Flora puis la vague de compassion.

— Il aurait pu être le fils de l'amb…

— Vous avez vu la photo. Il n'y avait aucun doute. J'ai eu l'impression de me revoir au même âge.

— Vous n'étiez pas au courant ? Elle ne vous avait rien dit ?

Bram enfouit les doigts dans les cheveux de Flora. Ils ondulaient en vagues minuscules, comme la chevelure de la princesse qui les contemplait d'un œil bienveillant. Il faillit lui ôter son chemisier pour déployer ses cheveux sur sa gorge, mais se contenta de les répartir de part et d'autre de ses épaules comme sur la sculpture.

— Vous pourriez être sœurs, murmura-t-il. Ou mère et fille.

Il se raidit brusquement.

— Vous n'entendez rien ?

Ils tendirent l'oreille. Un léger bruissement se faisait entendre.

— Ce sont les feuilles à l'extérieur, fit-elle avec une pointe d'impatience. Répondez-moi, Bram.

— Non, Flora, je ne savais rien, mais je n'étais pas censé découvrir le pot-aux-roses. A l'époque de notre rencontre, c'était une femme riche qui recherchait désespérément quelque chose. De mon côté, je prenais une année sabbatique en France pour me spécialiser en droit européen. Elle ne s'attendait pas à ce que le serveur sur lequel elle avait jeté son dévolu dans un café de Marseille soit appelé à conseiller un ambassadeur six ans plus tard. Ni à ce qu'il se joigne à sa famille pour le thé.

Flora serra ses mains dans les siennes.

— Elle voulait un enfant, c'était ça ce qu'elle recherchait désespérément ?

— Oui. Naïvement, je croyais que c'était ma personne qui l'intéressait. Cette femme seule qui semblait si triste m'avait bouleversé. Elle était loin de son pays, dans une ville où elle ne connaissait personne et son chagrin n'était pas feint. Ni son plaisir, j'espère. Elle m'a choisi pour mon physique. Peut-être un peu pour ce que je suis, également.

— Comment a-t-elle pu faire une chose pareille ? s'exclama Flora, outrée.

— Par amour. Quand nous nous sommes revus, elle m'a expliqué la situation. Son mari était le dernier représentant d'une lignée d'aristocrates mais il était stérile. Elle ne pouvait subir une insémination artificielle parce que cela laisse des traces et que des cousins éloignés auraient pu contester l'héritage et le titre, or il s'agit d'un grand nom et de biens très importants. Faute de mieux, elle a opté pour la seule voie qui s'offrait à elle.

— Son mari était au courant ?

— Il a dû s'en douter, mais ils n'ont jamais abordé la question directement. Elle m'a supplié de ne pas lui révéler mon identité. Il adore son fils et…

— Mais c'est votre fils !

— Que pouvais-je faire, Flora ? Le désespoir conduit parfois à prendre des mesures désespérées. Fallait-il détruire trois vies en faisant valoir mes droits ? Ce sont des gens charmants qui ne méritaient pas ça. Et puis, ils l'aiment tant. En regardant cet homme jouer avec mon fils, je bouillais de fureur, mais seulement parce que je n'avais pas le droit de l'aimer de cette façon.

— C'est à ce moment-là que vous lui avez demandé de divorcer pour vous épouser.

— Il fallait que je tente ma chance. Elle a accepté de me rencontrer le lendemain, uniquement parce qu'elle craignait que je fasse un scandale. J'ai tempêté, menacé et, en fin de compte, je l'ai suppliée. Pendant tout ce temps, elle m'a laissé déverser ma bile, attendant que j'aie fini de vider mon sac et que je me rende enfin à l'évidence. John est mon fils d'un point de vue biologique, mais son véritable père est le mari de cette femme.

— Il s'appelle John ?

— C'est la version britannique de son nom.

Bram prit une profonde inspiration. Cet aveu lui permettait d'y voir plus clair, de considérer la situation sous un autre angle. Et puis, il se sentait soulagé, libéré de cette culpabilité diffuse qui l'habitait depuis des années.

— Je n'étais pas là pour son premier sourire, sa première dent, ses premiers pas. Ce n'est pas moi qui me suis levé la nuit quand il avait des cauchemars, or un père est là pour ça. C'était un petit garçon heureux et insouciant. Si j'avais exigé un test de paternité, je l'aurais privé de son bonheur.

D'une légère pression de la main, Flora lui signifia qu'elle comprenait.

— Qui d'autre est au courant ?

— Personne. A quoi bon annoncer à mes parents qu'ils avaient un petit-fils qu'ils ne pourraient jamais connaître ? Cela n'aurait servi qu'à les rendre aussi malheureux que moi. C'est un adolescent épanoui, à présent. Il aura quatorze ans cette année. Si jamais un jour il a besoin de moi, je serai là, mais j'espère pour lui que ce ne sera jamais le cas.

D'un geste tendre, Flora essuya sur sa joue les larmes qu'il n'avait pas eu conscience de verser. Puis elle l'étreignit doucement.

— Comment pouvez-vous prétendre que vous ignorez tout de l'amour, Bram ? Renoncer à son enfant pour ne pas bouleverser son existence est l'acte d'amour par excellence ! Je vous remercie de m'avoir fait suffisamment confiance pour me révéler votre secret.

— Il est temps de nous faire confiance, vous ne croyez pas ?

— Sur un plan personnel ou professionnel ?

— Les deux.

Au-dessus de leurs têtes, le bruissement continuait. Un frisson inexplicable parcourut Bram.

— Si nous sortions ? suggéra-t-il.

— Je voudrais prendre quelques photos d'abord. Eclairez le mur avec la torche, s'il vous plaît. Ensuite, nous irons pique-niquer sur une des plages que nous avons repérées.

— Je n'ai pas apporté de maillot de bain.

— Moi non plus.

— Vous avez décidément envie qu'on nous boucle tous les deux.

— Tous les deux, je ne sais pas, mais India serait ravie que je vous fasse mettre derrière des barreaux.

L'éclat de rire de Bram se répercuta sur la paroi rocheuse. Le bruissement s'intensifia. L'air sembla s'agiter autour d'eux et, soudain, Bram comprit d'où lui venait cette impression de malaise.

Flora leva l'appareil pour prendre un cliché.

— Non ! Ne faites pas ça !

L'éclair du flash fut aveuglant. Vif comme l'éclair, Bram empoigna Flora par le bras et l'entraîna vers la sortie.

— Je n'ai pas fini !

Sans écouter ses protestations, il la poussa dehors sans ménagement. Aveuglés par la lumière, ils mirent quelques secondes à ajuster leur vision puis Flora pivota vers lui comme une furie.

— Qu'est-ce qui vous a pris, bon sang ?

— Des chauves-souris.

Au moment où il prononçait ces mots, de minuscules formes noires s'échappèrent du tombeau. Il n'y en eut d'abord que quelques-unes, puis elles s'échappèrent de l'entrée en une masse compacte et mouvante.

Le visage de Flora prit une expression d'épouvante. La seconde suivante, elle s'enfuit à toutes jambes.

— Attendez, Flora !

Elle n'était pas en mesure de l'entendre. Les araignées et les serpents l'effrayaient, mais les chauves-souris lui inspiraient une terreur proche de l'hystérie. Les bras ramenés sur sa tête pour protéger ses cheveux, elle courait comme si elle avait tous les démons de l'enfer à ses trousses.

— Flora !

Bram tenta de l'arrêter. Elle se dégagea d'une secousse et reprit sa course éperdue vers la voiture.

— Attention ! cria-t-il.

Trop tard. Elle trébucha et tomba à genoux sur la pente glissante. Elle se releva aussitôt pour repartir et pila net quand Bram la retint par son chemisier. Tandis qu'elle se débattait pour lui échapper, un craquement de tissu se fit entendre.

— Calmez-vous, ordonna-t-il.

Ce ton impérieux la ramena à la raison. Muette de terreur, elle se nicha étroitement contre lui en tremblant de tous ses membres. Il l'étreignit avec douceur en semant des baisers sur son visage.

— Je ne laisserai rien ni personne vous faire du mal, Flora. Vous n'avez rien à craindre, vous êtes en sécurité…

Cramponnée à la chemise de Bram, elle leva vers lui un regard noyé d'angoisse.

— Je suis désolée… J'ai paniqué.

— Je sais.

Elle le considéra d'un air incertain comme si elle redoutait qu'il se moque d'elle.

— Ce sont juste des chauves-souris, fit-elle dans une piètre tentative pour recouvrer un semblant de dignité.

Bram lui effleura les lèvres d'un baiser.

— C'est comme les crabes, peu de chose, murmura-t-il avec un petit sourire en coin.

Il ne se moquait pas, s'amusait juste à la taquiner. A sa grande surprise, Flora constata que cela lui procurait un merveilleux sentiment de bien-être.

— Dites-moi ce que vous ferez si vous croisez le chemin d'un animal vraiment dangereux, que je puisse me préparer. Un boa constrictor, par exemple, ou une araignée de la taille d'une assiette.

Un gémissement pitoyable monta de la gorge de Flora.

— Bon, je saurai à quoi m'en tenir, désormais. Les animaux sauvages et les insectes vous terrifient.

— C'est faux ! Enfin, en théorie…

— Je ne suis pas certain que la théorie pèse d'un poids quelconque en l'occurrence.

— Les souris ne me font pas peur.

— Celles en sucre qu'on vend dans les boulangeries ?

— Ce n'est pas drôle !

Vexée, elle voulut s'écarter et poussa un gémissement en prenant appui sur une de ses jambes. Bram baissa les yeux. Le pantalon de Flora était troué aux genoux et ceux-ci semblaient en piteux état. Sans un mot, il la souleva dans ses bras pour la ramener à la voiture.

Sur le point de protester, Flora changea d'avis et posa la

tête contre le torse de son compagnon pour écouter le rythme rassurant du cœur qui battait sous son oreille.

Dès qu'ils furent parvenus à la jeep, Bram installa Flora sur le siège passager. Pendant qu'elle se désaltérait, il sortit la trousse de secours et nettoya ses ecchymoses avec un produit antiseptique.

— Votre genou gauche est un peu enflé. Voulez-vous que je vous emmène à l'hôpital de Minda ?

— Je n'ai pas de marathon prévu dans l'immédiat. Si je fais attention pendant un jour ou deux, cela ira, à mon avis.

— Vous participez à des marathons ?

— Ce n'est qu'une figure de rhétorique, Bram.

Elle reconnut un peu tard la lueur malicieuse qui brillait dans les yeux de son compagnon. La mine pincée, elle lui tendit la bouteille d'eau.

— Buvez au lieu de dire des bêtises.

Pendant qu'il s'exécutait, elle esquissa un geste vague en direction de la sépulture.

— Merci de m'avoir sortie de là à temps.

Il abaissa la bouteille et leurs regards se croisèrent. Tous deux se rappelaient ce qui s'était passé avant qu'elle panique.

— Ça va mieux ? Votre cœur a retrouvé un rythme à peu près normal ?

— Pas vraiment, avoua-t-elle. Pour tout vous dire, je me sens stupide. Les chauves-souris sont inoffensives.

— Vous n'êtes pas la seule à avoir eu peur. Je ne regrette pas d'avoir quitté cette tombe, je vous assure.

— C'est gentil de dire ça, mais…

— Je suis beaucoup de choses, Flora, mais pas gentil.

En effet, se dit-elle. D'ailleurs, il était probablement en train de récapituler ses défauts et ses faiblesses. La liste devait être impressionnante entre son imprudence, son entêtement, sa tendance à l'hystérie et le reste. Jordan serait fier de son cousin, songea-t-elle, accablée.

— Les gens d'ici trouvent sans doute l'endroit bizarre à cause des chauves-souris.

— Peut-être, mais cela n'explique pas la raison pour laquelle Tipi Myan tenait à ce que vous l'évitiez.

— Sauf si ces chauves-souris sont une espèce menacée qu'il ne faut pas déranger.

— Il vous l'aurait dit. Je suis persuadé qu'il y a autre chose. D'ailleurs, si vous n'y voyez pas d'inconvénient, nous ferions mieux de décamper avant qu'on nous repère.

Au moment de démarrer, Flora murmura :

— Merci de m'avoir portée jusqu'ici.

Il lui décocha un sourire dévastateur.

— Ce n'est pas la première fois. Remarquez, si cela doit devenir une habitude, je préférerais que vous perdiez un peu de poids.

— Merci du conseil !

Malgré son air pincé, Flora préférait ce genre de remarque à un compliment qui sonnait faux. Au moins, là, elle savait qu'il disait la vérité.

— Néanmoins, si vous préférez faire usage de vos deux jambes, j'admets volontiers que je vous trouve parfaite telle que vous êtes.

Cette fois, Flora s'empourpra.

— Les peignes mis à part, rappela-t-elle de peur qu'il ne devienne vraiment trop gentil.

— Les peignes mis à part.

— Et le vernis bleu.

— Je n'ai rien contre.

Dès qu'ils regagnèrent la route qui longeait l'océan, l'air devint moins étouffant. Bram se taisait, plongé dans ses pensées. Flora aussi gardait le silence, mais lorsqu'il bifurqua brusquement vers une plage, elle le contempla avec étonnement.

— Que faites-vous ?

— Nous devons bien pique-niquer sur une plage, non ?

Après leur mésaventure, cette perspective ne disait plus rien qui vaille à la jeune femme.

— Je n'y tiens pas. Une douche à l'hôtel me paraît plus appropriée.

— Un bain de mer vous rafraîchira tout autant.

Flora contempla l'océan éclaboussé de soleil puis la plage déserte et se sentit faiblir. C'était mille fois plus tentant qu'une douche… et beaucoup plus près que l'hôtel.

Bram se déshabilla en un tournemain, ne gardant que son caleçon, puis vint lui ouvrir sa portière.

— Il serait préférable que vous enleviez quelques vêtements.

Mal à l'aise, Flora acquiesça.

— Avez-vous besoin d'aide pour…

— Non, non, je me débrouille, murmura-t-elle en déboutonnant son chemisier à la hâte.

— … ôter vos souliers ? acheva-t-il avec un sourire narquois.

— Je me débrouille, répéta-t-elle d'un air buté.

Nullement troublé par cette fin de non-recevoir, il s'accroupit devant la portière ouverte et entreprit de délacer les chaussures de Flora. Cette dernière fit glisser son chemisier sur ses épaules, sans savoir s'il fallait regretter ou non d'avoir choisi un soutien-gorge de sport, beaucoup plus décent qu'un haut de Bikini.

Lorsque Bram s'écarta, elle enleva son pantalon mais, quand elle posa le pied par terre, un élancement lui traversa le genou.

— Je n'arriverai jamais à marcher sur le sable ou à nager. Je suis navrée, Bram, mais… que faites-vous ? s'exclama-t-elle quand il lui glissa un bras sous les genoux.

— Mettez vos bras autour de mon cou.

Loin d'obéir, Flora n'esquissa pas un geste.

— Faites-moi confiance, Flora. Je suis votre doublon, ne l'oubliez pas. Nous ne devons nous séparer sous aucun prétexte.

Sans plus d'explications, il la souleva et l'emmena jusqu'à la mer.

Quelques minutes plus tard, Flora baignait dans la félicité la plus totale. Se laisser dériver au gré du courant, main dans la main avec Bram, avait un avant-goût de paradis.

— Je vous reconnais un mérite, Bram Gifford. Vous savez

choisir une plage. Celle-ci a tout ce dont on peut rêver : les palmiers pour l'ombre et même une chute d'eau nichée dans la falaise. Vous avez eu une idée formidable.

— Cela m'arrive de temps à autre.

— Vous êtes plutôt intelligent, tout compte fait.

— Si j'étais vraiment intelligent, je me serais débrouillé pour que vous renonciez à visiter ce satané tombeau.

— Je ne regrette rien.

— Moi non plus, au fond. Je suis content d'avoir vu votre princesse.

— Peut-être venait-elle nager ici au petit matin avec les autres jeunes filles de la cour.

— Ou la nuit, avec son amant.

Flora poussa un soupir.

— Si seulement j'étais douée pour la fiction, j'écrirais un roman sur sa vie. Malheureusement, nous ne saurons jamais qui elle était ni pourquoi on l'a enterrée avec autant de faste.

En se tournant vers Bram, elle s'aperçut qu'il la dévisageait intensément.

— Merci de m'avoir empêchée de venir seule.

— C'est le rôle de votre doublon de vous suivre comme votre ombre.

Sur ces entrefaites, il lui encercla la taille et regagna la rive. Ensuite, il la reprit dans ses bras et se dirigea vers la chute d'eau.

— Cela devient ridicule, déclara-t-elle. Je me suis tordu le genou, pas cassé une jambe.

Bram la déposa sous la chute en la serrant doucement contre lui.

— Je préfère ne prendre aucun risque.

— Je vous dois une fière chandelle.

— Dois-je comprendre que je viens de gagner une manche dans la vendetta entre les Claibourne et les Farraday ?

Le visage de Flora se décomposa. Leur querelle familiale lui était complètement sortie de l'esprit.

— Si c'est tout ce qui vous importe, j'espère que vous avez pris note de toutes les bêtises que j'ai dites aujourd'hui ?

Furieuse, elle le repoussa avec hargne mais, quand elle voulut s'écarter, son genou se déroba et Bram l'enlaça de nouveau.

— Je n'ai pas besoin de prendre des notes. Chaque seconde de cette journée est gravée dans ma mémoire de façon indélébile. Il y a juste un détail qui m'échappe.

— Quoi donc ?

En un clin d'œil, la lumière éclatante du soleil se dissipa pour les ramener dans la pénombre de la tombe, à cet instant où Bram avait mis son âme à nu. C'était là, dans le noir, qu'elle avait enfin vu ce que, aveuglée par son image de séducteur, elle n'avait pas su discerner.

Bram Gifford n'était pas un coureur de jupons qui ne se souciait que de ses plaisirs. C'était un homme de cœur qu'une femme avait cruellement blessé autrefois en se servant de lui. Depuis, il se tenait sur ses gardes en s'assurant de ne pas retomber dans le même piège.

Et c'était cet homme-là qui avait découvert la tombe, qui l'avait tirée des griffes des chauves-souris, qui l'avait réconfortée, soignée. S'il se servait d'elle pour oublier la souffrance d'avoir perdu son fils ou pour remporter cette stupide querelle familiale, elle surmonterait sa désillusion. Peut-être comprendrait-il un jour qu'elle ne se contentait pas de lui proposer une simple réponse à une question, mais qu'elle lui offrait son cœur et son amour. Peut-être cela le libérerait-il, alors. Peut-être cela la libérerait-elle enfin…

— Que voulez-vous savoir ?

Elle retint son souffle, attendant qu'il lui demande de trahir sa sœur.

10

— Pourquoi avez-vous verni vos ongles en bleu ?

La question parut tellement incongrue à Flora qu'elle crut avoir mal entendu.

— Je vous demande pardon ?

— Pourquoi avez-vous verni vos orteils alors que vous n'avez rien sur les mains. Pourquoi du bleu ?

Abasourdie, Flora le dévisagea sans comprendre.

— C'est tout ?

— Cela dépend de votre réponse. Il y aura peut-être une question subsidiaire.

— Bon…

Pendant un instant, Flora avait cru que le monde s'ouvrait enfin à elle, qu'elle avait déniché la perle rare, un homme qui, non content d'être superbe, était tendre, gentil, attentionné. A priori, elle s'était trompée. Loin d'être le preux chevalier qui la sauvait de son orgueilleuse solitude, il ne cherchait qu'à comptabiliser ses défauts ou ses bizarreries, une tâche qu'elle lui avait grandement facilitée.

Le seul phénomène inexpliqué était le vernis bleu. Hier soir, elle l'aurait éclairé sans difficulté ; maintenant, elle s'en sentait incapable.

— Je vous écoute, dit-il avec une pointe d'impatience.

— C'est un détail dérisoire, sans aucun intérêt.

— Dans ce cas, racontez-le-moi.

— Je ne peux pas. Je me suis engagée au secret.

Le sourire de Bram s'évanouit brusquement et Flora eut l'impression que le soleil diminuait d'intensité.

— Avec qui ?

— C'est ça la question subsidiaire ?

— Avec qui ? répéta-t-il.

Flora rêvait de s'inventer des promesses d'amour éternel avec un amant passionné, mais cela cadrait mal avec la futilité du sujet. Et puis, elle se refusait à lui mentir…

— Avec mon filleul.

Il eut un haut-le-corps qui trahit sa surprise.

— Pourquoi ça ?

— Cela a-t-il une quelconque importance ?

— Tout a de l'importance, Flora. Je veux tout savoir de vous.

A ces mots, une émotion inattendue envahit Flora, un sentiment qui ressemblait à s'y méprendre à de la joie. Puis elle se rappela que Bram était un Farraday et qu'il savait tirer parti de toute information, même minime, même sans intérêt.

— Il fait partie de l'équipe de foot de son école.

— Au mois de mai, on ne joue plus au football mais au cricket.

— Il n'a que sept ans, la batte serait plus grande que lui ! Et, justement, c'est la fin de la saison de football et son équipe doit affronter leurs plus féroces adversaires. J'avais promis d'assister à la rencontre quand ce voyage s'est présenté.

— En quoi le fait de vous vernir les ongles en bleu changeait-il quelque chose ?

— Il m'a demandé d'afficher sur moi en permanence les couleurs de son école pour être sûr que je penserais à lui, alors j'ai eu cette idée. Il voulait peindre un pied en jaune et l'autre en bleu mais nous avons trouvé un compromis.

— C'est lui qui a appliqué le vernis ? Il s'est bien débrouillé pour un garçon de sept ans.

— Je suis passée deux fois derrière lui.

Flora priait intérieurement pour que Bram ne demande pas son nom. Mais, comme s'il devinait ses pensées, il ajouta :

— Comment s'appelle-t-il ?

Elle hésita une seconde de trop.

— C'est John, n'est-ce pas ? C'est pour cette raison que vous étiez réticente à m'en parler ?

Haussant les épaules, elle se tourna vers la cascade pour qu'il ne voie pas à quel point cela lui coûtait de le blesser.

— J'ai besoin de poser la question subsidiaire, Flora.

— Vous en avez déjà posé deux.

— Elles faisaient partie de la première. Pourquoi n'avez-vous pas posé de vernis sur vos mains ? Qui vous a blessée à ce point ? Que vous a fait cet homme pour que vous vouliez vous rendre invisible avec ces vêtements de passe-muraille ?

— C'est une sacrée question subsidiaire, dites-moi.

— Ce sont celles dont il faut se méfier le plus, murmura-t-il en jouant avec ses mèches ruisselantes.

La gorge nouée, Flora ferma les yeux pour les rouvrir aussitôt. Ne lui avait-il pas dévoilé son secret, sa souffrance, sa peine ? Elle ne pouvait pas faire moins.

— Il s'appelait Steve, murmura-t-elle d'une voix étranglée. Il s'appelle toujours Steve, je présume.

— Ni Seb ni Sam ?

Surprise qu'il se souvienne de son mensonge, elle lui lança un coup d'œil étonné.

— Je n'ai jamais oublié son nom.

— Je n'ai pas cru un instant que c'était le cas.

— C'était l'homme le plus séduisant que j'avais jamais vu. Grand, blond, un corps d'athlète. Il était joueur de tennis — enfin, entraîneur. Ma mère était entre deux maris, cette année-là, alors elle s'était mise au tennis.

Elle lui tourna le dos de nouveau en lançant avec une feinte légèreté :

— C'est plutôt un cliché de perdre sa virginité avec un entraîneur de tennis.

— Perdre sa virginité est toujours un cliché.

— J'avais dix-sept ans et n'avais presque jamais été embrassée. Pas comme lui embrassait, en tout cas. Je me suis jetée à sa tête.

— Réaction hormonale tout à fait banale à cet âge-là. Le corps obéit à la loi de la nature pour perpétuer l'espèce.

— Sans doute.

La tête penchée en arrière, elle savoura la chaleur du soleil sur son corps, le ruissellement de l'eau sur sa peau.

— Cela ne s'arrête pas là, n'est-ce pas ?

Elle acquiesça faiblement et poursuivit d'une voix monocorde :

— A cette époque, je passais mon temps à fabriquer des boucles d'oreilles. Pour moi, pour mes amies, pour qu'il me remarque.

— Il n'a pas dû avoir besoin de beaucoup d'encouragement.

— Oh, il flirtait, mais je voulais davantage.

Elle pivota d'un mouvement brusque pour lui faire face et s'adossa contre la falaise.

— J'avais une paire avec des plumes d'oiseaux, une autre avec de minuscules balançoires, des jouets miniatures, mais ce sont les bonbons de réglisse qui ont emporté le morceau.

Bram ouvrit des yeux ronds.

— Les bonbons de réglisse ?

— C'est non seulement voyant mais comestible. Il aurait fallu être un saint pour résister à la tentation.

— Et votre mère ? Que faisait-elle pendant ce temps-là ?

— Elle était très occupée entre ses leçons de tennis. Le coiffeur, le salon de beauté, les boutiques lui laissaient peu de temps. C'est un travail à plein temps de conserver sa beauté quand on prend de l'âge. Je ne m'étais pas aperçue que c'était elle qui intéressait Steve, elle qu'il guettait comme un fauve surveille sa proie. J'étais bien naïve à dix-sept ans.

— Cela n'a pas dû lui échapper.

— Peut-être est-ce même ce qui l'a attiré. Il n'y a rien de plus tentant que le fruit défendu et je ne ménageais pas mes efforts.

— Il ne devait pas avoir beaucoup de scrupules.

— C'est vraiment excitant pour un homme de séduire la mère et la fille ? demanda-t-elle, tout à trac.

— A mon sens, non, riposta Bram d'un ton sec. Que s'est-il passé quand votre mère a appris ce qui s'était passé ?

— Elle ne l'a jamais su. C'est moi qui ai découvert qu'il jouait sur les deux tableaux. Elle l'a emmené aux Etats-Unis pour un séjour d'une semaine. Même à ce moment-là, je n'ai pas deviné qu'il y avait anguille sous roche. A leur retour, ils étaient mariés.

— Comment s'est-il expliqué ?

— Il n'a pas compris que je sois bouleversée et ne voyait pas pourquoi nous n'aurions pas continué comme avant.

— Vous l'avez raconté à votre mère ?

— Surtout pas. Non seulement je m'étais mal conduite, mais je m'étais couverte de ridicule. D'ailleurs, telle que je la connais, elle m'en aurait voulu terriblement. Plus qu'à lui, en tout cas. Je n'avais aucun soutien à espérer de sa part.

— C'est vraiment une femme curieuse.

— Mon père a été son premier mari, vous savez. C'est lui qui lui a montré l'exemple en commençant à la tromper. La mère d'India est la seule à qui il a été fidèle et je pense qu'il ne s'est jamais remis de son départ.

Comme Bram gardait le silence, elle poussa un soupir de lassitude.

— A quoi cela aurait-il servi que je dise la vérité ? Ma mère aurait été malheureuse plus vite, c'est tout. Je suis partie pour l'Italie pendant les mois d'été. Quand je suis revenue, ils avaient divorcé.

— Vous n'avez jamais raconté cette histoire à personne ?

— Seulement à vous.

Il lui caressa le visage avec une telle douceur qu'elle crut qu'il allait l'embrasser dans un mouvement de pitié. A cette idée, tout son être se révolta. Ce n'était pas de la pitié qu'elle attendait de lui.

— Avez-vous faim ? lança-t-elle, avec brusquerie.

Sans attendre sa réponse, elle se dirigea vers la voiture, serrant les lèvres pour lutter contre la douleur qui lui élançait le genou, et refusant de boiter.

Bram la rejoignit presque aussitôt.

— Les bains de mer font des miracles, dites-moi. Vous marchez beaucoup mieux.

Flora s'apprêtait à remettre son chemisier quand elle aperçut l'énorme accroc qu'avait fait Bram en voulant arrêter sa course folle.

Il lui tendit sa chemise.

— Mettez ça.

— Je vais la mouiller.

— Aucune importance.

Sans rien dire, elle enfila la chemise. Bram entreprit de la boutonner sans qu'elle ose l'en empêcher. Il était tout proche… trop proche. Des mèches blondes lui retombèrent sur le front tandis qu'il se concentrait sur sa tâche. L'une d'elles lui effleura la joue, son odeur l'envahit, éveillant en elle des émotions qui la mirent à la torture.

— Merci, murmura-t-elle d'une voix enrouée quand il eut fini.

Au lieu de la libérer, il lui posa les mains sur les épaules. Lorsque son regard bleu emprisonna le sien, elle fut prise de vertige.

— Vous auriez dû vous confier à quelqu'un, Flora. A India ou à un psychologue. Ils vous auraient rassurée et expliqué que vous n'aviez rien fait de mal.

— Je n'ai pas pu…

Sauf avec lui.

— A moi, vous n'avez plus rien à cacher, Flora.

Il ponctua sa déclaration d'un baiser aérien sur le front.

— Plus de secrets.

Il embrassa ses lèvres douces et fruitées.

— Plus de peignes, non plus, promettez-le-moi.

— Je vous le promets.

Les doigts de Bram se crispèrent sur les épaules de Flora.

La tentation d'aller plus loin fut si forte qu'il faillit y céder. Un feu dévorant le consumait, il se sentit sur le point de perdre tout empire sur lui-même, de dévorer son visage de baisers fous, de l'étreindre à lui couper le souffle, de l'aimer là, pour lui prouver qu'elle était belle et n'avait rien à envier à quiconque.

S'il résistait encore, c'était parce qu'elle n'avait aucune raison de croire qu'il était différent des autres. N'essayait-il pas de la priver de ce magasin dont elle était fière et auquel elle était viscéralement attachée ? Il lui avait demandé de lui faire confiance, mais pourquoi le croirait-elle ? Certes, ils avaient parcouru un chemin immense en un laps de temps ridiculement court, mais tous deux savaient combien il était facile de se laisser abuser. Par autrui et par son propre désir.

Malgré cela, elle était venue facilement dans ses bras, hier soir. Et le regard voilé de désir qu'elle levait vers lui en ce moment ferait perdre la tête à n'importe quel homme. Mais il était trop tôt. Elle était prête à lui abandonner son corps, il le savait, mais c'était son âme qu'il souhaitait conquérir, l'essence même de son être.

Au prix d'un effort surhumain, il ôta les mains de ses épaules.

— Bon, eh bien puisque tout est clair, si nous déjeunions ?

Elle le contempla comme s'il l'avait giflée, puis se ressaisit très vite.

— Si cela ne vous ennuie pas, je préférerais rentrer à l'hôtel. Si je ne déverse pas une quantité industrielle de crème de soin sur mes cheveux, je n'arriverai jamais à les démêler.

Il s'agissait d'un prétexte dont ni l'un ni l'autre ne fut dupe, mais il ouvrit la portière sans un mot.

Le trajet du retour se fit dans un silence total. A l'hôtel, en revanche, ils furent accueillis par une joyeuse ambiance. Il y avait foule et tout le monde sablait le champagne — le personnel, les clients, des policiers en uniforme. L'inconnue blonde, encadrée de Tipi Myan et d'un homme de haute stature, se tenait au centre du groupe.

En les apercevant, Tipi Myan s'avança vers eux en souriant.

— J'espère que vous appréciez votre séjour.

— Beaucoup, répondit Flora. Quelle est la raison de cette agitation ?

— Je puis vous l'avouer, maintenant. Nous avons à Saraminda une minorité qui cherche à renverser la dynastie régnante. Un groupe de rebelles a enlevé un ingénieur australien qui venait d'arriver pour examiner le site de la tombe. Ils l'ont gardé en otage pendant cinq jours.

— Pourquoi n'avez-vous pas prévenu Flora pour qu'elle annule son voyage ? s'exclama Bram.

— Il était trop tard. Quand nous avons appris la nouvelle, vous étiez déjà dans l'avion.

— L'ingénieur a été libéré ? demanda Flora.

— Seulement ce matin. Nos forces spéciales sont parvenues à négocier avec les rebelles et l'ont ramené sain et sauf. Sa pauvre femme s'est montrée très patiente, conclut-il en désignant l'inconnue.

Quelqu'un accapara l'attention du ministre qui s'éloigna de l'autre côté de la pièce.

— Pauvre femme, en effet, murmura Flora.

Soudain, elle comprit pourquoi Bram l'avait évitée.

— Elle vous a rappelé la mère de votre fils, c'est ça ?

Il acquiesça en poussant un soupir.

— J'ai tort de m'imaginer que toutes les femmes seules qui approchent la quarantaine poursuivent un but précis. Il faut que je change mon état d'esprit.

Tipi Myan les rejoignit à cet instant.

— Excusez-moi. De quoi parlions-nous, déjà ?

— De la libération de l'ingénieur, fit Bram.

— Ah, oui. Il vaut mieux ne pas ébruiter ce genre d'affaires, voilà pourquoi je ne vous ai rien dit. Vous pouvez aller visiter la tombe demain, si vous voulez. Les bas-reliefs vous étonneront, mademoiselle Claibourne.

— En fait, nous…

— Je pense que Flora préférerait des photographies du site,

coupa Bram avant qu'elle fasse des aveux complets. Je ne tiens pas à ce qu'elle prenne des risques inutiles. En revanche, nous irons au musée. Il ouvre à 9 heures, je crois ?

Tipi Myan hocha la tête.

— Je serai là pour vous accueillir. Je dois vous quitter pour m'occuper de mes hôtes, à présent.

Dès que le ministre tourna le dos, Bram saisit la main de Flora et l'entraîna vers la réception pour rapporter la glacière.

— Il est inutile de révéler à Tipi Myan comment nous avons passé notre matinée, Flora.

— Je ne sais pas si je pourrai.

— Je me demande comment vous avez réussi à taire votre liaison avec cet entraîneur pendant si longtemps.

— Peut-être parce que cela a été ma seule et unique aventure. En général, je ne sais pas garder un secret.

— A la bonne heure ! Cela signifie que je n'aurai pas besoin de vous torturer pour vous arracher les projets de votre sœur.

— Me torturer ?

— En général, les chatouilles suffisent, répliqua-t-il avec une moue amusée. A l'évidence vous ne savez rien, sinon vous auriez déjà multiplié les gaffes.

A ces mots, Flora s'empourpra. A son grand soulagement, l'intervention du réceptionniste lui évita une réponse embarrassée.

— Mademoiselle Claibourne ! Vous avez des visiteurs.

Il indiqua un jeune couple assis dans un canapé.

— Ils prétendent que vous leur avez demandé de venir. Je les ai prévenus que vous rentriez tard, mais ils ont insisté pour attendre.

Cependant, Flora n'en avait pas fini avec Bram. Elle l'interrogea du regard.

— Je ne veux rien savoir, Flora. Je ne suis pas un espion et je ne vous demanderai rien.

— Mais…

Il lui plaça un doigt sur la bouche.

— Taisez-vous et allez plutôt discuter avec le magicien qui a fabriqué les pendentifs.

— Vous avez fait votre BA de la journée, déclara Bram.

L'artisan et sa femme qui l'accompagnait pour lui servir d'interprète venaient de partir avec un sourire béat après avoir pris rendez-vous pour que Flora visite l'atelier.

Bram aussi jubilait.

— Vous pouvez envoyer les cent livres que vous me devez à un organisme caritatif, sauf si vous préférez m'inviter à dîner à la place.

— J'en serais ravie, mais nous n'avons pas encore déjeuné. Je vais demander qu'on nous apporte quelque chose au bungalow.

— Bonne idée.

— Ensuite, j'irai à la fabrique de tissus.

— Vous ne pouvez pas conduire avec votre patte folle.

— Je croyais que vous étiez censé m'accompagner partout ! Remarquez, vous préférez peut-être faire une sieste pour compenser votre grasse matinée perdue.

— Uniquement si c'est une invitation à la partager avec vous.

Bram éclata de rire en voyant les joues cramoisies de Flora.

— Allez vous coiffer, Flora, je m'occupe du déjeuner. Ensuite, nous irons voir les tissus, le jardin botanique et…

— Chercher mes vestes.

— Allons n'importe où du moment que nous ne sommes pas seuls.

— Vous cherchez la foule ?

— Il faut nous connaître un peu mieux avant d'apprendre à nous connaître beaucoup mieux.

Flora s'enfuit vers la douche avant de changer d'avis pour la sieste. Mais, pour la première fois depuis une éternité, elle ne fit pas de chignon et soigna sa tenue.

Bram attendait sous la véranda quand elle émergea de sa chambre. Sa chevelure lui descendait jusqu'à la taille. Elle portait un simple chemisier blanc noué sous la poitrine qui offrait un aperçu d'un ventre lisse et elle portait du vernis à ongles bleu aux mains.

Subjugué par cette apparition, Bram faillit l'entraîner vers sa chambre et oublier le déjeuner. Une fois encore, il résista à la tentation.

— Racontez-moi votre premier souvenir, demanda-t-il en entamant sa salade.

Flora plongea les yeux dans les siens.

— C'est votre méthode pour me connaître un peu mieux ?

— C'est un début. Je vous pose une question et ensuite c'est à vous.

— Je peux poser n'importe quelle question ?

— Tout ce que vous voudrez du moment qu'on ne mentionne pas C&F.

— D'accord. Mon premier souvenir concerne ma mère. Elle se penche sur moi pour me souhaiter bonne nuit. Elle portait un sautoir de perles. Je l'ai attrapé, il s'est cassé et les perles se sont répandues partout.

— Elle s'est mise en colère ?

— Pas du tout ! Elle a éclaté de rire en disant que je lui ressemblais.

— Elle se trompait.

— Pas tant que ça. Nous avions toutes les deux désespérément besoin d'être aimées, or vous connaissez le dicton : les femmes font l'amour pour en recevoir.

— Et les hommes ?

— Ils donnent de l'amour pour le faire.

Bram faillit la contredire puis il se ravisa. Les mots étaient faciles, or Flora avait besoin d'une démonstration, pas d'une déclaration.

— A votre tour, fit-il.

Flora réfléchit quelques secondes puis déclara :

— Quelle est la première fille que vous avez embrassée ?

— Sarah Carstairs. C'était mon premier jour à l'école. Elle

savait où étaient les crayons et ne voulait pas le dire tant que je ne l'aurais pas embrassée.

Flora éclata de rire.

— Quelle dévergondée ! Quel âge avait-elle ?

— Quatre ans. Les bulletins scolaires m'enjoignaient régulièrement d'être plus attentif en classe, mais si j'avais retenu la leçon qu'elle m'a donnée ce jour-là, je me serais sans doute épargné beaucoup de chagrin.

— Les femmes ne sont pas toutes comme elle.

— Tous les hommes ne ressemblent pas à Steve non plus.

Flora évita délibérément le regard de Bram.

— Vous avez fini ?

— Le déjeuner ou les questions ?

— Le déjeuner. Nous avons un après-midi chargé.

— Vous croyez que votre jambe tiendra le coup ? Je peux faire la partie tourisme pendant que vous serez au musée demain. Je pourrais même choisir les échantillons de tissus et passer prendre vos vestes.

Flora posa la main sur la sienne.

— Je veux que vous soyez avec moi quand je découvrirai les bijoux de la princesse. Et si mon genou fait des siennes, je vous autorise à me porter.

Bram approcha sa main de ses lèvres.

— Qui est dévergondée, maintenant, mademoiselle Claibourne ?

— C'est la question suivante ?

— Oui, mais je vous conseille de ne pas y répondre si vous avez vraiment envie de vous rendre à cette fabrique de tissus.

11

Pendant quelques folles secondes, le temps suspendit son cours. Ils furent sur le point d'oublier la raison de leur présence à Saraminda, d'oublier qu'ils appartenaient à deux camps rivaux dans la bataille pour le contrôle de C&F, d'oublier le passé pour ne plus songer qu'à l'avenir. Il n'y eut plus qu'eux au monde, un homme et une femme unis par un lien mystérieux, poussés l'un vers l'autre par une force plus mystérieuse encore…

Après un long silence, Flora se détourna à regret du regard de son compagnon où brillait une flamme ardente.

— J'ai vraiment envie d'aller à la fabrique de tissus.

Sans plus s'attarder, elle quitta la table et se dirigea vers le parking, le laissant une fois encore libre de la suivre ou non.

Bram courut derrière elle et lui offrit son bras pour qu'elle puisse s'y appuyer afin de ménager sa jambe.

— Nous formons une équipe, n'oubliez pas. Vous donnez les ordres, je conduis.

— Pouvez-vous conduire et parler en même temps ?

— Nous continuons le jeu des questions ?

— Je ne m'étais pas aperçue que nous avions arrêté.

— Dans ce cas, c'est mon tour.

— Vous l'avez passé, Bram.

Elle ignorait qu'il venait de faire preuve d'un héroïsme dont il ne serait pas cru capable en renonçant à profiter de son avantage. Mais céder à l'attirance qui les poussait l'un vers l'autre était facile. S'engager, s'aimer, se donner entièrement l'un à l'autre, représentait un pas qu'ils n'étaient pas encore prêts à franchir.

— Bon, que voulez-vous savoir ?

Flora s'arrêta une seconde.

— Tout. Vos goûts, vos plats préférés ou plutôt ceux que vous détestez.

— Les bananes et le chou-fleur.

— C'est tout ? s'enquit-elle.

— Le lait caillé ?

Le rire de Flora résonna d'un son cristallin.

— Bon... La salade d'endives, les œufs durs, le foie de veau...

A la fabrique de tissus, Flora organisa l'envoi d'échantillons à Londres. Ensuite, ils déambulèrent dans le jardin botanique, s'émerveillant devant les orchidées, les colibris et les papillons, puis ils passèrent chercher les vestes chez le tailleur. Pendant tout ce temps, néanmoins, ils poursuivirent leur jeu de questions-réponses, passant sans transition du rire à l'émotion, évoquant les animaux familiers qu'ils avaient aimés, les proches disparus, les gaffes qu'ils préféraient oublier.

Après avoir dîné dans un restaurant de poissons, ils regagnèrent leur bungalow.

— Merci, Bram, dit Flora. J'ai passé une journée merveilleuse.

— Si l'on excepte les chauves-souris.

— Cela nous fait un souvenir commun.

— Il y en aura d'autres, murmura Bram en lui effleurant la joue d'un baiser. A demain, Flora.

Ce soir-là, le sommeil fut long à venir, mais il n'alla pas sur la plage.

Le lendemain, la chaleur fut caniculaire dès le matin. C'est avec soulagement qu'ils se rendirent au cœur même du musée pour pénétrer dans la chambre forte. L'air y était frais malgré l'atmosphère oppressante des épais murs de pierre.

Tipi Myan se retira assez vite pour les laisser seuls. La vue du trésor de la princesse dissipa le malaise de Bram. L'or, les pierres précieuses, les perles étincelaient sous leurs yeux.

— Quelle splendeur !

Flora acquiesça sans rien dire.

— Je peux y toucher ?

Elle acquiesça de nouveau.

Il saisit un diadème qu'il posa délicatement sur la tête de Flora.

— J'avais raison. Vous êtes le portrait vivant de la princesse.

— Ne dites pas ça !

— Je veux vous voir porter ces…

Flora vacilla. Machinalement, Bram tendit le bras pour la stabiliser.

— Que diable…

Le sol trembla sous ses pieds. Une pluie de poussière tomba du plafond.

— C'est une secousse sismique !

Le plafond céda brusquement. Bram eut juste le temps de pousser Flora en arrière puis ce fut le trou noir.

— Où êtes-vous, Bram ? Répondez, s'il vous plaît !

Flora rampait à quatre pattes dans la poussière et les gravats. Sa main rencontra un corps inerte. Affolée, elle ravala le cri de terreur qui lui venait aux lèvres et posa l'oreille sur le torse de Bram pour écouter son cœur. Il battait. Folle d'angoisse, elle lui parcourut le visage à tâtons, lui palpa le crâne à la recherche d'une blessure. Lorsqu'elle sentit du sang sous ses doigts, un gémissement lui échappa.

S'il ne l'avait pas poussée, c'est elle qui aurait dû être là, la tête ensanglantée. Bouleversée, elle le secoua par les épaules.

— Je vous interdis de mourir, Bram. Vous n'avez pas le

droit. Demandez-moi n'importe quoi, je vous le donnerai, mais restez en vie.

Elle chercha l'artère près du cou pour voir s'il y avait une pulsation. Elle battait régulièrement, elle aussi, mais, dans ce cas, pourquoi était-il toujours inconscient ?

Sa voix monta d'un cran, hystérique, désespérée.

— Réveillez-vous, bon sang ! Je vous céderai ma part du magasin. India comprendra, enfin peut-être pas, mais je m'en moque. Elle veut supprimer votre nom de l'enseigne et appeler le magasin Claibourne. Je vous aiderai à l'en empêcher, mais je n'y arriverai pas si vous ne vous réveillez pas.

Bram poussa un grognement. Elle le serra contre elle en murmurant :

— Je vous donnerai ce que vous voulez : un fils, une fille, une kyrielle d'enfants que vous pourrez regarder grandir.

Il se mit à tousser.

— Bram ?

— Je suis là. Pourquoi n'avez-vous pas pensé au bouche-à-bouche ?

— Bram !

Moitié riant, moitié pleurant, elle l'étreignit de toutes ses forces, provoquant chez lui un gémissement de douleur.

— Où avez-vous mal ?

— Partout. Que s'est-il passé ?

— Il y a eu une secousse. Et, comme un imbécile, vous m'avez sauvé la vie au lieu d'en profiter pour éliminer une rivale.

— Voilà qui ne me ressemble pas.

— Ben voyons ! Ne bougez pas, je vais m'approcher de la porte pour appeler des secours. J'espère qu'on pourra m'entendre.

Bram lui agrippa le poignet.

— Non, ne partez pas !

— Que voulez-vous ?

Il leva le bras pour toucher le diadème qui, par miracle, était toujours en place.

— Vous êtes vraiment prête à me donner n'importe quoi, princesse ?

Flora se félicita que l'obscurité dissimule sa déception. N'avait-il pas déjà tout ce qu'un homme pouvait désirer ? Un parcours professionnel éblouissant, l'argent, les femmes ?

— Oui. Vous avez gagné, je capitule.

— Gagné quoi ?

— Les Farraday remportent la manche. Cela me paraît équitable puisque vous m'avez sauvé la vie sans penser à la vôtre.

— Flora, je…

Un fracas terrible se fit entendre. On essayait d'abattre la porte à la hache. Les secours arrivaient.

— Dépêchez-vous. Il y a un blessé ! cria Flora.

Elle se tourna de nouveau vers Bram.

— Que vouliez-vous dire ?

— La seule chose que je désire, c'est vous, uniquement vous. Et, je ne suis peut-être pas à l'article de la mort, mais le bouche-à-bouche serait le bienvenu.

Bram dormit la majeure partie de la journée et de la nuit. Flora ne quitta pas son chevet un seul instant, mais, au petit matin, épuisée par ces longues heures sans sommeil, elle se glissa à côté de lui et s'endormit comme une masse.

— Flora ?

La jeune femme ouvrit les yeux pour croiser ceux de Bram.

— Bonjour, Bram.

— Bonjour, ma belle. Dites-moi, suis-je mort et monté tout droit au paradis ?

— Le médecin m'a recommandé de vous surveiller en cas de traumatisme crânien.

— Excellent médecin. Quel est son diagnostic ?

— Quelques bosses et des égratignures sans gravité. Vous vivrez. Comment vous sentez-vous ?

— La réponse ne serait peut-être pas à votre goût.

— Vous n'avez pas de migraine ?

— Non. Où allez-vous ? s'écria-t-il tandis qu'elle se levait. J'ai besoin d'une infirmière vingt-quatre heures sur vingt-quatre !

— Je vais commander le petit déjeuner. Vous devez mourir de faim.

— La seule chose que je désire, c'est vous.

— Mais…

Il roula sur le dos avec un sourire ravageur.

— Et puisque vous m'avez proposé vos services, je commencerais bien par ma toilette.

— La douche est à côté.

— Et si je m'évanouis ? Dois-je vous rappeler que j'ai reçu un choc à la tête ?

Flora répondit enfin au sourire de Bram.

— Dans ce cas, je vous accompagnerai pour m'assurer qu'il ne vous arrive rien de fâcheux.

Bram lui prit la main.

— Rien ne vous y oblige, Flora. Vous ne me devez rien.

— Seulement la vie.

— Je ne veux pas de comptes d'apothicaire entre nous. En trois jours, nous avons parcouru plus de chemin que certaines personnes en une vie entière. Il n'y a plus de secrets, plus de zones d'ombre, plus d'arrière-pensées, alors ne commençons pas à parler de dettes. Quelle que soit la décision concernant C&F, je veux que nous devenions partenaires pour la vie, dans tous les sens du terme.

— Vous n'étiez pas inconscient, n'est-ce pas ?

— Juste sonné. J'ai tout entendu. Du moins, ce qui comptait…

— Vous avez fait semblant ! Espèce de…

— Vous m'avez offert votre part du magasin si je me réveillais, mais je n'en veux pas. Je suis juriste et je ne possède ni votre flair artistique ni votre enthousiasme.

— C'est étrange, chuchota-t-elle. Il y a une semaine, j'ignorais à quel point C&F comptait pour moi. Je pensais que je m'en moquais, mais vous m'avez ouvert les yeux.

— Pourtant, vous êtes prête à me l'offrir sur un plateau.

— Oui.

— Mais je n'y tiens pas. Je vous aime, je veux vous épouser, que vous portiez nos enfants, que vous fassiez votre vie avec moi. Laissons India et Jordan se débrouiller pour le magasin. Nous avons plus important à faire.

— Comme ? chuchota-t-elle.

— Comme de prendre cette douche. Ensuite, nous laisserons faire la nature…

Malgré son apparente assurance, c'est en tremblant que Flora pénétra dans la cabine de douche. L'expérience était inédite pour elle, tout comme la demande en mariage de Bram qui lui offrait un rêve qu'elle n'avait jamais cru possible.

Sans rien dire, il lui tendit le savon. La gorge sèche, elle commença par le cou de Bram, embrassant chaque égratignure, chaque centimètre de peau, explorant ce corps d'homme frémissant dont le désir répondait au sien.

Lorsqu'elle eut fini, Bram lui rendit la pareille, allant jusqu'au bout de sa tâche, consciencieusement, héroïquement, voluptueusement.

Affolée de désir, Flora émit une douce plainte :

— Bram…

— Rien ne presse, princesse. Nous avons la vie devant nous.

Sans l'écouter, Flora éteignit le robinet, enveloppa Bram d'un drap de bain et l'entraîna vers la chambre.

— Assieds-toi sur le lit, ferme les yeux et ne les ouvre pas avant que je te le dise.

— Flora…

— Chut…

Bram obéit, sensible à l'assurance joyeuse qui vibrait dans la voix de Flora. Pour le récompenser de sa docilité, elle lui effleura les lèvres d'un baiser exquis.

— Tu promets de ne pas les ouvrir ?

— Je promets.

Il l'entendit trottiner sur le parquet tandis qu'elle quittait la pièce, mais il tint parole.

Peu après, il perçut des tintements, puis le craquement léger d'un fauteuil en osier quand elle s'assit.

— Tu peux ouvrir les yeux.

Bram avait deviné l'intention de Flora, mais la vision de rêve qui s'offrit à ses yeux dépassait toutes ses espérances. Flora portait le diadème, sa chevelure ramenée en avant était répartie sur sa poitrine nue, les mèches humides ondulant en vaguelettes sombres. Un médaillon de jade lui recouvrait la gorge tandis qu'une multitude de rangs de perles et des bracelets en or lui encerclaient les bras et les chevilles.

Lorsqu'il retrouva l'usage de la parole, il murmura :

— J'espère que la police de Saraminda n'est pas en route pour nous arrêter.

— Ce sont des copies. Je les rapporte à Londres pour organiser une exposition au magasin.

— Tu ne les porteras pas ?

— Non. Je les porte aujourd'hui pour la première et dernière fois. Pour toi.

— Tu es ma princesse, chuchota-t-il d'une voix rauque de désir. Ma reine.

Lorsqu'ils s'enlacèrent enfin, lorsqu'ils s'unirent, il eut l'impression d'être un roi.

C'est parmi les papillons et les orchidées du jardin botanique de Saraminda que Flora Claibourne et Bram Gifford échangèrent leurs vœux de mariage dans la plus stricte intimité.

Flora portait une veste bleue striée de fils argentés ainsi qu'un large pantalon de soie de la même couleur qui se mariait avec son vernis à ongles. Et sur les pendants d'oreilles en argent que Bram lui avait offerts, leurs deux noms s'entrelaçaient, gravés en arabesques dans l'idiome local.

Après la cérémonie, ils se perdirent dans les allées du parc, tendrement enlacés.

— Comment allons-nous annoncer à India et Jordan que… que nous avons… euh… fusionné ? demanda Flora.

— Pourquoi les ennuyer avec ça ? Ils ont bien d'autres chats à fouetter tous les deux.

Flora échangea un regard complice avec son mari.

— Certes.

— Jordan doit commencer à être le doublon d'India dans un ou deux jours. Quand nous reviendrons de notre voyage de noces, le mois sera terminé.

— Nous partons en voyage de noces ? J'ai l'impression que nous vivons une lune de miel depuis des semaines.

— Que non ! Je travaillais pour remplir mon office de doublon.

Flora se mit à rire.

— C'est un vrai bonheur d'être un des directeurs de C&F. Si Jordan gagne, je regretterai de devoir quitter tout ça.

— Tu n'auras pas à y renoncer. Tu es une Farraday et une Claibourne, maintenant, et comme cadeau de mariage, je t'offre ma place au conseil d'administration.

— C'est un cadeau peu ordinaire.

— Tu es une femme peu ordinaire. Je te l'offre en même temps que mon cœur, mon âme et mon corps.

Bram s'arrêta devant une splendide orchidée pour embrasser sa femme d'un baiser voluptueux.

— Jusqu'à ce que la mort nous sépare, chuchota-t-il.

Le cœur débordant d'amour, Flora lui rendit son baiser.

Des rêves qu'elle n'avait jamais osé faire, le plus incroyable, le plus merveilleux venait de se réaliser. Le reste ne comptait pas…

LIZ FIELDING

Coup de foudre & cie

SAGA
MAISON CLAIBOURNE & FARRADAY

Traduction française de
FRANÇOISE BALLARIN

♦ SAGAS ♦

HARLEQUIN

Titre original :
THE TYCOON'S TAKEOVER

Ce roman a déjà été publié en 2003.

Prologue

__*Chronique matrimoniale de Celebrity Magazine.*__

« Mariage secret à Saraminda » : Flora Claibourne et Bram Farraday Gifford se sont unis dans la plus stricte intimité la semaine dernière sur l'île de Saraminda, le dernier paradis exotique en vogue. Nos clichés montrent le jeune couple échangeant ses vœux au milieu des orchidées dans le cadre enchanteur d'un jardin botanique.

Cette union est la deuxième alliance Farraday-Claibourne en deux mois. Un phénomène pour le moins surprenant lorsque l'on sait que les deux familles sont à couteaux tirés depuis plusieurs générations. En effet, leurs relations depuis la création du magasin qui porte leur nom par leurs aïeux respectifs ont souvent dégénéré en bataille rangée pour déterminer celui qui en prendrait le contrôle.

La jeune génération apporte donc un souffle de fraîcheur et d'apaisement dans cette vieille querelle familiale, pensant sans doute qu'il vaut mieux faire l'amour que la guerre. Romana semble avoir pris cet adage au mot, puisque la benjamine des trois sœurs Claibourne a uni sa destinée à celle de Glenn Farraday Macaulay, le cousin de Bram, récemment à Las Vegas.

Une nouvelle ère paraît s'ouvrir au sein de l'empire Claibourne & Farraday. En attendant de plus amples informations, nous présentons aux jeunes tourtereaux tous nos vœux de bonheur.

CHRONIQUE DU LONDON EVENING POST.

« Une nouvelle fusion Claibourne-Farraday. »

Un esprit de coopération aussi inattendu qu'inespéré règne sur C&F, le plus ancien et le plus imposant grand magasin de Londres. Il aura fallu attendre l'aube du XXIe siècle pour que les descendants des deux fondateurs daignent enfin se rencontrer pour débattre face à face de l'avenir de leur société. Néanmoins, les mariages des deux plus jeunes sœurs Claibourne avec deux des héritiers Farraday se sont déroulés à l'insu de tous, signe que rien n'est encore réglé au plus haut niveau.

India Claibourne, nommée P-DG après la crise cardiaque qui a failli emporter son père, tient fermement les rênes du magasin et est bien décidée à garder son siège. Un siège dont Jordan Farraday est résolu à la chasser pour prendre sa place… Il va sans dire que nous suivrons la suite des événements avec intérêt !

1

— Avez-vous lu ceci, JD ?

Jordan Farraday délaissa la lecture du message électronique qu'il venait de recevoir pour se tourner vers sa secrétaire. Celle-ci lui tendit le dernier numéro de *Celebrity*, ouvert à la rubrique matrimoniale.

— Vous lisez *Celebrity*, Christine ? J'ignorais que vous vous intéressiez à ce genre de magazine.

— Je le lis uniquement dans l'espoir de voir un jour votre nom figurer dans leurs colonnes… Non, sérieusement, je me demandais si vous étiez au courant de ce mariage. Comme vous n'en parliez pas…

— Je suis au courant.

Jordan jeta un coup d'œil à la photo de son cousin. Le cliché avait été pris au moment où celui-ci glissait l'alliance au doigt de Flora Claibourne. Une émotion qu'il fut incapable d'identifier lui noua la gorge. Cela ne pouvait pas être de l'envie, ce serait ridicule. Pourtant, Bram semblait différent : épanoui, serein — comme s'il avait enfin trouvé un bonheur qu'il avait cherché toute sa vie. Ce qui n'avait aucun sens, bien sûr.

— Il y a un entrefilet dans la dernière édition de l'*Evening Post*, annonça-t-il. Ils ont dû puiser leurs informations dans cet article, je suppose.

— Bram ne vous a pas prévenu ?

Jordan esquissa une moue ironique.

— Vous l'auriez fait à sa place ?

Son assistante secoua la tête.

— Les sœurs Claibourne sont sidérantes. Quel peut bien être leur secret ?

— Comment ça ?

— Pour jeter des sorts, elles doivent posséder un choix impressionnant de potions magiques, d'amulettes, de philtres et autres gris-gris… Vos cousins étaient les célibataires les plus endurcis de Londres — après vous, bien entendu. Il faut bien qu'elles les aient ensorcelés pour qu'ils succombent à une telle vitesse !

— A mon sens, il y a une explication beaucoup plus rationnelle. Cela fait plusieurs années que la première femme de Glenn est morte ; le chagrin finit un jour par s'effacer. Quant à Bram, il devait commencer à trouver que la vie de play-boy perdait de son charme. En bref, ils étaient mûrs pour tomber amoureux. Mon seul tort est de les avoir mis en relation avec deux des femmes les plus intéressantes de la capitale.

— Je vous signale que vous vous apprêtez à passer un mois en compagnie d'une autre qui leur a certainement servi de mentor. Avez-vous perdu la tête ?

— Loin de là, Christine. La reconquête du magasin est mon unique priorité et, à la fin du mois, j'aurai atteint mon but.

— Il n'est pas nécessaire de jouer les doublons auprès d'India Claibourne en suivant tous ses faits et gestes professionnels pendant quatre semaines pour y parvenir.

— En effet, mais il me semble plus convenable de lui laisser la possibilité de plaider sa cause.

— A d'autres, Jordan ! Vous mijotez quelque chose, j'en suis certaine.

Christine interpréta le silence de son patron comme un aveu.

— Tout cela finira dans les larmes et les grincements de dents, prophétisa-t-elle.

— Tel est justement mon plan.

Son assistante brandit le magazine en signe d'avertissement.

— Si vous croyez que c'est India Claibourne qui finira en larmes, vous devriez retourner faire vos classes. Regardez ce qui est arrivé à vos cousins !

— Leurs mariages ne sont qu'un épiphénomène. C'est maintenant que commencent les choses sérieuses.

— Vous jouez avec le feu.

— Ce ne sera pas la première fois.

— Quand il s'agit d'enjeux financiers, je parierais les yeux fermés sur votre victoire, mais là, c'est différent.

— Vous pensez que j'ignore où je mets les pieds ?

— Je me contente de suggérer que si vous tenez à votre liberté, vous devriez inventer n'importe quel prétexte pour filer à l'autre bout du monde pendant le mois qui vient. Laissez donc à vos avocats le soin de débrouiller cette affaire.

— Si je fuis devant India Claibourne, les chroniqueurs et autres journalistes vont se faire un plaisir de me ridiculiser dans leurs colonnes.

— Il y a des choses pires que d'être la risée générale de la presse. Le mariage n'est pas seulement un mot, JD, c'est un enfer. J'ai subi cet esclavage pendant dix ans et je sais de quoi je parle.

— Cela fait longtemps que nous travaillons ensemble et vous me connaissez mieux que quiconque, Christine. Croyez-vous vraiment qu'il suffira de quelques heures en compagnie d'India Claibourne pour que je tombe éperdument amoureux d'elle ?

— Les paris sont déjà ouverts dans les bureaux pour savoir combien de temps vous tiendrez.

Jordan n'en voulut pas à sa secrétaire d'éluder la question. Elle ne connaissait pas tous les tenants et les aboutissants de l'histoire. Aux yeux de ses propres cousins, le contrôle de C&F ne représentait qu'une affaire juteuse. Pour lui, il s'agissait d'une question d'honneur dans laquelle C&F n'était qu'un pion.

L'affaire avait commencé trente ans auparavant et l'issue en était inéluctable. Malgré cela, India Claibourne refusait d'accepter l'évidence et d'appliquer les règles du jeu. Son père avait pourtant dû lui expliquer qu'elle ne pouvait pas gagner.

Jordan n'avait pas été dupe un seul instant de la proposition qui consistait, pour chacun des cousins Farraday, à jouer les doublons pendant un mois auprès de chaque sœur Claibourne : India cherchait simplement à gagner du temps pour que ses avocats puissent examiner le contrat de partenariat à la loupe dans l'espoir qu'ils dénicheraient des lacunes ou des vices de forme qui lui permettraient de conserver son siège.

Loin de s'en plaindre, cependant, il s'en frottait les mains. Car la résistance d'India servait admirablement ses objectifs : en refusant de se soumettre à la règle qui prévalait depuis deux siècles, elle lui offrait l'occasion de renverser le cours de l'histoire en l'humiliant comme Peter Claibourne, le père des trois jeunes femmes, avait humilié sa propre mère. Et il se délectait à l'avance de son triomphe.

— Quel est l'enjeu exact de ces paris ? demanda-t-il à Christine.

— Les gens doivent évaluer le nombre de jours qu'il vous faudra pour vous mettre à genoux.

— Pourquoi à genoux ?

— Pour la supplier de vous épouser, pardi !

— Epargnez-moi ces sornettes, je vous en prie !

— Il est vrai qu'avec votre nom, votre fortune et votre physique avantageux, la chose peut paraître curieuse, mais India en a tout autant à son actif.

En effet. India Claibourne était aussi belle que riche. Mais elle avait aussi un talon d'Achille : elle était prête à n'importe quoi pour rester à la tête de C&F.

— Il suffirait que je la demande en mariage pour qu'un veinard rafle la mise ?

— Pas exactement. Une bague de fiançailles vaut un peu plus que la demande, mais le mariage remporte le gros lot.

— En un mois ? Aucun risque !

— Glenn a épousé Romana au bout de vingt-neuf jours et Bram s'est marié avec Flora au bout de trente. Je suis certaine que vous pouvez faire mieux. Et puis, vous connaissez le dicton : jamais deux sans trois.

Jordan leva les yeux au ciel.

— Si vous avez de l'argent à jeter par les fenêtres pour ce genre de bêtises, assurez-vous de parier sur le ticket sans mariage. Quelles que soient les rumeurs que vous pourrez lire dans votre magazine, il faudra plus qu'un sourire enjôleur pour me faire changer mon fusil d'épaule.

— Vous oubliez qu'en plus du sourire, la belle possède en prime un magasin et pas des moindres. Pourquoi ne gagnez-vous pas du temps et n'économisez-vous pas les honoraires faramineux que vous versez à vos avocats, en proposant un mariage entre les deux dynasties ? Comme ça, tout le monde sera gagnant. De plus, admettez qu'elle ferait une épouse époustouflante.

— Je n'admets rien du tout. D'autant que cette apologie du mariage me paraît suspecte de la part d'une de ses plus farouches adversaires.

— Les mariages arrangés relèvent d'une autre catégorie. Les personnes concernées ont des attentes plus réalistes. Vous n'avez qu'à envisager la chose comme une fusion avantageuse avec une compagnie rivale. Je m'étonne que personne n'ait songé à cette solution il y a un siècle. A l'époque, ce genre d'union était monnaie courante.

— Il y a eu assez de mariages entre les deux dynasties ces dernières semaines pour qu'on se passe de ma participation à ce mouvement. D'autre part, je n'ai pas besoin d'une épouse, même époustouflante. Mon seul souci est de prendre la place qui me revient de droit avec le minimum d'ennuis.

— Si c'était votre unique but, vous seriez déjà à la tête du groupe. Vous voulez autre chose et vous l'obtiendrez, je n'en doute pas. J'espère simplement que cela vous apportera le bonheur. En attendant, je vous déconseille de boire ou de manger quoi que ce soit au magasin. Et surtout, ne vous faites pas couper les cheveux dans le salon de coiffure au cas où India Claibourne voudrait récupérer des mèches pour concocter ses philtres.

— Vous n'avez pas autre chose à faire que de m'assommer

avec vos conseils stupides ? Téléphonez donc à votre fille pour lui demander comment se déroule sa grossesse.

Nullement désarçonnée, Christine adressa un sourire malicieux à son patron.

— Vous pourriez aussi envisager de prendre une retraite anticipée pour vous consacrer à plein temps à vos petits-enfants, grommela Jordan. Cela me permettrait de vous remplacer par une de ces assistantes nouvelle génération aux jambes aussi bien faites que leur cerveau.

Le sourire de Christine s'élargit tandis qu'elle se tournait vers la porte.

— Vous n'oseriez pas.

— Pourquoi ça ?

— Parce que je ne suis pas sexy, justement. Ma cinquantaine épanouie et mes rondeurs vous préservent du syndrome de la secrétaire éperdument amoureuse de son patron. Et puis, vous auriez un mal fou à dénicher une perle comme moi.

La main sur la poignée de la porte, elle conclut avec assurance :

— Si vous rendez les armes le 21 juin, j'aurai gagné.

— Vous feriez mieux de récupérer votre argent. Vendez votre ticket à quelqu'un d'assez crédule pour avaler ces sottises.

— Bonsoir, JD. Ne restez pas trop tard. Trop de travail nuit à la santé !

Lorsque la porte se referma derrière Christine, Jordan s'autorisa enfin à sourire. Son assistante disait beaucoup de bêtises, mais elle avait raison sur un point : elle était effectivement la meilleure secrétaire qu'il eût jamais eue et il ne l'échangerait pas de sitôt pour une jeunette sans expérience, même ravissante.

Lorsqu'il se retourna vers son ordinateur, son sourire s'évanouit. Le message d'India Claibourne avait beau être laconique, il résumait parfaitement la position de l'adversaire : « Et de deux ! Quand déclarerez-vous forfait, monsieur Farraday ? »

Maintenant que ses sœurs avaient neutralisé l'avant-garde Farraday, India craignait qu'il renonce à assumer son rôle de doublon auprès d'elle : elle le défiait pour mieux le ferrer.

Christine se trompait, se dit-il en éteignant l'ordinateur. Ce n'est pas lui qui jouait avec le feu mais India Claibourne. Elle allait se brûler les doigts et peut-être plus encore…

India examina la façade du magasin sur laquelle le nom de sa famille s'affichait en toutes lettres.

A lui seul le nom de Claibourne & Farraday était synonyme d'élégance et de style, mais le « Farraday » était de trop. Du plus loin qu'elle s'en souvenait, leurs associés ne s'étaient jamais manifestés, se contentant de toucher leurs dividendes et d'accumuler les profits de loin.

Elle n'y avait jamais rien vu à redire tant qu'ils ne s'étaient pas mis en travers de son chemin. Mais depuis que son père s'était retiré des commandes, les Farraday manquaient singulièrement de discrétion à son goût.

Le portier la salua avec déférence.

— Bonjour, mademoiselle India.

— Bonjour, Edwards. Il y a foule, ce matin.

— Comme toujours pendant la saison touristique, mademoiselle. Tout le monde veut visiter un des hauts lieux du commerce britannique en venant chez Claibourne.

India sourit en entendant son interlocuteur employer ce diminutif. Mis à part ses sœurs, tout le monde ignorait qu'elle avait l'intention de rebaptiser le magasin en supprimant la deuxième partie de l'enseigne dès qu'elle serait débarrassée de Jordan Farraday.

C'est avec joie qu'elle verrait disparaître pour toujours ce nom abhorré de Farraday.

— Ma femme m'a montré la photo du mariage de Mlle Flora dans *Celebrity*, hier soir, continua le portier. Quelle chance pour le magasin que Mlles Romana et Flora aient épousé des Farraday !

India revint brutalement à la réalité. Perdue dans ses rêves, elle avait oublié un peu vite que les associés de Jordan dans la lutte pour la prise de pouvoir de C&F étaient désormais ses beaux-frères.

Ses manœuvres dilatoires se retournaient contre elle et le coup était rude.

— Oui, c'est une excellente nouvelle, mentit-elle en cachant sa contrariété. Je regrette de ne pas avoir été présente pour le grand jour.

En effet, après avoir succombé au charme de leurs doublons, ses sœurs s'étaient mariées et n'avaient averti la famille que plus tard. Et encore, pour Flora, elle avait appris la nouvelle par les journaux. Tout ce petit monde roucoulait maintenant dans des paradis pour jeunes mariés, lui laissant le champ libre pour la bataille décisive.

Car l'heure de l'affrontement avec Jordan Farraday avait sonné. Depuis le début, de toute façon, l'issue dépendait d'eux deux : elle occupait la place que son adversaire estimait lui revenir de droit et, de tous, c'était Jordan et elle qui avaient le plus à gagner… ou à perdre.

Il ne lui restait qu'un mois pour lui démontrer qu'il se trompait en espérant diriger le magasin pendant le temps libre que lui laissait son métier. Il ne s'agissait plus d'une boutique de luxe réservée à quelques clients privilégiés. En dépit de l'opposition de son propre père, qui avait commis l'erreur de croire que le marché n'avait pas changé depuis le XIXe siècle, elle était parvenue à le faire entrer dans l'ère moderne à force de ténacité et de travail acharné. Maintenant qu'il avait pris sa retraite, le monde s'ouvrait à elle… Du moins en serait-il ainsi lorsqu'elle se serait débarrassée des Farraday, ou, plus précisément, de leur aîné.

Cela ne devrait pas poser de difficulté majeure. Même intelligent, un spécialiste en capital-risque n'avait aucune idée du degré d'investissement personnel qu'exigeait la direction d'un grand magasin. Peut-être s'en moquait-il, d'ailleurs. Peut-être n'était-ce pas la gestion quotidienne qui l'intéressait mais le profit qu'il pourrait retirer de la vente de l'ensemble, lui souffla une petite voix qu'elle tenta aussitôt d'étouffer.

Il n'oserait pas…

Alors pourquoi se sentait-elle glacée, tout à coup ?

Jordan Farraday montra son laissez-passer à l'entrée du parking de C&F, gara sa voiture de sport à la place qui lui était assignée puis demanda au gardien d'appeler India Claibourne pour la prévenir de son arrivée.

Elle n'était pas là.

— Vous présenterez tous mes vœux de bonheur à Mlle Flora quand vous la verrez, déclara le portier en ouvrant la porte.

Chassant la vision cauchemardesque qui l'assaillait, India esquissa un sourire gracieux.

— Je n'y manquerai pas, merci, Edwards.

La plupart du temps, elle montait directement à son bureau par l'ascenseur du parking réservé au personnel, mais aujourd'hui, elle avait décidé de contempler les vitrines et de visiter le magasin comme un client ordinaire. La première fois que sa grand-mère l'avait amenée ici pour admirer la grotte du Père Noël, elle avait quatre ans et avait cru pénétrer dans la caverne d'Ali Baba.

Tandis qu'elle traversait le hall de marbre et d'acajou avec ses vitraux colorés qui grimpaient jusqu'au troisième étage, elle retrouva la même excitation, le même émerveillement que celui qu'elle avait connu enfant.

Sa vie tournait autour de cet endroit depuis toujours, elle y était viscéralement attachée et rien ni personne ne pourrait l'y arracher.

Elle n'avait pas l'intention d'attendre dans son bureau que Jordan Farraday vienne tranquillement la spolier de son bien. Romana avait entraîné Glenn dans un véritable tourbillon d'activités et Bram avait dû suivre Flora sur une île exotique à son corps défendant. Ni l'un ni l'autre n'avaient eu le temps de reprendre leurs esprits et lorsqu'ils avaient compris ce qui leur arrivait, il était trop tard. Elle allait donc suivre l'exemple de ses sœurs et mener la danse sans laisser à Jordan Farraday le temps de souffler. Si elle lui permettait de prendre la moindre initiative, c'en était fait de son espoir de gagner la bataille.

Il lui fallait inventer quelque chose qui le déstabilise et lui donne dix longueurs d'avance sur lui. Quoi de plus facile, avec un magasin entier à sa disposition ?

Enchantée de son plan d'attaque, elle s'approcha du panneau qui annonçait les différents événements prévus pour la journée. Il y avait une foire aux poupées au rayon jouet, une leçon de cuisine avec un grand chef à l'heure du déjeuner au département alimentation et une séance de dédicace par une célèbre romancière américaine à l'occasion de la sortie de son dernier best-seller. Autant d'événements susceptibles d'attirer des photographes à l'affût des célébrités. Il était impératif que sa propre photo figure dans un maximum de journaux pour rappeler à tous qu'India Claibourne était aux commandes, conclut-elle tandis que l'ascenseur l'emmenait vers les étages supérieurs.

Une minute plus tard, les portes s'ouvrirent sur un couloir recouvert de bâches en plastique. Le martèlement continu qui s'échappait d'une pièce la fit sourire. Jordan Farraday était censé partager son bureau pendant le mois qui venait, mais il n'apprécierait sans doute pas l'expérience.

Elle en était là de ses pensées quand Sally, son assistante, apparut dans le couloir.

— Nous avons un problème, India.

— De quel ordre ?

— Un accouchement. Une de nos clientes a attendu le dernier moment pour acheter sa layette. L'ambulance vient d'arriver.

— Bon, je file au rayon premier âge.

— Eh bien… euh… en fait… c'est inutile.

— Comment ça ?

— Comme tu n'étais pas là, JD a tout pris en main.

— «JD »?

— Jordan Farraday. Il nous a demandé de l'appeler JD, comme ses employés.

— Il est là ? Ici ? Au magasin ?

India eut conscience du ridicule de ses questions. Puisque son assistante l'affirmait, il était là, de toute évidence.

Pendant qu'elle rêvait à la nouvelle enseigne et bavardait avec le portier, Jordan David Farraday était monté directement à l'étage de la direction pour s'installer comme prévu.

— Le gardien du parking m'a appelée pour me prévenir qu'il était là, alors je l'ai fait monter ici.

— Il aurait pu s'annoncer par téléphone !

— Je ne pouvais pas le renvoyer en lui disant qu'on ne l'attendait pas.

— Certes.

— Je l'ai installé dans ton bureau puisqu'il n'y a pas de place ailleurs.

Et pour cause ! India avait souscrit sans réserve à l'idée de Romana de supprimer les bureaux qui ne servaient qu'occasionnellement pour y installer le service clientèle. Elle avait engagé les travaux aussitôt, en nourrissant le secret espoir que l'atmosphère empoussiérée et bruyante ferait fuir Jordan Farraday ou, du moins, que cela l'inciterait à traîner moins longtemps ses guêtres dans les parages.

— Tu as bien fait, Sally, mais tu n'avais pas besoin de le prévenir qu'il y avait un baby-boom au rayon layette.

— Je n'ai rien dit. Une des vendeuses a débarqué, affolée et… et… il a pris les choses en main, c'est tout.

India prit une grande inspiration.

— Bon, je descends.

Malgré cette déclaration, une subite envie d'être ailleurs s'empara d'elle.

— Je regrette que mon réveil ne soit pas tombé en panne ce matin, marmonna-t-elle.

— Pas moi ! JD Farraday fait partie des hommes qu'on n'oublie pas.

India leva les yeux au ciel.

— Si mon assistante a le béguin pour l'homme qui veut me prendre mon magasin, me voilà bien !

— Je te signale que son nom figure sur le fronton à côté du tien. Et je n'ai pas le béguin. Ma vie amoureuse me satisfait pleinement, mais cela ne m'empêche pas d'être sensible au charme masculin.

— Cela ne t'avancera pas à grand-chose quand il aura pris ma place et que tu devras chercher un autre emploi.

— Tu sais bien que cela ne risque pas d'arriver.

— Il y a deux mois, j'aurais peut-être été d'accord, mais aujourd'hui, je n'en suis plus si sûre.

Les prétentions de Jordan s'appuyaient sur une clause vieille de plus d'un siècle qui stipulait que le contrôle de l'établissement devait revenir à l'héritier masculin le plus âgé. Son argumentation à elle reposait sur l'égalité des sexes dans le travail. N'était-elle pas l'héritière féminine la plus âgée ? Restait à savoir si les juges chargés de trancher seraient ébranlés par la logique de son raisonnement ou s'ils se contenteraient de donner la victoire à Jordan puisqu'il avait quelques années de plus qu'elle. Et puis, sur le plan professionnel, tout ce qu'il touchait se transformait en or. De son côté, elle n'avait à lui opposer que sa connaissance intime du magasin et son désir passionné de faire de C&F une entreprise de premier plan non seulement en Angleterre mais dans le monde entier.

Sally la considéra d'un air malicieux.

— Si rien ne marche, tu peux toujours lui faire un « Claibourne » en dernier recours.

India contempla son assistante d'un air ébahi.

— De quoi parles-tu ?

— Fais-lui du charme, ensorcelle-le ! Une fois qu'il sera amoureux, il ne pensera plus à te priver de ton jouet préféré.

— De mieux en mieux ! J'essaie de convaincre tout le

monde que je suis capable de diriger ce magasin grâce à mes seuls mérites et tu me conseilles de séduire l'adversaire ! C'est à croire que trente années de combat féministe n'ont servi à rien !

En reculant, India buta contre un vieux carton à moitié déchiré.

— Que fait ce carton ici ?

— Ce sont des dossiers que les ouvriers ont trouvés dans le bureau de ton père. J'ai pensé que tu voudrais y jeter un coup d'œil.

— Mais j'ai trié tous les dossiers de Peter !

— Celui-ci traînait au fond d'un placard.

India feuilleta rapidement le premier dossier. Il datait de l'époque où son père avait pris la direction à la suite du grand-père de Jordan. Un frisson d'excitation la parcourut.

— Tu es géniale, Sally. Achète-toi cette jupe qui te fait rêver et mets-la sur mon compte. Mais cache ce carton tout de suite. Cela m'ennuierait que JD Farraday tombe dessus.

— Je vais le mettre dans ton bureau.

— Non, pas dans mon bureau. Fais-le plutôt porter dans le coffre de ma voiture.

Elle ne tenait pas à ce que Jordan Farraday la surprenne en train de les compulser.

2

India prit une grande inspiration avant de pousser la porte de l'infirmerie. Depuis ce matin, cela lui arrivait souvent — néanmoins, elle ne regretta pas d'avoir rempli ses poumons car, ensuite, elle cessa de respirer pendant ce qui lui parut une éternité.

Jordan Farraday faisait partie de ces hommes qui vous coupaient le souffle. Bien qu'il fuie la publicité, India était parvenue à glaner çà et là quelques photos dans les pages financières des journaux. Elle avait découvert un homme aux cheveux bruns de trente-cinq à quarante ans, et dont le physique lui avait paru agréable mais plutôt ordinaire. Elle révisa tout de suite ce dernier jugement : il n'y avait rien d'ordinaire chez Jordan Farraday.

Certes, les traits réguliers pouvaient sembler presque conventionnels, mais il possédait ce je-ne-sais-quoi qui dépassait la simple beauté. Jordan Farraday dégageait un magnétisme indéfinissable et une autorité naturelle qui le plaçaient cent coudées au-dessus des hommes les plus séduisants qu'elle avait rencontrés. C'était le genre d'individu qui éclipsait les autres et attirait les femmes comme un aimant. En un mot, il était le personnage le plus attirant qu'elle eût rencontré depuis des mois, et même des années…

Et c'était cet homme-là qu'elle défiait pour le contrôle de C&F !

Pour l'instant, néanmoins, il n'avait rien de menaçant. Accroupi à côté de la future mère, il lui tenait les mains en la rassurant d'une voix douce comme du velours tandis qu'on installait la jeune femme sur un brancard.

— Tout va bien se passer, Serena. Votre mari est en route pour l'hôpital.

Il se redressa en tournant légèrement la tête, révélant un profil digne de celui que les sculpteurs grecs réservaient aux dieux.

— Voulez-vous que je vous accompagne dans l'ambulance ?

Pour toute réponse, Serena se cramponna à lui.

— Mes sacs…

Manifestement, ses emplettes lui importaient davantage que le charme de son interlocuteur, songea India en soupirant. Pourtant, à sa place, c'est quelqu'un comme lui qu'elle voudrait avoir à ses côtés.

En se redressant, Jordan Farraday l'aperçut enfin et se figea. Son regard noir emprisonna le sien — un regard profond, énigmatique, fascinant.

— Nous avons eu une matinée chargée, mademoiselle Claibourne.

India tressaillit en entendant la responsable de rayon prononcer son nom. Non sans mal, elle reporta son attention sur son interlocutrice. Une gageure quand elle sentait le regard de Jordan Farraday peser sur sa nuque.

— C'est ce que je constate.

— Heureusement, M. Farraday a été merveilleux. Il est parvenu à calmer cette écervelée alors que personne n'y arrivait.

Une première, pensa India. Ce genre d'individu avait rarement un effet apaisant sur les femmes.

— Il a appelé son mari et envoyé tous les clients du rayon à la cafétéria en leur offrant ce qu'ils voulaient à titre gracieux.

Irritée par l'inefficacité et l'absence d'indulgence de son employée mais encore plus exaspérée que Jordan Farraday en soit témoin, India se retint de justesse de la rappeler à l'ordre devant tout le monde. Son espoir de déstabiliser l'adversaire d'entrée s'était évanoui et ce début catastrophique augurait mal de la suite.

La responsable de rayon s'enquit d'un ton indécis :

— J'espère que cela ne vous contrarie pas.

— Pas du tout, mentit India. Si jamais ce type d'incident se reproduit, vous saurez comment agir.

Tout en parlant, elle décida de faire passer une note de service pour parer à ce genre d'éventualité et interdire au personnel de traiter les clients d'écervelés, même derrière leur dos.

— Mademoiselle Claibourne ?

La calme assurance qui émanait de cette voix grave se mariait à merveille avec l'apparence de son propriétaire. Impressionnée, India prit de nouveau une grande inspiration avant de se tourner vers Jordan Farraday. Si elle se fiait à sa propre réaction, il devait croire que toutes les femmes qui croisaient son chemin souffraient d'insuffisance respiratoire.

— Monsieur Farraday, murmura-t-elle en lui tendant la main. Je pensais que vous vous annonceriez par téléphone, sinon je serais montée directement à mon bureau au lieu de faire le tour du magasin. Mais je vois que vous avez trouvé à vous occuper, conclut-elle en jetant un coup d'œil au brancard qui disparaissait dans le couloir.

— La matinée a été très instructive, en effet.

— Ce genre d'incident ne doit pas arriver souvent dans les bureaux de la City.

— Il y a des femmes à la City ; certaines d'entre elles ont même des enfants… mais nous les encourageons à prendre un congé de maternité plutôt que d'accoucher dans les bureaux.

India s'attendait à un homme froid et austère, cependant le petit sourire narquois qu'il arborait au coin des lèvres révélait un solide sens de l'humour. Quant à la pression de la main qui se referma sur la sienne, elle la troubla beaucoup trop à son goût.

Irritée de sa faiblesse, elle se dégagea d'un geste vif.

— Nous préférons également que nos clientes n'accouchent pas dans le magasin, mais l'imprévu n'est-il pas, par définition, imprévisible ? En tout cas, vous avez été formidable. J'ai même cru que vous alliez accompagner cette jeune femme à l'hôpital.

— Il fallait bien que quelqu'un le propose.

Cette critique implicite de la responsable de rayon atteignit India en plein cœur.

Les vendeuses approchèrent d'un air anxieux.

— Vous nous tiendrez au courant, mademoiselle ?

— Bien sûr. Vous pourriez toutes signer une carte que j'apporterai à cette jeune femme ce soir, en même temps que ses achats.

Elle interrogea Jordan du regard.

— A moins que vous vouliez terminer ce que vous avez si bien commencé en vous chargeant de cette tâche vous-même ?

— Mon rôle se borne à observer, pas à agir. Je vous accompagnerai en restant dans l'ombre.

Sans laisser à India le temps de décider s'il se moquait d'elle ou non, il lui décocha un sourire qui ébranla sérieusement son désir de passer le moins de temps possible avec lui.

— J'en serais ravie, cependant rien ne vous y oblige. Même un doublon a des droits en ce qui concerne ses horaires de travail.

Le ton se voulait neutre, professionnel, mais elle gâcha tout en répondant malgré elle au sourire de son interlocuteur.

— Excusez-moi, il faut que j'aille prévenir nos clients qu'ils peuvent reprendre leurs achats, conclut-elle avant de s'éloigner.

Au moment où il avait aperçu India Claibourne, les yeux rivés sur lui, Jordan avait compris qu'il avait commis une grave erreur. Christine avait raison : il devait fuir, et tout de suite.

Il savait déjà qu'elle était ravissante. Même à quatre ans, sur la photo où elle figurait sur les genoux du Père Noël, avec ses cheveux bruns coupés au carré, sa frange très nette et ses yeux sombres brillant d'excitation, on pressentait un physique exceptionnel. A l'adolescence, son visage avait perdu les rondeurs de l'enfance et ses traits délicats s'étaient révélés d'une beauté saisissante. India Claibourne possédait non seulement de la classe, elle avait ce petit plus indéfinissable qui donnait à une femme un caractère unique. Un petit plus qui rappelait à un homme qu'il y avait dans la vie des choses plus importantes que de faire fructifier des capitaux.

Seul son regard n'avait pas changé. Ses yeux immenses pétillaient et, pendant un instant, leur expression brûlante lui avait rappelé l'avertissement de Christine sur les dangers de son entreprise.

A son grand soulagement, le bon sens avait repris ses droits quand elle s'était détournée pour parler avec la responsable du rayon.

Les célibataires fortunés étant une denrée rarissime, les jolies femmes n'avaient jamais manqué dans son entourage. Cependant, aucune ne lui avait encore fait perdre la tête et il n'y avait aucun risque pour qu'India Claibourne y parvienne. Dans leur relation, il n'y aurait qu'un perdant et ce ne serait pas lui.

Il la suivit du regard tandis qu'elle se dirigeait vers la cafétéria. Grande, svelte, avec des jambes interminables mises en valeur par des escarpins vertigineux, elle portait un tailleur dont la couleur rouge et les boutons dorés rappelaient les couleurs de C&F.

Qu'elle eût choisi cette tenue ne devait rien au hasard. Elle l'arborait comme une oriflamme pour lui signifier qu'elle avait l'intention de se battre bec et ongles pour conserver son domaine de compétence. Un frisson d'excitation le parcourut à cette pensée. Un frisson très agréable qu'aucun de ses plans de bataille ne lui avait jamais procuré.

Avant la fin du mois, la reddition d'India Claibourne serait complète. Non seulement le magasin lui appartiendrait, mais elle serait à lui, corps et âme. C'est elle qui jouait avec le feu, elle qui se brûlerait les ailes.

Ravi de cette analyse, il lui emboîta le pas.

— Mesdames et messieurs…

Phénomène rare avec une femme, ces quelques mots suffirent à capter l'attention de son auditoire ; toutes les conversations se turent instantanément sans qu'elle eût besoin d'élever la voix. L'assurance et la confiance en son pouvoir qui émanaient d'elle le réjouirent : il avait enfin un adversaire à sa mesure.

— Je voudrais vous remercier pour votre patience et vous prévenir que vous pouvez reprendre vos courses dès maintenant.

Quelqu'un posa une question sur le sort de la jeune femme.

— J'appellerai l'hôpital pour avoir de ses nouvelles. Si elle est d'accord, nous vous tiendrons au courant sur notre site Internet. Je dois maintenant vous laisser, néanmoins j'espère que nous vous reverrons bientôt dans nos murs et que cet indicent ne vous a pas fait perdre trop de temps.

En s'éloignant, elle déclara à Jordan :

— Je dois accueillir une romancière américaine pour une séance de dédicace. Elle devrait arriver d'un instant à l'autre.

— Vous êtes censée rester avec elle pendant toute la séance ?

— Mon père l'emmenait toujours au Ritz, mais elle n'a pas le temps de déjeuner avec moi, Dieu merci.

— Rien ne vous empêche de l'inviter au Ritz.

— Elle a décliné ma proposition. Sans doute parce qu'à l'inverse de mon père, je ne peux pas flirter avec elle.

— Il faut reconnaître qu'il ne manque pas de pratique sur ce plan-là.

Un éclair de colère brilla dans les yeux d'India et Jordan changea aussitôt de sujet.

— Je m'étonne que vous ayez toujours une librairie. Cela occupe un espace de vente qu'on pourrait destiner à un autre usage.

En arrivant à l'ascenseur, ils tendirent la main au même moment pour appuyer sur le bouton d'appel. Jordan battit India d'une fraction de seconde, mais leurs doigts se frôlèrent. Elle s'écarta d'un mouvement brusque, comme si ce contact la brûlait. Machinalement, Jordan nota qu'elle portait un vernis à ongles écarlate. Comme son rouge à lèvres, comme son tailleur...

Conscient de s'égarer, il en revint au domaine professionnel.

— Vous pouvez soutenir la concurrence des chaînes de librairies bon marché ?

— Non. C'est d'ailleurs pour cette raison que nous avons pris la décision de supprimer la librairie il y a plusieurs semaines. Cela fait partie de notre plan de restructuration des espaces de vente. Nous avons commencé par l'étage supérieur, comme vous avez pu le remarquer.

— Ces travaux ne vous empêchent pas de vous concentrer sur vos dossiers ?

— Je n'ai jamais aucun problème de concentration, répliqua India en le précédant dans la cabine d'ascenseur. Le rez-de-chaussée, s'il vous plaît.

Jordan pressa le bouton docilement.

— Nous réduisons de moitié l'espace réservé aux bureaux. Comme mon père a pris sa retraite et que Flora se sert rarement du sien, nous les supprimons. Nous divisons en deux le bureau de Romana pour que je puisse le partager avec elle et, quand ce sera terminé, ce sera au tour du mien de disparaître.

— J'aimerais examiner les plans si vous avez le temps de me les montrer.

— J'en serais ravie du moment que vous comprenez que j'agis par courtoisie et que je ne cherche pas votre approbation.

— Cela va de soi.

Jordan comprit d'autant mieux qu'il n'avait pas l'intention de demander l'avis des Claibourne quand il mettrait ses projets en œuvre. Leurs cris de rage impuissants quand il vendrait le magasin lui rendraient le triomphe plus doux encore.

Une fois au rez-de-chaussée, il accompagna India à l'entrée principale où attendaient un photographe ainsi qu'un groupe d'admirateurs impatients d'apercevoir leur idole.

India désigna une limousine blanche qui se garait devant l'établissement.

— Mary Lyons aime faire son effet. En ce qui concerne les plans, nous trouverons peut-être un moment pour les examiner entre la séance de dédicace et la leçon du chef.

— Quel chef ?

— Le chef du Savoy. Il doit faire une démonstration aux halles alimentaires à midi précis. Vous avez choisi un jour un peu chargé pour nous rendre visite, mais nous essaierons de jeter un coup d'œil sur nos projets de réaménagement avant son arrivée.

En employant le terme « visite », India lui signifiait qu'il se trouvait sur son territoire temporairement. Il était temps de rappeler à la jeune femme que sa « visite » allait durer.

— Vous seriez gentille de me communiquer votre programme jusqu'à la fin du mois. Quand vous en trouverez le temps, bien sûr.

— Ce tourbillon vous assomme peut-être, mais un magasin de cette envergure se doit d'organiser sans arrêt ce genre d'événements pour attirer les clients.

— Et ce à grand renfort de publicité.

— Ce n'est pas ainsi que l'on procède dans votre univers, je sais. La haute finance est par définition un domaine feutré et secret.

— Vous voulez dire confidentiel ?

— Y a-t-il une différence ?

— Elle est légère, mais d'importance.

— Cela ne change pas grand-chose pour nous. Chaque jour, nous devons offrir un éventail d'événements différents à nos clients et, comme mon nom figure sur l'enseigne, je dois être au centre de toutes les activités. La proximité est importante aux yeux du public. Les gens qui viennent chez nous savent qu'en cas d'incident, je suis accessible.

Elle fit une pause, comme si elle attendait qu'il promette d'être présent chaque fois qu'un client se plaindrait. Comme il ne disait rien, elle esquissa un petit sourire pour lui faire comprendre qu'il ne ferait jamais le poids comme P-DG.

— Si vous voulez être informé des activités pour le mois à venir, rien ne vous empêche de prendre un dépliant à l'accueil ou d'aller sur notre site Internet.

— Comme vos clients, je préfère les relations personnelles. Vous me communiquerez le programme des festivités ce soir, après notre visite à l'hôpital. Pourquoi pas autour d'un dîner ? Vous prenez le temps de vous restaurer de temps à autre, j'espère ?

Un froncement de sourcils succéda au sourire d'India.

— Oui, mais…

— J'ai libéré mon emploi du temps pour satisfaire votre

caprice, mademoiselle Claibourne. Il me semble que j'ai droit à une certaine considération en retour.

— India, ma chérie !

Au grand regret de Jordan, l'écrivain se jeta au cou de son interlocutrice avant qu'elle ait le temps de lui répondre.

Soulagée par cette intervention providentielle, India accueillit Mary Lyons avec plus de chaleur que de coutume. Jordan Farraday ne manquait pas de toupet. De quel droit la traitait-il comme une petite fille gâtée ?

Le visage de la romancière s'illumina dès qu'elle aperçut Jordan.

— Qui est cet homme si séduisant ? s'exclama-t-elle.

Jordan prit la main de la nouvelle venue en la gratifiant d'un sourire étourdissant.

— Jordan Farraday.

Mary Lyons éclata de rire.

— J'ai droit à une Claibourne et un Farraday. C'est Noël, aujourd'hui !

Glissant son bras sous celui de Jordan, elle l'entraîna vers l'escalier roulant sans plus se préoccuper d'India et ne le lâcha qu'en arrivant à la librairie.

— Il faut que nous déjeunions ensemble, monsieur Farraday.

— Je regrette, mais cela m'est impossible. D'ailleurs, vous m'excuserez, je dois donner un coup de fil urgent. A bientôt, chère madame.

— Si vous avez besoin de téléphoner, je vous prête mon bureau, proposa India.

Heureuse de cet instant de répit, elle appela Sally sur son portable pour la prévenir.

— M. Farraday monte, Sally. Donne-lui la liste des événements prévus pour le mois, mais s'il demande à voir les plans des bureaux ou quoi que ce soit d'autre, refuse.

— Quoi que ce soit d'autre ? répéta Sally en pouffant.

— Je t'en prie !

Agacée par les allusions sans finesse de son assistante, elle alla rerouver Mary Lyons le temps de poser avec elle pour quelques photos et la quitta peu après.

Plus rien ne s'opposait à ce qu'elle rejoigne son doublon dans son bureau. Pourtant, la tentation de descendre aux archives et de s'y cacher jusqu'à la fin de la journée fut presque irrésistible. En poussant la porte d'accès à l'escalier, elle hésitait encore. Fallait-il monter ou descendre ?

Elle ne découvrit jamais la réponse car elle se trouva nez à nez avec Jordan Farraday. Adossé contre le mur de la cage d'escalier, il lui coupait toute possibilité de fuite. Surprise, elle masqua sa nervosité sous un petit rire.

— Monsieur Farraday ! Je croyais que vous étiez dans mon bureau.

— A l'ère du portable on peut téléphoner n'importe où.

— Dois-je comprendre qu'il s'agissait d'un prétexte pour échapper à une invitation à dîner avec Mary Lyons ?

— J'ai déjà un engagement avec vous pour le dîner, je vous rappelle. Où allons-nous, maintenant ?

— Dans mon bureau pour la pause-café.

En montant l'escalier, India jeta un coup d'œil à son compagnon par-dessus son épaule. Ses yeux plongèrent dans des prunelles noires indéchiffrables.

— Si vous dirigiez le magasin, vous ne pourriez pas échapper si facilement à vos obligations.

— Quand je dirigerai le magasin, je paierai quelqu'un pour faire le clown à ma place. Je vous le proposerais bien puisque vous avez l'air d'apprécier ce genre de prestations, mais je doute que vous acceptiez de travailler pour moi.

India choisit d'ignorer ce commentaire désobligeant. Elle nota cependant qu'il comptait se décharger de ses fonctions sur un autre — un argument à mentionner contre lui au procès.

— C'est pourquoi il serait plus intelligent de ne rien changer à la situation, commenta-t-elle.

— Pour vous peut-être, mais pas pour moi.

India demeura perplexe. Pourquoi cet acharnement alors

qu'il avait une situation en or ? Pour le plaisir d'accumuler les responsabilités ? Ou parce qu'il avait des projets dont il savait pertinemment qu'ils lui déplairaient ?

Avant de se rendre dans son bureau, elle s'arrêta dans celui de Sally pour lui demander d'apporter du café et lui donner de nouvelles instructions.

— Demande au chef du personnel de venir me voir d'urgence, ajouta-t-elle. La responsable du rayon premier âge a été en dessous de tout, aujourd'hui.

— C'est une remplaçante, expliqua Sally. Le titulaire est en vacances en ce moment.

— Eh bien, c'est mal tombé. Il faut s'assurer que les responsables sont capables de faire face à n'importe quelle urgence : M. Farraday ne sera pas là chaque fois pour nous sauver la mise.

Du regard, elle mit Jordan au défi de la contredire. Contre toute attente, il lui adressa un sourire qui la désarçonna tellement qu'elle ne sut plus où elle en était.

— Je… je…

Devinant son embarras, Sally vola à son secours.

— Veux-tu que j'appelle l'hôpital pour prendre des nouvelles ?

— Bonne idée. Envoie également des fleurs ainsi qu'un trousseau de layette et un ours en peluche à nos couleurs. Prévois aussi un photographe avec moi, ce soir.

— Il faut également que nous mettions au point les derniers détails pour la soirée de départ de Maureen. Il ne faut pas que vous manquiez ça, JD. Ça va être une vraie fête.

— N'ennuie pas M. Farraday avec ça, Sally. Vous ne pouvez pas comprendre, Jordan, mais le départ de Maureen marque la fin d'une époque. Elle a commencé à travailler ici à quinze ans, il y a cinquante ans de ça.

— Dans ce cas, elle a dû connaître mon grand-père.

India se mordit la lèvre, furieuse d'avoir parlé trop vite.

— Je suppose.

— Elle serait ravie que vous puissiez vous joindre à nous,

déclara Sally d'un air innocent. La soirée est prévue jeudi soir, au restaurant en terrasse.

Les yeux rivés sur India, Jordan répliqua :

— J'y serai à condition qu'India me réserve la première danse.

3

En quittant l'hôpital, en début de soirée avec Jordan, India s'exclama :

— Serena m'a paru incroyablement jeune pour être déjà mère. Je dois vieillir…

— C'est sûrement ça.

Surprise par le ton pince-sans-rire de son compagnon, India lui jeta un coup d'œil. Il la taquinait, bien sûr. Etant donné les circonstances, c'était inattendu et même contre les règles — mais Jordan Farraday était homme à inventer ses propres règles.

— Que lui avez-vous offert pour qu'elle accepte de poser pour des photos publicitaires ? s'enquit-il.

— C'est confidentiel.

Jordan haussa les sourcils.

— La somme est-elle si importante que ça ?

— Serena est jeune mais pas stupide.

— Vous croyez qu'elle a attendu le début des contractions pour se rendre au magasin ?

— Quel cynisme, monsieur Farraday ! Je voulais simplement dire qu'elle comprenait la valeur de la publicité. Vous aussi, d'ailleurs. Vous étiez très attendrissant avec le bébé dans les bras.

— Vous payez et c'est moi qui bénéficie de la publicité : ce n'est pas juste !

En effet, Jordan avait pris un malin plaisir à figurer sur toutes les photos. Il avait d'abord posé avec Mary Lyons, ensuite avec le chef du Savoy et enfin avec Serena qui avait insisté pour qu'il prenne le nouveau-né dans ses bras.

— Nous avons un budget pour ça, lui rappela-t-elle d'un ton sec. Et, de toute façon, c'est Claibourne qui bénéficie des retombées publicitaires.

— Dans ce cas précis, il semblerait plutôt que ce soit la partie « & Farraday » qui fera la couverture des journaux.

India haussa les épaules comme si cela n'avait aucune importance. Avec un peu de chance, il serait la risée de ses collègues à la City, mais elle n'y croyait pas trop. Ils risquaient surtout d'être épatés par la présence d'esprit dont il avait fait preuve devant une situation qui les aurait fait fuir.

Jordan fit signe à un taxi qui s'arrêtait devant l'hôpital et échangea quelques mots avec le chauffeur avant de la rejoindre à l'arrière.

— Aurons-nous l'honneur de vous voir au magasin, demain ? demanda-t-elle quand il s'installa à son côté.

— La journée n'est pas encore terminée.

India songea aux dossiers qui attendaient dans le coffre de sa voiture.

— En effet. J'ai une montagne de dossiers à lire, ce soir.

— Votre doublon peut peut-être vous aider à les classer.

— Non, fit-elle à la hâte. Ce sont des dossiers…

— Secrets ?

— Confidentiels. Des affaires de famille.

— C&F est une affaire de famille, je vous signale. Ah, nous sommes arrivés !

— Où ça ?

Le taxi venait de se garer devant un petit restaurant qu'elle connaissait de réputation pour la qualité de sa cuisine et l'impossibilité d'y obtenir une table.

— Ma secrétaire a réservé une table pour 20 heures, annonça-t-il en sortant.

— Je suis désolée, monsieur Farraday. Je sais que vous aviez prévu de dîner avec moi, mais j'ai une quantité de travail en souffrance et…

— Ecoutez, India, fit-il d'une voix qui l'enveloppa comme une caresse. Je vous ai suivie comme un caniche dans ce satané magasin pendant toute la journée et ce avec une patience admirable, alors maintenant vous allez me faire le plaisir de partager un repas avec moi. J'ai envie d'écouter vos projets, de savoir comment vous envisagez l'avenir de C&F.

— Avec moi aux commandes, riposta-t-elle.

Il lui adressa un sourire de pure forme.

— Faites-moi ce plaisir, sinon je cesse l'opération doublon et je demande à mes avocats d'invoquer l' « action préférentielle » demain matin.

India le fusilla du regard. L' « action préférentielle », ces fameux deux pour cent qui donnaient le contrôle de l'entreprise, était attribuée à l'héritier masculin le plus âgé.

— Si vous m'obligez à en venir à cette extrémité, vous serez dehors à la fin de la semaine, ajouta-t-il.

— Ce genre de procès peut durer des années.

Mais elle aurait les mains liées, même si elle conservait son poste de P-DG, songea-t-elle. Elle ne pourrait prendre aucune décision ni changer de nom, de style ou de politique commerciale sans se heurter à une interdiction du tribunal tant que l'affaire n'aurait pas été tranchée. Alors, le magasin stagnerait, péricliterait, disparaîtrait peut-être…

Elle rendrait les armes avant d'en arriver là, mais cela, Jordan Farraday n'avait pas besoin de le savoir.

— La situation est claire, déclara-t-il. Vous ferez l'impossible pour conserver votre place et moi, je ferai de mon mieux pour vous en déloger. En attendant, nous devons toujours dîner, conclut-il en lui offrant sa main.

India pestait. Il la prenait de court et il le savait, le monstre ! D'ailleurs, il savait trop de choses. Pendant toute la journée, il ne l'avait pas quittée d'une semelle, lui volant la vedette, charmant tout le monde, s'intéressant aux moindres détails, l'assaillant de questions, toujours à la périphérie de son champ de vision, assez proche pour la toucher mais sans jamais franchir cette limite.

Comment avait-elle pu jeter ses sœurs dans la même situation sans le moindre scrupule ? Maintenant qu'elle s'apprêtait à passer un mois en compagnie de cet homme, elle regretta de ne pas avoir écouté leurs protestations. Si seulement elles étaient à Londres, elle pourrait leur parler ou, au moins, leur téléphoner. Romana lui avait envoyé par courrier électronique ses idées pour aménager les nouveaux espaces de vente et Flora lui avait fait parvenir des tissus fabuleux, des bijoux et des rapports sur les possibilités touristiques de Saraminda, mais ni l'une ni l'autre ne lui avaient donné de conseils sur la manière de circonvenir un Farraday.

Jamais elle ne s'était sentie aussi seule.

Voyant qu'elle hésitait toujours, Jordan laissa retomber sa main.

— Si vous ne me croyez pas capable de passer aux actes, demandez au chauffeur de vous ramener au magasin, mais je vous conseille d'en profiter pour vider votre bureau.

India n'en crut pas ses oreilles.

— Vous me menacez !

— Non, India. Je n'ai pas besoin de menacer pour obtenir ce que je veux. En revanche, vous avez un mois pour me convaincre que vous êtes la seule personne capable de diriger C&F.

— Pourquoi m'accordez-vous un mois de votre temps ? Qu'en espérez-vous ?

— Vos avocats l'ont demandé et les miens n'y ont vu que des avantages. Cela me permettra de me familiariser avec le fonctionnement du magasin et de faire connaissance avec le personnel.

En d'autres termes, il se servait de l'occasion pour infiltrer le camp ennemi, préparer ses arrières et assurer une transition en douceur.

— J'essaie de me montrer raisonnable dans cette affaire, reprit-il. Si nous finissons au tribunal, les juges comprendront qu'ils ont devant eux un homme qui a d'abord essayé de trouver un accord à l'amiable. Cela répond-il à vos questions ?

India enragea de plus belle. Face à une explication aussi mesurée, elle n'avait plus qu'à ravaler sa fierté et montrer patte blanche.

— Je n'ai jamais dit que j'étais la seule personne capable de diriger C&F, JD. Juste que j'étais la meilleure.

Puisqu'il prenait la liberté de l'appeler par son prénom, elle ne voyait pas pourquoi elle continuerait à l'appeler M. Farraday. Ils étaient égaux, que diable !

— Jordan, dit-il.

— Pardon ?

— Ce sont mes employés qui m'appellent JD. Nous sommes égaux, vous et moi.

India le dévisagea d'un air soupçonneux. Lisait-il dans ses pensées ?

— Je préfère que vous m'appeliez par mon prénom, poursuivit-il comme s'il s'adressait à une demeurée.

Du regard, il l'encouragea à se lancer.

— Jordan ? murmura-t-elle.

— Vous voyez, ce n'était pas si difficile.

Le mufle ! Non content de se montrer condescendant, il mentait ! Il ne la considérait pas comme son égale, loin de là, mais elle allait tout mettre en œuvre pour qu'il change d'avis. Et s'il fallait pour cela qu'elle dîne avec lui, elle le ferait.

Un petit sourire crispé aux lèvres, elle le laissa la guider à l'intérieur du restaurant.

Dès qu'ils furent installés, Jordan déclara :

— Nous portons tous les deux des prénoms qui s'inspirent de noms de pays. C'est curieux, vous ne trouvez pas ?

India résista à la tentation de souligner que la Jordanie était minuscule alors que l'Inde était un sous-continent.

— Mon père a rencontré ma mère en Inde, dit-elle en

consultant le menu. Il a emmené sa deuxième femme à Florence en voyage de noces et a rencontré la troisième à Rome lors d'un défilé de mode, d'où Flora et Romana.

— Heureusement qu'il n'a pas eu de fils.

— Voilà qui est original.

— Quoi donc ?

— La plupart des gens disent que nous avons eu de la chance qu'il ne s'agisse pas de lieux moins euphoniques. Et vous, devez-vous votre prénom à un voyage de noces ?

— Mes parents ne sont pas allés jusque-là. Ni jusqu'au mariage, d'ailleurs.

— Oh…

— Mon père s'appelait Jourdan. Il était français. Ma mère l'a rencontré alors qu'elle faisait le tour de l'Europe avant d'entrer à l'université. Elle a eu avec lui une liaison brève et passionnée qui a changé sa vie à tout jamais.

— Je me demandais pourquoi vous portiez le nom de Farraday. Vous ne l'avez pas connu ?

— Non ! Il avait disparu depuis belle lurette quand Kitty s'est aperçue qu'elle était enceinte.

— Vous appelez votre mère par son prénom ?

— Il fallait ménager la susceptibilité de mon grand-père. Nous avons certaines choses en commun, tout compte fait. Nous voulons la même chose et nous avons été élevés par un seul parent.

India brûlait de lui demander si sa mère avait refait sa vie avec quelqu'un d'autre, s'il avait des demi-frères et sœurs ou s'il avait au contraire été couvé par une femme aigrie.

— Votre père a dû beaucoup compter pour elle si elle vous a donné son nom.

— A défaut de souvenirs, elle souhaitait qu'il me reste une trace de lui. Et vous ? Vous vous rappelez votre mère ?

La conversation ne s'orientait pas du tout vers le terrain impersonnel qu'India espérait. Mal à l'aise, elle fit mine de se concentrer sur le menu alors qu'elle avait déjà fait son choix.

— Je n'avais que trois mois quand elle est partie, vous savez. Ma grand-mère m'a toujours dit qu'elle ne s'était jamais acclimatée à la vie londonienne et voulait retourner en Inde où elle avait toujours vécu.

— Sans vous.

Sans elle, en effet. Et si, à vingt-neuf ans, India était assez mûre pour comprendre que toutes les femmes ne possèdent pas forcément l'instinct maternel, la façon dont sa mère avait purement et simplement tiré un trait sur elle la blessait encore.

— Comment a réagi votre père quand elle l'a quitté ?

— Je l'ignore… Vous devez en savoir plus que moi si vous avez épluché les articles de presse qui me concernent. Les journaux ont dû s'en donner à cœur joie, à l'époque, je suppose.

— Vous ne les avez pas lus ?

— Vous l'auriez fait à ma place ?

— Vous ne savez pas si votre mère était d'accord pour vous abandonner ni si votre père l'a laissée partir sans rien faire ?

— Que me demandez-vous, au juste ? De justifier la décision de mon père ou d'une femme qui m'a laissée quand j'avais trois mois ?

— Vous avez bien une opinion à ce sujet, non ?

— Mon père venait de reprendre C&F après la mort de votre grand-père, répondit-elle. Il était submergé par ses nouvelles responsabilités et n'était pas en mesure de lui courir après.

Les mots coulaient des lèvres d'India avec la même facilité que lorsque sa grand-mère répondait à ses propres questions. Des réponses toutes faites, qu'elle s'était appropriées et qui ne l'avaient jamais satisfaite. Combien de fois avait-elle interrogé son aïeule sur cette femme-fleur à la mine rêveuse qui figurait dans les albums de photos !

Elle ajouta, comme si cela n'avait pas d'importance pour elle :

— De toute façon, vous connaissez la réputation de mon père. Il n'a jamais pu être fidèle et ils devaient être très mal assortis. Le plus étonnant est qu'ils se soient mariés étant donné le peu d'estime que ma grand-mère portait à ma mère. Ils ont régularisé leur situation à la dernière minute.

— Je sais. Un passage éclair devant le maire avant de filer à la maternité. Votre père tenait sans doute à affirmer ses droits sur vous en passant la bague au doigt de votre mère. Sans doute craignait-il qu'elle s'évanouisse dans la nature en vous emmenant. Il est peut-être instable dans sa vie amoureuse, mais il en va autrement avec ses enfants, manifestement.

India n'avait jamais considéré la situation sous cet angle, sans doute parce qu'elle n'avait jamais entendu qu'une version de l'histoire.

— Vous êtes bien informé, dites-moi.

— Cela me paraît naturel. Vous avez certainement des dossiers nous concernant.

— Je n'ai jamais accordé beaucoup d'attention aux Farraday.

— Une erreur.

— Sans doute… Je croyais que le magasin ne vous intéressait pas.

— Vous plaisantez ! lâcha-t-il.

— Pas du tout. Vous ne vous étiez jamais manifestés, je vous signale. D'autre part, j'ignorais tout de l' « action préférentielle » avant que mes avocats m'apprennent son existence.

— Votre père ne vous avait pas mise au courant ?

— Il devait croire que je serais mariée et que j'aurais d'autres préoccupations quand l'heure de la retraite sonnerait pour lui. Sa crise cardiaque a précipité les choses.

Jordan la scruta d'un regard indéchiffrable.

— Vous n'envisagez pas de vous marier ?

— L'exemple de mon père ne m'y incite guère. Et vous ?

— Le travail accapare tout mon temps.

Dans le silence qui suivit, Jordan fit signe au serveur pour passer leur commande.

Lorsqu'ils furent de nouveau seuls, il déclara de but en blanc :

— Ma secrétaire m'a suggéré un mariage dynastique entre nos familles afin de régler la querelle une fois pour toutes.

— Vous acceptez ce genre de remarque de la part de votre assistante ?

— Elle le mérite. Christine est une collaboratrice hors pair.

— Mais qui se mêle de ce qui ne la regarde pas.

— Elle considère la situation d'un point de vue pragmatique, c'est tout. A ses yeux, il s'agirait d'une sorte de fusion. Ce genre d'alliance était fréquent, autrefois, pour unir de grandes fortunes.

Le timbre velouté de la voix de Jordan suggérait bien plus qu'une alliance entre partenaires. Il agit sur India comme une caresse — troublante, sensuelle, éveillant en elle des sensations qu'elle n'avait pas éprouvées depuis une éternité.

Pour se défendre, elle masqua son embarras derrière un rire.

— C'est grotesque.

— C'est la photo de Flora et Bram qui lui a donné cette idée, expliqua-t-il avec une soudaine gravité.

Sérieux, il était encore plus dangereux que quand il souriait. Le sourire, elle n'y croyait guère, mais ce ton presque solennel la désorientait.

— Sally m'a montré une photo de vous, cependant elle ne m'a pas conseillé le mariage, ce qui prouve qu'elle a plus de bon sens que votre Christine.

Enchantée de sa repartie, elle décida de clore le sujet et plongea la main dans son sac pour en sortir son agenda.

— Pour passer aux choses sérieuses, demain, il y a…

Jordan lui saisit le poignet pour l'empêcher de continuer.

— Demain, avant toute autre chose, je veux que vous me montriez les plans d'aménagement du dernier étage.

Le contact de ces doigts fermes autour de son poignet fit à India l'effet d'une décharge électrique. Le cœur battant à tout rompre, elle fournit un effort surhumain pour déclarer d'une voix égale :

— Vous êtes mon doublon, Jordan, vous devez m'observer — pas me dicter mon emploi du temps.

Elle mourait d'envie de se dégager, de repousser cette main, de fuir le regard qui emprisonnait le sien, pourtant elle se l'interdit pour ne pas trahir sa faiblesse. Elle s'obligea alors à penser à quelque chose de très ennuyeux en fixant le nez de son compagnon. Il s'agissait d'un vieux truc qu'une de ses nurses lui avait appris pour faire baisser les yeux à une camarade de classe qui lui donnait du fil à retordre. A son grand dépit, Jordan ne la lâcha que lorsque le serveur apporta l'apéritif.

— Je serais plus impressionné si vous faisiez vraiment votre travail au lieu de vous évertuer à remplacer Romana en son absence.

India se mordit la lèvre. Le diable d'homme ! Il avait remarqué qu'elle ne suivait pas sa routine habituelle.

— Ce mois-ci, vous avez deux performances pour le prix d'une, riposta-t-elle. P-DG et directeur des relations publiques. Ce surcroît de travail me serait épargné si votre cousin n'avait pas persuadé Romana de s'enfuir avec lui pour… fusionner, c'est ça ?

— Etes-vous certaine que les choses se sont passées ainsi ? C'est peut-être votre sœur qui a pris l'initiative.

Cette réponse rassura quelque peu India. A l'évidence, Jordan en savait aussi peu qu'elle sur la question.

— Ne me dites pas que Glenn ne vous a pas envoyé de rapport en triple exemplaire ! Pour en revenir à nos moutons, quand vous m'avez interrompue, je m'apprêtais à vous dire que je dois rencontrer le chef de chantier demain matin pour vérifier l'avancée des travaux. Le rendez-vous est fixé à 8 heures, si vous voulez vous joindre à nous.

— J'y serai. Maintenant, dites-moi ce que vous faites quand vous ne travaillez pas ?

— Je croyais que le but de ce dîner était de vous mettre au courant des activités de Claibourne pour le mois de juin.

— Claibourne *& Farraday* ! Ce magasin a deux noms, or il ne faut jamais diminuer une image de marque.

Sur le point de répliquer que le seul nom de Claibourne suffisait à évoquer le magasin, India se ravisa, certaine qu'à la moindre allusion, Jordan devinerait son intention de changer l'enseigne.

— Au lieu d'argumenter sur des points de détail, nous ferions mieux d'avancer, déclara-t-elle. Un dîner, c'est peu pour faire le tour de la question.

— Laissons tomber le sujet. J'ai pris un dépliant au magasin. Quant aux travaux, il me semble plus simple d'attendre la réunion de chantier.

— Et ma vision de l'avenir ? Je croyais qu'elle vous intéressait.

— Je devine presque mot pour mot de quoi vous allez parler : expansion, modernisation, commerce en ligne…

— Tout ça est déjà en place.

— Pourtant, le magasin dégage une atmosphère plutôt désuète. Vous devriez enlever ces abominables moquettes. Elles datent terriblement comme dirait l'architecte d'intérieur qui refait mes bureaux en ce moment.

— Il a raison. Les parquets reviennent à la mode.

— *Elle* a raison. C'est une femme, une décoratrice qui se démène dans l'espoir de décrocher un autre contrat pour refaire C&F de fond en comble. Une fois que j'aurai pris la direction.

La vision d'une jeune femme éblouissante déployant tout son talent — et tous ses charmes— pour obtenir ce marché juteux assaillit India.

— Vous n'aurez pas besoin d'un décorateur. La plupart des éléments sont classés aux monuments historiques, comme la cage d'escalier et les vitraux, et on ne peut pas y toucher. Quant aux parquets d'origine, ils sont toujours là, préservés par les moquettes, et n'ont plus qu'à être poncés, cirés et vernis.

— Je le sais, mais pas elle — comme ça son imagination continue à s'activer.

Sur ce, il lui adressa son petit sourire en coin. Comme de juste, India chavira mais bien malgré elle.

— Assez parlé boutique, décréta-t-il. Ce qui m'intéresse, ce soir, c'est vous. Dites-moi, à quoi occupez-vous vos loisirs ?

India s'efforça de garder la tête froide. Il s'agissait d'un dîner d'affaires. Rien d'autre.

— Cela ne vous regarde pas.

Une petite flamme au fond des yeux, il se pencha vers elle.

— Justement, c'est pour cela que cela m'intéresse.

— Je préfère rester sur le terrain professionnel.

Nullement ébranlé par cette fin de non-recevoir, il insista :

— Les articles de presse que je possède à votre sujet remontent à plusieurs années.

— Combien d'années ?

— Vous aviez quatre ans quand on a utilisé votre image pour la première fois à des fins publicitaires. Vous étiez très mignonne sur les genoux du Père Noël.

India leva les yeux au ciel, consternée.

— Vous avez écumé les archives pour trouver ce genre de choses ?

— Une agence de presse s'en est chargée pour nous. Vous ne vous intéressez pas aux Farraday, mais nous sommes fascinés par les Claibourne. Les mariages successifs de votre père et ses innombrables liaisons ont régulièrement défrayé la chronique depuis trente ans. Pourtant, je n'ai rien de récent sur votre vie privée. C'est étrange, non ?

— Rien dans mon existence n'est susceptible d'intéresser la presse à scandale. J'ai trop à faire pour perdre mon temps en futilités.

— Bâtir un empire n'est pas votre seule occupation dans la vie, tout de même ?

India était persuadée d'avoir mené une enquête approfondie sur Jordan Farraday et ses cousins, cependant elle s'était bornée à explorer leur passé récent. Elle ne possédait aucun élément susceptible de rivaliser avec les informations que Jordan avait réunies à son sujet.

— Et vous ? Que faites-vous pendant votre temps libre ?

— Je vous ai interrogée en premier, à vous de répondre en premier.

Il la dévisagea longuement, puis, comme elle gardait le silence, il lança :

— Aimez-vous le théâtre ?

— Le magasin a organisé un gala de charité dans un théâtre, il y a deux mois. Votre cousin Glenn y assistait. C'est ce jour-là qu'il a commencé son rôle de doublon auprès de Romana.

Il existait des façons plus subtiles de rappeler à Jordan ce qui était arrivé à Glenn quand il avait cessé de parler boutique, mais India n'en avait cure. A la guerre comme à la guerre.

— Et le sport ?

— Nous avons sponsorisé un tournoi de golf, l'année dernière. C'est moi qui ai remis la coupe au gagnant. Cela compte comme sport ?

Enchantée de sa réplique, elle but une gorgée d'eau.

— Et votre vie sexuelle ? reprit-il. Trouvez-vous le temps d'en avoir une ?

India faillit s'étrangler en avalant.

Jordan lui tendit un mouchoir en riant.

— Je crois que j'ai enfin touché un point sensible. Cela vaut le coup de vous voir rougir.

— Je ne rougis jamais.

— C'est ce que je constate.

Il accompagna sa réponse d'un haussement de sourcils expressif.

— Et la réponse à votre question est non, dit-elle.

— Vous n'avez pas le temps ou vous ne voulez pas ?

Cette fois, India sentit nettement ses pommettes s'enflammer.

— Cela fait trois ans et deux mois qu'il n'y a personne dans ma vie. Le dernier en date était charmant, nous nous connaissions depuis des années, cependant, il y a trois ans et deux mois, il m'a demandée en mariage.

Les sourcils s'abaissèrent brusquement.

— Il doit s'agir de James Cawston, dans ce cas. Vous avez refusé, c'est ça ?

India ne s'étonna pas que Jordan ait deviné. James et elle

avaient été longtemps inséparables et leurs relations avaient suscité de nombreuses rumeurs dans la presse.

— Je n'ai pas refusé. Je venais d'être nommée directeur général du magasin et j'avais autre chose en tête. Quand je lui ai demandé d'attendre, il m'a répondu que ce serait une perte de temps parce que j'étais déjà mariée avec C&F.

Le silence qui accueillit cette déclaration prouva qu'elle en avait dit bien plus qu'elle ne le souhaitait. Notamment que si elle n'avait pas cherché à retenir James, c'est parce qu'il avait vu juste : le magasin passait avant tout pour elle. Avant le mariage, avant sa vie sentimentale. Peut-être ressemblait-elle davantage à son père qu'elle ne voulait l'admettre, après tout. Obligé de choisir entre sa mère et le magasin, Peter avait opté pour ce dernier, or il était beaucoup moins passionné qu'elle à ce sujet.

— Vous ne dites rien ? murmura-t-elle.

— Trois ans et deux mois ?

Elle s'aperçut un peu tard que pareille précision pouvait suggérer qu'elle avait encore le cœur brisé.

— On ne me demande pas en mariage tous les jours, figurez-vous. Estimez-vous heureux que je vous aie épargné les jours, les heures et les minutes.

— Dois-je comprendre que ce n'était pas sérieux ?

— Pas pour moi. Après coup, j'ai compris que James avait raison et je me suis promis de ne pas faire souffrir quelqu'un d'autre. D'où ma vie exemplaire depuis lors.

— Trois ans, c'est long. Beaucoup trop long.

— Vous parlez d'expérience ?

Bien entendu, il refusa de mordre à l'hameçon. Piquée au vif, elle décida qu'il était grand temps qu'il soit sur la sellette à son tour.

— Et vous, Jordan ? Que faites-vous quand vous ne brassez pas des millions ? Vous pratiquez le mécénat ? Vous faites du sport ? Et votre vie sexuelle ? Vous trouvez le temps d'en avoir une ?

4

India regretta aussitôt d'avoir posé cette question. Depuis dix minutes, Jordan l'obligeait à sortir de sa réserve, d'abord en l'interrogeant sur sa famille puis en se concentrant sur elle, en testant ses défenses avec une telle habileté qu'elle en avait oublié sa résolution de s'en tenir aux sujets professionnels. Et voilà qu'elle venait de franchir une ligne sur laquelle il serait difficile de revenir.

Elle avait deux solutions : soit elle optait pour la sécurité et lançait une boutade en changeant de sujet, ce qui donnerait à Jordan la satisfaction de savoir qu'il l'avait prise au piège ; soit elle l'entraînait avec elle.

Entre les deux, elle n'hésita pas une seconde.

— Alors ? insista-t-elle.

— Il m'arrive d'aller au théâtre ou au concert, mais pas aussi souvent que je le souhaiterais.

— Pourquoi ça ?

— Faute de temps, faute de trouver quelqu'un qui partage mes goûts. Je ne supporte pas les femmes qui jacassent à propos de tout et de rien.

— J'ai le même sentiment au sujet des hommes qui nous abreuvent de détails sur leurs longues journées de travail alors qu'on est encore sous le choc des artistes qu'on vient de voir.

Un demi-sourire éclaira le visage de Jordan.

— Sans personne pour partager le plaisir avec soi…

Il laissa la phrase en suspens pour l'inviter à poursuivre. Ces paroles eurent une résonance profonde chez India. Pour l'avoir souvent ressenti, elle comprenait ce besoin de tendre la main vers quelqu'un qui partageait les mêmes émotions sans qu'il soit nécessaire de parler. Et, chaque fois qu'elle s'était rendue seule à un concert, l'expérience l'avait laissée insatisfaite. Elle devina chez Jordan le même manque, le même sentiment de vide dans leurs vies surchargées.

Elle s'imagina allant au spectacle avec lui, vibrant du même enthousiasme. La vision fut si puissante, si vivante, qu'elle se mordit la lèvre pour s'empêcher de le lui proposer. Il ne fallait pas perdre de vue qu'il était son ennemi.

Voyant qu'elle ne saisissait pas la perche qu'il lui tendait, Jordan n'insista pas.

— Pour en venir au sport, je joue au cricket avec des amis de la City environ deux fois par an. Cela compte ?

Trop heureuse de se réfugier dans l'ironie pour masquer son trouble, India s'exclama d'un ton moqueur :

— Deux fois par an ? C'est du sérieux !

— Terriblement sérieux.

Le petit sourire de son compagnon revint. Il y avait quelque chose de paresseux dans ce sourire qui offrait une contradiction totale avec le personnage. Les coins de la bouche se relevaient légèrement, presque imperceptiblement, pourtant cela suffisait pour qu'une femme ait envie d'y répondre.

— Nous jouons peu, mais nous jouons pour gagner, expliqua-t-il.

Le sourire de Jordan s'accentua quelque peu — un sourire dont chaque nuance fascinait India.

— L'équipe perdante organise une soirée dans le pub local.

— Je vois. Il s'agit juste d'un prétexte pour faire la fête.

— Les matchs ont toujours lieu au cours d'un week-end à la campagne, histoire de nous retrouver en dehors de Londres pour décompresser. Il est interdit de parler affaires, bien entendu, d'autant que nous jouons pour récolter des fonds pour un organisme caritatif. La prochaine rencontre a lieu le week-end prochain. Si vous travaillez, il faudra que j'annule ma participation. Sinon, que diriez-vous de m'accompagner ?

— Pour quelle raison irais-je ?

— Ce serait une façon de me remercier du temps que je vous consacre.

— Je croyais que ce dîner en était une. D'ailleurs, rien ne vous oblige à être suspendu à mes basques en permanence, vous le savez très bien puisque vous n'avez pas hésité à fausser compagnie à Mary Lyons, ce matin. Cela ne l'a pas découragée, d'ailleurs. Elle a demandé à ma secrétaire de vous transmettre une invitation à dîner pour ce soir. Sally lui a expliqué que vous étiez déjà pris par un dîner d'affaires.

— Excellente initiative.

— Vous voyez que je vous ai largement remercié ! Alors prenez donc votre week-end et amusez-vous avec vos amis. Je vous promets que je n'en soufflerai mot à personne.

Jordan lui prit la main.

— Il n'y a personne à qui vendre la mèche, India. Ceci se passe entre vous et moi et personne d'autre.

Il s'exprimait d'une voix si intense qu'un bref instant, elle crut qu'il parlait d'autre chose que du magasin. Mais il eut un demi-sourire et elle comprit qu'il avait deviné son vœu le plus cher : qu'il la laisse souffler le temps d'un week-end.

— Je suis à vous pour un mois, India. Là où vous allez, je vais, alors dites-moi quels sont vos projets pour ce week-end.

India faillit encore se laisser prendre à la séduction insidieuse de cette voix basse et vibrante dont le timbre la faisait frémir. Puis, elle se rappela à l'ordre et retira sa main.

— En dehors du travail ? Rien de très excitant.

Un euphémisme. Elle comptait passer au crible les vieux dossiers que Sally avait trouvés dans l'espoir de dénicher un élément susceptible de l'aider pour le procès ou de lui expliquer pourquoi son père n'avait jamais mentionné l'« action préférentielle ».

— Rien qui vous oblige à rester à Londres, précisa-t-elle. Je serais désolée de vous faire manquer l'un de vos deux week-ends sportifs de l'année.

— Cela signifie-t-il que vous venez ?

India fronça les sourcils. Il se montrait délibérément obtus. Elle n'avait pas la moindre intention de l'accompagner, même si elle l'enviait. Cela faisait des mois qu'elle n'avait pas pris un jour de congé. Elle se sentait lasse, fatiguée par les réunions interminables avec ses avocats, incapable de penser à autre chose qu'à C&F, obsédée par cette histoire jusque dans son sommeil. Deux jours à la campagne lui permettraient peut-être de prendre du recul et de porter un autre regard sur la situation… Toutefois, si Jordan Farraday rôdait dans les parages, ce ne serait certainement pas le cas.

— J'ai dit que vous pouviez y aller, mais sans moi. Que voulez-vous que je fasse à un match de cricket ?

— Préparer le thé pour les joueurs ?

— Très drôle.

— A vous de décider, fit-il.

— Tout comme vous m'avez laissée décider de dîner avec vous ?

— Si ma compagnie vous pèse autant, renoncez tout de suite à vos prérogatives, cela vous évitera de me supporter pendant un mois.

Une bouffée d'affolement envahit India. Il semblait vraiment certain de gagner.

— Sûrement pas !

— Les Farraday sont patients. Cela fait trente ans que nous attendons, nous pouvons bien repousser encore l'échéance de quatre semaines. Cela dit, je serais désolé que vous ne vous joigniez pas à nous ce week-end.

Sidérée par cette insistance, India chercha pour quelle raison il tenait tant à ce qu'elle vienne.

— Si je refuse, vous n'aurez personne pour préparer le thé,

c'est ça ? Vingt-deux hommes doivent dévorer des montagnes de sandwichs.

— De sandwichs, de gâteaux, de scones... Vous réussissez bien les scones ?

— Une féministe vous arracherait les yeux si elle vous entendait !

India suffoquait d'indignation. Pour rien au monde, elle n'irait jouer les esclaves dans une cuisine pendant que des hommes… joueraient les hommes, justement.

Pourtant, Jordan avait piqué sa curiosité. Comment était-il sans son uniforme de la City ? Il avait beau porter à merveille le costume trois-pièces, cela restait un uniforme qui soulignait discrètement tout ce qu'il représentait.

A la campagne, entouré d'amis, détendu, il baisserait sa garde et elle pourrait peut-être en apprendre davantage sur lui. Sans doute n'aurait-elle pas de meilleure chance de le voir sous un autre jour et de découvrir ce qu'il voulait exactement, car elle n'était toujours pas convaincue que son ambition se bornait à lui prendre son poste.

Jordan Farraday était un homme énigmatique, pratiquement invisible, dont le nom ne figurait presque jamais dans les chroniques mondaines. S'il prenait la direction de C&F, ce serait un jeu d'enfant pour lui, mais elle doutait que ce fût son véritable but.

Le regard tranquille qu'il posait sur elle en attendant patiemment qu'elle poursuive sa tirade enflammée sur l'exploitation des femmes par les hommes lui permit de deviner qu'il avait une réplique toute prête, aussi ne lui offrit-elle pas ce plaisir.

— Je croyais que le travail était banni pendant ce week-end de cricket.

— Nous laissons nos ordinateurs et nos téléphones portables chez nous, mais il faut bien que nous mangions.

— Préparer des repas pour vingt-deux hommes représente un travail colossal.

— Vingt-quatre avec les arbitres.

— Et chacun doit amener une femme pour éplucher les pommes de terre pendant que vous vous amusez et, comme vous n'avez personne sous la main, vous vous rabattez sur moi, c'est ça ?

India ne croyait guère à cette explication. Même pour laver ses chaussettes, Jordan Farraday ne serait jamais à court de bonnes volontés féminines.

— Il n'est pas nécessaire que ce soit une femme. Nous n'avons pas d'a priori sur l'attribution des rôles en fonction des sexes. Au cricket, notre batteur est une femme et son mari prépare les meilleurs sandwichs au bacon que je connaisse…

— Malheureusement, je suis une cuisinière exécrable. Je rate tout : les gâteaux et le reste, alors, si vous êtes en panne de partenaire, vous feriez mieux d'inviter votre décoratrice. Elle saura vous confectionner des sandwichs dont la garniture sera assortie aux couleurs de votre équipe. D'ailleurs, elle a plus à y gagner que moi.

— Cela m'étonnerait. N'oubliez pas que le sort d'un magasin repose entre vos mains.

Les yeux d'India lancèrent des éclairs. Jordan devina qu'elle réprimait à grand-peine une furieuse envie de lui lancer le contenu de son verre à la figure.

Il l'avait conviée à ce week-end sur une impulsion et cela le chiffonnait. Cela ne lui ressemblait pas d'agir sans réfléchir. Pas lorsqu'il y avait un enjeu aussi important.

D'ailleurs, s'il avait prévu de l'inviter, il se serait débrouillé pour qu'elle accepte en lui présentant l'occasion comme une chance de défendre sa cause.

En bref, il avait mal choisi son moment, mais il fallait dire que, depuis ce matin, il ne savait pas très bien sur quel pied danser. Il avait pourtant dit ce qu'il fallait, fait ce qu'il fallait, toutefois sans obtenir les réponses qu'il espérait. Comme si, depuis qu'il s'était précipité pour venir en aide à Serena, la jeune femme enceinte, les rouages bien huilés de son univers s'étaient grippés. A moins que ce n'ait été à l'instant où il avait aperçu India et compris qu'elle ne se contentait pas d'être belle.

Il s'attendait à une petite fille gâtée qui dirigeait le magasin à ses moments perdus en confiant les basses besognes à un autre, comme Peter Claibourne. Cette journée passée dans son sillage lui avait permis de constater que c'était sur elle que son père se déchargeait des corvées depuis des années.

Pourtant, elle donnait une telle impression d'aisance et de facilité que peu de gens devaient deviner les efforts que cela représentait d'offrir cette image posée et efficace pendant des heures d'affilée. Et puis, elle prenait ses décisions rapidement, et sans se tromper, ce qui supposait une réelle compétence.

En d'autres termes, il s'était attendu à admirer l'élégance sophistiquée de sa rivale, mais il avait eu un choc en constatant que l'intelligence de cette dernière était tout aussi admirable.

Quoi qu'il en soit, cela ne modifiait en rien ses intentions. Il restait plus que jamais décidé à l'évincer du conseil d'administration.

En attendant, il regrettait de ne pas avoir lancé son invitation avec plus de subtilité.

Le verre demeura sur la table. D'une main décidée, elle repoussa une mèche soyeuse derrière son oreille. Un geste révélateur, il en fut certain, mais qui révélait quoi ?

— Où ce week-end a-t-il lieu? s'enquit-elle.

La question le surprit tellement qu'il mit un certain temps à répondre. Lui offrait-elle une deuxième chance ? Et pourquoi ?

Une sourde excitation s'empara de lui à l'idée de passer un week-end avec elle, loin des splendeurs de C&F. Depuis ce matin, il était fasciné par ces cheveux noirs qui accompagnaient chaque oscillation de sa tête, par son parfum subtil et délicat, par sa façon de se mouvoir…

Pour chasser son trouble, il s'efforça de découvrir ce qu'elle avait à gagner en acceptant son invitation.

— Un membre de notre équipe possède une maison à la campagne avec un terrain de cricket.

— S'il y a un terrain de cricket, il doit plutôt s'agir d'un manoir.

— Oui, mais ce sera très informel.

— Ni costumes, ni talons aiguilles ni téléphones portables pendant deux jours ? C'est presque irrésistible.

— Une amende est prévue pour toute personne surprise en train d'utiliser un téléphone, expliqua-t-il.

— Vous êtes sévères.

— C'est une façon de récolter encore plus de fonds pour la bonne cause.

India se mit à rire.

— Dois-je comprendre que tout le monde souscrit à la théorie, mais que la pratique laisse à désirer ?

— En quelque sorte.

— Je n'ai pas pris un jour de congé depuis des mois. Même la perspective de beurrer d'innombrables tranches de pain me séduit.

Jordan se rembrunit. Etait-elle simplement tentée par un week-end à la campagne ? Avec l'ennemi ? Cela lui parut d'autant moins vraisemblable qu'elle ne devait pas manquer d'amis susceptibles de l'accueillir.

— Est-ce un premier pas en faveur du oui ? demanda-t-il.

— Peut-être…

Ce « peut-être » éclaira la lanterne de Jordan. Quoi qu'elle dise, elle n'avait nullement l'intention de se détendre.

— Vous me promettez qu'on ne parlera ni travail ni affaires ? insista-t-elle.

— Le sujet est tabou. Et puis, rassurez-vous pour les repas : il y a assez de personnel pour s'en charger. Il y a également une piscine chauffée pour ceux que cela ennuie de suivre les matchs.

— Là, vous me tentez sérieusement. Quand faut-il vous donner une réponse définitive ?

— Si vous voulez venir, retrouvez-moi au parking de C&F, vendredi à 18 heures.

— Et si je n'y suis pas ?

— Nous passerons le week-end à Londres, enfermés dans un bureau à éplucher des comptes en regrettant de ne pas être assis dans un jardin en train de savourer des asperges et des fraises cueillies le matin même dans le potager.

— S'il y a des asperges, je crois que je vais me décider. J'aviserai en fonction de mon agenda de la semaine et je vous tiendrai au courant.

Le sourire éblouissant dont elle le gratifia donna le vertige à Jordan. Il essayait encore de se remettre du choc quand le serveur apporta l'entrée.

Pendant le reste du dîner, Jordan orienta à dessein la conversation vers des sujets neutres. Ils évoquèrent une exposition récente, une pièce d'Oscar Wilde qu'ils avaient vue tous les deux, se découvrant des terrains d'entente et des goûts communs qui les étonnèrent autant l'un que l'autre.

Ensuite, ils déclinèrent le dessert et regagnèrent le magasin à pied.

Devant l'entrée principale, India s'arrêta pour contempler leurs noms d'un air songeur.

— Depuis le temps qu'ils sont là, il me semble étrange que nous ne nous soyons jamais rencontrés, murmura-t-elle.

— Vous devriez peut-être en demander la raison à votre père.

— A mon père ? Pourquoi ça ?

Elle n'avait aucune idée du rôle qu'avait joué Peter trente ans auparavant, comprit-il.

— C'est à lui de vous le dire, pas à moi.

— Vous savez bien qu'il est en convalescence.

Jordan hocha la tête. En effet, Peter Claibourne avait préféré fuir plutôt que d'annoncer à sa fille qu'elle n'avait pas l'ombre d'une chance de gagner contre lui. A moins qu'il ait cru que sa disparition désamorcerait la situation et que les Farraday laisseraient India et ses sœurs à la tête de l'entreprise… mais il ne pouvait pas être naïf à ce point, tout de même !

Au regard noir qui le fixait, il crut qu'India allait lui demander de révéler tout ce qu'il savait. Elle dut deviner qu'elle perdrait son temps car elle pinça les lèvres et se dirigea vers le parking sans mot dire. Ennuyé que la journée s'achève sur une fausse note, il lui emboîta le pas, mais elle marchait si vite qu'il ne la rattrapa qu'au moment où elle déverrouillait sa voiture.

— India, je…

— A demain, Jordan. N'oubliez pas le rendez-vous sur le chantier à 8 heures.

Comprenant qu'il ne servait à rien d'insister, il lui tint la portière ouverte pendant qu'elle se glissait derrière le volant. Sans un regard pour lui, elle alluma le moteur et démarra sur les chapeaux de roues dès qu'il eut refermé la portière.

Jordan pesta, furieux de sa maladresse.

— C'était Mlle India ? D'habitude elle passe toujours me dire bonsoir dans mon bureau avant de partir.

Jordan se tourna vers le gardien. Il semblait essoufflé et portait un carton dans les bras.

— Elle était pressée. Si vous avez un problème, je peux peut-être vous aider. Je suis Jordan Farraday.

— Excusez-moi, monsieur, je ne vous avais pas reconnu.

— Que se passe-t-il ?

— Regardez ce que j'ai trouvé.

Il tendit le carton pour que Jordan puisse en voir le contenu.

India se gara au pied de son immeuble. Les mains crispées sur le volant, elle demeura immobile pendant un long moment.

Que savait son père au sujet de la querelle qui opposait leur famille aux Farraday ? S'il lui avait dissimulé l'existence de cette « action préférentielle », que lui avait-il caché d'autre ? Pourquoi Jordan en voulait-il à ce point aux Claibourne alors que trente ans auparavant il n'y avait pas d'héritier Farraday ?

Même maintenant, Jordan ne désirait pas vraiment prendre en main la direction du magasin. Il voulait juste contrôler les biens ainsi que le capital et avoir le dernier mot pour les décisions importantes, la prochaine étant de savoir s'il fallait vendre ou non à une chaîne concurrente.

Son père avait reçu plusieurs offres dans ce sens. Or, s'il s'intéressait davantage à ses conquêtes féminines qu'au magasin, il n'avait pas choisi la solution de facilité en vendant au plus offrant.

Jordan n'hésiterait peut-être pas, lui.

Elle se redressa d'un mouvement brusque. Ce n'est pas en restant dans cette voiture qu'elle trouverait la réponse à ses questions.

Cinq minutes plus tard, le carton de dossiers dans les bras, elle refermait la porte de son appartement.

Après une douche éclair, elle enfila un vieux T-shirt et un jean, puis s'installa sur le canapé du salon, une tasse de thé à la main. La mine songeuse, elle contempla le carton avec anxiété, retardant le moment d'y toucher, soudain effrayée à l'idée de découvrir des documents qui ne feraient qu'envenimer une situation déjà tendue.

D'ordinaire, elle n'était pas sujette à l'appréhension et abordait les problèmes de front, mais aujourd'hui, les circonstances étaient différentes. Ses nerfs lui jouaient des tours après cette journée éprouvante. Elle avait eu en permanence le sentiment que ses moindres gestes, ses moindres paroles, ses moindres décisions étaient jugés, analysés et passés au crible de l'esprit ô combien critique de Jordan Farraday.

Et l'étrange soirée qu'ils venaient de passer ensemble ne faisait qu'accroître son malaise.

Entre deux prises de bec ou deux provocations, elle avait entrevu la possibilité d'une harmonie si parfaite entre eux qu'elle avait failli lui tendre la main pour lui dire qu'ils étaient associés et qu'ils devraient travailler ensemble et non l'un contre l'autre.

Une vraie folie...

En proie à une soudaine lassitude, elle envisagea pour la

première fois la possibilité de perdre le magasin et d'avoir à céder la place, comme les Farraday trente ans auparavant.

Néanmoins, elle n'avait jamais fui devant une corvée et ce n'était pas maintenant qu'elle allait commencer.

Reposant sa tasse, elle tendit la main vers le carton. Au moment où ses doigts se refermaient sur le premier dossier, la sonnette résonna.

5

Soulagée de remettre ce dossier à plus tard, India se leva pour aller ouvrir. George, son voisin, devait manquer de café, de sucre ou de lait, comme d'habitude.

— De quoi as-tu besoin, ce soir, George ? De pain, de thé, de…

La suite de la phrase demeura coincée dans sa gorge. Jordan Farraday se tenait sur le seuil.

Comme la première fois, elle eut le souffle coupé. Malheureusement, il n'y eut aucune intervention extérieure pour lui permettre de reprendre ses esprits. Juste ce silence stupéfait tandis qu'il détaillait ses cheveux maintenus en arrière par un simple bandeau élastique, puis sa tenue et enfin ses pieds nus.

Lorsqu'il eut fini son inspection, un large sourire s'épanouit sur ses lèvres, au grand dam d'India.

Elle s'évertuait à présenter l'image d'une femme d'affaires impeccable et voilà qu'il la surprenait sans maquillage, coiffée avec un bandeau dont aucune fillette de six ans ne voudrait, portant un vieux jean élimé alors qu'il était toujours tiré à quatre épingles. Pour un peu, elle en aurait pleuré de dépit.

— Je suis désolé de vous déranger si tard, India.

Elle ne fut pas dupe un seul instant de la note de regret dans la voix de Jordan. Il n'était pas désolé du tout.

Qu'y avait-il dans la boîte poussiéreuse qu'il tenait dans les bras ? Malgré sa curiosité, elle s'interdit de lui poser la question.

— Comment êtes-vous monté jusqu'ici ?

En principe, la caméra du hall permettait de refouler les visiteurs indésirables, or Jordan Farraday figurait en tête de sa propre liste.

Avant de répondre, il pénétra d'autorité dans l'appartement.

— Une femme sortait au moment où je suis arrivé. Comme j'avais les mains occupées, elle m'a obligeamment tenu la porte ouverte. Une femme charmante, mais stupide. Je pourrais être un dangereux criminel, après tout.

India ne put s'empêcher de songer que même la femme la plus soupçonneuse deviendrait charmante et stupide si elle croisait le chemin de Jordan Farraday. La plupart de ses congénères considéraient sans doute une rencontre avec lui non comme une menace mais comme une faveur du destin.

Pour son malheur, elle n'était pas non plus insensible au charme de son visiteur. La partie rationnelle de son cerveau luttait tant bien que mal pour résister à cet assaut de séduction. L'autre, hélas, rêvait de se laisser envoûter et d'oublier C&F et le reste.

De peur de s'égarer, elle poursuivit d'un ton sec :

— Je suppose que vous vous êtes procuré mon adresse grâce à ces dossiers qui retracent ma vie depuis ma naissance.

— Peu importe.

Le sourire nonchalant reparut. Une flambée de chaleur submergea alors India, réveillant sa sensualité, étouffant sa sensibilité de femme d'affaires, chassant la petite voix qui lui susurrait que la présence de cet homme chez elle ne pouvait lui apporter que des ennuis.

Bien malgré elle, India se sentit répondre à ce sourire. Elle se ressaisit aussitôt et plissa les lèvres d'un air sévère.

— Pour faire bonne mesure, je vous donnerai la mienne, déclara-t-il.

— Votre adresse professionnelle me suffit.

Comme il ne semblait pas découragé par cet accueil glacial, elle finit par refermer la porte.

— Que se passe-t-il qui ne puisse attendre jusqu'à demain ?

Au lieu de s'expliquer, Jordan se rendit dans le salon et posa son fardeau sur la table basse, juste à côté du carton contenant les dossiers qui tranchait avec l'ordonnance minimaliste de la pièce.

Il le vit certainement mais ne fit aucun commentaire et embrassa le salon du regard. Les murs clairs, les meubles sobres, le parquet dénué de tapis, rien n'échappa à son attention.

— Sobre mais superbe, observa-t-il.

— L'architecte d'intérieur de C&F a beaucoup de talent. Si vous n'aviez pas de décoratrice attitrée, ses services vous intéresseraient sûrement.

— A la fin du mois, le service d'architecture d'intérieur de C&F sera de toute façon le mien, sachez-le.

Il pivota brusquement vers elle.

— Manifestement, vous ne vous attendiez pas à me voir. Qui est George ?

— Mon voisin de palier. Il manque toujours de produits de base mais jamais de tomates séchées, de pili-pili ou de mozzarella.

— Il est sincère ou s'agit-il d'un prétexte pour vous surprendre lors de vos moments de détente ?

Le regard qui accompagna cette question s'attarda plus que nécessaire sur la silhouette d'India.

— George est homosexuel. Si je lui ouvrais la porte dans le plus simple appareil, il me demanderait encore du sucre ou du thé. D'autre part, je ne me détends pas, je travaille, alors dites-moi ce que contient cette boîte que je puisse reprendre mes activités.

Jordan s'assit sur le canapé et souleva le couvercle en invitant India à juger par elle-même. Prudente, elle se garda de s'approcher.

— Gareth, le gardien de nuit, a trouvé ces chatons qui erraient comme des âmes en peine dans le parking. Il espérait vous en parler quand vous reviendriez prendre votre voiture, mais vous êtes partie si vite qu'il n'en a pas eu le temps.

Il lui adressa un de ces haussements de sourcils exaspérants, comme si son départ précipité n'avait rien à voir avec lui.

Oubliant ses réserves, India approcha de la boîte pour prendre un des chatons.

— Ce sont les chatons de Bonny, je suppose. Où est-elle encore passée ?

— D'après Gareth, elle a disparu depuis hier.

— Cela lui arrive souvent. Elle s'évanouit dans la nature pendant des jours et puis elle revient. Une fois, elle a grimpé dans un camion et s'est retrouvée dans le Lincolnshire.

Elle s'accroupit pour caresser les minuscules boules de poils.

— Ils sont si petits…

— Mais assez grands pour laper si quelqu'un a la patience de leur apprendre.

— Est-ce pour ça que vous me les avez apportés ?

India se tourna vers Jordan d'un mouvement brusque. Il était si proche qu'elle discerna une minuscule cicatrice sur la tempe droite et put constater que, de près, son sourire était encore plus renversant.

La gorge sèche, elle fut incapable de poursuivre ses questions.

— Je peux les remporter si cela vous dérange, proposa-t-il.

Elle lui posa la main sur le bras sans réfléchir.

— Non, vous avez bien fait.

Sous ses doigts, elle sentit un bras solide et fort. Et les yeux de braise qui plongeaient au fond des siens l'hypnotisèrent littéralement.

— C'est gentil à vous de vous être déplacé.

— Je ne suis pas gentil, India. Ne faites pas l'erreur de le croire.

Aucun sourire ne vint démentir cette déclaration, cette fois. Il n'y avait plus que ces prunelles sombres, d'un noir si intense qu'elle eut l'impression de se noyer dans leurs profondeurs. India rêvait de tracer le contour de ces lèvres fermes de ses doigts, d'enlacer la nuque de son compagnon, de l'entraîner avec elle sur le canapé et de voir s'animer ces yeux ensorcelants dans le feu de la passion.

— D'ailleurs, demain matin, vous n'aurez sans doute plus envie de me remercier, déclara-t-il. Des chatons nouveau-nés peuvent vous empêcher de dormir toute la nuit.

India hocha la tête en s'efforçant de reprendre pied dans

la réalité. Elle y parvint au prix d'un effort héroïque, remit le chaton dans la boîte et se releva pour se rendre dans la cuisine.

— Ne vous inquiétez pas, je me débrouillerai.

Jordan se passa les mains sur le visage et repoussa ses cheveux en arrière comme pour émerger d'un rêve éveillé.

Il s'en était fallu d'un cheveu qu'il perde la tête. Pendant quelques secondes, les yeux d'India, ces yeux noirs comme du velours, avaient trahi ses pensées et surtout son désir. Mais le moment était mal choisi pour répondre à cette invitation. S'ils faisaient l'amour, elle se le reprocherait amèrement demain. Et puis, il ne voulait pas posséder uniquement son corps. Il voulait tout.

Tôt ou tard, elle rendrait les armes, mais uniquement quand il le déciderait, quand elle aurait perdu tout contrôle sur ses émotions, quand elle serait folle de lui au point de le supplier à genoux de prendre ce qu'elle était déjà prête à lui offrir.

La vengeance était un plat qui se mangeait froid. Il avait atteint l'objectif qu'il s'était fixé pour ce soir. Grâce aux chatons, il avait regagné le terrain qu'il avait perdu avec cette allusion maladroite à Peter Claibourne.

Rasséréné par cette analyse, il desserra sa cravate, défit son bouton de col et prit la boîte. Il pouvait encore marquer quelques points avant de partir. Non seulement la perspective de passer une heure de plus en compagnie d'India Claibourne ne lui déplaisait pas, mais cela lui fournissait une occasion supplémentaire de vaincre cette méfiance qu'elle manifestait à son égard.

Quand il pénétra dans la cuisine, elle fouillait dans un placard.

— Je manque à tous mes devoirs, lança-t-elle sans se retourner. J'aurais dû vous raccompagner.

— Je n'ai pas l'intention de partir sans vous aider, dit-il en ôtant sa veste et en relevant ses manches de chemise.

— Vous ne m'aidez pas, Jordan. Vous vous contentez d'occuper le terrain.

Une cruche dans les mains, elle se tourna vers lui en le fixant d'un regard si perçant qu'il eut la désagréable impression qu'elle devinait les réflexions cyniques auxquelles il venait de se livrer.

Il lutta contre la tentation de la rejoindre, de lui enlever le broc des mains et de revenir cinq minutes en arrière, à ce moment délicieux où elle l'implorait du regard de l'embrasser.

Puis, il songea qu'il aurait tout le week-end pour mettre son plan à exécution et jugea plus sage de ne pas la brusquer.

— Si nous nous occupions de ces pauvres bêtes au lieu d'argumenter ? suggéra-t-il. Je vais préparer du café pendant que vous jouerez à la maman.

— Ici, il y a égalité des sexes, monsieur Farraday. Si je joue les mamans, vous allez jouer les papas.

— Si je peux engager une nurse, pas de problème.

En la voyant blêmir, Jordan pesta contre lui-même. L'imbécile ! Comment avait-il pu oublier qu'elle avait été abandonnée par sa mère et élevée par une succession de nurses ?

Furieux contre lui-même, il tenta de rattraper sa bévue tant bien que mal.

— Si vous ne trouvez pas une chatte qui vient d'être mère, nous aurons du travail sur les bras, demain, dit-il.

— « Nous » ?

— Je compte un peu, non ?

Et comment ! songea India. Il envahissait sa cuisine en conquérant et il prendrait possession de C&F de la même façon si elle n'y mettait pas bon ordre. Malheureusement, il suffisait qu'il joue de ce sourire démoniaque pour qu'elle sente ses défenses faiblir dangereusement.

Avec sa chemise déboutonnée, ses cheveux en bataille et ses manches roulées sur les avant-bras, il était franchement irrésistible. Pour un peu, elle aurait cru qu'il avait décidé de tout mettre en œuvre pour l'ensorceler.

Des miaulements pathétiques la ramenèrent à la réalité et elle sortit une bouteille de lait du frigo.

— Vous croyez que nous arriverons à régler l'avenir d'un

grand magasin en nous occupant d'une famille de chatons abandonnés ? demanda Jordan.

— En ce qui vous concerne, je ne peux pas me prononcer, mais, pour ma part, certainement. Les hommes sont incapables d'assumer des charges domestiques parce qu'ils ne peuvent rien faire sans un plan bien établi. Ils sont encore au stade de l'élaboration qu'une femme a terminé depuis belle lurette.

— Peut-être, mais si les femmes sont si mauvaises en affaires, c'est précisément parce qu'elles refusent de s'organiser.

— Je ne suis pas d'accord. C'est justement notre souplesse qui nous donne une efficacité à toute épreuve. A la différence des hommes qui en font tout un drame, nous sommes bien mieux préparées pour affronter des crises imprévues.

Comme par un fait exprès, la bouteille de lait refusa de s'ouvrir, offrant un démenti cuisant à ce discours sur l'efficacité féminine.

Jordan s'empara de la bouteille et l'ouvrit avec une aisance insultante, démontrant qu'il n'avait rien à lui envier sur le plan des talents domestiques.

— Vous devez me confondre avec James Cawston. S'il correspond à cette description, je comprends que vous n'ayez pas voulu l'épouser.

India s'assit sur un tabouret.

— Vous n'avez pas écouté, Jordan. Je ne l'ai pas épousé parce que je suis déjà mariée au magasin.

Comme la première fois, cette explication laissa Jordan sceptique. Sans un mot, il versa le lait dans la cruche et vint s'asseoir à côté d'elle, le menton dans les mains.

— Dois-je comprendre que vous êtes comme ça ? demanda India.

— Comme quoi ? Que je suis incapable d'improviser ou que je suis marié à mon travail ?

Au lieu de répondre, India testa la température du lait d'un doigt laqué de rouge puis releva la tête et lui adressa un regard qui l'électrisa.

— Les deux, dit-elle.

Elle avait beau donner le change avec sa tenue décontractée, il avait vu les dates sur les dossiers du salon. Et, s'il se fiait à l'intitulé du premier d'entre eux, il concernait la correspondance de Peter avec les avocats de C&F, preuve qu'elle n'avait pas abandonné l'idée de se battre. Il y a trois mois ou même une semaine, il aurait jubilé en constatant l'attachement viscéral qui la liait au magasin. Aujourd'hui, il n'y voyait qu'un gâchis désolant.

— Dans une bataille, la première victime est le plan, India.

Son propre plan n'était-il pas de lancer une offensive de charme afin que C&F tombe dans son escarcelle avec le minimum d'effort ?

Il avait négligé l'imprévu, en l'occurrence qu'il pourrait apprécier India Claibourne. Elle était non seulement désirable, mais libre de toute attache sentimentale et, maintenant que ses sœurs avaient déserté le navire, très seule.

Cela étant, Peter Claibourne avait lui aussi apprécié sa mère. Assez, en tout cas, pour passer une nuit avec elle et, dans ce domaine, il se sentait parfaitement à même de le surpasser.

— Quant à mon travail, je reconnais qu'il accapare mon attention, déclara-t-il.

— Votre entière attention ?

— N'espérez pas me faire dire que je n'aurai pas le temps de m'occuper de C&F. Je suis toujours disponible pour les choses qui m'importent.

— En d'autres termes, vous êtes un drogué du travail.

— Pas vraiment, non, mais il faut bien qu'un homme s'occupe…

Son activité ne lui laissait pas beaucoup de loisirs, mais elle représentait surtout un prétexte idéal pour éviter tout engagement sérieux.

— Si vous cessiez de travailler, vous pourriez vivre dans le luxe et l'oisiveté jusqu'à la fin de vos jours grâce aux profits que vous rapporte C&F.

— Rien ne vous oblige à gagner votre vie non plus, je vous

signale. Vous pouvez également vous tourner les pouces en touchant des dividendes substantiels.

India plongea un doigt dans la cruche et le présenta au chaton qu'elle tenait contre elle.

— Cela signifie que nous nous ressemblons plus que vous ne voulez l'admettre, voilà tout.

Jordan prit un des chatons et imita son exemple.

— Avez-vous déjà été marié, Jordan ?

— Vous n'avez pas effectué de recherches sur les Farraday ?

— Si, mais je me suis penchée sur votre vie professionnelle, pas sur les chroniques mondaines.

— J'ai failli me marier, il y a dix ans. Cependant Ellie ne comprenait pas pourquoi je préférais travailler au lieu de courir le globe en menant une vie de luxe et de loisirs.

India hocha la tête d'un air songeur. Elle s'était trouvée dans la même situation, trois ans et deux mois auparavant, ce qui prouvait, une fois de plus, qu'ils avaient décidément beaucoup en commun.

— Quand je lui ai expliqué qu'il n'en était pas question, elle a rompu.

— Comme James Cawston, dit-elle en reposant le chaton pour en prendre un autre.

— Et, comme lui, elle a eu le bon sens de comprendre que ça ne marcherait pas.

— Cela ne rend pas la rupture plus facile, malheureusement.

Alerté par un léger tremblement dans la voix d'India, Jordan lui jeta un coup d'œil. A l'émotion qui se reflétait dans son regard, il sut qu'il avait touché un point sensible.

— En effet. Même bien intentionné, un rejet reste un rejet. La raison permet de comprendre, mais…

Il se tut, saisi d'une soudaine réticence à évoquer ses sentiments alors qu'il se répétait depuis des années qu'il n'avait pas de cœur.

— Depuis, elle s'est mariée avec un homme qui mène la même vie que moi, ce qui laisse à penser que le travail n'était qu'un prétexte. Peut-être sommes-nous tous deux des causes perdues, qui sait ?

— Peut-être que l'idée délirante de votre secrétaire sur les mariages dynastiques n'est pas si bête, après tout.

Jordan fronça les sourcils, stupéfait.

— Nous devrions nous marier puisque personne ne veut de nous, reprit-elle. Comme ça, nous pourrions nous consacrer à notre obsession sans nous gêner.

Jordan s'aperçut avec stupeur que l'idée ne lui paraissait plus aussi saugrenue.

— Est-ce une demande en mariage ?

— Uniquement si vous dites oui, fit-elle en riant.

— Qu'allez-vous faire ?

— Comment ça ?

Elle se pencha sur le chaton, dévoilant une nuque interminable dont la courbe gracieuse le fascina. Le T-shirt glissa, révélant une épaule parfaite, lisse comme du marbre, mais sûrement beaucoup moins froide.

Ce matin, sa beauté, sa grâce et sa calme assurance avaient ébloui Jordan. Ce soir, ce visage aux traits délicats libéré de tout artifice, cette tenue qui laissait deviner un corps tendre et souple et ces yeux noirs où se reflétait une candeur émouvante provoquèrent chez lui un sursaut inattendu. Il eut honte de son cynisme. D'autant plus honte que lorsqu'elle le fixait de ce regard interrogateur, elle ranimait une flamme enfouie au plus profond de lui qu'il croyait éteinte à jamais.

Pour un homme qui se targuait d'être toujours maître de ses émotions, et qui, hier encore, affirmait à Christine que rien ne le ferait dévier de la ligne qu'il s'était fixée, il tombait de haut. Sans qu'il s'en rende compte, India Claibourne avait réussi le tour de force d'ébranler une forteresse qu'il croyait imprenable : la sienne.

Remettant le chaton dans la boîte, elle se leva pour se camper face à lui.

— Vous voulez savoir ce que je compte faire à la fin du

mois quand vous aurez mis la main sur le magasin et que je me retrouverai sans travail, c'est ça ?

Jordan ne sut pourquoi cette perspective le chagrinait, mais elle le chagrinait, sans conteste.

— Vous devez bien y avoir réfléchi, non ?

— Vous êtes vraiment certain de gagner, n'est-ce pas ? Pourquoi croyez-vous être plus qualifié que moi pour ce poste ? Parce que vous êtes un homme ?

— India…

D'un geste agacé, elle lui interdit de poursuivre.

— Vous vous trompez, Jordan. Je suis meilleure que vous pour la bonne raison que je vis pour et par ce magasin depuis ma naissance et que je connais le moindre de ses rouages, ce qui n'est pas votre cas. Au XXIe siècle, il est scandaleux qu'on décide d'attribuer un poste de P-DG selon des critères d'âge et de sexe !

— Si nous finissons au tribunal, nous aurons tous deux perdu, fit-il d'un ton sec. Autant vendre tout de suite.

— On vous a fait une offre, je suppose, repartit-elle d'un ton sec.

Et voilà ! Au moment où il commençait à croire qu'il avait de nouveau vaincu sa méfiance, il venait de tout gâcher, une fois de plus. Mais cette maladresse n'était pas un hasard. Elle était provoquée par son subconscient qui lui ordonnait d'arrêter, de s'enfuir avant qu'il soit trop tard.

— Une offre trop belle pour la refuser ? insista-t-elle.

— Et vous ? Vous en avez eu ?

Question de pure forme puisqu'il connaissait la réponse. Les Claibourne avaient reçu de nombreuses propositions qu'ils avaient refusées. Voilà pourquoi, à la minute où Peter Claibourne avait été admis aux urgences, les chaînes de magasins s'étaient immédiatement tournées vers lui, certaines qu'il n'y avait pas une once de sentimentalisme chez ce Farraday.

A son tour, il reposa le chaton dans la boîte et se leva de son tabouret. Il avait gagné cette manche, comme la précédente au restaurant, en brisant sa réserve et, à deux reprises, il avait tout gâché — même si, cette fois, elle ne pouvait pas s'enfuir en voiture.

Il souleva une mèche qui tombait devant les yeux d'India pour la glisser derrière l'oreille de celle-ci. Puis il lui prit le menton entre les doigts pour l'obliger à le regarder.

— Il faut toujours avoir une issue de secours, India.

Un excellent conseil qu'il ferait bien de suivre, mais son départ attendrait encore un peu. Auparavant, il comptait faire ce qu'il avait en tête depuis qu'il avait posé les yeux sur elle, ce matin.

6

India devina l'intention de Jordan à la lueur de braise qui assombrit ses prunelles. Mais elle eut beau s'ordonner de battre en retraite, ses jambes refusèrent de bouger.

La main de Jordan glissa de son menton vers sa nuque tandis que ses lèvres s'inclinaient lentement vers les siennes. Il se contenta de les effleurer, en un baiser très tendre qui savourait sans rien exiger. Envahie par une faiblesse délicieuse, India sentit ses genoux fléchir, et, tout naturellement, elle s'abandonna contre lui pour ne pas tomber.

Les yeux immenses qui le fixaient avec stupeur éveillèrent en Jordan une lointaine résonance, comme l'écho affaibli d'un rêve jamais accompli. Sous la pression de sa bouche, les lèvres d'India s'entrouvrirent, accueillant les siennes comme si elle les avait attendues depuis toujours. Aucun homme ne pouvait résister à des lèvres pareilles, tendres, suaves, fruitées… Pris de vertige, il vérifia l'exactitude de ses sensations en prolongeant ce baiser, afin de s'assurer que ses sens ne lui jouaient pas de tour. Cela faisait une éternité qu'une femme n'avait provoqué en lui pareil tourbillon, pareil éblouissement. Depuis son premier baiser, sa première nuit d'amour…

Les écailles lui tombèrent brusquement des yeux. Il ne l'embrassait pas pour obéir à une manœuvre cynique, mais parce qu'il en mourait d'envie, tout simplement. Ces prunelles où se reflétait un étonnement mêlé de confusion provoquaient en lui un sentiment d'exultation proche de l'allégresse.

A peine eut-il formulé cette pensée que la réalité s'imposa comme une douche froide.

Comment avait-il pu l'embrasser sur une impulsion ? Qu'étaient devenues sa lucidité, sa maîtrise de lui-même alors qu'il s'était ordonné de ne pas la brusquer ? A quoi bon prendre des résolutions s'il faisait exactement le contraire un quart d'heure plus tard ?

Voilà ce qu'on récoltait en se servant de la séduction comme d'une arme. Elle se retournait contre vous, vous prenait à votre propre piège, ne vous laissant qu'un sentiment de regret et de frustration.

Atterré, il s'écarta à la hâte.

— Comment allez-vous vous débrouiller, demain ? demanda-t-il d'un ton bourru.

— Demain ?

India semblait désorientée, désemparée. Son souffle saccadé trahissait une violente émotion, comme si ce baiser l'avait bouleversée autant que lui. Il repoussa cette pensée, chassant les perspectives vertigineuses qu'elle lui ouvrait et se concentra sur la certitude qu'il n'avait pas perdu autant de terrain qu'il le croyait.

— Les chatons, expliqua-t-il. Ils ont besoin d'attention constante.

— Je… je vais m'organiser.

— Très bien. Dans ce cas, à demain.

— A demain.

Son ton glacial fut aussi efficace que si elle l'avait jeté dehors.

Les nerfs à fleur de peau, India sursauta quand la porte se referma derrière Jordan. Il n'y avait qu'une façon d'expliquer son extraordinaire passivité : il l'avait prise au dépourvu.

Et puis, ce n'était pas vraiment un baiser, se dit-elle pour se rassurer. Enfin à peine… Il s'était contenté de lui effleurer les lèvres. Il n'y avait pas de quoi s'alarmer. Mais, dans ce cas, pourquoi passait-elle sans transition du chaud au froid ? Pourquoi tremblait-elle de la tête aux pieds ?

Elle se passa la main sur le front. Sa peau était brûlante et moite, ses lèvres frémissaient encore.

Comment était-il parvenu à la mettre dans cet état par un simple contact ? Qu'avaient donc les Farraday de plus que les autres ? Romana avait succombé la première, ensuite Flora et voilà qu'elle-même laissait Jordan prendre des libertés que peu d'hommes se seraient permises.

Leur suffisait-il de frôler une femme, de lui jeter un regard pour qu'elles tombent amoureuses sans coup férir ?

A l'inverse de ses sœurs, cependant, elle ne risquait pas seulement de perdre son cœur mais aussi C&F. Il fallait qu'elle soit devenue folle pour avoir failli se laisser prendre au piège, elle aussi !

Il y avait une nuance, cependant : Jordan Farraday était certes séduisant, néanmoins ce qui s'était passé entre eux n'avait rien à voir avec l'amour. Il s'agissait simplement d'une variation du jeu de pouvoir qui les opposait et qui avait pris un développement inattendu. Depuis ce matin, sa présence la perturbait et, même quand il disparaissait de son champ de vision, elle le sentait là, aux aguets, observant, attendant la faute, enregistrant la moindre faiblesse.

En fait, elle ne l'avait pas repoussé pour s'assurer qu'il était comme tous les autres, incapable de ne pas tenter sa chance et de laisser passer une bonne fortune.

Peu convaincue par cette analyse, elle porta la main à ses lèvres. A quoi bon se leurrer ? Jordan Farraday n'était pas comme les autres…

Un des chatons miaula. Elle le prit pour le caresser et le contempla avec attention. Emue par le sort des orphelins, elle ne s'était même pas demandé pourquoi Jordan s'était donné le mal de les lui apporter. A présent, ses motivations étaient claires.

— Tu n'es pas un félin mais un cheval de Troie, expliqua-t-elle au chaton. Une ruse pour permettre à l'ennemi de s'introduire dans la citadelle.

Malgré elle, elle admira l'esprit d'initiative de Jordan. Il fallait être très fort pour tirer parti au pied levé d'une telle occasion.

Il n'était pas comme les autres, en effet. Il méritait l'oscar du cynisme !

Assis dans sa voiture, Jordan s'efforçait de réprimer les frissons qui le parcouraient. Un jour, un seul jour avec elle, et elle l'obsédait déjà. Ce corps qu'il avait senti contre le sien, ces cheveux soyeux et frais, ce parfum mystérieux l'emplissaient de désir et de frustration comme un gamin de quinze ans. Christine disait vrai. S'il n'y prenait garde, il serait à ses pieds en une semaine. Et heureux de l'être, qui plus est !

India donna plusieurs coups de téléphone pour caser ses orphelins. Lorsque ce fut chose faite, elle s'installa dans son lit avec les dossiers, prête à y passer la nuit s'il le fallait. Ses paupières s'alourdirent au fur et à mesure qu'elle parcourait l'épaisse correspondance. A bout de fatigue, elle ne réagit pas en découvrant que Kitty, la mère de Jordan, s'était battue comme une lionne pour conserver le contrôle de C&F après la mort du père de celle-ci.

Un dossier particulièrement épais la réveilla en sursaut en tombant par terre. Certaine qu'elle ne parviendrait pas à se rendormir, elle se leva pour se préparer du thé.

En passant devant une glace, elle y jeta machinalement un coup d'œil et sourit. Les cernes qui lui soulignaient les yeux empêcheraient sûrement Jordan de penser à autre chose qu'à l'aspect professionnel de leur relation, aujourd'hui. Curieusement, cette idée ne la soulagea pas autant qu'elle l'aurait cru.

La mine pensive, elle ramassa les feuillets épars. Son regard tomba sur une note manuscrite jaunie par les années, sans signature ni mention du destinataire. Elle comprit pourquoi en la parcourant. Il s'agissait d'un conseil juridique, mais de ceux qu'aucun avocat n'oserait signer.

« N'ayant pas eu cette lettre sous les yeux, je ne peux donner mon opinion sur sa fiabilité, seulement vous avertir qu'elle pourrait provoquer de graves difficultés si vous la montriez maintenant. Il se pourrait cependant que les circonstances rendent impérative la suppression de l'“action préférentielle” dans un avenir plus ou moins proche. Je vous conseille donc de la conserver précieusement. »

India lut deux fois cette missive. A quelle lettre faisait-elle allusion ? L'esprit en ébullition, elle examina le dossier de fond en comble sans rien trouver, bien entendu.

Mais, quelque part, il y avait un document qui permettrait de rompre la clause concernant l' « action préférentielle ». Il lui suffisait de mettre la main dessus pour conserver son empire.

Jordan se gara dans le parking de C&F peu avant 8 heures. Après plusieurs tentatives infructueuses, il avait renoncé à fermer l'œil et s'était rendu à son bureau. Il n'y avait rien de tel que le travail pour chasser les tourments de la chair et apaiser les frustrations. Et puis, il fallait avoir les idées claires pour programmer la séduction et la chute d'une femme, or le désir embrumait le cerveau, annihilait la perspicacité et pouvait entraîner un faux pas fatal. Un homme était capable de se retrouver amoureux sans même s'en rendre compte.

La voiture d'India n'était pas là. Si elle avait passé la nuit à s'occuper des chatons, elle ne s'était sans doute pas réveillée. En d'autres circonstances, il aurait adoré l'appeler pour souligner ses insuffisances, mais elle serait déjà furieuse qu'il ait pris sa place au rendez-vous sur le chantier, aussi se dirigea-t-il vers l'ascenseur sans passer à l'acte. A quoi bon jeter de l'huile sur le feu quand ce n'était pas nécessaire ?

Pourtant il ne put s'empêcher d'essayer d'imaginer India au réveil, les joues roses, les cheveux éparpillés sur l'oreiller, reposée, détendue. Un gémissement lui échappa. L'imagination ne suffisait pas. Il aurait préféré être à côté d'elle à ce moment-là, pour la voir émerger lentement du sommeil, la voir sourire, la voir lui tendre les bras.

— Bonjour, JD, lança Sally quand il pénétra dans le bureau de celle-ci.

— Bonjour, Sally. Vous commencez toujours de si bonne heure ?

— Cela dépend. Voulez-vous du café ?

— Après le rendez-vous du chantier, si cela ne vous ennuie pas.

— Vous l'avez raté, j'en ai peur. La réunion a été avancée à 7 heures.

Jordan réprima une bouffée d'irritation.

— Qui en a pris la décision ?

— Je ne sais pas. India m'a demandé de vous présenter ses excuses pour vous avoir tiré du lit aux aurores pour rien. Elle vous aurait téléphoné elle-même, mais elle n'a pas le numéro de votre domicile et vous êtes sur liste rouge.

— Où est-elle ? Elle est retournée se coucher pour rattraper ses heures de sommeil perdues ?

Les yeux de Sally s'écarquillèrent comme des soucoupes.

— Je vous demande pardon ?

— A quelle heure revient-elle ?

— Elle est ici !

— Vous êtes sûre ? Sa voiture n'est pas au parking.

— Elle l'a déposée au garage pour la faire réviser. Vous la trouverez à la cantine du personnel où elle prend le petit déjeuner. Voulez-vous que je la prévienne de votre arrivée par l'Interphone ?

— Inutile, je la rejoins. Pouvez-vous m'indiquer le chemin ?

— C'est au sous-sol.

Une activité fébrile régnait dans le magasin bien qu'il restât encore deux heures avant l'ouverture. Chacun s'affairait comme dans une immense ruche : les équipes de nettoyage, les vendeurs qui déballaient les marchandises, les décorateurs, les étalagistes. Tout devait être impeccable lorsque les portes s'ouvriraient au public, mais personne ne devait deviner les efforts que cela coûtait au personnel pour y parvenir. La mère de Jordan lui avait expliqué qu'un emballage oublié par terre vous attirait les foudres du responsable de département, qu'on s'appelle Farraday ou non.

A la différence de sa mère et des demoiselles Claibourne, il n'avait jamais travaillé chez C&F pendant les vacances. Il eut l'impression de se trouver dans un théâtre avant le lever de rideau. Et, pour la première fois, il eut un aperçu de l'excitation mystérieuse qui s'emparait d'India quand elle évoquait *son* magasin.

A la cantine, il prit un café et, sa tasse à la main, se dirigea vers la table qu'occupait India. Plongée dans un dossier, elle ne le vit pas approcher. Quand il posa sa tasse, elle leva brusquement la tête et repoussa une mèche noire derrière son oreille, exposant ce cou longiligne dont la ligne pure l'avait hanté toute la nuit.

— Bonjour, Jordan.

Sans rien dire, il sortit une carte de visite de son portefeuille et la posa sur le dossier.

— Mon numéro de téléphone, au cas où vous en auriez besoin.

Ignorant la carte, elle déclara :

— Sally m'a signalé que vous arriviez il y a dix minutes. Pourquoi avez-vous été si long ? Vous vous êtes perdu en route ?

— Je me suis promené. C'est la première fois que j'ai l'occasion de voir le magasin avant l'ouverture. Et puis, je me doutais que Sally vous préviendrait, alors j'ai voulu vous laisser le temps de cacher des documents compromettants que vous voudriez me dissimuler.

Elle lui adressa un bref sourire.

— Je reconnais là votre tact, néanmoins je n'ai rien de plus excitant à vous proposer que les comptes du rayon maillot de bains. Ils sont excellents. Voulez-vous les examiner pour le constater par vous-même ?

— Cela peut attendre la fin du mois.

— Prenez donc un toast. A moins que vous préfériez quelque chose de plus substantiel.

— J'ai pris mon petit déjeuner il y a trois heures, avant de me rendre à mon bureau. Si vous m'aviez prévenu de ce changement de programme, j'y serais encore, d'ailleurs.

— Mais vous auriez raté le plaisir de votre promenade avant l'ouverture. Cela me fait toujours penser à un orchestre en train d'accorder ses instruments avant le spectacle. Cependant, je suis navrée que vous ayez perdu votre temps. Si j'avais su que vous étiez à votre bureau, je vous aurais appelé là-bas. Vous commencez toujours aussi tôt ?

— J'aime le bureau quand tout est calme. Mais, contrairement à vous, je n'exige pas que ma secrétaire soit là à l'aube.

— Sally a un emploi du temps flexible. Elle est venue plus tôt ce matin parce qu'elle prend son après-midi. Si vous en doutez, vérifiez auprès du service du personnel. On vous confirmera que c'est prévu depuis des semaines.

— Et pour le chef de chantier ? Comment expliquez-vous ce changement de dernière minute ?

— Le pauvre m'a appelée à 6 heures. Il s'est cassé une dent hier et son dentiste lui a proposé un rendez-vous en urgence avant ses consultations habituelles.

Plongeant les yeux dans les siens, elle le considéra d'un air innocent, comme pour le défier de mettre sa parole en doute.

— Les horaires sont flexibles dans tous les domaines à ce que je vois, observa-t-il d'un ton narquois.

— Je suis très favorable à la flexibilité.

Jordan la dévisagea attentivement. Pour une femme qui avait passé une partie de la nuit à s'occuper de trois chatons nouveau-nés, elle respirait la fraîcheur et l'énergie. Elle portait un ensemble en jersey noir, avec pour seuls bijoux une large montre en or et des créoles en guise de boucles d'oreilles. Une sobriété qui visait certainement à mettre en valeur le foulard en mousseline de soie rouge et or qu'elle avait noué autour du cou, songea-t-il, certain qu'il verrait beaucoup de rouge et or pendant les quatre semaines qui s'annonçaient.

L'avertissement moqueur de sa secrétaire lui revint à l'esprit.

Les sœurs Claibourne étaient des sorcières et quelles sorcières ! Elles étaient même capables de susciter des hallucinations s'il en croyait la vision qui s'imposa à lui. Au lieu de l'India tirée à quatre épingles assise en face de lui, il ne voyait que la jeune femme coiffée d'un bandeau qui lui avait ouvert la porte la veille, l'épaule d'albâtre qu'avait dévoilé le T-shirt en glissant, la poitrine frémissante qui le soulevait, les lèvres aux courbes exquises qui épousaient les siennes…

A ce souvenir, il retrouva les sensations de la veille : le vertige insensé qui faisait tourner la tête, le cœur qui battait à tout rompre et le désir — brûlant, torride. Jamais il n'avait eu envie d'une femme avec une telle urgence.

Quand India saisit la carte pour effleurer du doigt les lettres gravées, il eut l'impression que c'était lui qu'elle caressait.

— Je suis désolée de ne pas avoir pu vous joindre pour ce rendez-vous matinal. J'imagine qu'il est difficile pour vous de jongler entre mes engagements professionnels et les vôtres.

— C'est difficile mais pas insurmontable, rassurez-vous.

Elle consulta sa montre puis rangea la carte dans son sac et se leva.

— Vous terminez votre café ?

— Non.

— Dans ce cas, allons-y.

Le sourire éblouissant qu'elle lui décocha éveilla aussitôt la méfiance de Jordan. Elle mijotait quelque chose, il en aurait mis sa main au feu.

— Qui s'occupe des chatons ? demanda-t-il.

Le sourire d'India s'élargit.

— Vous voulez la version courte ou la longue ?

— Commençons par la courte.

— Ils ont retrouvé leur mère.

— Comment ça ?

— Vous auriez dû demander l'autre version. Les chemins les plus longs sont parfois plus rapides.

Ignorant l'ascenseur, elle se dirigea vers l'escalier.

— Nous n'avons qu'un étage à monter. Je vais au rez-de-chaussée. Pour en revenir aux chatons, vous ai-je dit que Bonny était montée une fois dans un camion qui se rendait dans le Lincolnshire ?

Elle savait, comprit Jordan. Elle avait deviné pour quelle raison il lui avait amené les chatons et prenait un malin plaisir à le mener en bateau.

— Oui, vous me l'avez dit. Dois-je comprendre que l'endroit lui a plu et qu'elle y est retournée ?

— Pas cette fois, non. Après votre départ, j'ai appelé Gareth pour qu'il demande à nos livreurs de vérifier le contenu de leurs camions. Bonny était aux halles, ce qui lui a permis de retrouver ses petits rapidement.

— Vous ne donnez pas l'impression d'avoir été debout toute la nuit.

— George s'est chargé de rapporter les chatons. Depuis le temps qu'il me promet de me remercier pour les services que je lui rends, je l'ai pris au mot.

— Il a du mérite, le pauvre.

— Cela ne l'a pas trop dérangé. Il est insomniaque et nourrit une véritable passion pour les chats. Vous ne voudriez pas un des petits de Bonny, par hasard ? Il est difficile de leur trouver une bonne maison. Et puis, nous essayons de les garder dans la... euh... la famille.

Estimant qu'elle s'était assez amusée à ses dépens, Jordan décida de lui rendre la monnaie de sa pièce.

— Je vous propose un marché. Si j'offre aux trois petits de Bonny un asile de rêve...

— Aux trois !

— Cela leur permettra de rester ensemble. Ils disposeront d'un grand jardin dans lequel ils trouveront quantité de souris pour apprendre à chasser. C'est un vrai paradis pour chats.

— Pourquoi dites-vous « si » ? Qu'attendez-vous en échange ?

Ce fut au tour de Jordan de décocher à India un sourire étourdissant.

— Rien de malhonnête, je vous le promets. Je vous demande juste de me donner un oui définitif pour ce week-end. Deux jours de votre vie en échange d'une existence paradisiaque pour les petits de Bonny, avouez que c'est peu. Qu'en dites-vous ?

Jusqu'ici, India se félicitait de la façon dont elle menait le jeu, mais, avec cette proposition, elle eut la nette impression que la situation se retournait à l'avantage de Jordan. Il semblait ne pas douter que, comme ses sœurs, elle succomberait à l'irrésistible pouvoir de séduction des Farraday et qu'elle n'hésiterait pas à abandonner son métier pour une nuit avec lui.

Il ne se trompait pas complètement, mais un peu tout de même, notamment sur le dernier point. En attendant, elle ne savait comment se sortir de ce guêpier. Pourtant, puisqu'elle s'était débrouillée avec les chatons, elle devrait pouvoir le manœuvrer. Et puis, si elle avait réussi à percer à jour ses intentions de la veille, cela prouvait qu'il n'était pas infaillible, que diable !

Mais comment faire ? Il avait accepté sans broncher son mensonge éhonté sur la difficulté de trouver un foyer d'accueil pour les chatons, mais il l'avait piégée en retour.

A la moitié de l'escalier, il s'arrêta en lui bloquant le passage.

— Je n'ai pas entendu votre réponse, il me semble.

— Montrez-moi votre paradis pour chats et je vous répondrai.

Le sourire ravageur reparut. C'était un sourire destiné à étourdir l'adversaire et il atteignit son but. S'il continuait à les dispenser avec tant de générosité, elle allait devoir s'acheter un masque à oxygène.

— Vous pourrez l'inspecter ce week-end.

— Vous comptez confier ces chatons à votre ami ? Celui qui a un terrain de cricket et une piscine ?

— Il n'y verra aucune objection, je vous le promets.

Il lui tendit la main.

— Alors, marché conclu ?

India ne dit mot de peur de s'enferrer davantage, mais elle égrena silencieusement un chapelet de jurons.

La main de Jordan se referma sur la sienne, ferme, chaude,

rassurante. Pour la première fois, India regretta la querelle qui opposait leurs familles. S'ils étaient du même côté, Jordan pourrait apporter son immense expérience au service du magasin. Et si elle parvenait à trouver cette mystérieuse lettre qui permettrait d'annuler la clause concernant l' « action préférentielle », cela faisait même partie du possible.

Restait à la dénicher… Une gageure puisqu'elle n'en connaissait ni l'auteur ni le destinataire. Si seulement son père avait été là, il aurait pu l'aider. Pourquoi avait-il choisi ce moment pour s'évanouir dans la nature ?

En attendant, elle ne perdait rien à laisser croire à Jordan qu'il menait la danse et qu'elle avait le plus grand mal à garder la tête hors de l'eau.

Peut-être devrait-elle lui « faire un Claibourne », comme le lui avait suggéré Sally. Cependant, à peine l'idée lui eut-elle effleuré l'esprit qu'elle la repoussa. Elle ignorait avec quelles armes on envoûtait un homme. Elle ne savait pas flirter naturellement comme Romana et n'était pas isolée sur une île des tropiques comme Flora avec Bram. Et puis, Jordan n'était pas homme à se laisser prendre à une grossière manœuvre de séduction.

— Vous m'avez bien eue, lança-t-elle en riant pour lui montrer qu'elle acceptait gracieusement sa défaite.

— Vous n'aurez pas à le regretter. Je ferai l'impossible pour que vous ne vous ennuyiez pas une seule seconde.

A ces mots, une bouffée d'inquiétude l'envahit. Qu'entendait-il au juste par « une seule seconde » ? Comptait-il l'aider à rattraper ses trois ans et deux mois d'abstinence ?

— J'espère qu'on m'attribuera une chambre pour moi toute seule. Partager un dortoir avec deux équipes de cricket ne me dit rien qui vaille, je vous préviens. Maintenant, dépêchons-nous.

Loin d'obéir, Jordan garda sa main dans la sienne.

— Est-ce de cette façon qu'on conclut un marché chez les Claibourne ?

— Vous préférez un contrat en bonne et due forme ?

— Pas exactement.

Lorsqu'il porta sa main à ses lèvres, India sut aussitôt ce à quoi il songeait. Sa raison eut beau se révolter, lui interdire de le laisser faire, quand il lui encercla la taille pour l'attirer contre lui, elle fut incapable de réagir.

— C'est autre chose que j'avais en tête. Vous devinez quoi ?

Sans attendre sa réponse, il lui démontra par un baiser la façon très personnelle dont il comptait conclure leur accord.

Il n'y eut rien de doux ou de délicat dans ce baiser, mais une passion ardente et dévastatrice. La veille, ils avaient eu un avant-goût de merveilleux mais, à présent, ils étaient trop occupés à récolter les fruits de cette promesse pour se soucier des soubresauts de leur raison.

India n'offrit aucune résistance quand la bouche de Jordan se mêla plus intimement à la sienne. Au contraire. Elle le mordit doucement, inventant spontanément un jeu sensuel auquel il se prêta de bonne grâce. Le souffle de Jordan s'accéléra tandis que ses mains allaient et venaient dans son dos. India se mit à trembler, son cœur menaçait d'éclater, ses jambes la soutenaient à peine. Elle oublia tout, sauf la chaleur de cette bouche sur la sienne, la sensation étourdissante de ce corps viril plaqué contre le sien et le goût enivrant de ce baiser.

Lorsqu'il releva la tête, Jordan arborait ce demi-sourire qu'elle commençait à si bien connaître, mais dans son regard brillait une mystérieuse émotion.

— Maintenant, nous avons conclu un marché.

7

Jordan profita de la stupeur d'India pour l'entraîner en haut des marches. Une fois au rez-de-chaussée, il s'arrêta devant le rayon parfumerie.

— Quel est le programme, maintenant ?

A sa grande honte, India l'avait complètement oublié. Dieu merci, le chef de rayon la tira d'embarras dès qu'il l'aperçut.

— Bonjour, mademoiselle Claibourne. Nous sommes prêts, si vous voulez venir.

India présenta Jordan. Une formalité inutile car le chef de rayon le connaissait ainsi que la raison de sa présence au magasin.

— Nous lançons une nouvelle ligne de cosmétiques pour attirer la clientèle des 15-25 ans, expliqua-t-il à Jordan. Le marché a un potentiel important, mais il est nouveau pour nous. Heureusement, Mlle Claibourne fourmille d'idées originales. Aujourd'hui, nous offrons un tatouage au henné.

— Pour un acheté on en a un gratuit, c'est ça ? fit Jordan.

Agacée d'être exclue de la conversation, India décida de mettre son grain de sel.

— C&F n'est pas un supermarché, déclara-t-elle d'un ton pincé.

— Le tatouage au henné sert uniquement à faire venir une clientèle qui n'a jamais franchi nos portes, monsieur Farraday.

Persuadé de s'adresser au futur P-DG, le chef de rayon s'efforçait de faire bonne impression. Tous les employés partageaient-ils ce point de vue ? se demanda India avec une certaine inquiétude. Allaient-ils tous prêter allégeance à Jordan Farraday alors qu'elle était encore à la tête du magasin ?

Plus que jamais résolue à montrer qui tenait les commandes, elle lança :

— Le tatouage au henné est très en vogue actuellement.

— Ah bon ? Si vous me faisiez une démonstration ?

Joignant le geste à la parole, Jordan l'entraîna vers le stand et la fit asseoir dans un fauteuil. India n'osa protester en public, d'autant qu'elle chancelait encore après ce baiser vertigineux et que ce siège était le bienvenu.

— Avec d'aussi jolies mains, Mlle Claibourne fera un cobaye idéal, déclara Jordan avec le plus grand sérieux.

Tout en parlant, il lui prit la main et effleura le creux de sa paume d'une caresse qui la mit à la torture. Leurs yeux se croisèrent, noir contre noir et, autour d'eux, l'air se raréfia soudain.

— Mlle Claibourne est la meilleure ambassadrice de C&F, observa le chef de rayon.

Le charme fut rompu aussitôt.

— Je n'en doute pas, murmura Jordan.

Il s'écarta pour regarder la démonstratrice faire son travail. Tentée un instant de s'abandonner, India eut un sursaut de lucidité.

— Je vous remercie, mais je n'ai pas le temps. Si vous voulez bien m'excuser...

Quittant le fauteuil, elle fila vers l'escalator le plus proche comme si elle avait le diable à ses trousses. Jordan la rejoignit en trois enjambées.

— Où allez-vous ?

Le ton impérieux de Jordan la hérissa.

— Aux toilettes pour me repoudrer.

Plus précisément pour se passer le visage à l'eau froide, fuir cet homme tant qu'il lui restait encore un grain de bon sens.

— Je vous proposerais bien de m'accompagner, mais je crains que les autres occupantes ne voient pas votre présence d'un très bon œil.

— Je croyais que les directeurs du magasin jouissaient de luxueuses salles de bains privées.

— C'est Glenn qui vous a dit ça, je suppose ?

— Il a suffi que Glenn jette un regard à votre sœur pour qu'il oublie aussitôt mon existence.

— Dommage qu'elle ne soit pas là pour me rendre le même service avec vous.

Ne comprenait-il pas qu'elle avait besoin de respirer un peu ? Ses lèvres frémissaient encore de leur étreinte passionnée. Elle voulait effacer ce baiser de son esprit, oublier la caresse intime de ses doigts sur sa paume. Elle redoutait ce qu'il pouvait faire à son magasin, mais, à présent, elle avait également peur pour elle et pour sa santé mentale. Comment avait-elle pu envisager de lui faire un « Claibourne » ? Elle ferait mieux de s'assurer qu'il n'envisageait pas de lui faire un « Farraday ».

— Pour en revenir aux salles de bains, c'est votre grand-père qui les a fait installer, précisa-t-elle.

Nerveusement, elle repoussa une mèche derrière son oreille.

— Ne faites pas ça, dit alors Jordan. Ça vous va très bien.

Lorsqu'il remit la mèche en place, ses doigts s'attardèrent plus que nécessaire sur la joue d'India.

— Je m'en souviens, déclara-t-il tout à trac.

— De quoi ?

— Des salles de bains.

— Je pensais que vous n'étiez jamais venu !

— Si, quand j'étais petit. Ma mère occupait l'un de ces bureaux. Moi aussi, je rendais visite au Père Noël, figurez-vous.

— Que faisait votre mère ?

— Elle rêvait… Comme vous, elle échafaudait mille projets pour faire entrer le magasin dans l'ère moderne en attendant que l'ancienne génération lui cède la place. Et puis, les événements se sont chargés de lui ouvrir les yeux sur la réalité, comme c'est votre cas.

India s'expliqua enfin l'animosité de Jordan à l'égard de Peter, la rancœur entre les deux familles. Mais elle ne put s'expliquer ses baisers…

Par délicatesse, elle préféra ne pas s'appesantir sur le sujet et revint au présent.

— J'ai laissé les plans du dernier étage sur mon bureau. Montez donc les regarder, je vous rejoins tout de suite.

— Si vous n'y voyez pas d'inconvénient, je vais les emporter et vous laisser tranquille pour le reste de la matinée. En revanche, réservez-moi votre déjeuner.

Il s'agissait plus d'un ordre que d'une invitation.

— Je n'ai pas droit à une « pause-doublon » à cette heure-là ?

— Pas plus vous que moi.

Vaincue par la petite flamme pleine d'humour qui brillait dans les yeux de Jordan, India renonça à argumenter pour le plaisir.

— Retrouvons-nous sur la terrasse à 13 heures, proposa-t-elle.

— J'aimerais mieux un endroit plus intime que le magasin. Je vais demander à ma secrétaire de réserver ailleurs.

Elle aurait dû le savoir. Dès qu'elle lâchait du lest, il profitait immédiatement de son avantage, l'embrassait, lui prenait la main, lui interdisait de discipliner ses cheveux.

— Cela ne me dérange pas d'être en public.

Au milieu de la clientèle venue se restaurer, le risque était moindre qu'il tente de l'embrasser. Du moins l'espérait-elle...

— Vous êtes toujours en représentation pour vos clients ?

— Prendre mes repas chez C&F leur donne confiance.

Sur ces entrefaites, elle s'élança dans l'escalator sans lui laisser le temps de la contredire.

Avant de retourner chez C&F pour rejoindre India, Jordan passa voir Christine. La secrétaire désigna la dernière édition de l'*Evening Post* où il figurait à côté de Serena et de son bébé.

— Pour un homme qui fuit la publicité comme la peste, vous avez fait très fort, dites-moi. Dommage que ce ne soit pas pour de vrai.

— La mère est un peu trop jeune pour moi, vous ne croyez pas ?

— Vous avez trente-sept ans. Il serait temps que vous participiez au renouvellement démographique au lieu d'amasser des fortunes. A propos, pourquoi vous amusiez-vous à jouer les sages-femmes au rayon layette du magasin ?

— Je palliais les carences d'India Claibourne. Pendant qu'elle se promenait dans son fief, j'affrontais la crise.

— Comment l'a-t-elle pris ?

— Elle a ri mais jaune.

— Ah bon ? Son sourire a l'air parfaitement sincère dans le journal. Et quelle allure ! Remarquez, cela n'a rien d'étonnant, son père est très séduisant. Je l'ai rencontré une fois, il y a des années, et je suis immédiatement tombée sous le charme. Sa mère était superbe également, si mes souvenirs sont bons.

— Cessez de me vanter les mérites des parents d'India alors que son père est un coureur de jupons invétéré et que sa mère l'a abandonnée quand elle avait trois mois ! Cependant, je vous accorde qu'elle est très belle.

Le souvenir émouvant de la main tremblante qu'il avait prise dans la sienne revint à l'esprit de Jordan. Il s'en était fallu d'un rien qu'il prenne India dans ses bras et l'étreigne à l'étouffer en lui promettant n'importe quoi…

— JD ?

La lueur spéculative qui se reflétait dans le regard de Christine inquiéta Jordan au plus haut point, aussi se hâta-t-il d'ajouter :

— Elle est également très intelligente. Malheureusement, elle va droit aux désillusions.

— Est-ce pour cette raison que vous l'avez invitée à dîner hier soir ? Pour adoucir le coup ?

Jordan fronça les sourcils, interloqué.

— Comment savez-vous que j'ai dîné avec India ?

Chrstine s'empara du journal.

— Chronique mondaine, page 7. *« Jordan Farraday est-il mûr pour se passer la corde au cou ? Obtiendra-t-il la main d'India Claibourne en même temps que le magasin qui porte leurs deux noms, mettant ainsi un terme à une querelle vieille de trente ans ? Le feuilleton de la lutte de pouvoir au sein de C&F a pris un nouveau tour romantique, hier soir, lorsqu'on a repéré India Claibourne et Jordan Farraday dînant en tête à tête chez Giovanni, le célèbre… »*

— Assez, je vous en prie ! Je me demande comment le *Post* a découvert la chose. A part nous, vous étiez la seule au courant. J'espère que vous ne jouez pas double jeu pour remporter votre pari. La presse me semble un peu trop bien renseignée à ce sujet, également.

— Vous avez lu l'article ! s'exclama Christine.

— Non, mais j'ai reçu un appel de *Celebrity*. Mon interlocuteur m'a lu l'article en entier avant de me demander ce que j'en pensais. Mon refus de tout commentaire m'a valu une proposition astronomique pour couvrir le mariage.

— Le *Post* a dû recommander à ses sbires d'être aux aguets. Si vous voulez un bon conseil, fuyez avant que cela tourne au cirque médiatique.

— Ne soyez pas ridicule !

— Si vous tombez amoureux d'India Claibourne, cela fera peut-être changer d'avis ceux qui ont parié sur vous pour le contrôle de C&F.

Jordan avait d'abord cru que Christine plaisantait, mais peut-être avait-il péché par naïveté. N'était-il pas mieux placé que quiconque pour savoir que les Claibourne ne reculaient devant rien pour atteindre leurs objectifs ?

— Essayez d'en savoir plus, mais discrètement, dit-il à son assistante. Je ne tiens pas à ce que cette affaire excite davantage la curiosité de la presse.

— Vous n'allez pas lui reprocher de faire son métier, d'autant que vous faites preuve d'un rare esprit de coopération. On va chez Giovanni pour une soirée en amoureux, pas pour un repas d'affaires. J'espère qu'elle a apprécié, au moins.

— Comment voulez-vous que je le sache ?

— Et vous ? Vous avez apprécié ?

— Disons que j'ai trouvé ce dîner instructif. India Claibourne est une femme intéressante.

— Intéressante, belle, intelligente. Un cocktail plutôt séduisant.

Jordan se dirigea vers la porte.

— Cette conversation me passionne, Christine, mais il faut que je parte. Je dois déjeuner avec une femme belle, intelligente et intéressante au restaurant en terrasse de C&F. C'est elle qui a choisi l'endroit. Autant que vous le sachiez, si vous voulez prévenir le *Post* pour l'édition du soir.

Pendant le déjeuner, Jordan questionna India sur les différents services de restauration du magasin. Les quatre restaurants, les trois cafétérias et le bar à sushi rencontraient tous un franc succès et ne désemplissaient pas. Il l'interrogea avec une pertinence qui prouvait une excellente connaissance de cet univers, tant sur le plan culinaire que financier.

Lorsque le café arriva, India jugea que son tour était venu de poser des questions.

— Avez-vous examiné les plans du dernier étage ?

— Oui. Votre architecte a fait un travail remarquable en un temps record. C'est Glenn qui a eu l'idée de ce changement, je crois ?

— En effet. Il a été choqué par la place que prenaient les salles de bains et a compris l'avantage que nous pourrions retirer en réaménageant l'espace. Romana m'a envoyé un courrier électronique très détaillé pour me faire part de leurs idées.

— Alors qu'elle était en voyage de noces ?

India esquissa un ample geste de la main.

— Cela vous prouve à quel point nous sommes dévouées à notre mission.

Jordan esquissa un petit salut amusé.

— Je n'en ai jamais douté. Pas plus que de l'utilité d'un

regard neuf. Ce magasin est superbe, mais il a stagné sous votre père et a grand besoin de renouveau.

— Le renouveau est là depuis que je suis P-DG. J'ai su rajeunir la clientèle sans chasser les habitués plus âgés qui sont attachés à l'atmosphère si particulière qui règne ici.

— Cette nouvelle clientèle a peut-être simplement besoin d'un nouveau magasin.

— Un « Miss C&F » ?

Séduite, India ne laissa rien voir de son excitation, mais son imagination fonctionnait déjà à plein rendement.

— Quels sont vos autres projets ? reprit Jordan. Parlez-moi de votre vision de l'avenir.

India le dévisagea en essayant de deviner ses pensées. Lui offrait-il sincèrement l'occasion de faire ses preuves ou espérait-il démonter ses arguments un par un pour la ridiculiser ?

Rien ne l'empêchait d'examiner les grandes lignes des travaux qu'elle envisageait avec lui, mais comment réagirait-il si elle évoquait son projet de raccourcir de moitié le nom du magasin ? Il ne cessait d'affirmer qu'il était avant tout un homme d'affaires. Serait-il capable de comprendre le bénéfice que retirerait C&F, s'il faisait passer son orgueil familial au second plan ? Sans doute pas… En tout cas, elle ne le lui avouerait pas sans y avoir longuement réfléchi. Il fallait qu'elle apprenne à mieux le connaître avant de prendre le risque d'une telle révélation.

— Je serais ravie de la partager avec vous, mais pas maintenant, Jordan. Je dois renégocier notre contrat avec l'entreprise chargée de la blanchisserie. Nous trouverons peut-être le temps d'aborder la question pendant le week-end.

— En brisant la règle qui interdit de parler travail ? L'amende est lourde pour ce genre de manquement.

— Si nous parlons au cours d'une promenade, personne n'en saura rien.

— C'est une question d'honneur. Si nous enfreignons la règle, il faut le dire.

— D'autant que si personne ne désobéit, vous ne récolterez pas de fonds. En fait, c'est quasiment obligatoire.

— Vous avez tout compris.

Un sourire complice s'épanouit sur les lèvres de Jordan. Il semblait ravi qu'elle ait saisi les règles implicites de ce week-end.

— Disons dimanche matin. Nous devrions avoir un moment de tranquillité.

— Je ne serais pas censée éplucher des pommes de terre ?

— Je peux m'arranger pour vous faire remplacer en échange d'une somme modique.

— Dans ce cas, je vous réserve mon dimanche matin.

India se sentait aussi excitée — et terrifiée— qu'une adolescente à son premier rendez-vous avec le mauvais garçon du village.

Le patron de l'entreprise de blanchisserie arriva avec la ferme intention d'imposer une augmentation de ses tarifs. Un regard à Jordan Farraday assis à côté d'India lui fit aussitôt baisser ses prétentions si bien que cette entrevue pour laquelle elle avait prévu deux heures d'âpres négociations s'acheva en moitié moins de temps.

— Je vous engage pour négocier tous mes contrats, déclara-t-elle à Jordan après le départ du visiteur.

— Vous êtes parfaitement à même de vous débrouiller seule.

— Il est vrai que je serais parvenue au même résultat puisqu'il a autant besoin de notre clientèle que nous de ses services, mais vous avez tellement impressionné notre homme que j'ai gagné une heure.

— Je n'ai pas ouvert la bouche !

— Votre présence suffisait. Grâce à la presse, tout le monde pense que vous allez reprendre le magasin. Il préférait sans doute renouveler le contrat avec moi de peur que vous ne l'obligiez ensuite à baisser davantage ses tarifs.

— Dans ce cas, il se trompait. Votre marché m'a paru raisonnable et il faut bien qu'il en retire quelque profit. Mais vous

vous sous-estimez : votre façon de mener la discussion m'a impressionné.

— Merci.

— Je vous en prie.

India le considéra d'un air songeur.

— Pourquoi êtes-vous là, Jordan ? Vous avez sûrement plus important à faire que de me regarder négocier avec un blanchisseur.

— Il y a des façons plus désagréables de passer l'après-midi.

— Répondez à ma question.

— Eh bien, disons que je suis curieux de comprendre pourquoi vous vous passionnez pour votre métier et que j'ai envie d'en connaître toutes les facettes.

India pinça les lèvres. Elle aurait dû se douter qu'il se montrerait évasif.

— Si nous faisions l'école buissonnière, cet après-midi ? proposa-t-il.

— Pardon ?

— Il fait un temps superbe, vous avez gagné une heure et vous n'avez pas d'autre rendez-vous d'ici la fin de la journée si je me fie à votre emploi du temps.

— Vous avez consulté mon agenda ? s'exclama-t-elle, indignée.

Jordan plaça une main sur son cœur.

— Voyons, India ! Comment pouvez-vous me croire capable d'une indiscrétion pareille ? J'ai vérifié auprès de Sally en passant chercher les plans. Nous pourrions aller nous promener dans St James Park, donner du pain aux canards et même manger une glace, qu'en dites-vous ?

En imaginant Jordan mangeant une glace dans son impeccable costume croisé, India réprima une furieuse envie de rire.

— Je dois vous convaincre que je suis dévouée corps et âme à mon travail, Jordan.

— Je suis convaincu. D'ailleurs, je vous offrirais bien le poste de directeur général si je pensais que vous étiez susceptible de l'accepter. A nous deux, nous formerions une équipe formidable.

— Avec vous aux commandes et moi à vos ordres ? Cela m'étonnerait.

— Si nous tentions le coup ? Je vous ordonne de prendre votre après-midi, mademoiselle Claibourne.

— Allez vous faire pendre, monsieur Farraday !

8

Au lieu d'insister comme India s'y attendait, Jordan se pencha sur le bureau pour l'embrasser sur la joue.

— A plus tard !

L'instant d'après, il était parti.

Abasourdie, India s'efforça de démêler les émotions qui l'agitaient.

Elle aurait dû se réjouir d'être débarrassée de lui puisque c'était son vœu le plus cher. Pourquoi se sentait-elle froissée qu'il l'ait prise au mot ? Et puis qu'entendait-il par plus tard ? Quand reviendrait-il ? Aujourd'hui ? Demain ?

Irritée de se laisser démonter pour si peu, elle se rappela à l'ordre. Elle avait un magasin à sauver des griffes des Farraday et le temps pressait. Pour l'instant, son principal souci était de découvrir l'auteur de cette lettre afin d'en trouver le destinataire.

Certaine que son père pourrait l'éclairer sur la question, elle s'était rendue chez lui dans l'espoir de dénicher un indice sur l'endroit où il se trouvait. Sur son bureau, elle avait découvert une carte postale postée de Lahore signalant à sa femme de charge qu'il avait prêté l'appartement à un ami pour une semaine. Mais que fabriquait-il donc au Pakistan ? Son cœur était-il en état de supporter un tel voyage ? Elle avait appelé le consul britannique sur place dans l'espoir que son père se serait manifesté auprès de lui. Il n'avait pas donné signe de vie.

En désespoir de cause, elle alla consulter Maureen Derbyshire, la mémoire vivante de C&F. Depuis cinquante ans qu'elle travaillait au magasin, aucun dossier n'avait de secret pour elle. Peut-être reconnaîtrait-elle l'écriture de cette missive.

Maureen lut la note avec attention.

— Cela ne me dit rien. Je peux comparer avec d'anciens dossiers, mais tu perds ton temps, à mon avis.

— Comment ça ?

— Si cette lettre existait encore, ton père y aurait fait allusion quand il était si mal.

— Rien n'est moins sûr. Il ne m'a pas parlé de l' « action préférentielle », je te rappelle.

— Justement. S'il avait été en possession de cette lettre ou s'il avait su où elle se trouvait, il s'en serait servi, tout comme les Farraday l'auraient fait il y a trente ans s'ils avaient connu son existence.

Ebranlée par la logique de l'argument, India hocha la tête. Elle brûlait d'interroger Maureen sur la façon dont les choses s'étaient passées quand son père avait pris les rênes de l'entreprise, de la questionner sur les ambitions de Kitty Farraday, mais un appel de la réception l'en empêcha.

— Merci, Maureen.

— Je vais voir ce que je peux faire, cependant je ne te promets rien.

Malgré le peu d'espoir laissé par Maureen, India se sentit plus légère qu'elle ne l'avait été depuis des semaines. Quelque chose avait changé sans qu'elle sache quoi.

En traversant le magasin, elle se surprit à jeter un coup d'œil par-dessus son épaule pour guetter Jordan et comprit soudain qu'il était à l'origine de cette impression.

Car cet homme l'obsédait depuis le jour où la presse avait annoncé sa nomination comme P-DG. En envoyant ses avocats pour contester la décision du conseil d'administration et lui révéler l'existence de l' « action préférentielle », il avait semé le chaos dans son existence. Depuis, il envahissait ses moindres pensées, motivait toutes ses décisions. Lorsqu'il avait surgi, incroyable d'assurance, de virilité et de charme, il l'avait tour à tour exaspérée, amusée et obligée à affronter des questions qu'elle préférait éluder. Mais surtout, il avait affolé son cœur par ses regards, ses sourires et ses baisers…

— Excusez-moi de vous déranger, mademoiselle, mais le coursier doit vous remettre cette enveloppe en main propre.

Une réceptionniste se tenait devant elle, accompagnée d'un jeune homme qui lui remit une large enveloppe cartonnée. Dès qu'elle reconnut le nom de l'expéditeur, sa bonne humeur s'évanouit pour faire place à une sourde appréhension.

Pourquoi Jordan lui envoyait-il ce pli alors qu'ils s'étaient quittés moins d'une heure auparavant ? Qu'y avait-il de si important qui nécessite sa signature ? Elle lui avait dit d'aller se faire pendre. Lui répondait-il par une mise en demeure ?

Elle décacheta l'enveloppe d'une main fébrile. A son grand soulagement, elle ne contenait pas de convocation au tribunal, mais une autre enveloppe sur laquelle son prénom était rédigé d'une écriture nette et précise. Le cœur battant à tout rompre, elle l'ouvrit à son tour. A l'intérieur, il y avait deux billets pour un concert qui avait lieu le soir même à guichets fermés au Festival Hall. La carte de visite qui les accompagnait lui donnait rendez-vous sur le parvis à 19 heures et était signée d'un simple J.

Plus tard… Elle était fixée, à présent.

Accoudé au mur du parvis, Jordan contemplait la Tamise d'un air sombre. Et si elle ne venait pas ?

Depuis des heures, il s'efforçait de se persuader que cette invitation faisait partie de son plan. Comme pour la pêche, il suffisait d'employer le bon appât pour capturer sa proie. Il savait qu'India fréquentait assidûment le Festival Hall bien avant qu'elle le lui dise. Il avait donc acheté les billets plusieurs semaines auparavant, certain qu'ils lui rendraient service le moment venu. Hier soir, il lui avait forcé la main, pour le week-end également, mais, ce soir, il voulait qu'elle vienne d'elle-même.

Toute autre femme le ferait languir, mais pas plus de cinq ou six minutes afin de ne pas émousser sa patience. Malheureusement, India ne ressemblait à aucune autre et sa réponse était imprévisible.

Il jeta un coup d'œil à sa montre. Dix minutes de retard. Onze… Depuis quand n'avait-il pas été dévoré d'impatience avant un rendez-vous ?

Il se redressa en se passant la main dans les cheveux, comme si ce geste pouvait adoucir le regret qui pointait ou effacer la certitude que, si elle ne venait pas, il perdrait plus qu'un pari sur la facilité avec laquelle il la manipulait…

Une bouffée de désir inattendue le surprit au beau milieu de ses pensées. Une sorte de fourmillement d'anticipation lui parcourut la nuque. Tremblant, il fit lentement volte-face et la vit avancer vers lui, si belle qu'il ne sut s'il fallait la prendre pour un ange ou une sorcière. Les deux, sans doute...

La veste brodée d'or et le large pantalon de soie rouge accentuaient son côté exotique. C'est à peine s'il nota les couleurs qu'elle arborait comme un étendard. Elle avait répondu à son appel, cela seul comptait. Qu'elle l'admette ou non, il avait gagné.

Dans ce cas, pourquoi n'éprouvait-il aucun sentiment de triomphe ?

— Je suis désolée d'être en retard, expliqua-t-elle. Il y avait un accident sur Vauxhall Bridge. J'ai cru que le chauffeur de taxi allait avoir une crise d'apoplexie.

— Cela n'a aucune importance.

Un effluve légèrement citronné l'enveloppa quand il l'embrassa sur la joue. En lui prenant la main pour la porter à ses lèvres, il découvrit sur ses paumes l'entrelacs délicat d'un dessin au henné. La vision de ces mêmes mains courant sur sa peau l'aveugla un bref instant puis, dans un effort héroïque pour chasser ses fantasmes, il murmura :

— Nous avons le temps de prendre un verre au bar, si cela vous tente.

— Cela ne vous ennuie pas si je refuse ? J'ai passé toute la journée enfermée et je suis contente de prendre un peu l'air.

Pour toute réponse, il lui offrit son bras sans un mot.

— Etes-vous allé vous promener dans le parc, cet après-midi ? demanda-t-elle d'un air malicieux. J'espère que la glace était bonne.

— Vos principes puritains sur le travail m'ont gâché cette perspective. Du coup, je me suis enfermé dans mon bureau pour me consacrer à des choses très ennuyeuses.

Elle eut un petit rire de gorge exquis.

— Avouez plutôt que vous y êtes retourné pour vérifier si vos employés n'avaient pas lancé des paris sur une idylle passionnée entre nous.

— Auriez-vous lu l'*Evening Post*, par hasard ?

— Bien sûr ! Vous avez fait sensation, Jordan. Vos photos en compagnie de Mary Lyons et de Serena valent leur pesant d'or.

— Je me demande s'il était nécessaire que l'article donne l'impression que j'avais mis au monde le bébé au rayon premier âge.

— Pourquoi voudriez-vous qu'un journal gâche une excellente histoire en collant à la stricte vérité ?

— Si ma mère tombe sur cet article, elle va se mettre à rêver de petits-enfants.

Jordan s'était juré de ne jamais se marier ou de fonder une famille. Pour la première fois, cependant, le doute s'empara de lui. Une émotion inattendue l'avait envahi quand il avait pris le nourrisson dans les bras et, quand il l'avait donné à India, qu'elle l'avait bercé en contemplant d'un air attendri les doigts minuscules qui s'agrippaient aux siens, il avait brusquement compris ce besoin atavique de chercher l'immortalité dans une autre génération. Il le ressentit de nouveau à cet instant précis avec une force renouvelée. Ses sens en alerte percevaient le frais parfum de sa compagne, le doux bruissement de la soie à chacun de ses pas. Elle avait beau porter une tenue qui dissimulait presque entièrement son corps, il émanait d'elle un érotisme raffiné qui le mettait au supplice. Heureusement qu'ils se trouvaient sur la terrasse surpeuplée du Festival Hall, sinon il aurait sans doute perdu la tête.

— Elle n'a eu qu'un seul enfant, vous comprenez, expliqua-t-il.

— Elle ne s'est jamais remariée ?

— Non...

Il voulait l'interroger sur sa mère à elle, sur son père, sur tout. Il voulait tout savoir !

India attendit à l'écart pendant que Jordan achetait le programme. Les femmes se retournaient sur lui en le dévorant des yeux sans qu'il le remarque. Il avait troqué son sévère trois-pièces contre un costume clair qu'il portait avec une chemise à col officier. Il semblait détendu, à l'aise, sûr de lui. Il était si séduisant qu'en voyant les regards avides des femmes qui le dévisageaient, un violent sentiment possessif s'empara d'elle.

En la rejoignant, il la surprit en train de l'observer et lui décocha son fameux sourire. Aussitôt, India oublia les autres femmes. Aucun autre homme ne lui avait jamais donné ce sentiment d'être rare, précieuse, unique.

Pourtant, elle ignorait encore ce qui l'avait décidée à accepter cette invitation. Son premier réflexe avait été de jeter l'enveloppe et son contenu dans sa corbeille à papier puis elle s'était ravisée. Elle était consciente de prendre un risque, certes, mais un risque calculé. Et puis, passer la soirée en compagnie de quelqu'un qui partageait sa passion pour la musique ne lui arrivait pas si souvent.

*
* *

Jordan éprouva les pires difficultés à suivre la prestation époustouflante du violoniste coréen. La présence d'India le troublait bien trop. Le moindre frôlement, les effluves de sa peau, sa proximité l'électrisaient. Elle écoutait, tendue, envoûtée, habitée par la musique. Quand le jeune prodige entama la canzonetta, elle lui saisit la main à l'aveuglette pour la serrer de toutes ses forces. Et, lorsqu'elle se tourna vers lui, une larme glissait le long de sa joue.

Il eut envie de boire cette larme, de la savourer, de la goûter, lentement, sans hâte, comme il la voulait, elle. Il désirait la découvrir peu à peu, comme un temple secret, dévoiler ses mystères l'un après l'autre en commençant par le creux de la gorge puis en remontant vers le coin de cette bouche exquise où un petit pli trahissait parfois un vague sourire. Ensuite, il lui effleurerait le creux de l'oreille de ses lèvres, lui soulèverait les cheveux pour lui embrasser la nuque, les épaules, la faire mourir d'impatience et de désir avec lui.

Il sut aux prunelles assombries qui le fixaient qu'India partageait son émoi. Il n'était pas seul à souffrir, à attendre, à se languir… Elle semblait au-delà de toute résistance, au-delà de toute raison, prête à rendre les armes.

Quand le tempo s'accéléra subitement, elle tressaillit et reporta son attention sur la scène. Jordan recommença à respirer et lui enveloppa la main en priant le ciel pour qu'elle ne la retire pas. Cette main minuscule l'émouvait au-delà de toute mesure et lui donnait l'impression d'être un géant maladroit. A mille lieues du spectacle, il savoura avec une délectation émerveillée la douceur de la paume satinée qu'il sentait sous ses doigts et la garda jusqu'à la fin.

— Merci, Jordan. C'était…

Incapable de trouver les mots capables de décrire son émotion, India acheva sa phrase d'un geste éloquent.

— En effet, c'était très…

Elle se mit à rire.

— Je vois que nous sommes sur la même longueur d'onde.

— Dans ce cas vous devez avoir faim.

— Je défaille.

— Que préférez-vous ? Italien, japonais, thaï ?

— Américain. J'ai envie d'un hot dog.

— Va pour un hot dog.

— Avec des oignons et de la moutarde. Je connais un excellent vendeur ambulant près de Waterloo Bridge. Nous pourrons manger en longeant les quais.

— Très bien.

India fut sidérée que Jordan accepte aussi facilement. Elle s'attendait à un rire condescendant, à ce qu'il suggère d'aller dans « un charmant petit restaurant qu'elle allait adorer », comme James lorsqu'elle lui avait proposé la même chose après un concert bouleversant où sa seule envie était de marcher.

Jordan l'avait prise au sérieux, lui, preuve qu'il était encore plus fin qu'elle ne le pensait.

A la sortie, pendant que les spectateurs prenaient les taxis d'assaut, Jordan l'entraîna vers une Daimler garée le long du trottoir.

— Je vais prévenir mon chauffeur qu'il y a un changement de programme.

Ensuite, ils se dirigèrent vers Waterloo Bridge sans rien dire, chacun plongé dans ses pensées. En temps normal, India se serait réjouie de ce répit qui lui permettait de redescendre sur terre après avoir touché au sublime. Mais, ce soir, la musique était passée au second plan quand elle avait surpris les yeux de Jordan rivés sur elle. Dans son regard, elle n'avait vu ni volonté de séduire ni reflet charmeur mais une inquiétude, une vulnérabilité si fortes qu'elle avait failli l'embrasser pour le rassurer et lui dire qu'ensemble, ils se sortiraient de cette impasse.

Une folie, mais une folie pardonnable dans l'état émotionnel où elle se trouvait. D'ailleurs, la magie ne s'était pas dissipée. Elle la percevait encore, la partageait encore tout comme elle devinait le désir frémissant qui circulait entre eux.

En arrivant devant la carriole du vendeur de hot dogs, Jordan se tourna vers elle.

— Moutarde française ou anglaise ?

— Anglaise, s'il vous plaît.

— Je l'aurais parié.

— Suis-je donc si prévisible ?

— Loin s'en faut.

Quand ils s'éloignèrent, leurs hot dogs à la main, Jordan lança à India un coup d'œil perçant.

— Parlez-moi de vous, de votre famille, de votre enfance…

— Vous avez lu tous les articles qui me concernent, Jordan. Vous n'avez plus rien à apprendre à mon sujet.

— Les dossiers de presse ne livrent rien des sentiments ou des émotions. Et puis, j'ignore tout de votre mère.

India s'accouda au parapet en soupirant.

— Elle a rencontré mon père en Inde à l'époque hippie. Ils étaient heureux, insouciants et irresponsables. Et puis, la réalité s'est brutalement imposée à eux quand la voiture de votre grand-père a glissé sur une plaque de verglas.

Si elle se fiait aux conséquences qu'avait engendrées la crise cardiaque de son propre père, la vie de Kitty Farraday avait dû être bouleversée par ce drame. Si Peter n'avait pas survécu, que ressentiraient-elles, ses sœurs et elle ? Comment feraient-elles face ? La perte du magasin aurait-elle compté au regard de leur chagrin ?

— La mort de son père a dû porter un coup très dur à votre mère, déclara-t-elle. J'espère qu'elle avait quelqu'un pour la soutenir, au moins ?

— Ses sœurs, les mères de Glenn et de Bram. Elles l'ont entourée de leur mieux, mais l'une d'elles habite en Ecosse et l'autre dans le Norfolk et, à l'époque, elles avaient de jeunes enfants.

— Elle vous avait, également.

— A huit ans, je représentais plutôt un souci supplémentaire, mais il y avait un homme, quelqu'un de proche sur qui elle croyait pouvoir compter. Nous commettons tous des erreurs, conclut-il avec amertume.

Autrement dit, cet homme avait trahi la confiance de Kitty.

— Votre mère s'appelait Pamela, je crois, reprit Jordan. Elle est eurasienne, c'est bien ça ?

Comprenant qu'il préférait ne pas remuer ses propres souvenirs, India répondit de bonne grâce.

— En effet. Mon père et elle avaient adopté le style de vie hippie. Leur couple aurait peut-être tenu s'ils étaient restés en Inde, à mener une existence simple, sans autre souci qu'eux-mêmes. La disparition brutale de votre grand-père a obligé mon père à y renoncer. Il a dû se débarrasser de ses tuniques, se couper les cheveux, se raser la barbe et épouser ma mère en catastrophe par souci des convenances afin de prendre la place qui lui revenait légitimement à la tête de C&F.

Pour Peter, cela signifiait un retour dans le monde où il avait été élevé, mais pour Pamela, quitter le soleil, la lumière et la liberté totale pour le froid, l'humidité londonienne et une belle-mère aux principes rigides, ce changement avait dû représenter une épreuve terrible, songea-t-elle.

— Vous admettez que c'était sa place légitime, intervint-il.

India évita le piège de justesse.

— Il n'y a pas de réponse satisfaisante à cette question.

Son hot dog terminé, Jordan jeta sa serviette en papier dans une poubelle.

— Cela vous arrive souvent de manger des hot dogs en sortant d'un concert ?

— Pas souvent, non. Peu d'hommes se montrent aussi compréhensifs que vous.

— J'espère que vous ne m'avez pas imposé ce cauchemar culinaire pour le plaisir de me faire souffrir, Indie. Si c'était votre but, vous allez vous en repentir. Ma voiture nous attend au Victoria Embankment, à quelques kilomètres d'ici, et, à cette heure indue, il est impossible de dénicher un taxi.

Il l'avait appelé Indie ! Seuls ses sœurs et ses amis employaient ce diminutif. Prononcé par Jordan, il prenait une connotation intime et sensuelle entièrement nouvelle.

Au lieu de répondre tout de suite, elle finit tranquillement son hot dog.

— Ce n'était pas ce que je cherchais.

— Vraiment ?

Il s'arrêta pour lui soulever le menton et tourner son visage vers un réverbère.

— Dans ce cas, à quoi rimait cette promenade ? Quel était votre but, India ?

Elle avait suivi son cœur plutôt que sa raison en prolongeant une soirée qu'elle n'avait pas envie de voir s'achever.

La nuit les enveloppait. La lueur des réverbères dansait sur la surface noire du fleuve, créant une atmosphère magique. Le cœur battant à tout rompre, India s'apprêta à se laisser embrasser par un homme qui projetait de la spolier de ce à quoi elle tenait le plus au monde, un homme dont elle était en train de tomber amoureuse en se berçant de la douce illusion que c'était réciproque.

Comment savoir s'il agissait par cynisme ou s'il cédait lui aussi à l'attirance irrésistible qui les poussait l'un vers l'autre ?

Il n'y avait qu'une seule façon d'être fixée : lui donner le feu vert.

— En fait, j'ai honteusement profité de vous. Je rêvais d'une promenade romantique en votre compagnie.

Elle s'exprima d'une voix caressante et enjôleuse qui ne laissait aucun doute sur le message qu'elle cherchait à faire passer.

— J'espère que cet aveu ne vous contrarie pas trop ? demanda-t-elle en battant des cils.

La main de Jordan retomba brusquement.

— Pas du tout, fit-il d'un ton sec. Une promenade avant d'aller se coucher permet d'éclaircir les idées. C'est parfois salutaire.

Un grand froid envahit India. Elle l'aurait giflé qu'il n'aurait pas réagi autrement. Il semblait choqué, presque blessé par son attitude. Un vrai cynique aurait remarqué qu'elle jouait la comédie ; il aurait attendu, espéré, guetté cette invite au lieu d'en être écœuré.

Mais, ce soir, il ne jouait pas. Elle venait de commettre un terrible impair. La cynique, c'était elle : croyant le pire au lieu d'espérer le meilleur. Elle avait voulu mettre la sincérité de Jordan à l'épreuve. Maintenant, il lui fallait assumer les conséquences de sa bévue.

Le cœur lourd, elle reprit sa marche. Il lui emboîta le pas, mais sans lui prendre le bras.

9

Jordan se sentait vide, démoralisé, déçu. Cette situation qu'il était censé maîtriser lui échappait. C'était lui qui devait garder son cœur et sa fierté intacts, lui qui devait séduire India, lui enlever le magasin et lui faire subir la même humiliation que celle que sa mère avait connue trente ans auparavant.

Jusqu'ici, son plan s'était déroulé à merveille. Elle était venue au concert, avait d'instinct cherché sa main dans l'obscurité pour partager avec lui un moment d'intense émotion et enfin, elle avait suggéré cette promenade romantique le long des quais.

S'il avait voulu écrire le scénario, il n'aurait pu rêver mieux. Alors pourquoi cette colère devant son numéro de charme ? Parce qu'elle jouait la comédie de la femme amoureuse pour sauver son précieux magasin ?

N'était-ce pas justement ce qu'il souhaitait ? Qu'elle soit aux abois et n'ait plus que cette solution ?

Il ne savait plus, n'avait plus qu'une seule certitude : il la désirait, la voulait dans ses bras, gémissante, suppliante, oubliant tout — sauf lui.

Juste avant qu'elle lui fasse cet odieux petit numéro, il avait lu dans les yeux noirs qui le dévisageaient une émotion pure et sincère qui lui avait donné l'impression de renaître. A cet instant, il avait su qu'il fallait qu'elle lui appartienne pour toujours.

Mais pas en échange d'un magasin.

*
* *

Ils marchèrent côte à côte, sans se toucher, sans parler, comme si un mur infranchissable les séparait. L'atmosphère devint tellement insupportable à India qu'elle tenta de relancer la conversation.

— Qu'a fait votre mère après que Peter a pris la succession de votre grand-père ?

Un profond silence lui répondit.

— Vous avez dit que…

— Je sais ce que j'ai dit, coupa-t-il.

Le ton était cinglant, mais il y avait du progrès puisqu'il avait ouvert la bouche.

— Quels étaient ses rêves ?

Ce qui était arrivé à Kitty Farraday avait un lien direct avec le présent et seul Jordan pouvait l'éclairer. Peter était parti en pèlerinage sur les traces de sa jeunesse et ses avocats semblaient attendre qu'elle se rende à l'évidence et accepte l'inévitable.

— Qu'a-t-elle fait ensuite ? répéta-t-elle.

— Quand on l'a privée de ses rêves ? lança-t-il avec un rire sec. Une dépression nerveuse qui a duré des années.

A ces mots, India pila net.

— Qu'y a-t-il ? lança Jordan avec impatience.

Son visage reflétait un tel mélange d'amertume, de souffrance et de colère qu'India voulut lui dire de chasser ce fiel qui le rongeait de l'intérieur avant qu'il étouffe ce qu'il y avait de meilleur en lui. L'abîme d'hostilité qui les séparait l'en empêcha.

— Je suis désolée, Jordan. Je sais à quel point le chagrin peut détruire quelqu'un.

— Vous croyez qu'il s'agissait seulement de chagrin ?

— Non, bien sûr.

Kitty avait dû aussi se sentir affreusement coupable: d'avoir déçu son père en ayant un enfant illégitime, d'avoir peut-être prononcé des paroles blessantes qu'elle n'avait pu rattraper, de ne pas lui avoir dit qu'elle l'aimait par pudeur ni remercié pour tout ce qu'il lui avait donné.

Un violent frisson la parcourut à l'idée que la même chose aurait pu lui arriver avec son propre père. Aussitôt, Jordan enleva sa veste.

— Vous avez froid.

Il posa la veste sur ses épaules, plongea les yeux au fond des siens. Et le mur s'écroula.

— Reprenons là où nous en étions il y a vingt minutes, India. Laissons les squelettes de C&F dans leur placard.

India rêvait d'en parler, au contraire, mais cela attendrait. Elle avait bien trop peur de briser la trêve fragile qu'il venait d'instaurer.

A court d'idées, elle chercha un sujet neutre qui ramènerait le sourire sur les lèvres de Jordan. Le cricket lui parut un excellent choix.

— Quelles sont les chances de l'Angleterre dans le match-test ?

Le coin de la bouche de Jordan se souleva.

— Vous parlez des matches du Lord Test ?

— Il y en a plusieurs ?

La question révélait sa complète ignorance du jeu. Mais elle voulait le faire rire, le distraire des souvenirs douloureux qui l'habitaient.

— C'était le cricket ou le temps, Jordan, alors faites un effort, bon sang !

— Je vais faire mieux que ça. Je vais vous emmener au Lord Test.

Passer six heures d'affilée assise sur un banc de bois n'avait rien pour enthousiasmer India.

— Il est très difficile d'obtenir des billets, je crois. Je ne voudrais pas priver un amateur de…

Jordan rejeta la tête en arrière en éclatant de rire puis il lui enlaça les épaules en l'attirant contre lui.

— Dois-je comprendre que vous refusez ?

— Je suis désolée. J'ai pensé que le cricket était un sujet sûr.

— Nous ne sommes pas obligés de parler, vous savez.

— En effet.

Ils reprirent leur promenade à pas lents. Cette fois le silence n'était ni embarrassé ni gênant, juste paisible. Ils atteignirent Westminster et la Daimler bien trop vite au gré d'India.

Lorsqu'ils furent installés à l'arrière, elle se tourna vers son compagnon.

— Merci, Jordan. Ce concert était merveilleux. J'ai essayé d'avoir des billets, mais je m'y suis prise trop tard.

— J'espère que la qualité du violoniste a compensé l'épreuve que ma compagnie vous imposait.

India jugea le moment idéal pour lui expliquer pour quelle raison elle lui avait fait des avances.

— J'ai beaucoup apprécié votre compagnie. Je regrette seulement que…

Il lui posa un doigt sur la bouche.

— Chut. Je sais…

Sans rien ajouter, il enveloppa sa main dans la sienne et la garda jusqu'à ce qu'ils arrivent au pied de son immeuble.

En entrant dans son appartement, elle se retourna vers lui en enlevant la veste qu'il lui avait prêtée. Appuyé contre le chambranle, il la dévisageait avec une intensité qui agit sur elle comme un révélateur.

Le désir qu'elle ressentait pour lui dépassait la simple attirance. Il était la manifestation physique d'un lien émotionnel puissant contre lequel elle n'avait plus la force de lutter. Depuis plus de deux mois, il occupait ses pensées en permanence. Chaque jour, elle se demandait comment se débarrasser de lui, mais c'était fini. Ce qui avait commencé au premier regard était maintenant une certitude qui s'imposait comme une révélation lumineuse : elle le voulait en permanence dans sa vie et dans son cœur.

Comme tous les hommes vraiment forts, il possédait une certaine dose d'arrogance, mais, comme eux, il savait aussi être tendre. Elle reconnaissait en lui le partenaire idéal, l'âme sœur, un être unique qu'elle ne retrouverait jamais. S'ils ne saisissaient pas l'occasion maintenant, cette querelle stupide s'immiscerait de nouveau entre eux et ce lien précieux qui les unissait serait sans doute perdu à jamais.

Elle ignorait toujours s'il s'agissait d'un jeu pour lui, mais, au fond, peu lui importait.

— Voulez-vous entrer…

Il lui posa de nouveau un doigt sur les lèvres pour l'empêcher de continuer, lui effleura le front d'un baiser, prit sa veste et tourna les talons en direction de l'ascenseur.

—… prendre un café, acheva-t-elle pour elle-même.

Le cœur en déroute, elle referma la porte et s'y adossa, mortifiée.

Il avait lu le désir dans son regard et l'avait arrêtée, persuadé qu'elle regretterait ce qu'elle s'apprêtait à lui proposer. Comme si cela risquait d'arriver !

Un long coup de sonnette la fit sursauter violemment. Il avait changé d'avis ! Il revenait !

Elle ouvrit la porte à la volée.

— Où étais-tu passée, India ? Je n'ai plus un gramme de thé à la maison.

La déception d'India fut telle qu'elle chancela. D'un geste vague, elle désigna la cuisine.

— Tu connais le chemin, George.

Son voisin la dévisagea avec stupeur.

— Tu es livide ! Que se passe-t-il ?

— Rien.

Les larmes qui ruisselaient sur les joues de la jeune femme démentirent cette déclaration.

— Enfin, si… tout.

George referma doucement la porte.

— Tu veux m'en parler ?

Qu'y avait-il à dire ? Qu'elle aimait à la folie le seul homme qu'elle ne devrait pas aimer ?

— Je ne veux pas l'aimer, George.

Il sortit un mouchoir de sa poche.

— Qui ça ?

— Peu importe…

— Il s'agit de Jordan Farraday, c'est ça ? Je lis les journaux, figure-toi. Et moi qui croyais que nous allions vers un troisième mariage !

Il n'en fallut pas plus pour qu'India lui tombe dans les bras. Pour la première fois depuis que son lapin était mort quand elle avait huit ans, elle sanglota à fendre l'âme.

A bout de forces, Jordan s'adossa contre la voiture en inspirant lentement pour tenter de se ressaisir. Cela commençait à devenir une habitude. Il avait une fois de plus quitté India alors qu'il ne rêvait que de rester avec elle.

Le chauffeur descendit pour lui ouvrir la portière.

— Tout va bien, monsieur ?

— Oui, rassurez-vous. Je souffre simplement d'une overdose d'India Claibourne.

— Eaton Square, monsieur ?

Soulagé de ne pas avoir à prendre le volant, Jordan s'installa à l'arrière. De quoi se plaignait-il ? Son plan avait fonctionné à merveille et il tenait sa revanche sur les Claibourne.

Pourtant, il avait l'impression qu'il venait de laisser son cœur chez India.

Le désir qu'il avait lu dans ses yeux rejoignait le sien. Il avait reconnu la même émotion, la même urgence, la même fièvre ardente.

Etait-elle sincère ou s'agissait-il d'une feinte ? Comment savoir si c'était lui ou sa reddition qu'elle voulait ? Quelle importance, après tout ? S'il avait le cœur brisé, cela ne regardait que lui.

Il contempla les fenêtres illuminées de l'appartement, puis, avant de perdre la tête complètement en remontant pour lui offrir son cœur et le reste, il déclara :

— En fait, Bryan, j'ai besoin de sortir de Londres. Ramenez-moi à la maison.

Son appartement d'Eaton Square était bien trop près de la tentation.

George écouta le récit d'India sans l'interrompre ni poser de questions même quand les sanglots l'arrêtaient de temps à autre.

— Il ne veut pas de moi, George. Ce soir, j'étais prête à tout, mais il ne s'intéresse qu'au magasin.

— Dans ce cas, donne-le-lui.

— Comment ça ?

— Si tu ne mets pas la main sur cette lettre, il te le prendra, alors tu n'as pas grand-chose à perdre. Au moins, la décision viendra de toi. Ensuite, disparais, fais-toi oublier et il prendra peut-être conscience que tu comptes davantage pour lui que ce satané magasin.

— Et si ce n'est pas le cas ?

— La vie n'offre pas de garanties, ma grande. A toi de définir tes priorités. Je suis peut-être romantique et démodé, mais les personnes passent avant les biens matériels. Jordan Farraday est unique. C& F n'est qu'un magasin, comme il en existe plein d'autres.

Jordan passa la nuit dans le bureau du manoir qui appartenait à sa famille depuis des générations. Pendant des heures, il passa en revue dossiers et coupures de presse, cherchant quelque chose, n'importe quoi, un détail qui lui explique pourquoi India Claibourne l'obsédait.

C'était Peter Claibourne qu'il voulait blesser, mais c'était elle qui hantait ses pensées nuit et jour.

L'aube se levait quand il tomba sur un cliché qui la montrait le jour de son dix-huitième anniversaire. Une photo presque identique de Kitty était posée sur le bureau, en face de lui. Toutes deux portaient la robe longue des débutantes et l'inévitable collier de perles.

Il contempla longuement le cliché d'India, fasciné par sa beauté, songea à ses yeux expressifs, tantôt pleins de défi, puis aussi doux que ceux d'une biche l'instant d'après, à sa bouche rouge et gourmande qui le rendait fou. Tandis qu'il suivait la ligne des cheveux, les pièces du puzzle se mirent en place.

India Claibourne lui rappelait les souffrances que sa mère avait endurées, telle une épine enfoncée au plus profond de sa chair. Voilà pourquoi elle l'émouvait autant, pourquoi elle le bouleversait, pourquoi il ne pourrait jamais lui faire de mal.

En revenant de sa pause-déjeuner, Sally trouva India à son bureau.

— Enfin ! Je commençais à désespérer de te voir.

India leva les yeux de son ordinateur.

— J'ai travaillé la majeure partie de la nuit et comme nous avons la soirée de Maureen, ce soir, j'ai dormi tard ce matin.

— Seule ?

— J'ai travaillé et dormi seule.

D'un geste négligent, Sally laissa tomber l'édition matinale du *Post* sur le bureau.

— La promenade au clair de lune sur les quais n'était due qu'à une pénurie de taxis, c'est ça ?

India s'empara du journal, parcourut la chronique rapidement et poussa un gémissement.

— Seigneur ! Qui peut m'en vouloir à ce point ?

— C'est peut-être à lui qu'on en veut.

— Cela m'étonnerait. C'est fini.

Sally s'assit en posant les coudes sur le bureau.

— Comment ça, fini ? Il a jeté l'éponge ?

— Non, j'ai pris des décisions. Comme elles te concernent également, autant te mettre au courant avant que la rumeur s'emballe.

Elle tourna l'ordinateur vers Sally pour lui permettre de lire la proposition qu'elle avait passé la nuit à mettre au point.

— Tu cèdes le magasin à condition qu'on te permette d'utiliser ton nom pour créer ta propre marque, c'est ça ?

— Cela fait des années que j'essaie de rajeunir la clientèle de C&F. La nuit dernière, mes yeux se sont enfin ouverts. C&F ne leur convient pas. Je vais ouvrir ma propre maison, lancer un nouveau style, travailler avec de jeunes designers et innover. Qu'en penses-tu ?

— Qu'est devenue ta détermination à te battre jusqu'au bout ?

— Je me rends à l'évidence, c'est tout. Si je dois abandonner le magasin, j'aime autant fixer mes conditions.

— Si ?

— Quand, rectifia India. J'ai vu mes avocats, ce matin. D'après eux, les lois sur l'égalité des sexes ne pèseront pas lourd puisque C&F doit revenir à l'héritier le plus âgé et que Jordan a huit ans de plus que moi.

Son dernier espoir s'était envolé quand Maureen lui avait appris que ses recherches sur la lettre n'avaient rien donné. De toute façon, cela n'avait plus d'importance, à présent. Comme Jordan — puis George — le lui avait judicieusement suggéré, elle pouvait toujours ouvrir un autre magasin. Quoi qu'il en soit, elle ne laisserait pas un bien matériel la séparer de Jordan.

— Tu l'aimes, murmura Sally, consternée. Il a suffi d'un dîner chez Giovanni, de quelques chatons et d'un baiser volé dans l'escalier pour qu'il t'envoûte !

— Quelqu'un nous a vus ? s'exclama India, sidérée. Y a-t-il quelque chose que j'ai fait depuis trois jours qu'on n'ait pas raconté dans le *Post* ?

— Toi seule peux le dire, ma belle. Tu es consciente que c'est exactement ce qu'il veut, j'espère ? Il t'a tellement tourné la tête que tu es incapable d'aligner deux idées cohérentes.

— Tant mieux ! Si tu savais comme j'ai envie de tirer un trait sur toute cette histoire !

Une fois qu'elle aurait fait table rase du passé, elle pourrait peut-être envisager un nouveau départ.

*
* *

Jordan arriva en retard à la soirée d'adieu de Maureen à cause d'un embouteillage. A l'entrée du restaurant, il s'arrêta, cherchant India des yeux dans la foule qui se pressait dans la salle. En l'apercevant au milieu d'un groupe de personnes, il retint son souffle. Le fourreau de soie écarlate suscita en lui une multitude de pensées inavouables. Il cachait juste assez la silhouette qu'il épousait étroitement pour emballer l'imagination tout en découvrant ce qu'il fallait pour donner envie de passer aux actes. Il enveloppait India comme un papier cadeau et lui donna l'impression que c'était à la fois Noël et son anniversaire. Elle avait l'apparence d'une reine et c'était bien une reine qu'il voyait, une reine au milieu de sa cour.

Comme elle tournait le dos à la porte, elle ne remarqua pas son arrivée, mais tous s'écartèrent pour le laisser passer, les conversations s'interrompant subitement.

— Vous m'avez invité ici sous un faux prétexte, India, lança-t-il.

Avertie par le brusque silence, India avait deviné la présence de Jordan une seconde avant qu'il prenne la parole. Elle se sentit soudain légère, comme si c'était du champagne et non du sang qui circulait dans ses veines.

Elle avait passé le premier quart d'heure à surveiller la porte, puis, en croisant le regard navré de Sally, elle lui avait résolument tourné le dos pour se consacrer à ses invités.

La gorge nouée par l'émotion, elle pivota sur elle-même sans pouvoir articuler un mot.

— Votre P-DG m'a promis la première danse, continua Jordan à la cantonade, mais je ne vois pas de piste.

— Vous vous trompez, riposta Sally. Nous danserons sur la terrasse, sauf si vous préférez emmener India dans un night-club pour permettre au *Post* de publier des nouvelles croustillantes dans son édition du matin.

Un silence amusé tomba sur l'assistance, mais India fusilla sa secrétaire du regard avant de présenter Jordan à Maureen.

— La dernière fois que tu as vu Jordan, Maureen, il devait avoir huit ans. Je vous laisse ranimer vos souvenirs pendant que je vais voir où en est le traiteur.

Sans autre commentaire, elle s'enfuit, abandonnant Jordan et Maureen à leurs évocations nostalgiques.

Ensuite, elle alla d'un convive à l'autre en s'efforçant d'oublier que c'était sans doute la dernière fois qu'ils se trouvaient ensemble chez C&F, en tâchant de se persuader que cette soirée ne marquait pas la fin d'une période mais le commencement d'une autre, en s'interdisant de regarder la haute silhouette qui dominait la pièce pour répondre de façon à peu près cohérente aux innombrables questions sur la santé de son père.

Elle bavardait avec un groupe de jeunes secrétaires quand une main ferme se posa soudain sur son épaule. Un tressaillement involontaire la parcourut.

Pendant toute la journée, elle s'était dit qu'il ne viendrait pas. S'il était aussi cynique que le supposait Sally, pourquoi perdrait-il un temps précieux à une soirée d'adieu puisqu'il était certain de gagner ?

Pourtant, il était venu.

Il l'entraîna un peu à l'écart.

— Comment s'est passée votre journée ?

— Paisiblement puisque vous n'étiez pas là.

India entendit presque le rire incrédule avec lequel Sally aurait accueilli ce mensonge.

— Et vous ?

— Sinistre. Vous m'avez manqué.

A cet instant, quelqu'un posa une question à India. Elle reprit sa tournée, accompagnée par Jordan. Très à l'aise, il bavardait avec tous comme si rien ne s'était passé. D'ailleurs, il ne s'était rien passé. Elle ne devait pas laisser son imagination s'enflammer parce qu'il avait déclaré qu'elle lui avait manqué. Mais sa main ne quitta son épaule que pour lui enlacer la taille d'un geste possessif. Ensuite, il évinça poliment mais fermement le directeur général qui avait prévu de s'asseoir à côté d'elle pendant le dîner pour prendre sa place.

Pendant le repas, India parla, rit et plaisanta comme un automate. Même en prononçant son discours, elle ne quitta pas son petit nuage.

A la fin du dîner, tout le monde se dirigea vers la terrasse.

— Dans combien de temps pouvons-nous nous éclipser ? lui chuchota Jordan à l'oreille.

Nous ?

— Si vous partez avant que le bal commence alors que vous avez fait tant d'histoires à ce sujet, Sally va vous lyncher.

— Pourquoi ? Elle a prévu de prendre des photos pour les vendre à *Celebrity* ?

— Inutile, ils ont envoyé un photographe pour couvrir l'événement. Et vous aurez votre danse, mais pas la première. C'est Maureen l'invitée d'honneur, ce soir.

— Dans ce cas, gardez-moi la dernière.

Dès qu'il s'élança sur la piste avec Maureen, tout le monde les imita. Très vite, la fête battit son plein. Tout en dansant avec d'innombrables cavaliers, India ne pouvait s'empêcher d'observer Jordan qui, avec une courtoisie exemplaire, invitait toutes les femmes l'une après l'autre.

Elle le perdit de vue un moment, crut qu'il était parti, fit volte-face, affolée, et se retrouva dans ses bras. Il l'enlaça étroitement et l'entraîna dans un lent pas de deux.

— Vous aviez raison, murmura-t-il après un long silence.

— A quel sujet ?

— Si vous m'aviez accordé la première danse, je n'aurais jamais pu vous quitter ensuite.

Trop émue pour répondre, elle se perdit au fond de ces prunelles noires, chargées de désir.

— C'est la dernière danse, India. Soit nous partons tout de suite, soit je vous embrasse devant tout le monde et le photographe de *Celebrity* s'en donnera à cœur joie.

10

India suivit Jordan sans protester. Ni l'un ni l'autre n'échangèrent un mot jusqu'à la voiture mais, quand il s'engagea sur l'autoroute, elle s'exclama :

— Où allons-nous ?

— A la maison.

India sourit. Elle avait mené sa petite enquête.

— S'agirait-il d'un manoir dans le Berkshire avec un terrain de cricket et une piscine chauffée ?

Le sourire de Jordan fit concurrence aux étoiles.

— Je ne peux pas attendre jusqu'au week-end. Et je n'ai aucune envie de vous partager avec deux équipes de cricket en folie. Je vous veux pour moi tout seul.

Il la dévisagea intensément, une interrogation muette au fond des yeux. Pour toute réponse, India lui posa brièvement la main sur le bras.

Après une demi-heure de route, Jordan s'engagea dans une allée pavée bordée d'arbres majestueux. Quelques minutes plus tard, ils débouchèrent dans une cour que dominait une grande maison Tudor en brique rose qu'illuminait la pleine lune.

— Quand comptiez-vous me dire qu'il s'agissait de votre maison ?

— Techniquement, elle appartient à ma mère, mais elle n'y vient quasiment plus.

— Elle est là, en ce moment ?

— Je ne sais pas très bien où elle se trouve. Aux dernières nouvelles, elle était sur la frontière afghane où elle essayait d'entrer en contact avec une équipe de la Croix-Rouge.

Il se tut un instant pour reprendre en souriant.

— Vous m'avez demandé ce qu'elle faisait. Maintenant, vous savez.

Kitty s'était dévouée à des causes caritatives, non en organisant des bals et des galas mondains, mais en allant sur le terrain, là où c'était le plus dur.

— Vous devez vous faire beaucoup de souci à son sujet.

— Oui, mais j'essaie de ne pas lui montrer parce que cela l'exaspère.

— J'aimerais faire sa connaissance.

— J'y compte bien.

— Nous avons vingt-quatre heures avant que les équipes de cricket débarquent avec armes et bagages, c'est ça ?

— En fait, non… La météo annonce de la pluie, alors j'ai reporté au mois prochain.

India ne dit rien, se contentant d'observer le ciel dégagé de tout nuage.

— Il fait une chaleur étouffante, insista-t-il. Nous aurons sûrement de l'orage samedi.

— Vous serez bien avancé s'il pleut des cordes en juillet.

Otant sa ceinture de sécurité, India descendit et attendit Jordan en s'efforçant de réprimer le sourire qui lui venait spontanément aux lèvres.

Lorsqu'il sortit à son tour, il resta de son côté.

— Si vous êtes avec moi, je me moque qu'il pleuve des hallebardes.

Sa voix était douce comme du velours, ses yeux deux lacs incandescents. Une folle ivresse s'empara d'India quand Jordan saisit sa veste à l'arrière et contourna la voiture pour lui prendre la main.

— Venez.

Tournant le dos à la maison, il la guida vers une allée qu'éclairaient des lampes enfouies dans le sol.

— Où allons-nous ?

— Marcher un peu pour nous éclaircir les idées.

— Je ne suis pas certaine d'avoir envie d'avoir les idées claires.

India avait fait ses choix. Maintenant, elle n'aspirait plus qu'à recueillir les promesses qu'elle avait lues dans les yeux de son compagnon.

— Il faut que nous parlions, India. De l'avenir du magasin, du passé…

— Nous n'avons pas de passé, Jordan.

Et s'ils étaient plus sages que leurs aïeux, ils auraient peut-être un avenir.

Ils descendirent quelques marches. Arrivée en bas, India s'arrêta pour faire face à Jordan.

— J'ai remis une proposition à mes avocats. A eux de se débrouiller avec les vôtres, à présent.

Leur présence déclencha une véritable illumination qui éclaira un hangar à bateau près d'un ponton.

— Je ne me rendais pas compte que nous étions si près de la Tamise !

Otant ses escarpins, elle s'avança au bout de la jetée et s'y assit en balançant les jambes.

— Je n'arrive pas à toucher l'eau, s'exclama-t-elle en riant.

Jordan lui enveloppa les épaules de sa veste avant de s'asseoir auprès d'elle.

— Le printemps a été sec, cette année.

— Bon, nous avons épuisé le cricket et le temps, alors maintenant…

— India…

Mais celle-ci ne voulait plus parler. Elle avait tiré un trait sur le passé et s'apprêtait à construire son avenir. Elle espérait que Jordan en ferait partie, néanmoins elle ne voulait pas l'évoquer tout de suite.

— Arrête, Jordan ! chuchota-t-elle en passant d'instinct au tutoiement.

Elle lui posa une main sur la joue et glissa l'autre derrière sa nuque.

— Tu sens ?

Cette vibration, ce frémissement vieux comme le monde qui la parcouraient.

— India… attends…

— Je t'ai attendu toute ma vie, Jordan.

Et cette fois, elle n'attendit pas qu'il l'embrasse, mais prit l'initiative. Pendant un instant, elle joua avec les lèvres de son compagnon en se grisant de leur douceur puis elle murmura :

— Tu le sens, Jordan ?

Les mains nouées autour du cou de son compagnon, elle s'allongea sur le ponton en l'entraînant avec elle. Il la dévora d'un regard fiévreux puis sa main s'aventura vers sa gorge, souligna le contour d'une épaule, suivit la ligne de son menton. Lorsqu'il trouva la fermeture de la robe, la fraîcheur de la nuit envahit le corps de la jeune femme.

Jordan se savait perdu. La raison le pressait de mettre un terme à cette folie pour dévoiler ses projets à India, mais elle fut bien vite étouffée. La robe glissa sur les hanches de sa compagne. Il parcourut avec émerveillement le corps parfait que la clarté de la lune éclairait de reflets satinés. D'un geste fervent mais empreint de révérence, il effleura un sein tiède et doux comme de la soie. Sous sa paume, le cœur d'India battait à tout rompre. Il perçut les frémissements qui la parcouraient par vagues, en écho à son propre désir.

— Je l'ai senti à la seconde où je t'ai vue pour la première fois.

Ses lèvres s'égarèrent sur ses tempes, ses pommettes, la naissance de la bouche.

— C'est excitant mais terrifiant, chuchota-t-elle.

— Comme de sauter d'une falaise...

Un gémissement rauque parvint aux oreilles de Jordan quand sa bouche se posa sur la gorge d'India, sur ses seins, ses épaules, entreprenant ce lent voyage qu'il s'était promis de faire. Il comprit avec stupeur que c'était lui qui avait émis ce son étrange.

Il avait eu l'intention de procéder par étapes, en lui expliquant d'abord ce qu'il avait décidé avant de se laisser entraîner si loin. Voilà pourquoi il n'avait pas voulu entrer dans la maison. Il redoutait de ne pouvoir résister à l'envie de l'emmener dans sa chambre pour l'aimer comme un possédé. Il voulait lui avouer la vérité avant de lui donner l'enveloppe enfouie au fond de sa poche, connaître sa réaction pour être fixé une fois pour toutes.

Et pendant qu'il se débattait avec sa conscience, India l'avait devancé en se fiant à son instinct. A présent, il était trop tard pour revenir en arrière.

Mais il avait beau avoir perdu la tête, il se sentait incapable de l'aimer sur un ponton, même illuminé.

— Nous ne pouvons pas rester ici, Indie.

— Pourquoi ? Nous sommes bien.

— Nous dérangeons les canards.

— Cela m'étonnerait, murmura-t-elle en lui déboutonnant sa chemise.

Il lui saisit la main pour l'empêcher d'aller plus loin et l'aida à se relever. La robe tomba sur le sol dans un doux bruissement. Elle ne portait plus qu'un nuage de dentelle et ses bijoux. Pour la première fois de sa vie, Jordan fut à court de mots… et à deux doigts de se jeter aux pieds d'une femme pour lui offrir sa vie.

L'aube filtrait à travers les rideaux lorsque India s'éveilla. Un sourire lumineux lui vint aux lèvres. Pour la première fois de sa vie, elle était heureuse et cette sensation l'étourdissait. Pendant des mois, son existence avait semblé au bord du désastre et maintenant que le désastre était survenu, qu'elle avait tout donné, qu'elle s'était dépouillée, elle se rendait compte qu'elle avait gagné plus qu'elle n'avait perdu.

Jordan dormait, allongé sur le dos. Son torse se soulevait lentement au rythme de sa respiration. Elle grava dans sa mémoire les contours de ce corps sinueux, les pectoraux que recouvrait un fin duvet, les muscles noueux des bras, le ventre plat, les cuisses superbes. Dressée sur un coude, elle embrassa le petit creux qu'il avait juste au milieu du torse, puis elle continua son exploration par des caresses de plus en plus lascives et la poursuivit bien après que Jordan eut ouvert les yeux.

— Tu comptes rester les bras croisés pendant que je fais tout le travail ? lança-t-elle.

Il lui décocha un sourire radieux.

— Je croyais que tu voulais tout contrôler.

— Ce que je veux, c'est l'égalité dans tous les domaines.

Jordan s'assit d'un mouvement souple pour l'attirer dans ses bras.

— Tu l'as, India. Tu as toute l'égalité que tu souhaites.

— Montre-moi, chuchota-t-elle.

Longtemps après, ils s'offrirent une longue douche puis, enveloppés dans des peignoirs, ils décidèrent d'aller prendre un petit déjeuner mérité. En haut de l'escalier, Jordan la retint par la main.

— Il faut que je t'explique quelque chose, Indie. Je voulais le faire hier soir, avant que…

— Avant que l'ardeur ne m'emporte, c'est ça ?

Jordan hocha la tête en souriant.

— J'aurais dû écouter ma secrétaire. Elle était persuadée que tu mettrais tout en œuvre pour conserver C&F et elle m'avait mis en garde contre toi.

India haussa un sourcil étonné.

— Après les mésaventures de tes cousins, tu devais te méfier, j'imagine.

— Bien sûr, mais cela n'a servi à rien, comme tu peux le constater. D'après Christine, vous êtes des sorcières et je pense qu'elle n'a pas tort.

— Si nous étions vraiment des sorcières, nous n'aurions pas eu besoin de vous séduire. Il aurait suffi de vous transformer en grenouilles d'un claquement de doigts.

Agrippant les revers du peignoir de Jordan, India se haussa sur la pointe des pieds pour lui effleurer tendrement les lèvres.

— D'ailleurs, je vous conseille de faire attention, monsieur Farraday, parce que je peux encore vous métamorphoser en grenouille.

Là-dessus, elle éclata d'un rire cristallin.

— Oh, Jordan. Si tu savais comme je me sens bien !

— Tu m'en vois ravi. Il est toujours agréable de constater que ses efforts sont appréciés.

India lui caressa la joue en riant.

— Les tiens ont changé ma vie. Rien ne sera plus jamais pareil.

— En effet…

Jordan parcourut avec avidité le visage radieux levé vers lui. En quelques jours, l'amour avait fait irruption dans sa vie, bouleversant tout sur son passage. Grâce à India, cette colère pleine de rancune qui le rongeait depuis son enfance avait disparu. Désormais, il ne regardait plus derrière lui mais devant.

— Je me sens libérée, murmura India. Comme si le passé n'existait plus et que l'avenir était une page blanche qui n'attend plus que d'être écrite.

Elle se détourna rapidement, de peur d'en avoir trop dit et s'engagea dans l'escalier.

— J'aimerais que nous parlions sans tarder de ma proposition, reprit-elle en descendant quelques marches.

Jordan se rappelait vaguement une allusion, la veille.

— Quelle proposition ?

India n'entendit pas. Elle venait de se figer en découvrant l'immense hall dallé de carreaux noirs et blancs.

— Nous sommes passés par là, hier soir ?

— Tu ne te souviens pas ? lança Jordan d'un ton taquin.

— C'est… c'est…

— Impossible à chauffer, acheva-t-il. A notre époque, c'est une extravagance pour un homme seul d'habiter une maison aussi grande.

— Ne dis pas de bêtises ! C'est magnifique. On dirait que rien n'a été changé depuis des siècles.

— En effet, la seule concession à la modernité a été l'installation de l'électricité et d'une unique salle de bains.

India descendit les dernières marches en caressant la rampe de bois sculpté.

— C'est le genre de maison dont on ne peut se séparer pour rien au monde.

— On peut se séparer de n'importe quoi pourvu que la motivation soit suffisante.

Elle se tourna vers lui en fronçant les sourcils.

— C'est l'homme d'affaires qui parle ?

Jordan la rejoignit au bas des escaliers pour lui prendre la main.

— Non... De quelle proposition parlais-tu, India ? Que veux-tu...

Les mots moururent sur les lèvres de Jordan quand, par-dessus l'épaule de la jeune femme, il aperçut Peter Claibourne se tenant sur le seuil du bureau, de l'autre côté du hall.

— Tes avocats ne t'ont pas prévenu ? lança India. J'ai fait une proposition hier et...

En s'apercevant qu'il ne l'écoutait pas, elle pivota sur elle-même.

— Papa !

Quelques secondes plus tard, elle se jetait dans les bras de son père.

— Je me suis fait un sang d'encre. Que fabriquais-tu au Pakistan ?

— Je suis désolé. Je ne pensais pas que je mettrais si longtemps à retrouver Kitty.

India ouvrit des yeux ronds.

— Kitty ? Kitty Farraday ?

Peter s'écarta de la porte pour permettre à sa fille de regarder. Une femme grande et distinguée se tenait près d'un bureau dans une pièce aux murs tapissés de livres. Malgré les fils argentés qui striaient ses cheveux noirs, elle paraissait encore très jeune.

La mâchoire crispée, Jordan prit la main d'India et s'avança vers sa mère pour l'embrasser sur la joue.

— Bonjour, Kitty. Je ne t'attendais pas.

— Je m'en doute. Nous sommes passés d'abord à ton bureau où Christine nous a laissé entendre que vous pourriez être ici.

— Je te présente India Claibourne.

— Mademoiselle Claibourne.

India tendit la main.

— India, je vous en prie. J'ai cru comprendre que nous avions certains points communs.

Kitty acquiesça d'un air grave.

— Notamment une passion mal venue pour un certain magasin et une attirance fatale pour un homme qui n'est pas fait pour nous.

A ces mots, India pâlit. Trente secondes auparavant, elle nageait dans la plus complète félicité, mais ces dernières paroles n'annonçaient rien de bon.

— Un homme qui n'est pas fait pour nous ? répéta-t-elle.

Jordan tenta d'intervenir.

— Kitty, je t'en prie !

Celle-ci se tourna vers son fils en brandissant une liasse d'articles de journaux.

— Je n'ai pas lu un journal depuis des mois, Jordan, mais Christine m'a donné ces coupures de presse. Glenn, Bram et maintenant toi ! Peux-tu m'expliquer ce que cela signifie ?

La main de Jordan serra celle d'India à lui faire mal.

— Vous avez décidé une manœuvre de séduction générale avec vos cousins ? suggéra Peter Claibourne.

— Ce n'est pas le moment de plaisanter, Peter, lança Kitty d'un ton sévère. J'attends tes explications, Jordan !

— Tu n'en as pas besoin. Tu sais très bien ce que cela signifie.

— J'en ai peur. J'ai laissé la direction de C&F à Peter…

— Laissé ! tonna Jordan. Il t'a pris le magasin alors que tu le suppliais de n'en rien faire. Je vous ai vus. Vous avez passé la nuit ensemble et, malgré cela, il t'a privée de C&F, t'a brisé le cœur et a provoqué ta dépression.

— Même si c'était vrai, ce qui n'est pas le cas, crois-tu que cela te donne le droit de te venger sur sa fille ?

India mit plusieurs secondes à comprendre le sens de ces paroles. Puis la vérité lui apparut dans toute son horreur, si douloureuse qu'elle manqua brusquement d'air. Seule la main solide qui la retenait l'empêcha de s'affaisser comme une poupée de chiffons.

Elle s'était demandé pourquoi Jordan n'avait pas forcé la porte de son bureau de P-DG le jour où son père avait officiellement pris sa retraite. A présent, elle connaissait la réponse. Il souhaitait se venger d'un événement dont il avait été témoin trente ans auparavant. Il avait voulu qu'elle le supplie comme Kitty avait supplié son père et, cette nuit, c'est exactement ce qu'elle avait fait.

Le souvenir de leurs ébats tumultueux lui revint en mémoire. Elle lui avait tout donné et il avait tout pris, non parce qu'il l'aimait mais par vengeance.

— India..., commença Jordan.

Elle se dégagea avec violence.

— Ecoute-moi, India, je t'en prie.

Loin de céder à cette prière, elle s'écarta comme devant un serpent venimeux.

Jordan se tourna vers sa mère.

— Va-t'en et emmène Peter avec toi. Ceci ne vous regarde pas.

— Au contraire ! lança India. Restez.

Elle ne voulait plus de secrets, plus de mensonges, et souhaitait entendre toute la vérité, aussi pénible fût-elle.

— Dis-moi ce que tu as fait pour qu'il te haïsse à ce point-là ? demanda-t-elle à son père.

— Non, ma chérie. Ce n'est pas à moi de te révéler ce qui s'est passé cette nuit-là.

— J'ai fait l'impossible pour séduire Peter, mais il ne s'est rien passé, déclara Kitty. Il est bien trop gentleman pour profiter de la faiblesse de quelqu'un. Ma dépression n'a rien à voir avec lui, mais c'est lui qui l'a identifiée, lui qui a vu que je me mentais à moi-même depuis trop longtemps en prétendant que je n'aimais pas ton père, Jordan.

Chancelante, India s'assit dans un fauteuil.

— C'est pour cette raison que vous lui avez donné son nom, murmura-t-elle.

Kitty acquiesça.

— Je jouais le rôle de la femme émancipée et indépendante entièrement dévouée à sa carrière. Je croyais qu'en m'accrochant au magasin, plus rien ne m'atteindrait. Alors, j'ai décidé de séduire Peter dans le seul but de conserver C&F. Quand je lui ai téléphoné pour lui demander de venir me voir afin de mettre mon plan à exécution, il était déjà en route pour venir ici.

— Il est resté toute la nuit, déclara Jordan d'un air sombre. Je vous ai vus.

Kitty prit une grande inspiration.

— Tu as mal interprété la scène à laquelle tu as assisté, Jordan. Il venait pour m'expliquer qu'il n'y avait jamais eu d'« action préférentielle ». Cette clause a été inventée par James Claibourne et un avocat véreux pour empêcher William Farraday de prendre le contrôle.

Jordan émit un rire de dérision.

— Tu as cru ces balivernes ?

— En triant les affaires de son père, Peter a découvert une lettre de la main de James dans laquelle il avouait son forfait.

— Pourquoi ne m'as-tu rien dit, papa ? s'exclama India. Pourquoi es-tu parti ?

— J'ignorais si Kitty était encore en possession de cette lettre. Il fallait donc que je parte à sa recherche et j'ai eu les pires difficultés à la retrouver, crois-moi.

— Si j'avais été là et si j'avais su que Peter prenait sa retraite, fit Kitty, je l'aurais envoyée à vos avocats.

Jordan explosa.

— Il te l'a donnée pour apaiser sa conscience.

Kitty interrogea Peter du regard.

— Explique-leur, Peter.

— Je voulais que Kitty reste à la tête du magasin. Non par grandeur d'âme, mais parce que ma femme, Pamela, était malheureuse. Elle souffrait de dépression postnatale et ne rêvait que de retourner en Inde, avec ou sans moi. Quand j'ai découvert cette lettre dans les papiers de mon père, j'ai cru avoir trouvé une issue, mais dès que j'ai vu l'état de Kitty, j'ai compris que mon sort était scellé. Elle était sur le point de s'effondrer. Je suis resté toute la nuit pour lui parler, espérant malgré tout que je me trompais. Et puis, au petit matin, j'ai appelé une de ses sœurs et un médecin. Quand celui-ci est arrivé, je suis rentré à Londres.

— Pourquoi as-tu laissé partir ma mère ? lança India d'un ton accusateur.

— Il n'y a pas un jour où je ne l'ai pas regretté, ma chérie.

— Pourquoi m'a-t-elle abandonnée ?

Dans cette question, India révélait tous les manques qu'elle avait enfouis au plus profond d'elle-même.

— Pendant longtemps, reprit Peter, j'ai cru qu'elle voulait tirer un trait sur cette période de sa vie et j'ai respecté son choix. Aujourd'hui, je sais que ma mère a profité de ma visite chez Kitty pour essayer de soudoyer Pamela afin qu'elle nous quitte tous les deux. Devant son refus, elle l'a menacée en lui disant qu'elle était déséquilibrée, incapable de s'occuper d'un bébé et qu'elle allait la faire interner. Pamela a eu si peur qu'elle était déjà partie à mon retour de chez Kitty.

India comprit enfin.

— Ce n'est pas seulement pour retrouver Kitty que tu es parti au Pakistan. Tu es aussi allé en Inde pour voir ma mère, n'est-ce pas ?

— En effet. Elle est à Londres, India. Elle souhaiterait te voir… si tu peux lui pardonner.

En proie à une violente émotion, India luttait contre les larmes.

Jordan s'avança vers Peter.

— Je vous dois des excuses, murmura-t-il sincèrement.

— Ce n'est pas à moi que vous devriez présenter vos excuses. Allons-y, Kitty, nous avons fait notre devoir.

Kitty s'empara d'une large enveloppe brune posée sur le bureau pour la remettre à India.

— Je vous fais confiance pour agir dans l'intérêt du magasin, India.

Sans autre commentaire, elle suivit Peter, laissant India et Jordan face à face.

Lorsque la porte se referma, le silence s'éternisa jusqu'à devenir insupportable.

— Je voulais tout te dire, murmura enfin Jordan.

— Je m'en doute puisque le but était de me faire du mal ! riposta India avec une ironie amère.

— Je ne veux pas te mentir, India. Cela fait trente ans que je suis persuadé que ton père est à l'origine de la dépression de ma mère, trente ans que j'attends de lui faire payer. Il est vrai que j'ai voulu l'atteindre à travers toi, mais j'ai changé d'avis dès que j'ai compris que, sans toi, ma vie n'aurait plus aucun sens.

Ecœurée qu'il ose encore avoir recours à cet argument, India se leva. Ses jambes la soutenaient à peine, mais il fallait qu'elle parte, qu'elle quitte cette maison où elle avait en quelques heures atteint la félicité la plus parfaite et touché le fond du malheur.

— C'est facile à dire, maintenant !

— J'aurais dû t'obliger à m'écouter, hier soir.

— Surtout ne te reproche rien. C'est moi qui me suis jetée à ta tête.

Malgré sa douleur, elle se dirigea vers la porte la tête haute en laissant l'enveloppe sur le bureau. Conserver le magasin ne compenserait jamais la perte de ses rêves et de ses espoirs.

Et puis, elle avait tout de même une joie dans son malheur puisque sa mère l'attendait à Londres.

— Au revoir, Jordan.

Ce dernier nageait en plein cauchemar. Une demi-heure auparavant, il était heureux, éperdu d'amour, enfin en paix avec lui-même. Le destin lui jouait un tour cruel auquel rien ne l'avait préparé, surtout pas la nuit magique qu'il venait de partager avec India.

— Ne pars pas, India, je t'en prie !

La main sur la poignée de la porte, elle pivota lentement vers lui.

— Comment oses-tu demander une chose pareille ?

— Parce que je t'aime ! Tu m'as ouvert les yeux sur ce qui comptait. Tout ce que je t'ai dit cette nuit, je le pensais du fond du cœur. Tu m'as ramené à la vraie vie, libéré, racheté…

India souhaitait désespérément le croire, mais c'était au-dessus de ses forces. Cette nuit, elle avait cru les mots d'amour éperdus qu'il lui chuchotait au plus fort de leur étreinte. Maintenant, ils ne signifiaient plus rien.

— Je dois m'en aller, Jordan.

— Non !

Il plaqua une main contre le battant pour l'empêcher de sortir.

— Je refuse de te laisser partir ! Tu m'as demandé hier si je sentais ce que tu éprouvais ? Je t'ai prouvé la force de ma passion et celle de mon désir, mais je te renvoie ta question, maintenant. Comment peux-tu ignorer à quel point je t'aime ?

India n'opposa aucune résistance quand il lui prit la main pour la placer sur son cœur. Il cognait à tout rompre, en battements désordonnés, preuve qu'il était tout aussi bouleversé qu'elle. Mais cela ne changeait rien. Il était convaincu de dire la vérité, convaincu de l'aimer parce qu'en homme habitué à toujours gagner, il ne supportait pas de voir le prix de sa victoire lui échapper.

Tendrement, doucement, elle lui effleura la joue du revers de la main.

— Je t'ai cédé le magasin parce que je voulais qu'il soit exclu de notre relation, alors cette lettre n'a plus aucune importance. Tu devrais être content puisque tu as gagné.

— Si tu t'en vas, je n'ai plus rien ! Que puis-je faire pour que tu restes ? Dis-le-moi, je t'en prie !

India aurait voulu qu'il lui offre son cœur, mais librement, sans conditions. Malheureusement, il était trop tard, maintenant.

— Que vas-tu faire ? demanda-t-il.

Elle esquissa un pauvre sourire.

— Passer chez moi pour me changer et, ensuite, voir ma mère.

— Je t'emmène.

— Non, appelle un taxi.

— Pas question. Je ne te lâcherai pas d'une semelle tant que tu refuseras de m'écouter, dussé-je y passer le restant de mes jours.

Sur cette promesse, il s'écarta pour lui permettre de sortir de la pièce.

India prit sa robe, abandonnée sur la rampe avec la veste de Jordan depuis la veille.

— Tu n'as pas le temps de me raccompagner, Jordan. N'oublie pas que tu as un magasin à diriger, maintenant.

— Non, attends… Ma veste… Regarde dans la poche intérieure. Tu y trouveras une enveloppe qui t'est adressée.

India fouilla sans succès.

— Il n'y a rien, Jordan.

— Ce n'est pas possible ! Je l'ai mise là, hier.

Il s'empara de la veste avec fébrilité et retourna toutes les poches.

— Elle a dû tomber. Viens !

Sourd aux protestations d'India, il l'entraîna dehors.

Elle dut courir pour suivre l'allure de Jordan et le heurta quand il pila brusquement.

— La voilà !

En effet, une enveloppe gisait au milieu de l'allée. India reconnut son nom brouillé par l'humidité mais encore lisible.

— Grâce à Dieu ! murmura-t-il en se baissant pour la ramasser. C'est pour toi. Ouvre-la et lis.

India découvrit la copie d'une lettre datée du jour précédent que Jordan adressait à ses avocats et dans laquelle il renonçait à toute prétention sur C&F. Sur une autre feuille, il n'y avait qu'une phrase : « Je me rends », suivie de la signature de Jordan.

Abasourdie, elle le scruta intensément.

— Je ne comprends pas.

— Ce n'est pas difficile, pourtant ! Je capitule, je renonce, je rends les armes, j'abandonne.

Il se jeta par terre.

— Si tu préfères, je peux le faire à genoux.

— C'était dans ta poche, hier soir ? Avant que…

Une joie exquise gonfla le cœur d'India. Le voilà, le miracle qu'elle attendait. Hier, il lui avait offert son cœur et son amour sans rien attendre en retour, sans condition…

— Je voulais que tout soit clair entre nous avant de faire l'amour avec toi. Que tu saches combien je t'aimais et que toute idée de vengeance m'avait quitté. J'ai mis le temps, mais j'ai enfin compris qu'en perdant on peut aussi gagner.

Il lui saisit les mains avec ferveur.

— Tu es la seule victoire que je réclame.

Le sourire d'India rivalisa avec l'éclat du soleil.

— C'est juste C&F que tu cèdes ?

Le visage de Jordan prit une expression solennelle.

— Tu as déjà tout le reste : mon cœur, mon âme.

Il esquissa son petit sourire en coin et reprit :

— Quant à mon corps… il me semble qu'il n'a plus de secrets pour toi.

— Nous sommes partenaires à parts égales ?

— Nous l'avons toujours été.

India s'agenouilla à son tour.

— Alors, cette proposition que j'ai envoyée aux avocats pour ouvrir un magasin à mon nom…

— Est rejetée. Nos deux noms sont indissociables. Moi aussi j'ai une proposition à te soumettre et j'aime autant te prévenir que je n'accepterai qu'une réponse.

India retint son souffle en attendant la suite, mais il se contenta de lui sourire d'un air malicieux. Alors, elle chuchota d'une voix étranglée :

— C'est un oui que tu attends ?

— Tout juste, mon amour.

La lettre s'échappa de la main d'India pour s'envoler, emportée par la brise matinale tandis que leurs lèvres se joignaient dans un baiser vertigineux.

Épilogue

<u>*Chronique du London Evening Post.*</u>

Depuis quelques mois, nous suivons avec intérêt et amusement le développement des relations entre les familles Claibourne et Farraday dans nos colonnes. Nous sommes donc particulièrement heureux de présenter à India Claibourne et Jordan Farraday nos plus chaleureuses félicitations à l'occasion de leur mariage.

Nous renouvelons également nos vœux à Romana et Glenn Macaulay ainsi qu'à Flora et Bram Gifford qui vont faire bénir leurs mariages lors de la même cérémonie.

Une ère nouvelle s'ouvre pour C&F. Maintenant que l'entente cordiale règne au sein de la jeune génération, les incertitudes qui pesaient sur l'avenir du groupe sont enfin levées et le magasin fétiche des Londoniens ne pourra qu'y gagner. Longue vie à C& F !

Debout devant l'autel, Jordan se tourna vers l'entrée de l'église quand l'organiste entama la marche nuptiale pour la première fois. Romana et Glenn firent une entrée majestueuse. La jeune mariée portait une robe à taille haute au corsage chamarré et dont l'ample jupe masquait les premières rondeurs d'une future naissance. Les yeux rivés avec adoration sur sa jeune épouse, Glenn arborait une mine de conquérant.

Mais ils n'avançaient pas assez vite au goût de Jordan.

Flora et Bram suivirent. La jeune femme portait une veste bleue brodée de fils d'argent assortie à une longue jupe de la même couleur et sa chevelure somptueuse cascadait sur ses épaules. Bram adressa un sourire radieux à Jordan en prenant place derrière lui avec sa femme.

Le bonheur évident de ses cousins lui fit chaud au cœur, mais ce n'était pas eux qui occupaient ses pensées.

Un silence ému tomba sur l'assistance quand la marche nuptiale retentit pour la troisième fois. La silhouette d'India se découpa sous le porche inondé de soleil. La main posée sur le bras de son père, elle s'avança en une vision féerique de blanc et d'or. Le cœur de Jordan cessa de battre tandis qu'elle remontait la nef, les yeux rivés aux siens.

Lorsqu'elle le rejoignit, elle tendit son bouquet à une des demoiselles d'honneur et glissa sa main dans la sienne. Du regard, il lui promit en silence de l'aimer, de la chérir et de l'honorer avant de s'engager à le faire devant tous.

Comme si elle devinait ses pensées, elle lui serra la main d'une légère pression puis tous deux se tournèrent vers le prêtre.

A la sortie de l'église, tous posèrent pour les amis et la presse, mais, dès qu'India put s'échapper, elle se précipita vers sa mère pour se jeter à son cou.

— Je suis si heureuse que tu sois là, maman !

Leur première rencontre avait donné lieu à des larmes et des effusions, des explications longues et parfois douloureuses, des souvenirs et des regrets mais la mère et la fille s'étaient enfin trouvées.

— Moi aussi, ma chérie. Je suis tellement heureuse de vous avoir retrouvés, ton père et toi.

*
* *

Les invités se rendirent à pied au manoir tout proche où devait se dérouler la réception.

Main dans la main, Jordan et India se dirigèrent vers l'immense tente dressée au bord de la Tamise.

— Je vois l'or, murmura Jordan en riant à l'oreille de sa femme, mais où est le rouge ?

Un sourire malicieux aux lèvres, India tendit sa main gauche à laquelle brillait un magnifique rubis à côté de son alliance.

— Cela suffit, tu ne crois pas ? Il ne s'agit pas d'une opération de relations publiques.

— Eh bien, moi qui étais persuadé que tu serais incapable de résister… Je me suis trompé.

Le sourire d'India s'élargit.

— Qui te dit que j'ai résisté ? Seulement, je croyais que tu appréciais la discrétion — cela étant, si tu ne vois pas d'inconvénient à ce que je soulève ma jupe pour montrer ma jarretière, il suffit de le dire.

Laissant à son mari le temps de reprendre son souffle, elle rejoignit ses parents en riant et prit sa place pour saluer les invités.

CHRONIQUE DE *CELEBRITY MAGAZINE*.

Nous sommes heureux de vous présenter en exclusivité les photos du mariage d'India Claibourne et Jordan Farraday, les deux têtes pensantes du conseil d'administration de notre grand magasin préféré.

Peter Claibourne, le père de la mariée, semble être remis de sa récente crise cardiaque et ne quitte plus sa première femme d'une semelle. La rumeur court que le couple, qui s'est retrouvé après de longues années de séparation, s'est réconcilié.

Les demi-sœurs de la mariée, Romana et Flora, que vous pouvez voir au bras de leurs maris, ont choisi de faire bénir leurs mariages à cette occasion. Leurs robes, bien que toutes différentes, ont été réalisées dans des tissus somptueux dénichés par Flora lors de son long séjour sur l'île de Saraminda.

Les jeunes mariés viennent de s'envoler pour une longue lune de miel à la fin de laquelle India reprendra sa place à la tête de Claibourne & Farraday.

Souhaitons à tous ces heureux couples une longue vie de bonheur !

Retrouvez en décembre,
dans votre collection
♦ SAGAS ♦

Trilogie intégrale : LES HÉRITIÈRES DE BLACKROSE de Dani Sinclair - N°70

Une héritière en danger

Helen s'apprête à en découdre avec Marcus, son père, un homme qui ne l'a jamais aimée : c'est à elle que sa défunte mère a légué le domaine de Blackrose, et il devra le quitter. Cependant, une fois sur place, Helen ne le trouve pas. La maison est vide. Mais peut-être pas inhabitée — Helen entend des bruits de pas, surprend des murmures… Qui l'épie dans l'ombre ? Paniquée, elle décide alors de se réfugier chez Bram Myers, son séduisant voisin.

Séduction sous tension

Le testament de Marcus lèvera-t-il enfin le voile sur la disparition de leur mère ? En est-il responsable, comme Helen et Leigh l'en ont toujours soupçonné ? Déterminée, Leigh espère faire la lumière sur son histoire familiale. Mais sa première surprise, elle la découvre dans le cabinet notarial en se retrouvant face à Gavin Jarrett… Gavin, son amour de jeunesse, qui est désormais dépositaire des secrets de Marcus…

Secret de famille

On l'a trompée, trahie… Alexis, qui vient d'apprendre qu'elle a été adoptée, est sous le choc. Pourquoi l'a-t-on arrachée à sa véritable famille ? Et pourquoi son père adoptif, avant de mourir, lui a-t-il ordonné de fuir ? Résolue à faire toute la lumière sur le secret de ses origines, Alexis part pour Blackrose, un somptueux domaine mentionné à plusieurs reprises par son père. Sans se douter que, ce faisant, elle vient de mettre sa vie en danger…

Tétralogie intégrale : UN HIVER À CEDAR BLUFF de Laura Iding - N°71

Idylle pour un urgentiste

Lorsque Kylie Germaine arrive à Cedar Bluff, le Dr Seth Taylor tente aussitôt de la séduire. Mais, à sa grande surprise, il essuie une rebuffade. Certain que l'attirance qui le pousse vers la jeune femme est réciproque, il tente de comprendre la raison de ses réticences. En vain. Jusqu'au jour où il découvre que Kylie a un fils, Ben, dont elle lui a soigneusement caché l'existence…

Naissance sous le gui

Conduite en urgence à la maternité de Cedar Bluff, après avoir accidentellement chuté dans un lac, Alyssa croit être au bout de ses surprises. Et pourtant… quel choc de découvrir que l'obstétricien de service n'est autre que le très séduisant Dr Jadon Reichert, le père de ses jumeaux à naître, qui l'a quittée quelques mois plus tôt sans explication…

Les mariés du Nouvel An

Si l'arrogance du Dr Quinn Torres l'exaspère, Leila ne peut toutefois s'empêcher de ressentir en sa présence un trouble étrange. Un trouble qu'elle s'efforce d'ignorer jusqu'à ce que Quinn, un soir de fête, lui fasse une proposition déconcertante, mais aussi terriblement tentante : passer une nuit entre ses bras…

Séduction aux urgences

Si Haley a accepté un poste d'infirmière à l'hôpital Cedar Bluff, c'est pour échapper à son passé. Et certainement pas pour voir sa vie envahie par la présence troublante du Dr Simon Carter… Aussi est-elle résolue à garder ses distances avec lui. Pourtant, quand à la suite d'un accident Haley se retrouve avec la jambe cassée, elle n'ose refuser l'aide que lui propose Simon…

Trilogie intégrale : L'AMOUR EN HÉRITAGE de Emma Darcy, Michelle Reid et Sandra Marton - N°72

Défi pour un séducteur

En découvrant le contenu du testament de son père, Enrique Ramirez, Nick est bouleversé. S'il ne se marie pas dans l'année, il ne pourra jamais rencontrer ses deux demi-frères dont il ignorait tout de l'existence. Mais Nick a bon espoir : peut-être que Tess – la femme avec qui il a partagé une nuit d'amour un an plus tôt – acceptera de relever le défi avec lui…

Brûlante confrontation

Autour d'Anton, le monde semble s'effondrer. Non seulement il apprend qu'un certain Enrique Ramirez est son véritable géniteur, mais il découvre qu'il a deux demi-frères ! La condition pour les rencontrer : épouser Cristina Marques, la femme qu'il a aimée avec passion six ans plus tôt et qui l'a brutalement quitté pour épouser un autre homme…

Un désir enivrant

Découvrir la véritable identité de son père biologique... Apprendre l'existence de deux demi-frères... Pour Jake, la surprise est totale. D'autant plus que dans le même temps, il se voit contraint d'accepter une mission : prendre en charge la filleule de son père et lui trouver un mari dans les deux mois. Alors seulement il pourra rencontrer ses frères. Mais les choses ne se déroulent pas comme prévu. Car face à la jeune femme, Jake ressent un trouble croissant…

Trilogie intégrale : RENCONTRES À SOUTH VILLAGE de Jill Shalvis - N°73

Un serment risqué

Suzanne ne prend ni l'amour ni ses fiancés au sérieux. Alors, plutôt que de continuer à rendre les hommes malheureux, elle promet de s'en tenir aux escapades coquines et de ne plus jamais songer à se marier. Jamais ? Quel serment risqué !

Quelqu'un à aimer

Nicole travaille soixante-dix heures par semaine à l'hôpital. Comment concilierait-elle son métier de médecin avec une vie sentimentale digne de ce nom ? Impossible ! Alors, elle se l'est juré : le célibat restera son mode de vie… Décision osée !

Il suffirait d'y croire

Taylor a fait du célibat un art de vivre… agrémenté par des aventures torrides. De son côté, Mac fuit les jeunes femmes nanties et superficielles comme Taylor. Mais comme l'attraction réciproque est violente, l'un et l'autre décident de succomber. En maîtrisant la situation, bien sûr…

Composé et édité par HarperCollins France.

Achevé d'imprimer en septembre 2017.

CPi
BLACK PRINT

Barcelone

Dépôt légal : octobre 2017.

Pour limiter l'empreinte environnementale de ses livres, HarperCollins France s'engage à n'utiliser que du papier fabriqué à partir de bois provenant de forêts gérées durablement et de manière responsable.

Imprimé en Espagne.